BASTEI LÜBBE
TASCHENBUCH

Über die Autorin:

Anja Rauter, geboren 1972, lebt mit ihrem Mann, dessen Tochter und einem dicken roten Kater in den Weinbergen südlich von Wien. WIR ZWEI AUF WOLKE SIEBEN ist ihr erster Roman.

Anja Rauter

WIR ZWEI AUF WOLKE SIEBEN

Roman

BASTEI LÜBBE
TASCHENBUCH

BASTEI LÜBBE TASCHENBUCH
Band 17764

FSC
www.fsc.org
MIX
Papier aus verantwortungsvollen Quellen
FSC® C083411

Dieser Titel ist auch als E-Book erschienen.

Originalausgabe

Dieses Werk wurde vermittelt durch die Agentur Brauer

Titelillustration: © shutterstock/Zizibuka; Tamiris6; Paul Lesser; Nancy White
Umschlaggestaltung: Sandra Taufer, München
Satz: hanseatenSatz-bremen, Bremen
Gesetzt aus der Adobe Garamond Pro
Druck und Verarbeitung: CPI books GmbH, Leck – Germany
ISBN 978-3-404-17764-6

2 4 5 3 1

Sie finden uns im Internet unter
www.luebbe.de
Bitte beachten Sie auch: www.lesejury.de

Für Clemens – den schönsten roten Kater der Welt

IM PALAST DER EISKÖNIGIN

»Ich biete Ihnen einen phänomenalen Job, der Ihr Leben für immer verändern wird!« Maya van Swan fixiert mich mit gletscherkalten Augen.

»Sie brauchen nur zu unterschreiben, meine Liebe«, säuselt sie, lehnt sich in ihrem ledernen Thron zurück und nippt mit blutrot geschminkten Lippen an ihrem Espresso.

Meine Hand zittert, als ich nach dem Vertrag greife.

Was ist bloß los mit mir? Es ist doch nur ein Vorstellungsgespräch, und darin habe ich als freie Journalistin ja nun wirklich jede Menge Routine.

Aber meine Wangen glühen, und ich kann förmlich spüren, wie sich unzählige kleine rote Stressflecken auf meinem Gesicht ausbreiten. Bestimmt sehe ich aus, als hätte ich die Masern.

Ich rutsche noch tiefer in den unbequemen Stahlrohr-Sessel und versuche, mich zu beruhigen, was leider nicht klappt.

Im Gegenteil: Der Wunsch, von hier zu verschwinden, wird immer stärker.

Ich lasse meinen Blick Richtung Fenster wandern.

Am liebsten würde ich einfach hinausklettern oder mich wegbeamen. Alles, um nicht hier sein zu müssen: im 13. Stock des Media Towers, im Angesicht der berühmt-berüchtigten Eiskönigin der Medienszene, die mein komplettes Leben verändern will.

Dabei ist mein Leben doch perfekt!

Einfach perfekt!

Na ja. Bis gestern war es das … Die Erinnerung fällt mich wie ein Raubtier an und bohrt ihre scharfen Krallen in mein Herz.

Verdammt, was tue ich hier? Eigentlich sollte ich gerade in einem Flieger nach Frankreich sitzen und versuchen zu retten, was noch zu retten ist, oder mir wenigstens ungestört auf meinem Sofa die Augen aus dem Kopf heulen oder …

»Hallloooo-ooo??? Frau Winter, alles in Ordnung? Weinen Sie?« Erschrocken wische ich mir über die Augen und blicke in Maya van Swans verzerrtes Gesicht. Ihr abschätziges Lächeln sitzt etwas schief. Kann Botox verrutschen?

»Ich kann die Rahmenbedingungen gern noch einmal für Sie zusammenfassen«, schnarrt sie und schnippt mit spitzen Fingern eine Fluse von ihrem nachtschwarzen Blazer.

»Der Job scheint wie für Sie gemacht! Su schickt mir nur Kandidatinnen, die sie genau für mich durchleuchtet hat. Und Sie hat sie mir ausdrücklich empfohlen:

Ihr Pharmazie-Studium, die langjährige Erfahrung im Luxuskosmetik-Segment, und Sie waren sogar weltweit als freiberufliche Journalistin für renommierte Hochglanzmagazine tätig!«

Ich schnappe nach Luft.

Das wüsste ich aber!

Was hat sich meine beste Freundin da bloß zusammenfantasiert? Mein Studium habe ich nach nur zwei Semestern an den Nagel gehängt, und meine Erfahrung mit Luxuskosmetik beschränkt sich auf ein Marketing-Praktikum in Düsseldorf, wo ich drei Monate lang Produktproben einer japanischen Kultmarke nach Größen sortieren durfte. Und ich glaube auch nicht, dass die Berliner Frauenzeitschrift, für die ich eine monatliche Kolumne zu Themen wie »Schön – dank der Power der Biene« schreibe, als internationales Hochglanzmagazin durchgeht.

Maya van Swan beugt sich weiter vor, um mich unverhohlen abzuscannen.

»Bis auf die seltsamen roten Flecken in Ihrem Gesicht bringen

Sie auch die körperlichen Voraussetzungen für diesen Traumjob mit! Sie sind jung, aber nicht zu jung. Nicht rasend schön, aber doch recht attraktiv. Und das Beste: Als Single sind Sie natürlich sofort einsatz- und reisebereit. Denn schon in 18 Stunden führt Sie Ihr erster Auftrag nach London.«

Ich bin nicht rasend schön, aber recht attraktiv?

Vielen Dank auch. Dass ich kein Supermodel bin, weiß ich selbst! Aber ich bin definitiv kein Single! Ich lebe seit über zwei Jahren in einer glücklichen Beziehung.

Dachte ich zumindest … Der Gedanke an den gestrigen Tag krallt sich wieder in mein Herz, und der Schmerz raubt mir für einen Moment die Luft.

Ich bin Single.

Seit 23 Stunden und ohne jede Vorwarnung.

Als ich mich räuspere, um wenigstens meiner Stimme einen enthusiastischen Klang zu verleihen, steigt der Geschmack von zwei Gin Tonic und vier Aperol Spritz aus meinem Magen auf.

23 STUNDEN ZUVOR

> Liebe Lea,
> wenn du das liest, sitze ich schon im Flieger.
> Es tut mir leid, aber ich kann so nicht weitermachen,
> wir passen einfach nicht zusammen!
> Als Trost lasse ich dir Van Gogh da, damit du nicht so allein bist.
> XX Sebastian
> PS: Ich brauchte dringend Geld und habe deshalb dein Sparbuch aufgelöst. Ich will endlich meinen Traum leben. Aber keine Sorge, in zwei, drei Monaten zahle ich dir selbstverständlich alles zurück.

Ungläubig starre ich auf die Nachricht, die Sebastian in seiner akkuraten Handschrift auf unseren Küchenblock geschrieben hat.

Das kann er doch nicht ernst meinen?

Meine Gedanken rasen. Noch vor drei Tagen hat mir Sebastian Frühstück ans Bett gebracht und mich mit einem langen Kuss verabschiedet, bevor ich nach Berlin zu einem neuen Auftrag in Sachen Bienenpower losfuhr. Was zur Hölle ist in den letzten 72 Stunden geschehen? Mein Herz wummert, mein Kopf ist wie leergefegt.

Ich stehe eindeutig unter Schock!

Was nicht weiter verwunderlich ist, denn bis vor zwei Minuten wusste ich nicht:

a) dass in meiner Beziehung etwas NICHT stimmt,
b) dass Sebastian das Losungswort von MEINEM Sparbuch kennt und
c) dass mein Freund nicht nur mich, sondern auch das rothaarige FELLMONSTER verlassen hat.

Und von welchem Traum schreibt er da? Scheinbar kenne ich den Mann, den ich seit zwei Jahren liebe, doch nicht so gut, wie ich dachte. Ich atme tief durch und versuche, mich zu konzentrieren. Ich muss Sebastian anrufen. Dann klärt sich sicher alles auf. Mit zitternden Fingern wähle ich seine Nummer, erreiche aber leider nur die Mobilbox. Und auch beim zehnten Mal meldet sich nur die blecherne Stimme der Voicemail, die mir zuerst auf Deutsch und dann auf Englisch mitteilt, dass diese Nummer vorübergehend nicht erreichbar ist und ich es zu einem späteren Zeitpunkt wieder versuchen soll.

Später?

Ich muss aber jetzt wissen, was mit Sebastian los ist.

Was mit uns los ist.

Mein Herz rast, und kleine Sternchen flimmern vor meinen Augen.

Ich muss sofort aufhören zu hyperventilieren.

Laut schniefend atme ich ein und aus und lese die Zeilen wieder und wieder, bis die Erkenntnis wie zäher Sirup in mein Hirn sickert.

Sebastian ist fort.

Sebastian liebt mich nicht mehr.

Die Buchstaben auf dem Papier verschwimmen durch den Tränenschleier vor meinen Augen, dann flattert der Zettel aus meiner Hand. Mit letzter Kraft sinke ich auf den harten Holzboden, und prompt nutzt das rothaarige Fellmonster meinen kurzen Moment der Schwäche, um sich mit gefährlich blitzenden Augen auf mich zu stürzen. Doch statt mir wie erwartet seine Krallen ins Bein zu schlagen, springt Van Gogh nur auf meinen Schoß und rollt sich dort gemütlich für ein Nickerchen zusammen. Anscheinend hat er vergessen, dass er mich hasst. Ganz vorsichtig kraule ich den Kopf des Katers, während meine Tränen in sein Fell sickern. »Warum hat er uns verlassen, Kater? Und warum meint er plötzlich, dass wir nicht zusammenpassen?«

Wir waren doch glücklich, oder etwa nicht? Also ich war es ganz bestimmt. Auch nach zwei Jahren Beziehung hatte ich beim Anblick des großgewachsenen, schlanken, nordisch-blassen Mannes mit den blauen Augen und dem leicht schiefen Lächeln – in das ich mich damals spontan verliebt hatte, weil es anspruchsvoll und schwer zu haben signalisierte – Millionen Schmetterlinge im Bauch … Die Tränen laufen weiter ungehindert über meine Wangen.

Wenn er doch nur endlich zurückrufen würde.

Moment, wo ist mein Mobiltelefon eigentlich?

Hektisch sehe ich mich um und entdecke es schließlich zwischen Van Goghs Pfoten. Schnell checke ich den Nachrichteneingang – nichts, null neue Nachrichten – und lande dann wie von selbst in meinem WhatsApp-Account mit dem Foto, das ich letzte Woche von Sebastian und mir bei Gino, unserem Lieblingsitaliener, gemacht habe. Auf Sebastians weißem Poloshirt prangt knapp unter dem eingestickten Pferdchen ein riesiger Rotweinfleck. Woran ich leider nicht ganz unschuldig bin, weil ich – O-Ton meine Mutter – nur stumm wäre, wenn man mir »die Hände fesseln würde«. Warum sind diese Rotweingläser aber auch so instabil? Gut sieht Sebastian aus, nur seine Mundwinkel sind etwas nach unten gezogen.

Mit lautem Poltern gleitet das Handy auf den Boden, während meine Gedanken laut schreiend Karussell fahren.

Was war an unserem gemeinsamen Leben so verkehrt?

Und was noch viel wichtiger ist: Warum hat er nicht versucht, mit mir über seinen Lebenstraum zu sprechen? Ich dachte eigentlich, ich und die Fotografie – oder meinetwegen auch in umgekehrter Reihenfolge – wären seine einzigen beiden Leidenschaften.

Doch scheinbar gibt es da noch etwas …

Etwas, das ihm so wichtig ist, dass er dafür in einer Nacht-und-Nebel-Aktion einfach verschwindet … Aber warum ausgerechnet jetzt?

Es war doch Sebastians Vorschlag, nach zwei Jahren Beziehung endlich zusammenzuziehen. Und er war es auch gewesen, der erst vor wenigen Wochen einen Makler mit der Suche nach unserer Traumwohnung beauftragt hatte. Und dieser wurde trotz unseres engen Budgetrahmens erstaunlich schnell fündig und rief uns bereits am nächsten Tag an.

»Die Wohnung ist ein Schnäppchen und die Lage absolut einzigartig: urban und trotzdem grün!« Der Makler konnte es selbst nicht fassen. »Ganz in der Nähe ist sogar ein Park und ein sehr beliebter Kindergarten! Eine absolute Toplage!«

Was er leider am Telefon nicht erwähnte:

Die Wohnung war außen hui und innen pfui – der Parkettboden völlig zerkratzt, die Küchenzeile in widerlichem Knallorange aus den 70ern hatte auch schon bessere Zeiten gesehen, und das fensterlose Minibad und der Schimmel im Vorraum ließen mich zusammenzucken. So schäbig hatte ich mir unsere erste gemeinsame Wohnung ganz sicher nicht vorgestellt.

Aber es war die mit Abstand größte Wohnung, die wir uns leisten konnten. Und ausreichend Stauraum für Sebastians überdimensionale Fotoleinwände, die er bisher aus Platzmangel bei seinen Eltern in der Garage lagerte, gab es in der 120 Quadratmeter großen Altbauwohnung natürlich auch.

»Du siehst nur eine renovierungsbedürftige Wohnung, Lea –

ich sehe das volle Potential«, flüsterte mir Sebastian während der Besichtigung ins Ohr.

Grübelnd strich ich über die abblätternde pinke Wandfarbe im Wohnzimmer. War der Vormieter farbenblind?

»Und das Beste – in nur fünf Minuten sind Sie am Hauptbahnhof!«

Treffer versenkt.

Der Makler hatte gewusst, welche Hebel er drücken musste, um den Kandidaten für *Hässlicher wohnen* zu gewinnen. Und das Glitzern in Sebastians Augen beim Gedanken, nicht mehr jeden Tag eine Stunde zur Arbeit in die Fotoagentur fahren zu müssen, bestätigte mir, was ich bereits ahnte:

Mein Alphamännchen hatte seine Entscheidung getroffen – es war aussichtslos, ihn umstimmen zu wollen.

Und so gab ich mir einen gewaltigen innerlichen Ruck.

Denn so unansehnlich die Wohnung auf den ersten Blick auch war, so war sie doch auch meine langersehnte Chance, endlich jeden Morgen in Sebastians Armen aufzuwachen.

Kurz darauf hatten wir den Mietvertrag unterschrieben – und feierten mit einer Flasche Prosecco die Tatsache, dass wir eine große und bezahlbare, wenn auch stark renovierungsbedürftige Wohnung in zentraler Lage gefunden hatten, leidenschaftlich!

Und wild!

Genau hier.

Auf dem zerkratzten Parkettboden … auf dem ich nun sitze … allein … ja gut, mit Van Gogh, der wie sein berühmter Namensvetter ein Stück seines linken Ohrs eingebüßt hat. In seinem Fall im Kampf mit einem aggressiven Dackel.

Meine Tränen beginnen wieder zu fließen.

Warum ist Sebastian einfach abgehauen, warum ist eigentlich der Kater hier, und wie soll ich ab sofort allein jeden Monat 850 Euro Miete bezahlen?

Ich schubse Van Gogh vorsichtig von meinem Schoß und lasse

meinen Blick durch die Wohnung schweifen. Bis auf Sebastians altes Schlafsofa, das auch schon bessere Zeiten gesehen hat, einen Fernseher und die leider Original-Retro-Küchenzeile, ist sie komplett leer.

Mit dem Geld von meinem Sparbuch wollten wir uns diese Woche neue Möbel kaufen. Erst vor vier Tagen haben wir in einem Möbelhaus über die Farbe des neuen Sofas gestritten.

Ich atme tief in den Bauch, um mich zu beruhigen, während meine Gedanken sich wieder unkontrolliert im Kreis drehen.

Wo könnte Sebastian nur sein?

Wofür braucht er das Geld?

Ich rapple mich vom Boden hoch. Vielleicht finde ich ja in den Umzugskartons, die Sebastian in unserem unmöblierten Schlafzimmer gebunkert hat, die Antwort auf all meine Fragen.

Doch zu meinem grenzenlosen Entsetzen sind die beiden Kartons bis auf eine einzelne gammelige Tennissocke leer. Seine Hemden und Jeans, sein Kosmetikbeutel, seine Schuhe, sein heller Leinenanzug, seine Fotografie-Fachbücher, seine teure Spiegelreflexkamera … alles weg.

Dass er all seine persönlichen Sachen mitgenommen hat, macht die Situation erschreckend endgültig. Erneut tanzen hunderte Sternchen vor meinen Augen, und die Tränen wollen jetzt sintflutartig fließen, da entdecke ich einen zusammengeknüllten Zettel unter der Solosocke und ziehe ihn hervor. Mit zittrigen Händen streiche ich das Blatt glatt.

Hm … ein Werbeflyer … zwei braungebrannte, hübsche Bikini-Mädchen räkeln sich an Bord eines Segelbootes in der Sonne. »Kommen Sie an Bord, und lassen Sie alles hinter sich«, steht in geschwungenen Lettern darüber. Ich drehe den Flyer um – die Segelroute startet in Marseille, in Südfrankreich, und dauert drei Wochen … Und dann sehe ich es – das Reisedatum ist mit einem Textmarker eingekringelt. Die Reise startet heute. Und zum zweiten Mal an diesem Tag geben meine Knie nach.

O mein Gott, ist Sebastian gerade jetzt auf diesem Segelschiff?

Hoffentlich hat er seine Sonnencreme nicht vergessen, er ist doch so empfindlich …

»Maaaaunz!«

Unsanft tastet der Kater mit der Pfote nach meinem Fuß, als wolle er mir sagen, dass meine liebevolle Fürsorge völlig unangebracht ist und ich mich besser um ihn kümmern sollte.

Ich wische mir das tränennasse Gesicht mit dem Ärmel meiner Bluse trocken.

»Na, Fellmonster, hast du Hunger?«, frage ich meinen neuen Mitbewohner.

Auch wenn ich selbst nie Haustiere hatte, weil meine Mutter alles, was Schmutz verursacht und Unordnung in ihr makelloses Leben bringt, aus tiefstem Herzen verabscheut, mag ich Katzen.

Leider hatten Van Gogh und ich einen verdammt schlechten Start, oder wie auch immer man das nennen mag, wenn man beim ersten Antritt bei den Schwiegereltern in spe hinterrücks von der Katze angefallen wird.

»Van Gogh reagiert allergisch auf Vanilleduft und rastet dann völlig aus – das hätte dir Sebastian ruhig sagen können«, informierte mich seine Mutter leider erst, nachdem der Kater mit seinen langen Krallen ein Zickzackmuster in meine Wade gekratzt hatte.

Bedauernd warf ich mein Lieblingsparfum in den Müll, und obwohl es bei den sonntäglichen Besuchen bei Sebastians Eltern nie wieder zu einer Katzenattacke kam, konnte ich eine leicht diffuse Angst vor dem Kater nie ganz abschütteln.

Deshalb hatte ich mit Sebastian auch eigentlich vereinbart, dass Van Gogh, den er unbedingt wieder zu sich holen wollte, erst mal nicht bei uns einzieht.

Hat ja toll geklappt.

»Maaaaaaauuuuunzz!«

Mir gefriert das Blut in den Adern.

Er hat Hunger, großen Hunger. Jetzt heißt es schnell sein.

Hektisch öffne ich den Küchenschrank auf der Suche nach einem katzengerechten Snack und pralle erstaunt zurück!

Sebastian scheint vor seinem überstürzten Abgang zumindest an die Grundbedürfnisse seines Katers gedacht zu haben:

Sauber stapeln sich 30 Katzenfutter-Dosen in allen nur erdenklichen Geschmacksrichtungen. Der Kater schnurrt beglückt. Naserümpfend öffne ich die Dose »Rindfleischhäppchen vom glücklichen Freiland-Rind«.

Sofort rebelliert mein Magen – können die den undefinierbaren Brei nicht irgendwie geruchsneutral machen?

In Ermangelung eines Futternapfes kippe ich den widerlich stinkenden Inhalt in Sebastians edle Designer-Müsli-Schale, die ich ihm letztes Jahr zu Weihnachten geschenkt habe.

Das hat er davon! Mich einfach so zu verlassen! Eine dicke Träne tropft auf die Rindfleischhäppchen.

Ich fühle mich, als hätte ich keinen einzigen Knochen mehr im Leib, der Schock, das Weinen und die zermarternden Gedanken scheinen jede Energie aus mir gezogen zu haben.

Ich schleppe mich zur altmodischen Kaffeemaschine und füttere sie mit frischem Pulverkaffee und Wasser und bete, dass das alles nur ein böser Traum ist, aus dem ich gleich aufwache.

Der Kater hat seine Rindfleischhäppchen in Rekordzeit hinuntergeschlungen und rülpst laut. Okay, das ist definitiv kein Traum. Selbst in meinen schlimmsten Albträumen gibt es keine rülpsenden Kater!

Während die Kaffeemaschine gluckert und tröpfchenweise starken Kaffee produziert, versuche ich, meine beste Freundin Su zu erreichen, ich brauche jetzt dringend seelischen Beistand. Aber auch bei ihr spricht nur die Mobilbox mit mir.

Ich hinterlasse ihr eine kurze Nachricht: »Bin seit fünf ... nein ... zehn Minuten wieder Single. Sebastian ist weg ... mit meinem Gesparten ...« Der Rest der Nachricht geht leider in einem weiteren Weinkrampf unter.

Shit happens, würde mein bester Freund Armin jetzt sagen, wenn ich wenigstens ihn erreichen könnte. Auch bei ihm läuft leider nur ein Band.

Scheinbar bin nur ich als freiberufliche Journalistin an einem Montagmorgen um 10.00 Uhr zu Hause, was in dieser Situation natürlich doppeltes Pech ist: Als berufstätige Frau mit Festanstellung hätte ich nämlich frühestens gegen 18.00 Uhr gemerkt, dass ich verlassen wurde.

Oder mit etwas Glück, wenn mein Rechercheauftrag in Berlin etwas länger gedauert hätte, sogar erst morgen.

»Schwamm drüber«, höre ich Armin in Gedanken sagen. »Eine erwachsene Frau bekommt keine Panik. Eine erwachsene Frau weiß immer, was zu tun ist!«

Statt des Kaffees, der im Ausguss landet, greife ich nach der noch drei Viertel vollen Flasche Prosecco von vor vier Tagen. Die Flasche Tequila und die zwei schrumpeligen Zitronen im Kühlschrank hebe ich mir für später auf. Man weiß ja nie …

Zehn entwürdigende WhatsApp-Nachrichten an Sebastian und eine halbe Flasche abgestandenes Blubberwasser später bin ich etwas ruhiger.

Bestimmt öden Sebastian das Meer, das tolle Wetter, das ständige Herumsegeln und die blöden Bikini-Mädchen schon nach wenigen Tagen an, und er kommt zu uns zurück.

Zu mir und Van Gogh! Fast schon liebevoll betrachte ich den dicken roten Kater, der mit jedem Schluck Prosecco sympathischer und schöner geworden ist.

Hurra, Katzen-sympathisch-Saufen funktioniert!

»Wir zwei gegen den Rest der Welt, was Kater?«

Der blinzelt gelangweilt, dreht mir sein Hinterteil zu und beginnt sich genüsslich zu putzen.

Noch eine Zurückweisung.

Heute ist definitiv nicht mein Tag, aber wenigstens ist mein neuer Mitbewohner reinlich.

Ich rolle mich in einer möglichst bequemen Liegeposition auf dem Sofa zusammen. Ich muss positiv denken. Wie ging nochmal der Spruch auf meiner Selbstfindungs-CD, den man sich nur oft genug vorsagen muss, damit er wahr wird? Ah ja, jetzt fällt er mir wieder ein:

»Waaas su mir gehört, gehört su mir!«, lalle ich mir mantraartig vor, während ich meine rosa Flauschdecke bis zu den Ohren hochziehe.

Leider vertrage ich keinen Alkohol.

Vor meinen Augen tanzen kleine Lichtblitze, ich hätte den Prosecco nicht auf nüchternen Magen trinken sollen.

Auch Schwamm drüber.

Erschöpft schließe ich die Augen, reiße sie aber sofort wieder auf, weil mir der Kater auf den Bauch springt.

»Töte mich oder leg dich zu mir, mir ist kalt«, wende ich mich tapfer an ihn. Ich darf jetzt auf keinen Fall Angst zeigen.

Der Kater maunzt leise und rollt sich zu einer kompakten Fellkugel zusammen.

Eigentlich ist er ja ganz niedlich. Wenn nur der Name Van Gogh nicht wäre! Ich will nicht jedes Mal, wenn ich den Kater ansehe, an das abgeschnittene Ohr des Jahrhundertmalers denken.

Da kommt mir eine Idee!

»Ich werde dich Sebastian nennen. Sebastian Mayer!« Der Kater blinzelt wieder und beginnt sich erneut zu putzen, gelangweilt, wie es scheint. Ich jedoch fühle mich ein klein wenig getröstet:

So habe ich wenigstens etwas, das mich an meinen Sebastian erinnert, nur für den Fall, dass er doch nicht zurückkommt – blöde Bikini-Mädchen und so …

Ich werde wach, weil jemand heftig an die Tür wummert.

»Und wenn sie sich etwas angetan hat?«, höre ich eine schrille Männerstimme vor der Tür.

»Entspann dich, bitte! Bestimmt liegt sie nur hackedicht auf dem Sofa. Du weißt doch, dass sie nichts verträgt. Wir holen jetzt einfach den Schlüsseldienst!«, erwidert eine mir vage bekannte Frauenstimme. »Ich ruf da jetzt an – das haben wir gleich!«

Hm, vielleicht sollte ich besser mal nachsehen. Ich öffne meine vom vielen Weinen leicht verklebten Augen und tapse wackelig zur Tür.

»Gott sei Dank, Mausezahn!« Mein bester Freund Armin wirkt sichtlich erleichtert und zieht mich in eine bärige Umarmung. »Geht es dir gut?«

»Ehrlich gesagt, ging's mir schon mal besser«, krächze ich und schlucke ein paar Tränen herunter.

»Natürlich geht es ihr nicht gut, Armin, wären wir sonst an einem Montag um 11.30 Uhr hier?« Su, meine beste Freundin seit Kindertagen, stöckelt energisch auf ihren Megaheels hinter Armin in die Wohnung und umarmt mich fest.

»Also ich brauch jetzt mal einen Schluck auf den Schock!« Armin ist schon beim Kühlschrank, schenkt sich einen doppelten Tequila ein und verschüttet dabei schwungvoll die Hälfte auf dem Frühstückstresen.

»Wohl bekomm's, Armin – es ist noch nicht einmal Mittag!« Anklagend mustert Su ihn.

»Prost! Für die Nerven, Mädels. Wollt ihr auch einen? Ich hab mich ja so aufgeregt, als ich deine Nachricht bekommen habe, Lea, und weil du dann nicht mehr ans Handy gegangen bist! Was denkt sich der Typ eigentlich? Wie kann er dich nur verlassen … und warum?«

Ich reiche Armin und Su wortlos Sebastians Nachricht auf dem Küchenzettel und checke mein Handy.

20 Anrufe in Abwesenheit – alle von Su und Armin. Traurig lasse ich mich aufs Sofa fallen.

»Pff, also ehrlich! Was heißt, er kann so nicht weitermachen?

Und was meint er mit, seinen Traum leben?« Su starrt stirnrunzelnd auf das Geschriebene.

Wortlos reiche ich ihr den Bikini-Mädchen-Prospekt, den Armin ihr sofort neugierig aus der Hand reißt.

»Warum um alles in der Welt ein dreiwöchiger Segeltörn in Südfrankreich, Mausezahn?« Armin schaut mich aus himmelblauen Augen irritiert an und beginnt rhythmisch meine Schulter zu tätscheln, was mich alles andere als beruhigt.

»Warum nicht Südfrankreich? Macht es einen Unterschied, wohin er abgehauen ist? Er hat mich verlassen, einfach verlassen«, quetsche ich schluchzend hervor und schlinge die Arme um mich, mir ist plötzlich so kalt. Wo ist die blöde Flauschdecke?

»Hallo-oo! Das Ozonloch! Sebastians weiße ›Ich creme mich immer, auch im Winter, mit Lichtschutzfaktor 50 ein‹-Haut!«

Daran hatte ich noch gar nicht gedacht: Ein heftiger Sonnenbrand könnte Sebastian zu mir zurückbringen.

»Wie ging das Lied von Boney M. nochmal? Diese deutsche Fassung«, überlegt Su nun laut.

»Ha! Ich hab's, du meinst *El Lute*: ›Er hat nie das Licht der Sonne gesehen …‹«, singt Armin lauthals, und Su stimmt sofort mit ein, und sie klatschen sich begeistert ab.

Manchmal nerven die beiden echt.

»Könntet ihr bitte damit aufhören, euch ständig über ihn lustig zu machen …« Ich schnappe nach Luft.

»Sorry, aber mal im Ernst, Lea: Was macht das Bleichgesicht drei Wochen nonstop auf dem Mittelmeer? Ein kurzer Bootstrip, okay, aber drei Wochen sind verdammt lang – und außerdem dachte ich, er kann gar nicht schwimmen …« Su beginnt naserümpfend, meine Schränke zu durchwühlen. »Hast du hier eigentlich noch was anderes außer Katzenfutter und Alkohol gebunkert, Lea?«

»Mann über Bord!«, schreit Armin und verschüttet noch etwas Tequila. »Su hat recht: Sebastian kann gar nicht schwimmen!« Er richtet sich zu seiner vollen Größe von 1,60 Metern auf. »Erinnert ihr euch noch, als er letzten Sommer bei Nataschas Gartenparty fast im Planschbecken von Klein-Irina ertrunken ist?«

»Jetzt reicht's, Armin … Er hatte etwas zu viel von der Erdbeerbowle getrunken, ist gestolpert und hat sich den Kopf angeschlagen, habt ihr das vergessen?« Ich finde das gemein … »Und als Planschbecken würde ich den immerhin zwei Meter tiefen Pool auch nicht bezeichnen.«

Hmpf. Warum versuche ich Sebastian zu verteidigen? Eigentlich sollte ich wütend auf ihn sein. Vielleicht geht er genau jetzt in Marseille an Bord dieses Segelbootes …

»Also, dass der Mehlwurm kalte Füße bekommt, sobald ihr eingezogen seid, war mir klar.« Su lehnt stirnrunzelnd am Küchentresen. »Ich – habe – es – kommen – sehen«, orakelt sie und wackelt unheilvoll mit dem Kopf.

»Sehr toll, Su. Hättest du dann nicht wenigstens eine kleine Andeutung in meine Richtung machen können? So nach dem Motto: Lea das nimmt kein gutes Ende, oder: Lea hier werdet ihr bestimmt nicht glücklich, oder: Ich hatte heute einen Traum, in dem du und Sebastian … ach, keine Ahnung …«

Mir fällt nichts mehr ein.

Su blickt mich prüfend an.

»Hättest du es denn wirklich hören wollen, Hase? Immer wenn ich in den letzten Monaten meine Bedenken zu Sebastian äußerte, hast du ziemlich allergisch reagiert.«

Stirnrunzelnd marschiert sie auf und ab und perforiert meinen ohnehin zerkratzten Parkettboden mit ihren spitzen Absätzen.

»Aber keine Sorge!« Sie wirbelt herum und richtet ihren Killerblick auf mich. »In spätestens drei Wochen ist Sebastian pleite und steht reumütig wieder auf der Matte!«

»Meinst du wirklich?«, wimmere ich hoffnungsvoll, vielleicht wird ja doch noch alles gut.

»Bestimmt, aber dann brauchst du die Albino-Ratte nicht mehr!« Zur Bekräftigung knallt Su die Faust auf den Küchentresen. Sie kann sehr emotional werden.

»Brauche ich nicht? Aber Su, ich liebe ihn doch!«

»Er ist es aber nicht wert! Sieh nur, was er dir eingebrockt hat! Der Mietvertrag läuft doch auf dich!« Die blaue Zornesader auf Sus Stirn ist gerade bedrohlich angeschwollen.

»Natürlich bist du traurig darüber, dass er dich verlassen hat, Mausezahn.« Wie immer ist Armin eine Spur taktvoller ... oder liegt es am Tequila? Das war gerade bestimmt das dritte Glas auf ex. »Aber jetzt mal so rein praktisch gedacht: Su hat recht. Was machst du nun mit der Wohnung? Die ist viel zu teuer für dich allein! Außerdem – wer renoviert hier weiter? Wie du weißt, habe ich zwei linke Hände. Und das Allerschlimmste: Du hast nicht mal Möbel und einen gefräßigen neuen Mitbewohner!«

Anklagend starren wir drei den dicken roten Kater an.

Der schaut beleidigt und schleicht prompt wieder Richtung Küchenschrank, na bitte, das Tier hat schon wieder Hunger, er wird mich arm fressen, ich glaube, mir wird schlecht.

»Und wenn du deinen Vater um Geld anhaust?«

»Danke für den Tipp, Armin, aber vorher beiße ich mir die Zunge ab!« Beim Gedanken daran, wie mein Vater auf das plötzliche Verschwinden des »überspannten Künstlers, vor dem er mich mehrmals gewarnt hatte« reagiert, wird mir gleich noch übler.

»Okay. Themenwechsel – du bist weiß wie die Wand, Mausezahn!« Armin reicht mir einen Tequila rüber.

»Auf bessere Zeiten!«, prostet er mir zu und schenkt sich selbst Nummer vier ein. Ich muss ihm nachher unbedingt ein Taxi rufen.

»Und wenn du deine Mutter fragst –?«, wirft Su ein.

»Also bitte, Su! Du kennst doch Leas Mutter!« Armin ist nun auch ganz bleich geworden.

»Stimmt, blöde Idee!« Su baut sich vor uns auf und näselt mit spitz erhobenem Zeigefinger als perfekte Dr.-Leonora-Winter-

Imitatorin. »Lea, dein« – sie hüstelt dezent – »Fast-Verlobter hatte sicher einen guten Grund, so plötzlich zu verschwinden!«

Sie geht völlig in ihrer Rolle auf und zieht die Augenbrauen vorwurfsvoll bis zum Haaransatz hoch.

»Denk darüber nach, Kind, irgendetwas musst du mal wieder falsch gemacht haben …«

Ich exe den Tequila.

Wie man es dreht und wendet, elterlichen Beistand kann ich mir wohl abschminken. Für meine Eltern bin ich in jedem Fall selbst schuld an der Misere! Mal direkt, mal indirekt.

Seufzend starre ich auf mein Mobiltelefon und versuche, es kraft meiner Gedanken zum Läuten zu bringen.

Doch leider bleibt es dunkel und stumm. »Ach Lea, nun aber mal wirklich etwas anderes …«

Su unterbricht ihre Wanderung durch mein Wohnzimmer und schwingt ihren Po elegant auf meinen Küchentresen.

»Ich hatte heute eine kurze Besprechung mit Maya van Swan, der Herausgeberin von *SoYou*. Sie suchen eine junge Journalistin für eine neue Kolumne … Irgendwas mit spannenden Reisen! Beauty und so, ich wollte dich sowieso am Nachmittag anrufen.«

Su ist als stellvertretende Chefredakteurin eines Online-Beautymagazins in der Verlagsbranche bestens vernetzt und vermittelt mir immer wieder Jobs.

»Ich habe ihr gesagt, dass du morgen um 10.00 Uhr im Verlag vorbeikommst und dich kurz vorstellst.«

»Ohne mich vorher zu fragen, na vielen Dank.« Ich hasse es, wenn man für mich Entscheidungen trifft. Hätte Sebastian mit mir geredet, statt einfach abzuhauen, säße ich jetzt nicht hier – völlig pleite, verwirrt und verheult.

»Das ist doch mal eine gute Nachricht, Mausezahn, oder?«, unterbricht Armin meine trüben Gedanken.

»Mit einem halbwegs gut bezahlten Job kannst du die Wohnung wahrscheinlich behalten. Na ja, zumindest, wenn du den Kater auf Nulldiät setzt und statt Prosecco Wasser trinkst«, konstatiert er laut und etwas undeutlich und schüttet sich Tequila nach. Das reicht jetzt, ich schnappe mir die Flasche und verstaue sie im Kühlschrank.

»Um was geht's denn bei dem Job genau?«, frage ich Su, um nicht undankbar zu erscheinen.

»Maya wollte mir keine Details verraten, nur, dass sie eine freiberufliche, attraktive Journalistin suchen und deine, ähm, Aufgabe etwas – ich glaube, ihre genauen Worte waren *speziell* – ist.

»Was heißt ›speziell‹?« Irgendwie ist mir nicht ganz wohl bei der Sache.

»Keine Ahnung. Sie sagte etwas von großem persönlichen Einsatz und intensiver Recherche, auf jeden Fall eine Riesenchance für dich, weiterzukommen.« Su lächelt mich aufmunternd an. »Und das Beste habe ich noch gar nicht erwähnt: Ein fettes Spesenkonto bekommst du auch«, versucht sie, meine letzten Zweifel zu zerstreuen.

»Mit dem du deine lieben Freunde schon jetzt auf eine Pizza einladen kannst! Ich habe ganz plötzlich einen Wahnsinnshunger. Lasst uns zu Gino gehen.« Wie immer denkt Armin zuallererst an sein leibliches Wohl.

Nach einer kurzen Dusche ist mein Kopf klarer, und ich wühle mich auf der Suche nach ein paar frischen Klamotten durch die Umzugskartons. Mist, ich hätte die Dinger, wie mir Sebastian geraten hatte, wohl besser genau beschriften sollen, die ständige Sucherei nervt. »Du musst endlich mehr Ordnung in dein chaotisches Leben bringen! Das ist ja nicht auszuhalten!«, höre ich Sebastians Stimme in meinem Kopf hallen. Meine – nennen wir es mal – etwas unstrukturierte Art war der einzige Grund, warum wir gelegentlich stritten … Aber Menschen können sich ändern … Ich würde mich ändern … für ihn … Plötzlich halte ich mein blassblaues Lieblingssommerkleid mit dem enganliegenden, trägerlosen Spitzenoberteil und dem weit schwingenden Tellerrock in Händen. Sebastian hat es mir letztes Jahr in Rom gekauft, er meinte, dass ich in dem Kleid wunderschön aussehe … Ich muss schlucken bei der Erinnerung an den Abend, als ich es das erste Mal getragen habe – und sehe Sebastian und mich wieder in der kleinen romantischen Trattoria am Campo de' Fiori. Meine Hand liegt sicher in seiner. Die Luft ist mitternachtsblau und immer noch warm. Es ist eine magische Nacht, und ich habe das Gefühl, im richtigen Kleid mit dem richtigen Mann am richtigen Ort zu sein – bis plötzlich Sebastians Handy läutet. Der Anruf ist von einer Arbeitskollegin aus der Fotoagentur, und es dauert über eine halbe Stunde, bis Sebastian wieder an den Tisch zurückkommt.

Danach scheint er mit seinen Gedanken woanders zu sein, und zu meinem großen Entsetzen entdecke ich auf meinem neuen Kleid auch noch einen Tomatenfleck. Der, obwohl ich das Kleid seitdem schon zigmal habe reinigen lassen, immer noch ganz schwach sichtbar ist. Behutsam lege ich das Kleid wieder in den Umzugskarton zurück und schlüpfe in ein T-Shirt und eine Jeans. Dann binde ich meine dunkelblonden Haare zu einem lockeren Pferdeschwanz zusammen und trage noch etwas Lipgloss auf.

Meine vom Weinen kaninchenroten Augen zu schminken ist sinnlos, daher wische ich nur die verschmierte Wimperntusche ab, setze meine große Sonnenbrille auf und lächle mich zaghaft im Spiegel an.

»*Don't be sad! The so called ›Mehlwurm‹ is mad!*
LALALALALALALA
Oh my GOD! You are so hot!«

Im Wohnzimmer grölt Armin gerade seine persönliche Interpretation meines Lieblingssongs. Mist! Er hat den Umzugskarton mit den DVDs entdeckt.

»*So very, very HOT!*«

Armin kniet vor meinem Fernseher und gibt alles.

»Armin, es reicht!« Su hat den Fernseher ausgeschaltet.

»Lächle, Lea – niemand ist gestorben!« Su nimmt mich fest in den Arm. »Was du jetzt brauchst, sind Kohlehydrate, Zucker und noch mehr Alkohol.« Zwei Minuten später stolpern wir zur Tür hinaus, und ich bin froh, a) immer noch *hot* zu sein, b) direkt über dem besten Italiener der Stadt zu wohnen und c) Freunde wie Armin und Su zu haben.

ZURÜCK IM PALAST DER EISKÖNIGIN

»Lea – ich meine, Frau Winter –, hören Sie mir eigentlich zu?«

Maya van Swans schrille Stimme dringt wie durch dichten Nebel zu meinen geplagten Gehirnzellen vor. Blinzelnd kehre ich wieder in den Media Tower und zu meinem seltsamen Vorstellungsgespräch zurück.

Keine Ahnung, wie lange ich in Gedanken war.

Nach dem ratlos bis wütenden Gesicht der Herausgeberin eindeutig zu lange.

»Wie Sie wissen, ist *So You* eines der auflagenstärksten Lifestyle- und Beautymagazine Europas.«

Immerhin das weiß ich, ich gehe nie unvorbereitet zu Terminen. Ich nicke vermeintlich begeistert.

»Die Leserin von *So You* ist die typische Karrierefrau, die sich mit eisernem Willen die Erfolgsleiter hinaufgearbeitet hat.«

Ihre Stimme ist lauter geworden.

»Doch neben ihrer 60-Stunden-Woche, den zahlreichen Bussinesslunches, Geschäftsreisen und ihrem täglichen Fitnessworkout fehlt unserer Businessfrau etwas. Etwas ganz Entscheidendes!«

Maya van Swan legt eine dramatische Pause ein und fixiert mich wie eine Schlange das Kaninchen. Mir wird auf einmal ganz heiß.

»Sie können sich sicher denken, was das ist, Frau Winter!«

In meinem Kopf herrscht völlige Leere.

»Diese Frauen haben wie alle Frauen nur ein Ziel, nur einen

Wunsch«, versucht sie, mir auf die Sprünge zu helfen, während sie mich, ohne auch nur einmal zu blinzeln, anstarrt.

»Äh … Weltfrieden?«, presse ich nach einer gefühlten Ewigkeit hervor. Sagen die Frauen in Schönheitswettbewerben das nicht immer?

»Papperlapapp! Weltfrieden!«, spuckt sie das Wort verächtlich aus und beginnt in ihrem Büro hektisch auf und ab zu stöckeln. »Das Ziel ist es, sich ein gutsituiertes, paarungsbereites Männchen zu sichern, ehe es eine andere tut! Unsere Leserinnen sind Mitte 30 …« Ihre Stimme ist jetzt wieder schrill. Und sehr laut. »Heirat, Kinder … Tick, tock! Sage ich nur! TICK! TOCK! Das attraktivste Weibchen gewinnt den Hauptpreis!« Sie fixiert mich wieder. »Und hier kommen Sie ins Spiel!« Sie beugt sich nah zu mir herunter – ich kann eine fiese blaue Ader an ihrer Schläfe pulsieren sehen. »Sie recherchieren für die Leserinnen von *So You* die neuesten Beautytrends, was Ihnen bei Ihrem reichlichen Erfahrungsschatz nicht schwerfallen dürfte. Sie kennen sich aus, Frau Winter. Sie kennen die Zusammensetzung aller Anti-Aging-Produkte dank Ihres Studiums, da macht Ihnen niemand etwas vor. Helfen Sie unseren Leserinnen, auf der Jagd nach ihrem Mr. Right perfekt auszusehen. Die Konkurrenz schläft nicht, sag ich immer!«

Das klingt eigentlich machbar, ich atme etwas auf.

»Doch natürlich sind Sie dabei keine Schreibtischtäterin! Sie testen die neuesten Beautyinnovationen unerschrocken am eigenen Leib!«

Sie heftet wieder diesen hypnotischen Schlangenblick auf mich.

»Sie sind immer auf der Suche! Immer auf der Jagd! Wo sind die heißesten Beautytrends? Wo gibt es die tollsten Beautybehandlungen? Wo?«

Hilfe! Wenn die mich weiter so anstarrt, falle ich in Trance.

»Ich will strahlende Augen. Ich will jugendlich glatte Haut, ich will Oberschenkel zart wie ein Babypopo, ich will Makellosigkeit!

Unsere Leserinnen wollen Makellosigkeit! Unsere Leserinnen verdienen Makellosigkeit!«, zischt sie.

Oje, gleich brennen ihre Augen ein Loch in meine Netzhaut.

»Machen Sie unsere Leserinnen schöner. Machen Sie sie stärker und fitter für die Jagd nach ihrem Traummann.«

Meine Haut kribbelt unter ihrem starren Röntgenblick, während ihre Stimme immer lauter und schriller wird.

»Helfen Sie den Frauen, ihre Sehnsüchte, ihre Träume und ihr Schicksal zu erfüllen! Machen Sie sie zu schöneren Menschen. Machen Sie sie zu Beauty Queens! Werden Sie unsere Beauty Queen, Frau Winter!«

Okay – es ist offiziell: Diese Frau ist eindeutig durchgeknallt. Su hätte mich ruhig vorwarnen können.

Von ihrer Rede erschöpft, lässt Maya van Swan sich auf ihren ledernen Thron zurückfallen, zündet sich einen Zigarillo an und bläst mir eine Rauchwolke ins Gesicht.

»Meine liebe Lea. Ich darf doch Lea sagen?«, schaltet sie jetzt wieder in ihren Säuselmodus um.

Ich nicke vorsichtig verhalten und hüstle dezent. Die Eiskönigin biedert sich an, aber wenn mir das zu einem Job verhilft …

»Was ich vielleicht noch nicht erwähnt habe, Lea, und was Sie sicherlich sehr freut, ist, dass Sie mit dem Vertrag zustimmen, sich gleich bei Ihrem ersten Auftrag einem Makeover, das heißt einer Art Runderneuerung, zu unterziehen.« Sie lächelt mich begeistert an.

Wie bitte? *Runderneuerung*?

Laut seriösen Frauenzeitschriften ist 30 doch das neue 20? Das heißt, ich bin – zumindest in Zeitschriften-Jahren – erst 23!

Das reicht jetzt.

»Ich lasse mich nicht botoxen!« Entschieden schnappe ich meine Handtasche und wuchte mich mühsam aus dem tiefen Sessel, meine Bauchmuskeln waren auch schon mal funktionsfähiger.

»Aber Lea – niemand will Sie botoxen! Sie haben da etwas ganz falsch verstanden!« Maya ist von ihrem Thron aufgesprungen und lässt ihre roten Krallen in meiner Jacke versinken.

»Ich spreche von aufregenden Reisen in die Metropolen Europas. Ich spreche von gratis Beautytreatments in London, Paris und Wien. Sie testen die neuesten Schönheitstrends und schreiben jeden Monat einen kleinen, exklusiven Artikel über Ihre Erlebnisse – klingt das nicht toll? Bereits morgen fliegen Sie zu Ihrem Makeover nach London zu Sacha – DEM Beautyguru.«

Zu einem Guru? Skeptisch runzle ich die Stirn, während vor meinem geistigen Auge das Bild eines kleinen hageren Inders in einer überdimensionalen Windelhose entsteht.

»Und natürlich haben Sie auch ein eigenes Spesenkonto für Sonderausgaben, Ermäßigungen in angesagten Restaurants und Spas und einen eigenen Fitnesscoach.«

Shit: Sie weiß, dass sie mich hat.

Ich lasse mich wieder in den unbequemen Stahlrohrsessel fallen, atme tief ein und setze meine wackelige Unterschrift unter den Vertrag.

Maya nimmt den letzten Schluck von ihrem Espresso und lächelt.

GIN TONIC IM STURM

»Wir durchfliegen gerade eine Gewitterzone. Bitte kehren Sie auf Ihre Sitzplätze zurück und bleiben Sie so lange sitzen, bis die Anschnallzeichen erloschen sind!«

Ich bin in meinem persönlichen Albtraum. Nach einer durchweinten Nacht, ohne eine einzige Nachricht von Sebastian, erlebe ich nun auch noch den schlimmsten Flug meines Lebens.

»Der Herr da im roten Pullover! Bitte nehmen Sie sofort wieder Ihren Sitzplatz ein!«

Armin als seelische Unterstützung nach London mitzunehmen und dafür mein Business-Class-Ticket gegen zwei Economy-Tickets zu tauschen, war im Nachhinein betrachtet sicher nicht eine meiner besten Ideen. Mein bester Freund leidet nämlich noch heftiger unter Flugangst als ich.

»Armin, tu, was die Stewardess sagt, und setz dich verdammt noch mal endlich wieder hin!« Wütend springe ich auf und zerre ihn auf seinen Sitzplatz beim Fenster zurück.

»Nur wenn ich auf und ab gehe, beruhigt sich mein Puls!« Nervös fummelt er an seinem Sicherheitsgurt herum.

Eine weitere Sturmbö schüttelt das kleine Flugzeug durch, und Armin krallt sich mit voller Kraft in meinen Oberarm. »Mausezahn, ich bin zu jung zum Ste-erben!«

Armin und ich haben uns vor über zehn Jahren in der Mensa der Uni kennengelernt. Er fiel in der Masse der Studenten sofort auf, weil er der Einzige war, der an diesem 30 Grad warmen

Spätsommertag einen pinken Schweinchenanzug aus Plüsch mit rosa Schlappohren trug und Flyer mit der Aufschrift »Wir protestieren! Das kann keine Sau essen!« an die anderen Studenten verteilte, was mich damals mächtig beeindruckte. Endlich hatte mal jemand den Mut, gegen das schlechte Essen und die Abzocke etwas zu unternehmen, und keine Scheu, sich dabei lächerlich zu machen.

Seit diesem Tag begleitet mich Armin meist unerschrocken durch die Höhen und Tiefen meines Lebens und steht mir zu jeder Tages- und Nachtzeit mit einer starken Schulter zum Anlehnen und fundamentalen Lebensweisheiten wie »Dein Körper ist ein Tempel, Mausezahn – nur Auserwählte sollten ihm huldigen dürfen« – zur Seite.

Nur leider zeichnet sich mein bester Freund in echten Krisensituationen wie steckenbleibenden Aufzügen (einmal) und unruhigen Flügen (zweimal) nur durch völlig hysterisches Verhalten aus:

»Ich werde aus dieser Welt gehen, ohne den perfekten Mann gefunden zu haben«, keucht Armin und starrt mit weit aufgerissenen Augen aus dem Fenster. Gerade zuckt wieder ein Blitz vorbei. »Das hier überleben wir garantiert nicht, Mausezahn!« Mein Arm fühlt sich mittlerweile an, als würde er in einem Schraubstock stecken.

»Du wirst heute nicht sterben«, versuche ich ihn und ein wenig auch mich selbst zu beruhigen. »Und den perfekten Mann hast du doch schon längst gefunden, oder?« Armin lebt in einer dramatischen, für sein näheres Umfeld ziemlich anstrengenden On-off-Beziehung.

»Zwischen mir und Stefan herrscht seit zwei Tagen Funkstille. Ich vermute, dass da was mit seinem knackigen schwedischen Personal Trainer läuft«, presst Armin leicht schnaufend hervor, während das Flugzeug gefühlte 100 Meter absackt. »Wahrscheinlich wird er nicht mal zu meinem Begräbnis kommen!«

»Jetzt beruhig dich, bitte! Das Flugzeug ist das sicherste Reisemittel«, zitiere ich eine Statistik, die ich mal gelesen habe. »Die Wahrscheinlichkeit eines Absturzes liegt bei eins zu einer Million. Oder war es eins zu zwei Millionen? Egal! Wir werden das hier überleben, versprochen!« Behutsam löse ich seinen Klammergriff von meinem tauben Unterarm. Doch nur für Sekunden. Mehrere Blitze zucken an den Tragflächen vorbei. Ich bin mir nicht mehr sicher, ob das mit der Absturzstatistik wirklich stimmt.

Ich google das mal besser nach.

Hektisch durchwühle ich meine überdimensionale Tasche, die ich immer auf Reisen mit mir herumschleppe, nach meinem Handy. Unter der neuen Ausgabe der *So You*, meinem Notfalltropfen-Fläschchen – das ich an Armin weiterreiche –, einer kleinen Tube Handdesinfektionsmittel, Taschentüchern, meinem Mini-Laptop, einem Schokoriegel mit Minzgeschmack und meinem Schminktäschchen werde ich schließlich fündig.

Nachdenklich lasse ich meine Hand über den Einschaltknopf schweben. Vielleicht hat sich Sebastian in der Zwischenzeit gemeldet? Wir sind jetzt seit zwei Stunden in der Luft – bestimmt hat er gerade vorhin versucht, mich zu erreichen, um mir zu erklären, dass er einen Riesenfehler gemacht hat.

Ich will also kurz meine Mobilbox checken, da schreit Armin voller Panik laut auf.

»Wenn du das machst, stürzen wir ab!«

Aufgeregt drehen sich alle Passagiere in den umliegenden zehn Sitzreihen zu uns herum, und der Steward eilt herbei.

»Gibt es ein Problem, Miss?!« Ich muss weit nach oben schauen, der Flugbegleiter ist bestimmt 1,90 Meter groß.

»Ja! Alle haben hier gleich ein Problem, Herr Steward«, petzt Armin und zeigt anklagend auf das Mobilgerät in meiner Hand.

»Sie will ihr blödes Handy ausgerechnet jetzt einschalten, weil sie glaubt, dass ihr Exfreund, der vor zwei Tagen nach Südfrankreich abgehauen ist, telepathisch ihre sehnsüchtigen Schwingungen empfängt und just im Moment unseres sicheren Todes anruft!« Armin funkelt mich an. »Jeder Grundschüler weiß, dass man im Flieger nicht telefonieren darf!«

Der Steward lässt sich mit einem breiten Lächeln auf den freien Platz neben mir fallen. »Ach so! Na ja, wer kennt das nicht. Verzweifeltes Warten auf Anrufe, die nie kommen.«

Ich schaue in kieselgraue Augen und wundere mich. Dieser fremde Mann kommt mir seltsam vertraut vor, als hätte ich ihn nur eine sehr lange Zeit nicht gesehen …

»Wir landen in rund 30 Minuten, Miss, und haben schon mit dem Sinkflug begonnen, das bedeutet, die Mobiltelefone müssen ausgeschaltet bleiben. Nach der Landung können Sie gern mit Ihrem Freund telefonieren. Aber wenn es Ihnen hilft, erzählen Sie mir doch einfach von ihm. Wo ist er gerade?«

»Äh, nein, nicht nötig … mir geht es sehr, sehr gut! Vielen Dank auch«, wehre ich das fragwürdige Angebot ab. »Er hier ist die hysterische Zicke.« Ich deute auf Armin.

»Wenn wir erst alle tot sind, wirst du schon sehen, wer recht hatte!«, giftet Armin, dreht sich zum Fenster und nimmt beleidigt einen Schluck aus dem Notfalltropfen-Fläschchen.

»Ich bringe Ihnen jetzt erst mal etwas Stärkeres zur Entspannung, bin gleich wieder da!« Der Steward kämpft sich durch die schlingernde Maschine Richtung Bordküche und ist kurz darauf mit zwei XXL-Bechern zurück, die er mir vorsichtig in die Hand drückt.

»Ein Gin Tonic für Sie … und einen für Ihren Freund! Wohl bekomm's! Geht aufs Haus!« Er nimmt wieder in dem freien Sitz neben mir Platz und schnallt sich an.

Hm, sehr lecker, wirklich genau die richtige Menge Gin, um einen alles vergessen zu lassen. So schlecht ist der Spezialservice in der Economy-Class gar nicht. Den zweiten Gin Tonic drücke ich Armin mit den Worten »Entspann dich und trink das!« in die Hand.

Ich nehme noch einen großen Schluck und noch einen und atme tief in den Bauch. Der Steward bleibt schweigend neben mir sitzen, und ich weiß nicht, ob es an dem Alkohol liegt, den ich um 9.00 Uhr morgens in atemberaubendem Tempo auf nüchternen Magen in mich reinkippe, oder an der Tatsache, dass ich, nachdem das Flugzeug seltsam zu schlingern beginnt, nun auch befürchte, dass mein letztes Stündchen endgültig geschlagen hat, auf jeden Fall erzähle ich dem Steward jetzt doch noch alles.

Wie ich Sebastian vor zwei Jahren im Urlaub bei einem Bootsausflug auf Korfu kennenlernte und er mich gentlemanlike vor dem sicher schlimmsten Sonnenbrand meines Lebens rettete. Armin hatte nämlich vergessen, nachdem er seinen Luxuskörper im Hotel akribisch mit meiner Sonnencreme eingecremt hatte, diese wieder in die Badetasche zurückzulegen.

Und das vor einer zweistündigen Bootsfahrt …

Ich war damals echt wütend auf Armin, aber nur kurz.

Hätte ich sonst Sebastian kennengelernt?

Wenn ich die Augen schließe, spüre ich wieder die Sonnenstrahlen auf meinem Körper, den Wind auf meiner Haut und Sebastians starke Hände, die meine Schultern gewissenhaft und doch sehr behutsam eincremen, während das Ausflugsboot über die Wellen hüpft.

Ich seufze und streiche nachdenklich mit dem Daumen über das dunkle Display des ausgeschalteten Handys. Wann meldet er sich endlich? Wo ist er? Und was tut er gerade?

Während des Urlaubs kamen wir uns nur wenig näher, was einerseits an Su und Armin lag, die mich die ganze Zeit kreuz und quer über die Insel schleppten, aber auch an Sebastians Freunden, die ständig mit ihm Party machen wollten, schließlich war es der Junggesellenabschied von Thomas, Sebastians bestem Freund.

Aber wir wohnten im selben Hotel und trafen uns zweimal abends vor dem Essen auf einen Cocktail bei der Strandbar. Seufzend unterbreche ich meine Schilderung und schlucke den mächtigen Kloß im Hals runter, als ich an das helle Leuchten in Sebastians blauen Augen denke, während wir feststellten, dass wir nicht nur in der gleichen Stadt, sondern sogar nur zwei Straßenblocks voneinander entfernt wohnten.

Wie wir uns nach meiner Rückkehr bei seinem Lieblingsthailänder in der Innenstadt trafen und er – noch ehe sein Spicy-Curry und meine Kuai-Tiao-Nudelsuppe kamen – mein Gesicht sanft in seine Hände nahm und mich küsste.

Ich nehme noch einen Schluck vom Gin Tonic.

Meine, wie sich herausstellte, völlig unbegründete Eifersuchtsattacke mit einem Tennisschläger auf seine bildhübsche Arbeitskollegin vor drei Monaten streife ich nur und erzähle dem eifrig lauschenden Steward lieber, wie Sebastian mich kurz nach meinem Ausraster bat, mit ihm zusammenzuziehen.

Auch dass ich dachte, dass unsere gemeinsame Wohnung ein klares Statement und ein erster Schritt in unsere gemeinsame Zukunft sei, und wie ich hoffte, dass mir Sebastian spätestens zu unserem dritten Jahrestag einen Heiratsantrag machen würde.

Ich Idiotin hatte von der schönsten Hochzeit aller Zeiten geträumt: Ich sah mich in einem schulterfreien, cremefarbenen Seidenkleid mit Perlen und zarten Stickereien und einer drei Meter langen Schleppe. Sebastian an meiner Seite und wie wir uns vor den Augen aller Gäste liebevoll küssen. Okay, ich hatte auch sonst alles im Detail geplant: die dreistöckige pinke Torte mit dem Flamingo on top und unseren verschlungenen Zuckerguss-Initialen. Su im dezent roséfarbenen bodenlangen Kleid als meine bildhübsche Brautjungfer und Armin in seinem etwas zu engen Smoking als mein hypernervöser Trauzeuge, ja, verdammt, ich hatte sogar schon einen genauen Menüplan inklusive Weinbegleitung und Cocktails ausgearbeitet. Und die Deko … und …

Ich kann gar nicht mehr aufhören, den armen Steward zuzutexten, und schildere ihm jede verdammte Kleinigkeit der letzten zwei

Jahre bis zum heutigen Tag, an dem ich nun hier in diesem sturmgeschüttelten Flieger sitze und mir nur eines wünsche: dass Sebastian endlich Vernunft annimmt und zu mir zurückkommt.

»Tja, das war's!« Müde sinke ich ganz tief in meinen Sitz – so ein Seelenstriptease ist ganz schön anstrengend, und der Gin-Tonic-Becher in meiner Hand ist leer. Wenigstens die Windböen haben ob meiner Redseligkeit nachgelassen. Erwartungsvoll schaue ich zu dem Mann, der mir so aufmerksam gelauscht hat, auf. Komisch, bei dem diffusen Licht in der Flugzeugkabine wirkt er seltsam alterslos, und obwohl ich mir sicher bin, ihm noch nie zuvor begegnet zu sein, erinnert er mich an jemanden. Er nickt mir mit einem wissenden Lächeln zu. Dabei strahlen seine Augen wie gleißender silbergrauer Stahl. Irgendwie unheimlich. Er beugt sich vor und sieht mir fest in die Augen.

»Es gibt keinen Weg zum Glück, Lea. Glücklich sein ist der Weg!«

Wie bitte? Was hat er gerade gesagt?

»Denk darüber nach, ist übrigens leider nicht von mir, sondern von Buddha!« Er lächelt zufrieden und drückt meine Hand.

Empört entreiße ich sie ihm.

Soll das etwa seine Antwort auf meinen, ich checke die Uhrzeit auf den Bildschirmen, 15-minütigen Mein-Leben-ist-Mist-Monolog sein? Eine hohle Phrase aus dem Buch: Ein weiser Spruch für jede Lebenslage?

Außerdem: Woher zum Geier weiß er, dass ich Lea heiße. Ich bin sicher, dass das außer meiner BH-Größe die einzige Information ist, die ich ihm in der letzten Viertelstunde nicht gegeben habe.

Ich starre ihn an und warte auf einen besseren Ratschlag zu meiner vertrackten Situation. Hat er mir überhaupt zugehört? Was will er mir mit dem dämlichen Spruch überhaupt sagen? Ich grüble weiter und riskiere einen vorsichtigen Blick aus dem Fenster.

Der Pilot zieht gerade eine große Schleife, und während sich das Flugzeug sanft zur Seite neigt, erkenne ich, dass wir in diesem Moment über den Vororten von London kreisen. Die zahlreichen kleinen, hübschen Backstein-Cottages mit leuchtend blau oder rot gestrichenen Türen sind für meinen Geschmack etwas zu nah. Ist es normal, dass wir so knapp über dem Boden Runden ziehen? Ich hoffe, der Pilot weiß, was er tut.

»Glücklich sein ist der Weg!« …Na, in erster Linie wäre ich schon glücklich, hier wieder lebend rauszukommen.

»Wir landen in wenigen Minuten, darf es noch was zu trinken sein?«, unterbricht der Steward meine trüben Gedanken. Das Flugzeug neigt sich sanft zur anderen Seite, und ein Sonnenstrahl erhellt das Flugzeuginnere – das Gewitter scheint endgültig vorbei zu sein.

Ich schaue meinen Sitznachbar an und will antworten, stocke aber. Warum dachte ich vorhin, dass seine Augenfarbe irgendwie seltsam ist? Kieselgraue Augen blicken mich fragend an.

»Darf es noch was zu trinken sein?«, wiederholt er seine Frage.

»Nein – nein danke!« Irgendwie bin ich total durch den Wind und noch immer leicht eingeschnappt wegen seiner schwammigen Antwort. Außerdem ist mir leicht übel.

Der Pilot verkündet nun mittels Lautsprecherdurchsage, dass wir mit einer Verspätung von 15 Minuten in London landen werden. Ein kollektives Aufatmen geht durch den Flieger. Offensichtlich bin nicht nur ich glücklich, dass dieser Horrorflug bald vorbei ist. Apropos. Neben mir ist es seltsam ruhig, vorsichtig schiele ich rüber zu Armin, der völlig entspannt in seiner *Men's Health* blättert.

»Alles okay bei dir? Soll dir der Steward noch etwas bringen?«

Armin reißt seinen Blick vom Waschbrettbauch eines attraktiven Männer-Models kurz los. »Steward? Welcher Steward, Mausezahn?«

»Der neben mir. Mit dem ich mich die letzten 15 Minuten unterhalten habe und der nun meine ganze traurige Lebensgeschichte kennt«, zische ich leise.

Im Nachhinein ist mir mein Geplapper ziemlich peinlich, was muss dieser fremde Mann nur von mir denken?

»Halluzinierst du, Mausezahn? Da ist niemand!«

Ich drehe mich um, der Platz neben mir ist leer.

GIBT ES EIGENTLICH HAIE IN SÜDFRANKREICH?

In fünf Minuten ist es so weit: mein erster offizieller Termin für *So You*! Ich checke mein Spiegelbild in der Glasfront von Londons angesagtestem Beautytempel auf der Kensington High Street, wo gleich der Termin für mein Makeover stattfinden wird. Rote Doppeldeckerbusse brausen laut hupend über die beliebte Einkaufsmeile, und die Touristen schieben sich auf der Jagd nach dem ultimativen Shoppingschnäppchen an uns vorbei.

Könnte mich Sebastian jetzt so sehen: Die nagelneue schwarze Markenjeans sitzt schön knackig, vor allem am Po, und ein weißes Seidentop und ein figurbetonter Blazer, der meine kleinen Speckröllchen am Bauch dezent versteckt, runden mein perfektes Erscheinungsbild ab. Armin und ich haben in den letzten beiden Stunden wirklich ganze Arbeit geleistet.

Mich bei einem Nobel-Beautysalon professionell schminken, die Augenbrauen zupfen und die Haare glätten zu lassen, fand Armin anfangs zwar etwas übertrieben, aber mittlerweile ist auch er vom Ergebnis meines »Umstylings« – das meinem großzügigen Auftraggeber inklusive French-Nail-Maniküre und wohltuender Nackenmassage in Summe schlappe 300 Pfund gekostet hat – begeistert.

»Ich fasse es nicht, wie heiß du aussiehst, Mausezahn!« Armin strahlt mich an, während er sich mit einem Curry-All-You-Can-Eat-Flyer Luft zufächelt. Mein Magen knurrt reflexartig. Mist. Vielleicht hätte ich eben doch etwas essen sollen, statt Armin beim hastigen Verzehr der Riesenportion Spicy Chicken Curry nur zuzusehen.

»Gleich wird sich dieser selbsternannte Beautyguru fragen, warum *So You* ausgerechnet dich zum Makeover noch London geschickt hat!«

»Danke, wie lieb von dir!« Ich zupfe das seidige Top zurecht. Kurz keimen erste Zweifel in mir auf, ob es spesentechnisch wirklich in Ordnung war, 300 Pfund auszugeben, um mich *vor* dem Makeover aufzuhübschen, und ob Maya beim Anblick der Rechnung sofort meine Firmenkreditkarte mit ihren spitzen Krallen schreddert.

Andererseits habe ich erst neulich gelesen, dass 45 Prozent der Frauen ihre Wohnung auf Hochglanz putzen, bevor die Putzfrau kommt. Somit ist es also nur legitim, sich vor dem Makeover optisch tunen zu lassen. Schließlich repräsentiere ich ein erfolgreiches, europaweit erscheinendes Frauenmagazin und sollte nicht aussehen wie eine Frau, die seit zwei Tagen dauerweint – oder wie etwas, das der Hund gerade unter dem Bett hervorgezogen hat.

»*Thank you for coming, Mrs. Lea!*«, näselt Armin in seinem pseudoperfekten Oxford English. »*But unfortunately I can do nothing for you, nothing! Please return home. You are absolutely beautiful!!*«

Ich überprüfe ein letztes Mal mein Aussehen in der Glasfront: Armin hat recht: Ich sehe trotz der widrigen Umstände der letzten beiden Tage – Mann weg, Geld weg, Horrorflug – wirklich gut aus, und mein angeknackstes Selbstvertrauen richtet sich wie ein zartes Pflänzchen aus dem Sumpf der Verzweiflung etwas auf.

»Wirklich schade, dass mich Sebastian so nicht sehen kann!«

Zum bestimmt hundertsten Mal an diesem Tag checke ich meine Mobilbox, und natürlich hat Sebastian immer noch nicht auf eine meiner unzähligen Nachrichten geantwortet, von denen »Sepastiaan – bitte kooooomm surück su mir – ich tue alles, was su willst, wirklich aaaalles!« zu den am wenigsten peinlichen gehört.

Notiz an mich: Sebastian nur noch vollkommen nüchtern anrufen.

Gerade kommt mir ein schrecklicher Gedanke:

»Gibt es eigentlich Haie in Südfrankreich?«

Armin nimmt mir sanft, aber bestimmt das Mobiltelefon aus der Hand und lässt es in meine – leider nicht neue, so weit wollte ich spesentechnisch dann doch nicht gehen – Handtasche plumpsen.

»Alles wird gut, Mausezahn. Komm her! Lass dich kurz drücken!« Dankbar spüre ich die wohligbärige Umarmung meines kleinen Rauschgoldengels und bin nun doch sehr froh, meinen manchmal leider etwas nervenschwachen besten Freund zur seelischen Unterstützung nach London mitgenommen zu haben. Vorsichtig blinzle ich eine kleine Träne weg, um mein Make-up nicht zu verwischen.

»Du weinst doch nicht schon wieder, Lea? Tu uns bitte allen einen Gefallen und vergiss den feigen, verlogenen Mehlwurm!«

»Sag nicht immer Mehlwurm zu ihm! Soo blass ist er auch nicht!«, wettere ich.

Ich weiß auch nicht, warum ich es nicht ertrage, dass sich Armin und Su immer über die skandinavisch-noble Blässe von Sebastian lustig machen. Dank seiner schlanken Gestalt, der hellen Haut und den hellen Augen ist er auf den ersten Blick eine etwas unnahbar-kühle, aber in meinen Augen umso anziehendere Erscheinung. Mit meinen durchschnittlichen 1,65 Metern und den fünf Kilogramm Übergewicht habe ich mich neben ihm immer wie ein recht hübscher, aber leider auch etwas moppeliger Hobbit gefühlt, aber da kann er ja schließlich nichts für.

»Wir können ihn auch Vampir nennen, wenn dir das lieber ist. Immerhin hat der blasse Blutsauger auch deine Ersparnisse angezapft. Oder halt. Noch besser: Er hat dein Sparbuch leergesaugt!« Armin kichert begeistert.

»Wie witzig!«

»Wie auch immer, Mausezahn!« Armin hält mich an den Schultern und nimmt mich ins Visier seiner himmelblauen Augen. »Du musst jetzt in erster Linie an dich denken und an diesen Job! Du hast eine Mission, Mausezahn!«

»Ja?«

»Du gehst jetzt da rein und zeigst es dem Guru, okay?!«

Ich nicke tapfer.

Armin winkt ein herbeifahrendes schwarzes Taxi heran und wuchtet die Shoppingtüten mit meinen alten und seinen neuen Klamotten, seine Reisetasche und meinen Trolley ins Taxi.

»Wir sehen uns dann später im Hotel! Ich brauche jetzt erst mal eine Dusche und meinen Schönheitsschlaf.«

Neidisch winke ich ihm nach und fühle mich auf einmal sehr allein. Hoffentlich versaue ich nicht gleich den ersten Auftrag für *SoYou*, ich brauche das Geld wirklich dringend. Su, die mir netterweise angeboten hat, während ich in London bin, den dicken Kater zu füttern, hat mir erst vor einer Stunde ein sehr beunruhigendes Foto geschickt. Auf dem Bild liegt Sebastian Mayer komatös auf dem Rücken und streckt alle vier Pfoten von sich. Sein gewaltiger Katzenbauch ragt dabei unnatürlich aufgebläht in die Luft. Der Text dazu lautet: »Neuer Fressrekord von SM: 2 Katzenfutter-Dosen in 2 Minuten ☺.«

Ich überschlage kurz im Kopf die Katzenfutter-Kosten: Wenn das Tier drei Döschen von dem Luxusfutter à 2 Euro pro Tag frisst, sind das – o mein Gott –, dann sind das 180 Euro für das Fellmonster-Futter im Monat! So viel gebe ja nicht mal ich monatlich für Lebensmittel aus! (Meine Restaurantbesuche und gelegentliche Cocktailabende mit Armin und Su nicht mitgerechnet.)

Nicht auszudenken, wenn das Fellmonster krank wird und zum Tierarzt muss.

»Setz ihn auf Diät, sofort!«, tippe ich.

So, das wäre geschafft. Entschlossen stöckle ich auf den Eingang zu.

Mit einem sanften Summen öffnen sich die vollautomatischen Glastüren, und ich betrete die heiligen Hallen. Meine Stilettos klackern über glänzenden schwarzen Marmor, während ich durch die fußballfeldgroße Eingangshalle, die von einem gigantischen Kristalllüster erhellt wird, auf den Empfangstresen zusteuere.

Sofort eilt eine attraktive, etwa 40-jährige Frau mit blondem, akkurat geschnittenem Pagenkopf und einer violetten Hornbrille auf mich zu.

Entspannt atme ich auf. Nichts verstört mich mehr als Kosmetikerinnen, die wie 18-jährige Topmodels aussehen und mich daran erinnern, dass ich selbst nicht mehr 18 bin und *was-auch-immer-sie-meinem-Gesicht-antun-möge-es-noch-so-teuer-und-schmerzhaft-sein* auch niemals wieder so aussehen werde.

»Ich komme von der Zeitschrift *SoYou* und habe einen Termin bei Sacha«, teile ich der Empfangsdame mit und halte ihr meine vorläufig noch provisorische *SoYou*-Visitenkarte hin, die Maya van Swan mir gleich nach Unterschreiben des Vertrags mit einem Siegeslächeln überreicht hatte.

Ihre Gesichtszüge entgleisen kaum merklich. Versteht sie mich überhaupt? Natürlich nicht, ich bin in London.

»*I am Lea Winter, from* SoYou. *I have an appointement with Mr. Sacha*«, kratze ich mein letztes Schulenglisch zusammen und ärgere mich, dass ich im Unterricht lieber auf den Knackarsch unseres Englisch-Austauschlehrers Mr. Smith aus Liverpool gestarrt habe als in mein Vokabelheft.

»*With Sacha? Oh my god! Are you sure?*«, haucht das weiß gewandete Wesen mit ehrfurchtsvoll aufgerissenen Augen und schnappt nach Luft. Also das finde ich jetzt etwas übertrieben. Der Typ scheint hier gottgleichen Kultstatus zu genießen. Wahrscheinlich kommen sonst nur wirklich prominente Promis in den persönlichen Genuss einer Behandlung von ihm.

Nach einer Schockminute hat sie sich wieder gefangen: »Meine Name ist Monique«, stellt sie sich in gebrochenem Deutsch vor und reicht mir eine perfekt manikürte Hand. »*Before we start. Sorry, I mean:* Bevor wir starte, bitte Sie füllen aus das Blatt! Ein Moment. Ich suche eine Variante Blatt Deutsch!« Monique kramt unter dem Tresen herum. »Bitte Sie machen Sitz in Zwischenzeit!«

Ich unterdrücke ein Grinsen. Monique hat im Deutschunterricht scheinbar auch nicht in ihr Lehrbuch geschaut. Sie führt mich zu einer mit hellem, weichem Leder bespannten Couch. Dankbar lasse ich mich darauf nieder. Meine Füße brauchen nach dem Power-Shoppingtrip dringend eine kleine Verschnaufpause. Keine Ahnung, wie Su es den ganzen Tag in hohen Schuhen aushält.

Während ich ein stilles Wasser aus den Anden an Limonenscheibe trinke, taucht Monique wieder auf und reicht mir einen mehrseitigen Fragebogen und einen schweren Füllfederhalter.

Dann wollen wir mal.

Frage 1: Haben Sie Allergien?

Sorgfältig notiere ich: *Von Hausstaub muss ich manchmal heftig niesen.*

Hm? Eigentlich meinen sie wahrscheinlich, ob ich auf irgendwelche Inhaltsstoffe von Cremes etc. allergisch reagiere. Keine Ahnung. Ich streiche das durch und schreibe:

Verwende nur allergiegetestete Kult-Cremes meines Vertrauens.

Frage 2: Wie häufig gehen Sie zur Kosmetik?

- ❑ 2 x pro Woche
- ❑ 2 x pro Monat
- ❑ Seltener

Wer bitte geht zweimal in der Woche zur Kosmetik? Wer kann sich so was leisten und/oder hat so viel Geld? Am liebsten würde ich ins Kommentarfeld schreiben:

Bin leider weder Oligarchen-Braut, Fußballer-Frau oder aufstrebendes Supermodel, also geben Sie sich bitte selbst die Antwort, wie oft eine normale Frau zur Kosmetik geht.

Aber in meiner Funktion als Beautytesterin kreuze ich stattdessen brav das Kästchen »2 x pro Monat« an. Alles andere erscheint mir doch zu unwahrscheinlich.

Frage 3 : Wie würden Sie Ihren Teint beschreiben?

❑ Perfekt: regelmäßig und feinporig.
❑ Neige zu Rötungen.
❑ Neige zu Pickelchen.
❑ Neige zu großen Poren.
❑ Fettig.

Ich kreuze die Punkte b), c) und d) an. Meine unvollkommene Haut deprimiert mich jetzt schon.

Nach 20 weiteren ermüdenden und demütigenden Fragen lege ich mit letzter Kraft den Fragenbogen auf den Empfangstresen. Meine Schläfen pochen, eine Riesenmigräne bahnt sich an, ich schleppe mich wieder zurück auf die bequeme Ledercouch.

Monique checkt gemeinsam mit einer Kollegin in aller Seelenruhe meine Antworten. Und als ich schon ungeduldig fragen will, wann hier endlich etwas passiert, tippt sie auf ihrem Handy herum und haucht »*Sacha? Lea from* SoYou *is ready now!*« in ihr Headset.

Scheinbar ist es endlich so weit, der Beautygott naht, ächzend rapple ich mich hoch.

Monique starrt wie gebannt auf die große Doppelflügeltür hinter dem Tresen, als würde gleich der Messias erscheinen. Bis auf das leise Summen der Klimaanlage ist es totenstill.

Ich kaue auf meiner Unterlippe, während die Minuten dahintröpfeln.

Der Beautygott lässt sich Zeit für seinen großen Auftritt.

Ich höre Monique nervös neben mir atmen.

Allmählich macht mich das ganze Getue um diesen Typ auch wuschig, und wie immer reagiert meine Haut auf Stress mit spontanen roten Flecken. Die Größe der Flecken verhält sich direkt proportional zu der Aufregung – das heißt, aktuell sehe ich sicher aus wie eine Giraffe mit Masern. Und als ob das nicht genug wäre, reagiert mein leerer Magen mit lautstarkem Grummeln, das an einen wirklich wütenden und wirklich hungrigen Bären erinnert.

ROAAAR …

Monique fährt zusammen und betrachtet mich erschrocken.

Doch das ist leider nur die peinliche Vorstufe von dem, was jetzt kommt.

Hicks. Hicks. Hicks.

Ich hickse wie ein Meerschweinchen auf Speed. Immer lauter, höher und schneller.

Kieks. Kieks. Kieks.

Der stress- und hungerbedingte Schluckauf ist diesmal wirklich schlimm. Das Einzige, was mir in so einer Situation hilft, ist die von Armin gepriesene beruhigende Tiefenatmung für die gestresste Powerfrau und eine extragroße Dosis Notfalltropfen. Ich taste nervös in meiner Tasche nach dem Fläschchen. Endlich finde ich es. Ach, Mist! Armin hat die Flasche im Flugzeug so gut wie leer genuckelt. Mit weit aufgerissenem Mund schütte ich mir den Restinhalt in die Kehle, als mir jemand vorsichtig auf die Schulter klopft.

»*Lea? Lea from* SoYou?«

Hicks. Oje!

Ich fahre herum und erstarre, mein Schluckauf ist wie weggeblasen.

Vor mir steht kein braunhäutiges Männchen in einer überdimensionalen Windelhose, sondern der mit Abstand schönste Mann, den ich je gesehen habe:

Ein beinahe zwei Meter großer Adonis mit dunklen, zerzausten schulterlangen Locken, perfektem Dreitagebart und meerblauen Strahle-Augen, der mich arrogant angrinst. Mit einem lauten Knall zerbricht das Fläschchen auf dem Marmorboden, und ich höre Monique wie durch einen Nebel unwillig schnaufen.

Ich atme tief durch und versuche, mich zu konzentrieren.

Ich bin eine verlobte Frau.

Nein, falsch!

Ich war eine verlobte Frau.

Wieder falsch.

Ich war eine in meiner Fantasie verlobte Frau!

Jetzt bin ich Single, und zum ersten Mal seit zwei Tagen finde ich das gar nicht mehr sooo schrecklich. Sachas Augen haben kleine bernsteinfarbene Sprenkel in der meerblauen Iris, wie sexy! Mir wird ganz schwummrig, und ich spüre, wie ein weiteres nervöses Kieksen aufsteigen will.

Ich atme in den Bauch, doch ich werde nicht ruhiger.

Okay, das ist ein Notfall.

Zeit für das Gedankenspiel: »Was würde Su sagen?«

Ich schließe die Augen. Konzentrier dich!

Ha, da ist ja meine schöne beste Freundin. Sie trägt einen ihrer geliebten Designer-Hosenanzüge, heute den nachtschwarzen mit den Nadelstreifen und ihre neuen höllisch hohen filigranen Riemchen-Stilettos in Signalrot, mit denen ich keinen Meter laufen könnte. Jetzt tritt sie schwungvoll ihre Zigarette aus, wirft ihre blonde Mähne zurück und mustert Mr. Beautygott abschätzig von oben bis unten. Mit verächtlich gekräuselten Lippen raunt sie mir zu:

»Den Typ Mann kenne ich, Hase. Der Supergockel hält sich für Gottes Geschenk an die Frauen und bespringt alles, was willig, weiblich und nicht bei drei auf einem Baum ist!« Verächtlich rümpft sie die Nase. »Und sieh dir nur seine Haare an. Garantiert gefärbt! Sie tippt auf ihre Uhr – ich habe Wichtigeres zu tun, als diesen Typen anzuhimmeln, und du hoffentlich auch!«

Ich erwache aus meiner Erstarrung und räuspere mich:

»*Hello Sacha! Nice to meet you!*«, quetsche ich mit, wie ich hoffe, gelangweilter Stimme hervor und reiche ihm huldvoll meine Hand. Na bitte, geht doch.

Mr. Beautygott schenkt mir ein Killerlächeln und offenbart dabei sein makelloses Gebiss. Sind das alles seine echten Zähne? Su würde sagen: »Nein.«

»*Allo, mein wunderhübsch Lea!*«, begrüßt er mich mit niedlichem Akzent. Ist der Londoner Guru ein Franzose? Ich habe eine

Schwäche für Franzosen! Er umfasst kraftvoll meine Hand mit beiden Händen und sieht mir dabei tief in die Augen. Ich bekomme sofort wieder weiche Knie. Ob er mich wirklich wunderhübsch findet, oder ist das nur sein Standardspruch für Journalistinnen, die über seinen Salon schreiben? Wahrscheinlich Letzteres.

»Du bist hier wegen die Makeover, *non*?«

Ich nicke anmutig und halte innerlich die Luft an.

»Jetzt wird er gleich sagen: Aber warum ausgerechnet du, Lea? Du mit deiner makellosen Haut?«

Leider sagt Mr. Beautygott gar nichts, sondern hält nur weiter meine Hand und führt mich in ein Behandlungszimmer, das in seiner sterilen Reinheit an einen Operationssaal erinnert und in dessen Epizentrum eine beleuchtete Liege und ein gefährlich blinkender riesiger stählerner Apparat stehen.

Hinter einem Paravent ziehe ich auf Sachas Geheiß Blazer, Bluse und Schuhe aus und schlüpfe in einen flauschigen Bademantel in XL und bereitgestellte Frotteepantoffel in Schuhgröße 45.

Hmpf! Behandeln die hier üblicherweise Wale?

Wie ein überdimensionaler Pinguin watschle ich in meiner Oversized-Kluft vorsichtig auf die beleuchtete Liege zu und wuchte mich unelegant mit letzter Kraft hinauf.

Geschafft. Mit einem Plumps lande ich mittig auf der Liege.

Ich bringe mich in eine angenehme Position. Hm … die Liege ist sogar beheizt. Wohlig räkle ich mich zu dem Delphin-Gefiepse, das auf einmal aus versteckten Boxen dudelt, und wippe sanft mit den Zehen. Angenehme Müdigkeit macht sich breit, der Tag heute war wirklich anstrengend. Ich schließe meine Augen und lausche Delphinen, Meeresrauschen und Waljodeln … und plötzlich bin ich völlig entspannt, ein anderer scheint die Regie zu übernehmen, und nun sehe ich mich wie in einem wunderschönen Traum über einen langen Sandstrand laufen. Oh, da ist ja auch Sacha … Er nimmt meine Hand und führt mich zu einer wunderschönen Bucht … Wir sitzen im Sand und schauen aufs Meer … Nanu,

Sacha schält sich aus seinem Hemd … Er beugt sich über mich … was macht er da? Er wird doch nicht …

Mein halberotischer Tagtraum wird von Sachas lautem Atmen direkt über meiner Nase unterbrochen. Jetzt richtet er wie bei einem Verhör eine 100-Watt-Lampe auf mein Gesicht. Erschrocken kneife ich die Augen fest zusammen. Hätte er mich nicht wenigstens vorwarnen können. Jetzt spüre ich, wie sein Atem über meine Wangen streift, und ich rieche sein herbes Aftershave. Hm.

»Was haben wir denn da? Ick werd nicht mehr«, höre ich ihn leise in Berliner Dialekt murmeln.

Hat er das jetzt wirklich gesagt? Blinzelnd öffne ich vorsichtig meine Augen.

Er knipst die helle Lampe aus und wendet sich in normaler Lautstärke und reinstem Pseudo-Französisch-Akzent wieder an mich:

»Lea, ISCH liebe deine Aut! Meine genaue Analyse hat gezeigt, sie ist fast perfekt, *non*?«

Dieser falsche Wichtigtuer!

»Wir machen jetzt meine Spezial-Makeover! Du wirst es lieben, Lea!« Er grinst selbstgefällig und bläht seine breite Brust so gewaltig, dass beinahe die Knöpfe seines schneeweißen Hemdes, dessen Farbe perfekt mit seinem falschen Grinsen korrespondiert, abspringen. Su hatte recht, was für ein Gockel.

»Die Leserinnen von *SoYou* werden es lieben!« Sacha streicht eine widerspenstige dunkle Locke, die ihm in die Stirn gefallen ist, zurück und betrachtet sich selbstverliebt im Vergrößerungsspiegel über der Liege.

»Alle Frauen werden mich lieben …« Er unterbricht sich, als er merkt, was er gerade gut hörbar schwafelt, und räuspert sich kurz. »Isch meine natürlisch alle Frauen werden das Makeover lieben und mich anbetteln, zu machen diese Behandlung auch bei ihnen!«

Meine Begeisterung für den pseudo-französischen Beautygott ist auf null gesunken. Nichts finde ich unattraktiver als einen selbstverliebten Mann mit falschem französischem Akzent.

Sebastians Vorgänger Thomas war auch so ein Fall, sowohl in puncto tollem Aussehen, aber leider auch in puncto Selbstverliebtheit. Und so spielte sich jedes Mal, bevor wir ausgingen, die gleiche ermüdende Szene ab:

Ich saß fertig gestylt und ausgehfertig auf meiner Couch und wartete mindestens eine Stunde auf Mr. Perfect, der seine Haare in die ultimative Passform fummelte, eine rituelle Ganzkörperenthaarung vornahm oder seine Nägel akkurat feilte. Doch das war nicht das Schlimmste – denn egal wo wir schlussendlich Stunden zu spät auftauchten, entschuldigte Thomas sich immer ungefragt bei allen Anwesenden lautstark für unser Zuspätkommen mit den Worten: »Da sind wir endlich! Entschuldigt bitte, aber ihr wisst ja, wie Frauen sind … – Lea wollte mal wieder das Bad nicht verlassen!« Mir blieb natürlich stets nur eine Option: anmutig neben ihm zu stehen und dabei verlegen zu lächeln. Denn eher hätte ich mir die Zunge abgebissen, als zuzugeben, dass mein – zugegeben – superattraktiver Freund länger im Bad verweilte als ich. Thomas und ich hatten uns nach dreimonatiger Beziehung einvernehmlich getrennt.

»Gleich geht es los!« Sacha schenkt mir wieder ein wölfisches Grinsen, das aber nicht mehr annähernd die Wirkung von vorhin auf mich hat. Seit Thomas habe ich eine Eitle-Männer-Sperre. Außerdem hat der Beautygott vorhin meine Haut beleidigt. Ich vergesse nichts.

»Suzette!« Er klatscht in die Hände, und ein junges Mädchen mit einer himbeerfarbenen schulterlangen Wuschelmähne huscht herein und reicht mir zur Begrüßung schüchtern ihre kleine kalte Hand.

Meine Laune sinkt final in den Keller, und ich muss mich zwingen, nicht sofort panisch die Flucht zu ergreifen. Die Kleine sieht total sympathisch aus, aber keinen Tag älter als 18. Bestimmt macht sie diese Spezialbehandlung heute zum ersten Mal. Mit gerunzelter Stirn lauscht Suzette aufmerksam den Anweisungen ihres

Chefs, was meinen vagen Verdacht bestätigt, dass die Kleine keine Ahnung hat, was sie gleich mit meinem Gesicht tun soll.

»Wenn du Fragen hast, Lea, keine Sorge, Suzette spricht Deutsch!«

Endlich widmet er wieder mir seine Aufmerksamkeit.

»Sie kommt aus – wie heißt das Kaff, ich meine die Ort deiner Geburt, Suzette? Ich kann mir nicht merken, ach egal!«

Der Meister und sein Lehrling treten näher.

»Suzette! *Alors*! Es geht los! Wir starten mit der Grundreinigung von petite Gesicht, um zu erholen die Aut von die stressige Alltag und die billige Make-up«, erteilt Sacha nun konkrete Anweisungen.

Idiot – das sag ich der netten Make-up-Dame von heute Mittag.

»Du nimmst am besten die extrastarke Remover-Gel, *non*, du weißt schon!« Der Beautygott zwinkert Suzette kurz zu, deren Wangen prompt die Farbe ihrer Haare annehmen.

»Dann wir machen die Makeover – eine innovative, revolutionäre Behandlung zu erfrischen die Aut«, erklärt er nun wieder mir zugewandt.

»Lea …« Er nimmt mein Gesicht vorsichtig in beide Hände und sieht mir tief in die Augen. »Du wirst aussehen wie geboren neu!«

»Hm, ja, danke schön«, presse ich zwischen zusammengebissenen Zähnen hervor. Ich muss wirklich schlimm aussehen, wenn er mir das wünscht.

Nachdem Sacha in unverständlichem Fachchinesisch weitere Anweisungen an Suzette gegeben hat, haucht er einen Kuss auf meine Hand und blickt mir erneut tief in die Augen:

»Ich hoffe, wir sehen uns bald wieder, meine schöne Lea!«

Nur über meine Leiche, du Gockel!, will ich ihn anblaffen, aber dazu bin ich mittlerweile zu erschöpft.

Suzette lächelt ihm ein letztes Mal schüchtern zu und dreht

sich, als sie sich vergewissert hat, dass ihr Meister den Raum verlassen hat, mit sauertöpfischem Gesichtsausdruck zu mir um. Auweia, ist das Kind etwa eifersüchtig? Auf mich?

Mit leicht hängenden Schultern beginnt sie routiniert mit diversen metallischen Gegenständen zu klappern. Mir wird etwas schwummrig. Jetzt weiß ich, wie sich arme, kleine Versuchstiere, an denen grausame Experimente verübt werden, fühlen müssen. Ich beginne wieder auf meiner Unterlippe zu kauen. Meine bisherigen Rechercheaufträge waren nie so stressig … Ich richte mich auf und fingere in der großen Seitentasche meines Bademantels nach meinem Handy. Ich muss mit Armin sprechen, jetzt. Ich muss seine Stimme hören. Er muss mir sagen, dass alles gut wird.

»Entspannen Sie sich, bitte, ich mach das nicht zum ersten Mal, und es wird auch nicht wehtun!« Suzette lächelt mich an, kann dabei aber diesen leicht spöttischen Zug um den Mund nicht verbergen.

Moment, das ist doch der Spruch von Dr. Dr. Schmidt, meinem Zahnarzt, kurz bevor er immer – ganz versehentlich – einen Nerv anbohrt!

Aber ich werde ihr nicht zeigen, dass ich Angst habe. Ich lasse mich wieder auf die Liege zurücksinken und versuche, entspannt in den Bauch zu atmen.

Die Kurzmeditation für die gestresste Frau entspannt in jeder Lage, höre ich Armin sagen.

Einen Versuch ist es wert.

Ich atme tief in den Bauch

Ich bin ein Bach, der ruhig fließt.

Einatmen.

Ich bin ein Baum, tief verwurzelt in der Erde.

Ausatmen.

Ich bin ein Sonnenstrahl …

Suzette verteilt großzügig widerlich riechende Lotion auf einem Wattepad und beginnt, meine Haut in kreisenden Bewegungen kraftvoll abzureiben. Die Abschmink-Prozedur dauert geschlagene fünf Minuten. Suzette schrubbt, was das Zeug hält. So viel Kraft hätte ich ihren dürren Ärmchen gar nicht zugetraut.

»So!« Kleine Schweißperlen zieren ihre Stirn. »Ich habe das minderwertige Make-up jetzt vollständig entfernt. War ganz schön hartnäckig«, klagt sie mit einem Schnaufen.

Ich bin etwas verlegen. Vielleicht hätte ich näher nachfragen sollen, als die Kosmetikerin das Make-up als 24-Stunden-*longlasting* – oder war es *everlasting*? – bezeichnet hat.

»Tut mir leid. Ich wusste nicht, dass das Make-up so gut hält«, wende ich mich an Suzette und kreuze die Finger.

»Tja, das konnten Sie nicht wissen, aber diese Billigprodukte verstopfen leider völlig die Poren und setzen sich tief in jeder Falte ab«, belehrt sie mich gönnerhaft. »Und das macht Sie auch nicht jünger!«

Ich bin das allererste Mal in meinem Leben sprachlos.

»So! Jetzt machen wir noch ein kleines Vorher-Foto, und schon geht es los«, erklärt sie mir immerhin etwas freundlicher.

Vor meinen Augen blitzt es zweimal. Nun wird meine unvollkommene Haut also auch noch für die Nachwelt festgehalten. Oder bringen sie das etwa in der *SoYou*? Das kennt man ja: vorher pfui – nachher hui! Die große Verwandlung bla, bla. Habe ich der Verwendung meiner Fotos vertraglich auch schon zugestimmt?

Suzette legt die Kamera beiseite und drückt rasend schnell ein paar blinkende Knöpfe an dem futuristisch anmutenden Gerät. Die Maschine erwacht mit einem tiefen metallischen Knurren zum Leben und verursacht Ganzkörpergänsehaut bei mir. Doch Suzette bemerkt mein Unbehagen nicht. Konzentriert greift sie nach einem Schlauch mit einer Art Staubsaugerdüse, die wie eine wütende Schlange zischt.

»Wir tragen jetzt sanft die oberste Hautschicht ab. Das ziept vielleicht ein wenig.«

»Wir tragen meine Haut ab …? Ich meine, Sie tragen meine Haut ab???«

Gefräßiger Kater, geklautes Sparbuch und leeres Konto hin oder her. Meine Entscheidung steht fest: Ich muss hier weg, sofort.

»Nicht Ihre kom-plet-te Haut!« Suzette betont jede Silbe überdeutlich, als wäre ich taub oder geistig minderbemittelt, und drückt mich sanft, aber bestimmt wieder auf die Liege zurück.

»Nur die alte, abgestorbene Schicht! Sie brauchen keine Angst haben, Sie werden nichts spüren!« Sie tätschelt kurz meinen Arm. Scheinbar hat sie so etwas wie Mitleid.

Ich atme tief durch. Suzette ist zwar verdammt jung, aber sie klingt, als wüsste sie, wovon sie spricht, und außerdem kann ich nicht gleich bei meinem ersten Beautyjob für *So You* davonlaufen. Ich kralle mich an der Liege fest, schließe die Augen und ergebe mich meinem Schicksal.

Suzette beginnt, meine Haut mit der Staubsaugerdüse Zentimeter für Zentimeter in kleinen kreisenden Bewegungen zu bearbeiten. Ich kneife meine Augen zusammen und warte auf den Schmerz, der mit der Ablösung meiner Haut einhergeht.

Hm – eigentlich ist das, was sie da macht, recht angenehm, es kitzelt leicht auf der Haut, wie ein etwas stärkeres Peeling, was mich beruhigt. Mit Peelings kenne ich mich aus. Erst letzten Monat habe ich für die Berliner Hausfrauenzeitschrift über ein Enzym-Peeling einen Artikel verfasst. Meine verkrampften Schultern lockern sich, und mein Kopf sinkt tiefer in das Kissen, das mir Suzette unter den Nacken geschoben hat. Begleitend von den Geräuschen der Maschine, die mich entfernt an Sebastian Mayers leises Schnurren erinnern, fallen meine Augen zu.

Nach dem aufregenden Flug, dem Last-Minute-Shoppingtrip und der Aufregung der letzten Tage muss ich wohl eingeschlafen sein.

Suzette weckt mich nach gefühlten fünf Minuten sanft mit den Worten: »Ich habe Ihre alte, fahle, faltige, abgestorbene Hautschicht erfolgreich entfernt!« Beifall heischend lächelt sie mich an.

Die sparen hier echt nicht mit Komplimenten.

»Das ist das beste Peeling-Gerät, mit dem ich je gearbeitet habe. Das hat echt Power! Jetzt ist Ihre Haut bereit, die folgenden Pflegestoffe optimal aufzunehmen«, säuselt sie begeistert.

»Sehen Sie sich das an!« Sie reicht mir voller Begeisterung einen kleinen Handspiegel. »Die Maschine schleift die Falten nur so weg, was? Also nichts für ungut!« Sie lächelt mich an.

Ich bin fassungslos.

»Das müssen Sie in Ihrem Artikel unbedingt erwähnen. Und es gibt eigentlich auch nie nennenswerte Nebenwirkungen bei unserem Makeover. Also fast nie …« Sie runzelt die Stirn, richtet die Megawatt-Lampe auf meine Haut und betrachtet mich mit sorgenvollem Blick genauer.

Ich betaste vorsichtig meine Wangen, die sich von Sekunde zu Sekunde heißer anfühlen. Aus dem Spiegel schaut mir ein Schweinchen mit meiner Augenfarbe entgegen. Mir bricht im Wechsel kalter und heißer Schweiß aus: Hier ist verdammt noch mal sehr wohl etwas schiefgegangen.

Suzette tätschelt beruhigend meinen Arm:

»Machen Sie sich mal keine Sorgen, Lea. Das ist sicher nur eine leichte Überreaktion Ihrer Haut. Manche Frauen reagieren etwas empfindlich. Die leichte Röte ist morgen ganz bestimmt verschwunden! Wenn Sie wollen, gebe ich später ein bisschen Makeup drauf.«

Leichte Rötung, blöde Kuh!! Ich bin verdammt noch mal pink! Nicht rosa – sondern schreiend pink, und kein Make-up der Welt wird das übertünchen können.

Unbeirrt befestigt sie nun statt der Staubsaugerdüse einen metallenen kleinen Knubbel an dem zischenden Schlauch.

»Jetzt schleuse ich straffende Hyaluronsäure und einen speziellen Vitamincocktail direkt in die tiefsten Molekularschichten Ihrer Haut«, freut sie sich. »Denn jetzt, da die oberste, alte …«

Ich knurre lauter als die Maschine.

»… Hautschicht fort ist, kann unser spezieller Beautycocktail besonders leicht eindringen!«

Das Gel legt sich wie ein kühlender Film auf meine gestresste Haut. Hoffentlich geht davon die Rötung zurück.

»Das fühlt sich gut an, was ist da drinnen?«, will ich wissen.

»Die genauen Inhaltsstoffe kann ich Ihnen leider nicht verraten, sonst killt mich Sacha«, kichert sie.

Über Sachas Reaktion musst du dir keine Sorgen machen, Himbeerlocke, denke ich, sondern nur über die Reaktion meiner Haut. Denn wenn die morgen nicht wieder völlig normal aussieht, dann Gnade dir …

Mein Handy meldet eine Nachricht von Armin und unterbricht meine Rachegedanken.

»Wenn ich jetzt nicht antworte, schickt mein bester Freund einen Suchtrupp los«, informiere ich Suzette.

Es ist unheimlich, aber Armin und ich sind manchmal wie ein vertrautes Ehepaar.

»Alles okay, Mausezahn? Ich empfange unentspannte Schwingungen von dir«, lese ich.

Seufzend tippe ich: »Bin in der Beautyhölle.«

Nur zehn Sekunden später kommt seine Antwort. »Soll ich dich holen?«

Wenn Armin nicht stockschwul, 20 Kilogramm leichter und einen halben Kopf größer wäre, wäre ich längst mit ihm verheiratet. Nachdem ich Entwarnung gegeben habe, lasse ich mich wieder auf die Liege zurückfallen und gestatte Suzette, mein Gesicht mit der kühlenden Creme weiterzubearbeiten.

Eine gefühlte Ewigkeit später schleppe ich mich schließlich entkräftet aus dem Behandlungsraum. Mein Gesicht brennt immer noch höllisch.

Suzette hat mir wie versprochen ein leichtes Tages-Make-up verpasst, um die »sanfte Rötung« (O-Ton Suzette) zu überdecken, leider ohne nennenswerten Erfolg.

Ein Blick in den Spiegel zeigt: Die Haut ist leider immer noch knallrot und leuchtet unter dem zarten Make-up schreiend beigerot durch. Ich sehe aus wie ein Schweinchen, das sich geschminkt hat. Shit.

Eigentlich hätte ich ja erwartet, dass Sacha den Schaden, den seine junge Mitarbeiterin bei meiner Haut angerichtet hat, professionell begutachtet, aber der feige Beautygockel hat sich nicht mehr blicken lassen.

Ich schnappe mir die Broschüre zur Makeover-Behandlung, um meinen Artikel mit technischen Infos zum Peeling-Gerät und den richtigen Spezialausdrücken fachgerecht aufpeppen zu können.

Den USB-Stick mit den Vorher-Fotos meiner alten, fahlen, faltigen Haut stecke ich sorgsam in das Seitenfach meiner Handtasche. Dann kann ich meinen Enkelkindern (sollte ich je wieder einen Mann finden) zumindest zeigen, wie Oma, bevor sie professionell verunstaltet wurde, aussah.

»Oma, du warst damals ja gar nicht pink!«

»Ich weiß, Schätzchen!«

Ich verabschiede mich von Monique mit einem müden Lächeln und von Suzette mit einem kurzen, huldvollen Nicken. Trinkgeld bekommt sie nicht von mir. Fürs Quälen gibt es keinen Cent.

Ein Blick auf die Uhr sagt mir, dass ich mehr als zwei Stunden im Beautysalon verbracht habe. Müde stolpere ich aus der Tür und winke ein vorbeifahrendes Taxi heran.

PINK UND FERTIG

Völlig erschöpft erreiche ich nach einer Taxifahrt im Schritttempo durch die übervolle Londoner Innenstadt um 18.00 Uhr endlich The Shard, den riesigen gläsernen Tower, der wie eine überdimensionale Scherbe eindrucksvoll 310 Meter in den abendlichen Londoner Himmel ragt. Mein Hotel liegt in unmittelbarer Nähe, ist aber »nur« 15 Stockwerke hoch.

Die letzte halbe Stunde habe ich damit verbracht, mir die eindrucksvolle Lebensgeschichte von Singh, dem Taxifahrer aus Mumbai, anzuhören, seinen eigenwilligen Musikgeschmack zu ertragen und mich wegen des Geruchs seiner selbstgedrehten süßlich riechenden Zigarette nicht zu übergeben.

Ein wirklich gelungener Abschluss eines unvergesslichen Nachmittags. Aber zumindest habe ich – bis auf meine hoffentlich nicht dauerhafte Entstellung meines Gesichtes – meinen ersten Auftrag für *So You* im praktischen Teil erfolgreich absolviert, was mich mit einer gewissen Zufriedenheit erfüllt. Jetzt muss ich nur noch einen Artikel dazu schreiben.

Ein herbeieilender Page im fliederfarbenen Gehrock mit silbernen Puscheln auf den Schultern öffnet mir schwungvoll die Taxitür und zuckt beim Anblick meines pinken Gesichtes zusammen. Fast bin ich stolz, dass ich auch in einer Weltstadt wie London erfahrenes Hotelpersonal mit meiner neuen Gesichtsfarbe verstören kann.

Ganz Profi hat sich der Mann jedoch rasch wieder im Griff und reicht mir seinen Arm, um mir beim Aussteigen zu helfen.

Mit steifen Beinen krabble ich aus dem Taxi – mir ist immer noch etwas schummerig nach den beiden Stunden in der Folteranstalt und der langen Taxifahrt.

Unser Hotelzimmer ist laut Armin im obersten Stockwerk, ich verrenke mir fast den Hals, als ich hinaufblicke.

»Einen schönen Abend noch, Miss Lea!« Der großgewachsene Page mustert mich aus stahlblauen Augen. »Lassen Sie sich nicht unterkriegen! Und bleiben Sie bitte heute im Hotel!« Er lächelt zu mir herunter.

Was war das gerade? Ich habe den Mann noch nie zuvor gesehen. Woher kennt er meinen Namen?

»Sie sollten heute nicht ausgehen, Miss Lea«, wiederholt er freundlich.

Spinnen jetzt alle? Oder spinne ich? Erst der seltsame Steward im Flieger und jetzt der Hotelboy. Ich drehe eindeutig durch. Was mich dank dem Stress der letzten Tage, dem vielen Alkohol und der Unterzuckerung – ich habe außer einem halben Schokominzriegel heute noch nichts gegessen – echt nicht wundern würde. Und wahrscheinlich war die selbstgedrehte Zigarette, die Singh geraucht hat, ein Joint, und ich bin co-high.

Müde winke ich dem seltsamen Pagen zu und versuche, mit einem zaghaften Lächeln meine verkrampften Gesichtszüge zu lockern, während ich mit gesenktem Kopf das Foyer des Hotels betrete. Ich will außer Armin heute niemanden mehr sehen und kann es auch nicht verantworten, weitere unschuldige Personen mit meinem Anblick zu schocken. Alles, was ich will, ist die blöden Stilettos von meinen pochenden Füßen zu kicken, eine ausgiebige Dusche zu nehmen und mich mit einer kalten Cola, einem riesigen Club-Sandwich und einem Eisbeutel für mein pochendes Gesicht auf das Hotelbett zu kuscheln. Und dann will ich mir endlich in Ruhe wahnsinnig leidtun. Das habe ich mir doch wirklich verdient.

Ich hoffe nur, Armin bekommt bei meinem Anblick keinen hysterischen Anfall, das verkrafte ich heute nicht mehr.

Als ich die Eingangshalle betrete, versinken meine Füße fast knöchelhoch in dem weißen, fluffigen Teppich.

»Wenn du im 15. Stock aussteigst, gleich rechts den Gang runter, Zimmer 297, Mausezahn!«, hatte Armin mir in seiner letzten SMS geschrieben.

Doch halt – erst muss ich noch einchecken und nachfragen, ob Nachrichten von Lorine, Mayas persönlicher Assistentin, angekommen sind. Schließlich muss ich morgen laut *SoYou*-Plan noch einige Beautytempel abklappern. Ich mache kehrt und habe das Gefühl, durch pappigen Schnee zu waten, während ich vorsichtig Richtung Rezeption stakse, wobei ich tunlichst darauf achte, in dem stilettounfreundlichen Teppich nicht umzuknicken.

Ein gebrochener Knöchel wäre die Krönung dieser beschissenen Woche. Leider überholt mich dabei eine Horde aufgeregt schnatternder mittelalter Japaner von rechts, die nun mit schrillem Geschnatter einchecken und eine Fülle von Sonderwünschen äußern – das kann dauern.

Um mir die Wartezeit zu verkürzen, bestelle ich mir eine Cola mit einer Extraportion Eiswürfel und ein Schälchen Macadamianüsse und lasse mich auf das burgunderrote, tiefe Samtsofa neben dem Empfangstresen sinken.

Während ich darauf warte, dass Mr. und Mrs. Li aus Tokio und ihre 20 engsten Freunde endlich mit ihrem Zimmerupgrade zufrieden sind, presse ich das kalte Cola-Glas an meine glühende Wange und studiere die auf dem Infoscreen laufenden London-Insider-Tipps. Ich bin heute zum dritten Mal in London.

Das erste Mal war ich mit Su und ein paar Schulkameraden vor 15 Jahren hier. Wir fanden es damals extrem cool, unsere eigene kleine Abiturfeier zu veranstalten und nicht mit dem Rest der Klasse auf die von der Schule organisierte Reise nach Griechenland zu fahren, die Su verächtlich mit den Worten »Mit einem Haufen Idioten auf einer langweiligen Mittelmeerinsel Komasaufen, nein danke!« abschmetterte.

Wir zogen eine Woche lang durch die Londoner Pubs und Clubs, schipperten betrunken über die Themse und veranstalteten trotz Dauernieselregen an allen unmöglichen Orten Picknicks und waren froh, der Schule für immer entronnen zu sein.

In meinem ersten und damit auch letzten Studienjahr war ich dann ein weiteres Mal in London. Armin war damals der Meinung, dass Festland-Europa modetechnisch tot sei, und so flogen wir ein Wochenende zum Powershoppen nach London. Ich weiß nicht, wie oft ich an jenem Wochenende die Oxford Street rauf und runter rannte und über wie viele Märkte mich Armin schleifte, immer auf der Suche nach dem ultimativen Partyoutfit, mit dem er in Deutschland alle Modebanausen mächtig beeindrucken wollte.

Heute bin ich zum dritten Mal in dieser aufregenden Megastadt.

Ich starre auf den riesigen Bildschirm neben der Rezeption und bin gespannt, welche neuen In-Lokale vorgestellt werden. Vielleicht kann ich meine Beautystory mit ein paar London-Insider-Tipps aufpeppen.

Im neuen Szeneviertel Dalston, im Osten Londons, findet heute Abend in einem stylishen Pub ein Retrorave-Abend mit DJ statt, bis 22.00 Uhr ist der Eintritt frei. Nein danke.

Aber vielleicht habe ich Glück, und es werden doch noch ein paar interessante Locations vorgestellt. Ich angle in meiner Tasche nach meinem Laptop, um mir ein paar Notizen zu machen. Jetzt wird eine ganze Reihe von Vernissagen angekündigt – das klingt schon interessanter. Ich liebe Ausstellungen und mag zum absoluten Entsetzen von Su und Armin auch klassische Museen oder vielmehr die Wirkung, die Museen auf mich haben. Sobald ich nämlich ein solches betrete, passiert etwas Unheimliches:

Ich entschleunige völlig! Mein Pulsschlag verlangsamt sich, meine Atmung wird ruhiger und tiefer, und meine Probleme entschwinden wie von Geisterhand.

Außer einem Schokominzriegel in XXL und einem doppelten

Gin Tonic erzielen nur Ölgemälde, Marmorskulpturen und vertrocknete Mumien diesen enormen Entspannungseffekt. Und das ohne Nebenwirkungen wie Leberzirrhose und unerwünschte Gewichtszunahme.

Und jetzt bin ich nicht nur in der Hauptstadt der Mode, sondern auch in der Hauptstadt der außergewöhnlichen Museen. Es gibt in London nämlich neben dem Jack the Ripper Museum (sehr gruselig) und dem Wimbledon Museum (nur für absolute Tennisfans) auch ein geniales Cartoon-Museum, das ich mir, wenn es die Zeit morgen erlaubt, mit Armin ansehen will, um mir Inspiration für mein allerliebstes Geheimprojekt zu holen. Ich krame in meiner Handtasche nach meinem Notizbuch.

Nach einem Beitrag über die Ausstellung einer chinesischen Malerin wird als übernächster Beitrag eine Ausstellung in Soho angekündigt. Irgendein aufstrebender Fotokünstler aus Deutschland.

Fotoausstellungen sind prinzipiell auch okay, reißen mich aber nicht so vom Hocker, weil ich farbenfrohe Bilder lieber mag als großflächige, kalte Schwarz-Weiß-Fotografien. Eine Ausnahme sind natürlich die Fotoarbeiten meines Freundes – ich schlucke den dicken, traurigen Kloß in meinem Hals runter –, wohl eher Exfreundes … Ich starre auf die flimmernden Bilder auf dem Screen, ohne wirklich etwas wahrzunehmen.

Noch vor wenigen Wochen hat Sebastian am liebsten Hängebrücken, verfallene Lagerhallen oder Hochhäuser aus allen erdenklichen Perspektiven geshootet, bis er sich von einem Tag auf den anderen auf Porträtaufnahmen deprimiert dreinblickender Menschen verlegte, die mit ihren traurigen Augen eine wichtige Botschaft in die Welt senden wollen. »Die Seele, Du und Ich« nannte er sein neues Projekt, was ich ehrlich gesagt ziemlich dramatisch-kitschig fand und was auch so gar nicht zu den Fotos passte, die für mich ohne echte Emotion waren.

Zum Glück hat mich Sebastian kein einziges Mal gefragt, was ich von den Aufnahmen halte.

Hm. Warum eigentlich nicht? War meine Meinung so offensichtlich, oder hat sie ihn fachlich und persönlich einfach nicht interessiert?

Oder waren wir schlicht zu beschäftigt mit unseren Jobs und unserem zeitraubenden Abendprogramm, das in den letzten Monaten aus viel zu vielen Partys und Vernissagen bestand, von denen sich Sebastian wichtige berufliche Kontakte versprach. Vielleicht wären wir besser einfach mal zu Hause geblieben und hätten über die Dinge, die uns am Herzen liegen, geredet.

Ich blättere durch mein Notizbuch, bis zu den Skizzen für das Kinderbuch, an dem ich seit zwei Jahren arbeite und das bisher nur Su und Armin kennen.

Warum habe ich Sebastian die Entwürfe nie gezeigt, ihn nie nach seiner Meinung dazu gefragt? Hatte ich Angst vor seinem manchmal etwas abschätzigen Lächeln, das ich schon öfter gesehen hatte, wenn er sich über die Werke anderer, in seinen Augen nicht talentierter Künstler amüsierte?

Ich nehme noch einen Schluck Cola und kaue nachdenklich auf einer Macadamianuss herum. Das Knabberzeug-Schälchen leert sich atemberaubend schnell. Wenn ich kaue, kann ich einfach besser denken.

Ob er wohl gerade in Südfrankreich die dürren Bikini-Mädchen mit seiner Kamera verewigt? Mit traurigen Augen – hinter den Sonnenbrillen? In Schwarz-Weiß? Da sehen die blöden Dinger bestimmt noch dünner aus.

Verlegen zupfe ich mein Top zurecht, das über mein Bäuchlein hochgerutscht ist. Leider habe ich im Lauf der letzten beiden Jahre an langen, kuscheligen TV-Abenden dank Wein und Knabberzeug fünf Wohlfühl-Kilos zu- und nicht wieder abgenommen. Ist er deshalb weg, war ich nicht mehr schön genug für ihn? Ich schlucke die letzte Macadamianuss mit den aufsteigenden Tränen runter und richte meinen Blick wieder auf den Bildschirm.

Das ist jetzt nicht wahr!

Ich blinzle ein paarmal und sehe nochmal genauer hin – seltsam, das Foto sieht irgendwie aus wie das Foto, das Sebastian vor drei Monaten von mir gemacht hat:

Als ich nach der Tennisschlägerattacke auf seine attraktive Kollegin und dem darauffolgenden fantastischen Versöhnungssex gerade tropfnass und wie Gott mich schuf aus der Dusche kam.

Und zum zweiten Mal an diesem Tag lasse ich eine Flasche fallen und kann, ehe ich ohnmächtig von der Couch kippe, nur noch an zwei Dinge denken: Erstens, dass sie die Cola-Flecken wahrscheinlich nie wieder aus dem weißen, teuren Flauschteppich bekommen werden, und zweitens, dass mein Po auf dem Foto wirklich verdammt riesig aussieht.

FANG DEN MEHLWURM

»Du meinst, der Mehlwurm ist hier? Hier in London?« Armin starrt mich aus weit aufgerissenen Augen fassungslos an.

Ich sitze völlig paralysiert auf dem Kingsize-Bett unseres Hotelzimmers, in das ich mich nach meiner kurzen Ohnmacht in der Lobby mit letzter Kraft geschleppt habe. In der Hand halte ich einen doppelten Gin Tonic, den mir Armin gerade zwecks Nervenberuhigung eingeschenkt hat. Wenn das so weitergeht, entwickle ich in atemberaubendem Tempo ein fieses Alkoholproblem.

Armin schwirrt wie eine moppelige Motte auf Speed auf und ab.

»Bist du dir auch ganz sicher, Mausezahn, dass es sich um den Mehlwurm handelt? Ein Irrtum ist absolut ausgeschlossen?« Armin atmet schnaufend ein und aus.

Ich nicke schwach und lasse den Blick aus der riesigen, bodentiefen Fensterfront vor meinem Hotelbett schweifen, alles andere ist zu anstrengend.

London liegt in der Abenddämmerung in seiner vollen Pracht glitzernd und funkelnd unter mir. Was für eine gigantische Aussicht man aus der 15. Etage hat. Ich kann vom Bett aus die Tower Bridge, die gerade hochgeklappt ist, weil ein Schiff durchfährt, und den Tower sehen. Die Themse schlängelt sich im Licht der Straßenlaternen wie ein gleißend-glitzerndes Band durch die Nacht.

Leider kann ich den Ausblick im Moment überhaupt nicht genießen.

Ich fühle mich nämlich, als wäre ich ein zweites Mal verlassen worden.

Das Beweisstück, einen Flyer, der Sebastians heute stattfindende Fotoausstellung *They Are Real* ankündigt, halte ich in meinen klammen Fingern.

Armin nimmt mir den Flyer, den ich mir vorhin vom Rezeptionstresen gekrallt habe, vorsichtig ab und streicht das zerknüllte Papier glatt, um es besser lesen zu können.

»Du hast recht, Mausezahn. Da steht es: Soho, London – Sebastian M. – *They Are Real* … Sehr kreativer Titel – was steht da noch, aha, ich übersetze das mal mit ›Eine bildgewaltige Fotoausstellung des grandiosen Künstlers aus Deutschland‹ … Ich glaube, mir wird schlecht, Lea!«

»Warum ist er in London und nicht in Südfrankreich?«, wimmere ich und spüre schon wieder einen enormen Schluckauf nahen.

»Hat er mein Geld für diese Ausstellung gebraucht? Was ist mit dem Segelturn? Den Bikini-Mädchen und den Haien?« Wieder umklammert dieser eisige Schmerz mein Herz, und ich habe das Gefühl, keine Luft mehr zu bekommen.

»Und warum ist mein Po auf allen Plakaten und auf der Titelseite vom Flyer!? – Die ganze Welt kann meine Cellulite sehen! Eine bildgewaltige Ausstellung … – Ich hasse ihn!!!« Weinend vergrabe ich meinen Kopf in den Kissenberg auf meinem Bett und schlage mit den Fäusten auf die Matratze.

Armin wirkt ratlos.

»Mausezahn, ich weiß gar nicht, was du hast, ich finde, man sieht die Dellen gar nicht so stark, und überhaupt, niemand weiß, dass das du bist, also …«

»Ich weiß es aber! Das war ein privater Schnappschuss und war niemals für die Öffentlichkeit gedacht.«

Ich reiße Armin den Flyer aus der Hand und betrachte das Foto meines Pos, auf dem funkelnde Wassertropfen schimmern, und sehe wieder Sebastian vor mir, wie er mit der Kamera und einem breiten Grinsen vor der Dusche steht:

»Ein besonderer Abend verdient eine besondere Erinnerung! Das waren exakt seine Worte! So ein Mistkerl«, schluchze ich.

Und es war ein ganz besonderer Abend, zumindest für mich. Das war nicht nur leidenschaftlicher Versöhnungssex, das war ein Versprechen in unsere Zukunft … Nur wenige Tage später bat mich Sebastian, mit ihm zusammenzuziehen.

Meine Tränen tropfen auf die lila Seidenkissen.

»Warum muss er diesen absolut intimen Moment mit der ganzen verdammten Welt teilen? Und noch dazu, ohne mich zu fragen!«, presse ich mit zusammengebissenen Zähnen hervor und würge das unschuldige Kissen.

Armin runzelt besorgt die Stirn.

»Ich habe echt keine Ahnung, Mausezahn, was in dem Idioten vorgeht. Ich kann mich in Hetero-Männer so schlecht reinversetzen und in den Mehlwurm schon gar nicht.« Armin beginnt meine Schulter zu tätscheln. Keine Ahnung, warum er das immer macht. Manchmal glaube ich, dass Armin sich mit dem rhythmischen Klopfen selbst beruhigen will.

In meinem Kopf dreht sich alles. Klarer Fall von Unterzuckerung.

Ich tappe zur Minibar und greife mir zwei Schokoriegel – einmal Nuss und einmal Nuss-Nougat. Jetzt ist nicht die Zeit, um über Kalorien nachzudenken. Meine kleinen grauen Zellen brauchen Treibstoff.

Sebastian arbeitet seit fünf Jahren als Fotograf für eine Eventagentur und verdient sein Geld mit Fotos von Partys, Firmenveranstaltungen und Cluberöffnungen. Aber das war, wie er immer betonte, nur sein Brotjob. Sein Traum war es, irgendwann als Künstler mit einer eigenen Fotoausstellung in einer angesagten Galerie durchzustarten.

Leider hatte er jedoch trotz eifriger Suche in unserer Stadt keine

Galerie gefunden, die seine Fotoarbeiten ausstellen wollte, und für die Miete einer Galerie und die entsprechende Werbung hatte er nie genug Geld.

Bis jetzt.

Meine Gedanken rasen: Hat Sebastian die von mir geklauten, okay, offiziell »geborgten« 10.000 Euro in die Locationmiete investiert? Mein Gott, warum gleich in einer so teuren Stadt wie London? Und dann hat er auch noch diese Flyer drucken lassen. Mein Geld kann ich erst mal abschreiben, von wegen in zwei, drei Monaten zahlt er mir alles zurück. Oder will er etwa mein Po(r)trät an irgendeinen Kunstliebhaber verhökern? Ich muss sofort wissen, was er vorhat. Ich schnappe mir meinen Laptop und gebe die Ausstellungsadresse ein.

Hicks. Hicks. Hicks.

Eine hippe Gegend hat er sich ausgesucht. Die Galerie liegt mitten in Soho, in einer ehemaligen, generalsanierten Fabrikhalle, die für Events gemietet werden kann – für schlappe 5.000 Pfund die Woche. Ich rege mich schon wieder auf …

»Ich geh mal eben ins Bad telefonieren – du bist etwas laut, Mausezahn.«

Mittlerweile kiekse ich vor lauter Aufregung wie ein Meerschweinchen kurz vor dem Ableben.

Nach fünf Minuten hat der Schluckauf etwas nachgelassen, und Armin lässt sich schnaufend neben mir aufs Bett plumpsen.

»Su, wir können dich nun beide hören!«

Armin schaltet das Handy auf Lautsprecher und wirft es zwischen uns auf das Bett.

»Lea?« Sus klare Stimme schallt aus dem Handy.

»Hör mir zu und mach genau, was ich dir sage. Erstens: Es tut mir total leid, dass dich der Mehlwurm schon wieder enttäuscht hat und sogar so dreist war, mit dem Segeltörn-Flyer eine falsche Spur zu legen! Zweitens: Du ziehst irgendeinen scharfen Fummel an, fährst in diese Galerie und stellst ihn zur Rede! Drittens: Wenn er dir nicht sofort dein Geld zurückgibt, machst du ihm dort eine gehörige Szene! Hast du alles verstanden?«, bellt es aus dem Handy.

Statt einer Antwort beginne ich wieder zu weinen, unterbrochen von lautem Hicksen.

»Er kann nicht einfach abhauen, deine Kohle stehlen und ungefragt so ein persönliches Foto von dir ausstellen!«

»Lea, hörst du mir zu?!«

Ich wimmere schwach.

»Geh raus und zeig der Albino-Ratte, was Sache ist. Und hol dir dein Geld zurück! Jetzt!«

Hicks. Sebastian finden und zur Rede zu stellen klingt nach einer guten Idee, aber mir geht es gar nicht ums Geld. Ich muss herausfinden, ob dort in der Galerie wirklich dieses Nacktfoto von mir hängt. Leider fühle ich mich immer noch total kraftlos. Ich reiße den zweiten Schokoriegel auf und beiße hinein.

»… und wenn er dir nicht sofort die Kohle zurückgibt und sich auf Knien bei dir entschuldigt, dass er ungefragt ein so persönliches Bild von dir der Weltöffentlichkeit zeigt, schüttest du etwas ätzend Klebriges auf die Fotografie! Kannst du dich erinnern, wie ich damals mit Peter Schluss gemacht habe?«

Ich nicke stumm. Ich erinnere mich genau.

Su lebt und liebt immer ungewöhnlich, und das vor zwei Monaten war wirklich großes Kino.

Peter war drei Jahre lang Sus große Liebe, bis sie ihn, als er sie beruflich in Italien wähnte, mit Grazyna, seiner drallen polnischen Putzfrau, nackt in Action erwischte.

Su handelte sofort und jagte Peter und die Putzfrau in Bademänteln aus seiner Wohnung. Als die beiden endlich nicht mehr an die Tür gewummert hatten, sondern mit einem Taxi davongefahren waren, ließ sie vom Schlüsseldienst die Schlösser auswechseln und warf die neuen Schlüssel ins Klo. Dann leerte sie eine Flasche von seinem Jahrgangschampagner und versteckte ein Stück Schimmelkäse im Blumentopf von Peters geliebter Yucca-Palme.

Erst Wochen später, nachdem er den teuren Eichen-Parkettboden entfernt und die Damastvorhänge und das Designersofa ausgetauscht hatte, entdeckte er, woher der bestialische Gestank in seinem Wohnzimmer wirklich kam.

Ich glaube, durch Peter wurde mein Vertrauen in die Männerwelt endgültig erschüttert. Wenn sogar eine Traumfrau wie Su betrogen wird, warum sollte dann ein Mann einer Normalofrau wie mir ein Leben lang treu bleiben?

»Mach irgendwas Radikales, Lea! Als du diese blöde Tussi aus Sebastians Agentur mit dem Tennisschläger verkloppt hast, war ich sehr stolz auf dich. Du wirst sehen, nach einer wirklich guten Racheaktion wird es dir gleich viel besser gehen.« Su spricht mit fester Stimme aus dem Handy.

»Also, Losprügeln ist keine Lösung. Das ist zu brutal für meinen Geschmack.« Armin hasst im Gegensatz zu Su körperliche Konfrontationen. »Könnte sie nicht erst mal einfach nur mit ihm reden?«

Su schnauft laut. »Als ob das was bringt!«

»... und ich habe auch keine Ahnung, wo wir um die Uhrzeit einen Tennisschläger herbekommen sollen, und überhaupt, als rosiges Racheschweinchen kommt Lea wahrscheinlich ohnehin nicht sehr überzeugend rüber!« Armin spielt ohne Rücksicht auf meine Gefühle seinen letzten Trumpf aus.

»Was meinst du mit rosa Racheschweinchen?«, will Su wissen.

Ich funkle Armin wütend an und schildere Su kurz die verheerenden Auswirkungen meines heutigen Makeovers.

Kurz herrscht Schweigen, doch Su wäre nicht Su, wenn sie nicht in einer schwierigen Lage raschen Rat wüsste.

»Dafür hat der liebe Gott Visagisten und Spezial-Make-up erfunden.«

Ich höre sie auf ihrem Laptop wild herumtippen.

»Wo habe ich nur die Nummer? Ich versuche jetzt, Mattheo zu erreichen, er schuldet mir noch einen Gefallen für unser letztes verpatztes Shooting. Der Idiot ist einfach nicht aufgetaucht, und wir mussten mit einem absoluten Dilettanten arbeiten, eine Katastrophe. Ich glaube, Mattheo ist gerade für ein Shooting in London. Er ist einfach der Beste! Du wirst begeistert sein. Küsschen, alles wird gut!«

Su hat aufgelegt.

»Wer ist dieser Mattheo?«, frage ich Armin und spüle einen Schokobrocken mit dem Rest des Gin Tonic runter und rülpse leicht.

»Hat sie doch gerade gesagt!«

»Nein, hat sie nicht!«

»Na, ich nehme an, ein Visagist oder ein Fotograf!«

»Hoffentlich kein Fotograf. Ich hasse Fotografen! Alle!«

Armin hat sich zu mir aufs Bett gesetzt, und ich kuschle meinen Kopf an seine breite, dank zahlreicher Zusatzkilos gut gepolsterte Schulter. Ich hoffe, mein kleiner Rauschgoldengel nimmt nie ab. Es ist einfach wahnsinnig bequem, sich bei ihm anzulehnen.

Armin beginnt, beruhigend meinen Kopf zu kraulen. Das mag ich.

»Willst du wirklich auf die Ausstellung gehen und Sebastian attackieren, Mausezahn? Rede doch lieber mit ihm. Ich sag immer, Gewalt ist keine Lösung. Und ich muss es schließlich wissen!« Armin nickt mir noch einmal zu und greift nach der Fernbedienung für den Fernseher.

Armin ist laut eigener Aussage Deutschlands erfolgreichster Männer-Paar-Therapeut. Seine zahlungskräftigen Klienten rennen ihm die Tür ein, um ihre verkorksten Beziehungen mit Hilfe seiner mehr als ungewöhnlichen Therapiestunden zu retten.

Und der Erfolg gibt ihm Recht:

Vier von fünf Pärchen versöhnen sich bereits nach wenigen Sitzungen, weil Armin ihnen – mit teilweise etwas unorthodoxen Methoden – hilft, das Feuer der Liebe und Leidenschaft wieder zu entfachen.

Ein Pärchen, das seit Monaten nicht mehr miteinander gesprochen hatte, hat er an einem widerlich kalten Dezemberabend vor drei Jahren mit nichts als ihren Turnschuhen und einer Badehose am Leib mitten auf einer entlegenen Landstraße ausgesetzt, um an ihre Urinstinkte zu appellieren. Und es hat geklappt. Die beiden sind wie durch ein Wunder nicht erfroren, sondern wieder glücklich vereint und schicken Armin jedes Jahr zu Weihnachten eine Magnumflasche Champagner.

Vielleicht hat Armin recht, und ich sollte erst mal mit Sebastian in Ruhe reden. Er schuldet mir eine Erklärung, und vielleicht ist ja alles nur ein riesiges Missverständnis? Die Hoffnung stirbt zuletzt. Unschlüssig kaue ich auf meiner Unterlippe, eine grässliche Unart, kein Wunder, dass mich Sebastian verlassen hat. Wer will schon mit einer hicksenden, pinken, leicht übergewichtigen Frau mit angenagter Unterlippe zusammen sein? Da muss das Feuer der Liebe und Leidenschaft ja erlöschen. Blöd nur, dass ich es nicht rechtzeitig bemerkt habe. Aber vielleicht ist ja noch etwas zu retten? Ich könnte gleich damit anfangen und zum Beispiel aufhören, unkontrolliert Süßigkeiten in mich reinzustopfen.

Nachdenklich lutsche ich am Nuss-Nougat-Schokoriegel aus Belgien, der diesmal leider keinerlei beruhigende Wirkung auf mich hat. Ich stopfe mir noch ein Kissen in den Rücken, öffne den zu engen Hosenknopf und schäle mich aus meiner neuen Jeans. Ich krabble aus dem Bett und stelle mich vor den riesigen Spiegel im Vorraum, den man schwenken kann. Warum verwendet er mein Popo-Bild als Hauptsujet für seine blöde Ausstellung? Verdammt, ich dachte, er macht neuerdings nur noch Porträts!?

»Glaubst du, Sebastian will mit *They Are Real* ein schockierendes künstlerisches Statement setzen. So nach dem Motto: Nackt – dick – unretouchiert?«, frage ich Armin, der gerade hochkonzentriert durch die TV-Kanäle zappt.

»Nein, das glaube ich nicht. Erstens bist du nicht dick, Mausezahn, und zweitens glaube ich, dass der Mehlwurm überhaupt nicht denkt. Dafür bräuchte er mindestens eine Gehirnwindung mehr!«

Armin hämmert verzweifelt auf die Fernbedienung ein.

»Glaubst du, die haben hier auch deutschsprachige Sender, Mausezahn? Ich drehe durch, wenn ich heute das Staffelfinale von *House of Cards* versäume!«

»Schön, dass du mit mir fühlst! Und stets die richtigen Prioritäten setzt!«, blaffe ich ihn an. »Haben wir nicht gerade andere Probleme als die Tatsache, dass du wieder mal zu blöd warst, deinen Receiver vorzuprogrammieren? Was in aller Welt soll ich jetzt tun, Armin?«

Armin schenkt mir wieder seine volle Aufmerksamkeit, nachdem er zum Glück den richtigen Sender gefunden hat.

»Wir können zu der Ausstellung gehen, und du redest mit Sebastian, oder wir bleiben hier, trinken noch was, lassen uns ein Abendessen vom Zimmerservice kommen und sehen traurige Filme! Natürlich erst nach *House of Cards*.«

In meinem Kopf herrscht völlige Leere.

»Aber das ist deine Entscheidung, Mausezahn. Denn egal, was ich dir rate, du reißt mir spätestens morgen dafür den Kopf ab!«

»Als ob ich so etwas tun würde! Ich kann sehr gut zu meinen eigenen Entscheidungen stehen«, sage ich beleidigt.

Armin betrachtet mich stirnrunzelnd.

»Hör auf deine innere Stimme, Mausezahn, dann weißt du, was der richtige Weg ist!«

»Danke, weiser Zen-Meister!«

Scheinbar ist heute der Tag der tollen Ratschläge, erst der seltsame Steward im schwankenden Flieger, dann der Hotelpage und jetzt mein bester Freund.

»Aber egal, wofür du dich entscheidest, ich bleibe stets an deiner Seite! Nur zur Sicherheit für alle Beteiligten!« Armin grinst mich an.

Nachdenklich futtere ich nun doch noch den Rest des Schokoriegels auf und rolle mich auf dem großen Boxspringbett zu einer Kugel zusammen. Ahhh, bequem …

»Ich weiß nicht, was ich tun soll, Armin – ich weiß gar nichts mehr! Eigentlich will ich nur noch schlafen!«

Bleierne Müdigkeit überfällt mich, und meine Lider sind tonnenschwer und klappen immer wieder zu. Ich umarme eins der seidigen Dekokissen, ziehe mir die Daunendecke über den Kopf und schließe die Augen, während die Erkennungsmelodie von *House of Cards* erklingt und Armin wohlig aufseufzt.

ROSA RACHESCHWEINCHEN

»So schlimm sieht sie gar nicht aus! Su hat mal wieder übertrieben!«

»Also ich finde schon, dass sie fürchterlich aussieht. Kann man das wirklich wegschminken?«

»Die Haut ist zwar dunkelrosa, aber sonst, wie es aussieht, intakt!«

Ich spüre, wie eine Hand zart über meine Wange streicht.

»Vor einem Jahren, nach einer Gartenparty, bei der sie ihren Exfreund aus dem Swimmingpool retten musste, war sie schon mal so pink. Da hatte sie vergessen, sich einzucremen. Der Kerl hat es leider überlebt, aber ihr Sonnenbrand war wirklich schlimm. Ich weiß noch, dass ich damals zu Su gesagt habe: Der Kerl bringt ihr nichts als Unglück! Und recht hatte ich.«

Ich spüre einen angenehmen Pfefferminzatem, der über mein Gesicht weht.

»Alles gut. Das kann man mit dem neuen Camouflage-Special-Make-up völlig kaschieren. Ich verwende das ständig. Du glaubst ja nicht, wie die Haut mancher Models ohne Make-up aussieht!«

»Schminkst du eigentlich auch Männer?«

»Nein, und ich glaube, wir sollten sie jetzt lieber mal aufwecken.«

Ich blinzle vorsichtig. Vor meinem Bett stehen ein dunkelhaariger, langhaariger Hüne mit Nerdbrille und Hipster-Bart und Armin, der neben dem Zweimetermann wie ein vollschlanker, etwas zu kurz geratener Rauschgoldengel aussieht.

»Lass mich raten – du bist Mattheo –, der Retter meiner rosa Haut?!«, krächze ich und reibe meine vom Schlaf verquollenen Augen.

»Erraten, Süße – und jetzt hopp, hopp; wir haben keine Zeit zu verlieren.«

SHOWDOWN MIT UNERWARTETEN HINDERNISSEN

Es ist bereits kurz vor 23.00 Uhr, und ich hüpfe zwischen meinen beiden ungleichen Begleitern teils vor Kälte, teils vor Nervosität von einem Bein auf das andere. Die Schlange vor der Ausstellungshalle bewegt sich nur im Schneckentempo vorwärts.

Meine Verwandlung hat satte zwei Stunden gedauert, und dann mussten wir noch ewig auf ein Taxi warten, das wiederum eine halbe Stunde nach Soho gebraucht hat.

Mattheo hat wahre Wunder vollbracht, und ich bin immer noch erschüttert, warum ich 33 werden musste, um zu merken, wie schön ich jeden Tag aussehen könnte, wenn mich ein Profi schminkt.

Meine Haut scheint immer noch wie von innen zu glühen, nur jetzt sieht es so aus, als wäre ich nach einer heißen Liebesnacht mal eben aus dem Bett gestiegen, um mir ein Glas Champagner zu holen. Mein Haar ist kunstvoll zerzaust – ich habe wunderschöne Smokey Eyes und knallrote, sinnlich schimmernde Lippen. Ich sehe aus wie *ich*, nur viel, viel schöner – wie ein Vamp, wie eine Frau, die jeden haben kann und mit der nicht zu spaßen ist.

Wäre mein Leben anders verlaufen, wenn ich jeden Tag so ausgesehen hätte? Würde ich jetzt überhaupt hier stehen, vor einer umgebauten Lagerhalle in London, mitten in der Nacht, frierend und ohne Einladung, verzweifelt auf der Suche nach meinem entlaufenen Exfreund?

Oder würde ich nicht eher Frauen wie mich verachten und

mich stattdessen mit Carlos, meinem durchtrainierten 25-jährigen Lover zwischen Satinlaken wälzen und Beluga Kaviar aus seinem Bauchnabel lecken?

Hmpf, wahrscheinlich Letzteres.

Die Schlange rückt einen Meter weiter, und ich vergehe fast vor Aufregung, Sebastian gleich wiederzusehen. Endlich stehen wir vor dem Türsteher, der uns nach einigen Diskussionen und nachdem ihm Armin eine 50-Pfund-Note unauffällig in die Hand gedrückt hat, mit finsterem Grummeln schließlich durchwinkt.

Wir betreten eine riesige Backsteinhalle mit zehn Meter hohen Wänden. Außer den hellen Spots, die die überdimensionalen Schwarz-Weiß-Fotografien anstrahlen, die an Stahlseilen von der Decke hängen, gibt es keine Beleuchtung. Wummernde Bässe dröhnen durch die Halle und lösen sofort ein böses Magengrummeln aus, das zum Glück hier niemand hören kann.

Suchend blicke ich mich um. Wo ist Sebastian? Meine Kontaktlinsen sind schon ganz trüb, und in dem diffusen Licht kann man die Anwesenden nur schemenhaft erkennen.

Ich weiche einer von Kopf bis Fuß in rotes Latex gewandeten Kellnerin aus und bewege mich vorsichtig auf eine größere Gruppe Frauen zu, die kichernd unter dem zentralen Bild der Ausstellung – meinem Po im Sonderformat fünf mal fünf Meter – steht. Mir bricht der Schweiß aus, und ich muss mich an Armin festhalten.

Zwei vielleicht 20-jährige, aber bestimmt magersüchtige Mädchen tuscheln gerade laut kichernd und zeigen immer wieder auf meine monströsen Schenkel in Großformat und meine Cellulite-Dellen. Haben die denn keinen Anstand, kein Mitgefühl? Am liebsten würde ich die Gören anschreien, dass sie auch älter werden und auch mal so aussehen werden, und dann sollen sie nicht so blöd sein, sich von ihrem Freund vertrauensvoll in einer intimen Situation fotografieren zu lassen.

Doch ich unterlasse es.

Stattdessen gebe ich Armin und Mattheo ein Zeichen, dass ich einen Moment allein durch die Ausstellung gehen möchte. Ich straffe die Schultern und wandere nun hocherhobenen Hauptes von Bild zu Bild. Ich werde jetzt nicht die Fassung verlieren! Die anderen Körperteile, die ich zu sehen bekomme, sind mir allesamt unbekannt. Doch Erleichterung stellt sich bei mir nicht ein. Die Fotos haben nämlich alle eines gemeinsam:

Es sind keine Porträts, sondern zeigen ausschließlich nackte Frauenpos. Kurz schwanke ich, was ich schlimmer finde: dass mein Exfreund, ohne dass ich es wusste, zahlreiche nackte Frauen fotografiert hat, oder die Tatsache, dass mein Po mit Abstand der voluminöseste ist.

»Ich habe alle Bilder gesehen! Deiner ist der eindrucksvollste!« Mattheo ist hinter mir aufgetaucht und lächelt breit.

Warum kann das alles nicht nur ein schlimmer Albtraum sein? Wie betäubt schnappe ich für Mattheo ein Bier vom Tablett einer Latex-Kellnerin, er soll sich weitere Kommentare bloß sparen. Ich genehmige mir ein stilles Mineralwasser. Ich muss nüchtern bleiben, ich muss Sebastian finden, und ich muss ihn fragen, wen er da, verdammt noch mal, fotografiert hat.

Und ob er mit jeder Frau, die er abgelichtet hat, vorher auch geschlafen hat!

Sind das alles Exfreundinnen von ihm?

Oder – mir wird schon wieder schlecht – hat er mich mit – ich zähle die Bilder durch –, mit allen zwölf Frauen in den letzten zwei Jahren betrogen?

Hicks. Hicks. Hicks.

Wo steckt dieser Mistkerl bloß? Ich kneife die Augen zusammen. Kann hier bitte mal jemand mehr Licht machen?

»Habt ihr Sebastian gefunden?« Armin stößt laut schnaufend und nach Luft japsend wieder zu Mattheo und mir. »Ich bin diese blöde Halle mindestens dreimal abgelaufen und völlig dehydriert.«

Er schnappt sich mein Glas und stürzt es mit den Worten »Wasser wie widerlich!« herunter.

Verzweifelt halte ich wieder nach Sebastian Ausschau. Er muss hier doch irgendwo sein! Er wird doch nicht bei seiner eigenen Vernissage fehlen? Mattheo verfolgt in der Zwischenzeit eine der Latex-Kellnerinnen, und Armin kauert am Boden und schnappt nach Luft.

Mein dünnes, enges Wickelkleid lässt es nicht zu, dass ich mich neben Armin auf den kalten Steinboden setze, aber stehend kann ich immerhin seine Schulter tätscheln.

»Was macht dein Kreislauf? Soll ich dir noch ein Wasser bringen, Armin, oder einen Energydrink?

Armin nickt schwach, doch ehe ich ein Latex-Wesen ansprechen kann, kommt Mattheo bereits mit einem Glas Wasser zurück – kann der Mann Gedanken lesen?

»Ich habe mich ein wenig umgehört. Die Kellnerin sagt, dass die feierliche Eröffnung schon vor zwei Stunden war und der vampirähnliche Künstler *from Germany* …«

»Ha! Eine treffende Beschreibung für den Mehlwurm!« Armin scheint es spontan besser zu gehen.

»… hat vor einer halben Stunde die Ausstellung verlassen.«

Ich sacke zu Armin auf den kalten Boden und lehne meinen Kopf an seine Schulter. Jetzt ist alles aus.

BÖSES ERWACHEN

»Hallloooo?«

»Na, du kleiner Langschläfer, bist du endlich wach!«

»Weeer iss daa-aa?« Meine Zunge klebt an meinem Gaumen, und in meinem Kopf herrscht völlige Leere. Ich fühle mich, als hätte mich ein dreißig Tonnen schwerer Panzer überrollt – immer und immer wieder.

»Sag mal, liegst du etwa immer noch im Bett, Mausezahn? Es ist kurz vor 10.00 Uhr, na eigentlich 9.00 Uhr bei dir!« Armins Stimme dringt viel zu laut durch das Handy an mein Ohr.

»Ja, zufällig liege ich noch im Bett!« Stöhnend richte ich mich etwas auf, hat man hier nie seine Ruhe?

»Ich hab mir Sorgen gemacht. Der Portier hat mich schon mehrmals aufs Festnetz durchstellen lassen, weil du nicht an dein Handy gegangen bist!«

Mein Schädel brummt.

»Und wir haben es auch immer extra lange klingeln lassen! Solltest du nicht schon längst unterwegs sein und irgendwelche Beauty-Hotspots für *So You* testen?«

Armin hat mich über das Festnetz angerufen? Wo zum Geier ist er? Warum ist er nicht hier, sondern ruft an? Und warum habe ich das Klingeln nicht gehört? Das kann nicht sein, normalerweise habe ich einen leichten Schlaf und werde sofort wach, wenn jemand nur laut neben mir atmet. Ich verreise stets mit Ohrstöpseln.

Mein Blick fällt auf das Festnetztelefon auf dem Nachttisch, der aber irgendwie anders aussieht, als ich ihn in Erinnerung habe. Und auch die seidene Tagesdecke und die Kissen, in die ich gestern geweint habe, sind nicht mehr seidig-lila, sondern taubengrau … und irgendwer hat in der Nacht das Bett an die andere Seite des Fensters geschoben.

Hm. Sehr seltsam! Ein Blick aus dem Fenster zeigt: Auch die Themse fließt an diesem seltsamen Morgen nicht mehr unter meinem Fenster vorbei.

Was ist hier los?

Vor Schreck lasse ich fast das Handy fallen, als mir die schreckliche Wahrheit dämmert: Ich bin definitiv nicht in meinem Hotelzimmer. Aber wo bin ich dann?

Während ich mir das Hirn zermartere, erzählt mir Armin voller Begeisterung, dass er vor einer halben Stunde in Deutschland gelandet ist und gerade mit dem Taxi zu Stefans Wohnung fährt.

Erinnerungsfetzen tauchen in meinem vernebelten Hirn auf. Armin, der mir gestern in der Nacht in irgendeiner Bar in der City schluchzend erklärt, dass er gerade eine SMS von seiner Langzeit-on-off-Liebe Stefan bekommen hat und sofort dringend nach Hause muss und gleich die erste Morgenmaschine nimmt.

»Ich habe einen ausgeklügelten Plan, Mausezahn, wie ich Stefan davon überzeugen kann, dass ich sein Mr. Right bin und er von diesem aufgeblasenen, blöden Personal Trainer ablassen soll! Noch ist es nicht zu spät!«

»Jaaa???«, heuchle ich Interesse, während ich durch das fremde Hotelzimmer tappe und nach Hinweisen suche, warum ich hier gelandet bin – und mein Blick fällt auf die zweite zerknautschte Decke –, mit wem …

»Ich bin gleich vor Stefans Haus. Ich werde jetzt einfach klingeln, vor ihm auf die Knie fallen und ihm sagen, dass ich ohne ihn nicht leben kann!«

Ist das Armins Plan? Klingt nicht sehr ausgeklügelt.

»Und wenn das alles nicht hilft – ziehe ich meine Trumpfkarte!«

»Erzähl mal«, sage ich völlig abwesend.

»Aus sicherer Quelle habe ich erfahren, dass der schwedische Fitnesstrainer bi ist. Er hat ein Kind im Vorschulalter, das an jedem zweiten Wochenende bei ihm ist! Und du weißt doch, dass Stefan Kinder laut und nervig findet! Ich sag nur: Tschüss, Mr. Stockholm!« Armins gehässiges Lachen schallt aus dem Mobiltelefon.

Stumm schüttle ich den Kopf. So kompetent Armin in seinem Job als Paartherapeut seine Patienten berät, so sehr leidet er in seiner Beziehung mit Stefan bis auf gelegentliche Euphoriephasen unter Dauerliebeskummer und ist guten Ratschlägen gegenüber taub.

O Gooootttt – ich bin ja bis auf meine Unterhose nackt!

Armin interpretiert mein Schweigen falsch.

»Ich habe auch ein Gedicht für ihn vorbereitet, aber ich bin mir nicht sicher, ob das nicht doch etwas too much …«

»Alles okay, Armin, bis auf das Gedicht ist alles gut. Du schaffst das!« Mir ist so schlecht. »Ruf mich nachher an, ich muss jetzt dringend ins Bad!«

Nachdem ich mich in die stylishe Kloschüssel übergeben habe, setze ich meine Erkundungen fort:

Die Dusche scheint vor kurzem benutzt worden zu sein, auf dem Boden liegen zwei nasse, zerknüllte Handtücher, und auf dem Waschbeckenrand klebt Rasierschaum. Es duftet im Bad nach einem angenehmen Männerparfum, das mir vage bekannt vorkommt, ich aber leider nicht zuordnen kann. Verdammt, Lea, denk nach.

Ich lasse mich wieder auf das zerwühlte Bett fallen und zermartere mein müdes Hirn. Was war gestern los? Sebastians Vernissage – das überdimensionale Foto meines Hinterteils – die anderen 12 Fotos mit demselben Motiv – Sebastians Abwesenheit – mein Zusammenbruch – ein lauter Club in der Stadt – blinkende Lichter – noch eine Bar – bunte Drinks, Mattheo, noch mehr Drinks – Mattheo. Mattheo?

Mist. Ich bin scheinbar in Mattheos Hotelzimmer gelandet. Ich muss hier weg – sofort. In atemberaubendem Tempo schlüpfe ich in mein Kleid, das ordentlich über dem Schreibtischsessel hängt, ebenso wie mein BH. Meine Stilettos stehen neben der Tür, und dort finde ich auf einem Haken auch meine Handtasche mit einem Klebezettel drauf.

»Danke für eine ›lustige‹ Nacht – P.S.: Falls du das fortsetzen willst, hier ist meine Nummer!« XXX

O mein Gott!

Haben wir es etwa getan? Hatte ich etwa gerade meinen ersten One-Night-Stand und habe nichts davon mitbekommen? Und was meint er mit »lustig«? Dass wir beim Sex viel Spaß hatten? O mein Gott – hoffentlich haben wir verhütet.

Ich bin ja eher der seriell monogame Typ, wie konnte mir so was passieren? Und außerdem habe ich Angst vor Bakterien, und die Pille nehme ich auch nicht. Hoffentlich hat er sich was übergestülpt. Ich werfe einen vorsichtigen Blick in den Papierkorb unter dem Schreibtisch und im Bad. Fehlanzeige.

Mir wird schon wieder schlecht.

Aber vielleicht ist ja auch gar nichts passiert? Traumatisiert stopfe ich mein Handy und den Klebezettel mit der Telefonnummer in die Handtasche. Ein Blick in den Spiegel zeigt, dass mein Gesicht wieder Normalfarbe und – ich betaste die Wange vorsichtig – auch wieder Normaltemperatur angenommen hat. Suzette hatte recht. Ich binde meine Haare mit einem Haargummi zusammen und wische mir im Bad mit einem Taschentuch meine schwarzen Wimperntusche-Panda-Augen notdürftig ab. So gut wie am Tag zuvor sehe ich heute leider nicht mehr aus. Eher wie eine ramponierte Version des gestrigen Abends.

Ich fahre mit dem Hotelaufzug nach unten und bitte die Rezeptionistin, mir ein Taxi zu rufen.

15 Minuten später bin ich wieder in meinem Hotel und atme erleichtert auf. Ich husche mit gesenktem Kopf durch die Halle, in der Hoffnung, dass niemand merkt, dass ich über zehn Stunden nach dem letzten Verlassen des Hotels nun mit zerstörtem Make-up und dem gleichen Kleid in leicht zerknüllter Version zurückkomme.

Mein Handy meldet eine neue Nachricht.

Jetzt reicht es, Armin, denke ich, und fahre, ohne nachzusehen, was er mir diesmal mitteilen will, erst mal in den 15. Stock und sinke todmüde auf mein Bett. Die letzte Nacht hatte es offensichtlich in sich – wenn ich mich nur erinnern könnte …

Hm. Die neue Nachricht ist gar nicht von Armin.

Mit Schrecken lese ich:

Hi Lea, Armin hat mich heute früh angerufen und mich gebeten, mich ein wenig um dich zu kümmern, weil er ja plötzlich wegmusste. Ich hoffe, es geht dir heute besser und du denkst nicht ständig an den Vampir/Mehlwurm. Lust auf Frühstück um 10.30 Uhr im The Drawing Room Café? Ich schick dir die Adresse.

Alles Liebe, Mattheo

PS: Ich hoffe, du bist gestern noch gut in dein Hotel gekommen, du warst plötzlich fort.

ALZHEIMER-ALARM

Okay, es ist offiziell, ich bin eine Schlampe. Eine Schlampe mit Alzheimer.

Was ist nur mit mir los?

Eben noch bin ich am Boden zerstört, weine meinem Fast-Verlobten nach und lauere ihm uneingeladen bei seiner Vernissage auf, und wenige Stunden später wache ich in einem fremden Hotelbett auf!

Und das Widerlichste: Ich kann mich an nichts erinnern!

An Nichts.

Niente. Nada.

In meinem Kopf herrscht ein riesiges Vakuum. Ich habe meinen Exfreund betrogen und weiß nicht mal mit wem!

Ich schnuppere an meinem Arm, kann aber nichts Verdächtiges feststellen. Ich rieche nicht nach fremdem Mann, sondern nur nach Zimt (?), Restalkohol und ungeduschter Lea.

Rasch schlüpfe ich unter die Dusche und verbrauche drei Minifläschchen des pinken Hotel-Duschgels. Nach wildem Bambus und Lotusblüte duftend hülle ich mich schließlich in den riesigen weißen Hotel-Bademantel, putze die Zähne und bearbeite mein Gesicht hochkonzentriert mit Bergen von Reinigungslotion und Wattepads, um es gründlich von jeglichem Rest-Make-up zu befreien – Suzette wäre sehr stolz auf mich.

Nach weiteren zehn Minuten fühle mich äußerlich frisch und quietschsauber.

Doch eine brennende Frage bleibt:

Mit wem habe ich die letzte Nacht verbracht?

Mattheo war es auf jeden Fall nicht.

Aber wo habe ich so kurzfristig jemand aufgerissen und warum? Das sieht mir doch gar nicht ähnlich. Nie würde ich mit einem Wildfremden aufs Hotelzimmer gehen und ... NIE!

Das hat zwei Gründe:

Erstens zeige ich mich niemals völlig Fremden nackt, ich lasse ja sogar in der Sauna bei 70 Grad immer mein Duschtuch umgebunden; und zweitens verliebe ich mich nach dem Beischlaf immer automatisch. Bisher hatte ich mit drei Männern Sex (gestern Nacht nicht mitgezählt) und bringe es somit in Summe auf drei Beziehungen. Wenn ich darüber nachdenke, nicht viel für eine 33-jährige Frau.

Ich horche in mich hinein, ob ich irgendwelche tiefen Gefühle für meinen One-Night-Mann orten kann, was eigentlich jetzt der Fall sein müsste.

Doch aus meinem Innersten kommt nur eines – ein wirklich lautes Grummeln. Mein Magen meldet großen Hunger, scheinbar funktionieren zumindest noch meine Überlebensinstinkte.

Um mich selbst für meine Blödheit zu bestrafen, ignoriere ich jedoch das böse Magengrummeln und mache mir mit der kleinen Hotel-Kaffeemaschine erst mal einen starken Espresso.

Die nächste halbe Stunde verbringe ich damit, mein Handy auf eventuell eingehende Nachrichten von Sebastian zu checken, Mattheo zu schreiben, dass ich mich gern mit ihm auf ein Frühstück treffe, und kurz mit Armin zu telefonieren, der aber nur ins Telefon haucht, dass er sehr, sehr glücklich ist, aber leider gerade nicht reden kann.

Su teilt mir knapp mit, dass der Kater den Katzendosen-Vorrat aufgefressen hat und sie ihn auf Spontandiät gesetzt hat, weil sie heute nicht mehr zum Einkaufen kommt. Wie viel frisst das Tier mittlerweile? Der Vorrat hätte doch noch ein paar Tage reichen müssen? Nun gut, diesem Problem werde ich mich morgen stellen, wenn ich wieder zu Hause bin.

Danke, Sebastian, für das Chaos, das du hinterlassen hast.

Dann logge ich mich auf meinen Firmen-E-Mail-Account ein, der dank Lorine, Mayas persönlicher Assistentin, endlich freigeschaltet ist, und checke meinen Posteingang,

Entsetzt entdecke ich gleich fünf E-Mails von Lorine, wobei die erste von 6.59 Uhr ist! Warum schreibt sie mir so früh? Hat die Frau kein Privatleben? Erwartet sie etwa von mir, dass ich um diese Zeit schon vor dem Laptop sitze und arbeite?

Um 6.59 Uhr habe ich noch selig geschlummert – oder so ähnlich …

Nicht daran denken!

Ich lese:

»Hallo Lea, schick mir bis heute 17.00 Uhr einen ersten Bericht zu dem Makeover!«

Mir bricht der kalte Schweiß aus. Wie soll ich das schaffen? Ich muss doch heute noch diverse Beauty-Hotspots abklappern?

In E-Mail zwei, drei und vier listet sie alle Treatments, die ich heute testen muss, auf, und in E-Mail Nummer fünf hat sie mir netterweise einen Lageplan *attached*, den ich mir sofort aufs Handy schicke.

Zum Glück befinden sich die meisten Beautytempel im selben Stadtviertel, was die Recherche erleichtert … vielleicht hat Mattheo ja Lust, mich zu begleiten; als Visagist sollten ihn die neuesten Beautytrends auch interessieren.

Apropos Mattheo! Ich bin ziemlich spät dran.

Ich schreibe Lorine, dass die Recherche sehr umfangreich ist und ich ihr eine Rohfassung des Artikels erst morgen früh schicken kann.

Noch ehe ich den Laptop runterfahren kann, kommt ihre Antwort:

»Hallo Lea, mir ist egal, wie du dich organisierst. Aber denk dran: Morgen ist Redaktionssitzung! Sei bitte pünktlich! 9.00 Uhr, 23. Stock, Zimmer B543!«

Mist. Das klingt nach einer Nachtschicht.

Rasch schlüpfe ich in eine Jeans und ein Shirt, streife meinen neuen Blazer und bequeme Sneaker über und stopfe mein Handy und meinen Laptop in die Handtasche.

Auf Make-up kann ich heute verzichten. Ich gebe Suzette ja nicht gern recht, aber meine »neue« Haut sieht dank ihrer Spezialbehandlung wirklich toll aus. Feinporig, glatt und zartrosa leuchtet mir mein Gesicht aus dem Spiegel entgegen.

Dann versuche ich, mich wie gestern Abend zu stylen.

Leider gelingt mir das dramatisch-dunkle Augen-Make-up, das mir Mattheo gestern Abend so mühelos verpasst hat, nicht einmal ansatzweise. Aus dem Spiegel sieht mir ein übernächtigter, trauriger Waschbär entgegen. Nach zahlreichen Versuchen wische ich wieder alles ab und tusche nur meine Wimpern und gebe etwas rosa Gloss auf meine Lippen.

Fertig!

Ich sehe frisch, aber leider so durchschnittlich aus wie immer.

Auch meine Haare versagen heute den Dienst und haben sich nach dem Duschen zu blöden kleinen Schaffell-Löckchen gekringelt. Entnervt binde ich meine Haare zu einem straffen Pferdeschwanz zusammen und zeige mir selbst die Zunge im Spiegel: »Du hast echt schon mal besser ausgesehen, liebe Lea!« Und zwar exakt vor zwölf Stunden! Doch für weitere Schönheitskorrekturen ist keine Zeit, wenn ich Mattheo nicht warten lassen will.

Im Affentempo flitze ich durch das Hotelzimmer und werfe meinen Kosmetikkram in den Trolley und stopfe die herumliegenden Klamotten, Schuhe und meinen Bademantel hinein. Armin, der seine Klamotten immer akkurat faltet, seine Hemden in raschelndes Seidenpapier wickelt und seine Schuhe in kleinen gebrandeten Stoffbeutelchen transportiert, wird bei meinem »barbarischen Kofferpacken« immer ganz schlecht.

Zwei Minuten später fahre ich mit dem Aufzug ins Erdgeschoss, um auszuchecken.

»Hat es Ihnen bei uns gefallen?« Die junge Rezeptionistin lächelt mich freundlich routiniert an. Wenn die wüsste.

»Es war unvergesslich«, quetsche ich hervor und unterschreibe zähneknirschend den Beleg für die zwei Schokoriegel und den doppelten Gin Tonic. Schlappe 30 Pfund. Es ist fix: Sie werden mir zu Hause meine schöne Firmenkreditkarte abnehmen.

»Wollen Sie Ihr Gepäck bis zu Ihrem Abflug bei uns deponieren?«

»Gern! Und können Sie mir bitte gleich ein Taxi rufen, ich habe einen Termin und bin furchtbar spät dran!«

Shit, ich schaffe es niemals pünktlich zum Frühstück im *The Drawing Room Café*.

»Das Taxi ist in zwei Minuten vor dem Eingang«, informiert mich die nette Dame und lässt meinen pinken Trolley, bei dem leider oft die Rädchen blockieren, von einem laut schnaufenden Hotelboy zu dem Gepäckaufbewahrungsraum bringen – also so schwer ist er auch nicht.

»Vielen Dank! Ich hol meinen Koffer gegen 20.00 Uhr ab.« Ich reiche der Empfangsdame eine Fünfpfundnote über den Tresen und flitze zur Tür hinaus.

HAST DU IN MEINEM BETTCHEN GESCHLAFEN?

Es ist schon 10.45 Uhr, als ich endlich vor dem Fulham Palace aus dem Taxi klettere. Verdammt, ich bin bereits jetzt 15 Minuten zu spät, ich hoffe, Mattheo ist nicht allzu sauer, aber Pünktlichkeit ist nicht mal unter normalen Umständen eine meiner Stärken.

Rasch laufe ich durch den Park auf das monumentale Eingangstor zu. Eine wirklich coole Frühstücks-Location hat Mattheo ausgesucht. Laut meiner London-App war der riesige Palast mit den weißen Sprossenfenstern und der Backsteinfassade viele Jahrhunderte das Landhaus der Londoner Bischöfe. Echt nett hier – *Schöner Wohnen* für Bischöfe. Rasch laufe ich an den Schildern zum Museum und zur Kunstgalerie vorbei und lande schließlich etwas aus der Puste in dem verabredeten Café, in dem sich zahlreiche Schülerinnen und Schüler tummeln, wie man an der einheitlichen, adretten Kleidung unschwer erkennen kann.

Suchend blicke ich mich um.

Mattheo sitzt an einem Tisch an der Fensterfront, von dem aus man einen fantastischen Blick auf den üppig blühenden Garten hat, und wird vom Nebentisch, einer Horde Teenie-Mädchen mit weißen Blusen, schwarzen Krawatten und kurzen karierten Röckchen, aufmerksam kichernd beäugt. Doch Mattheo ist blind für seine Umgebung, er tippt gerade gedankenverloren auf seinem Handy herum.

Langsam bewege ich mich durch den Raum und studiere begeistert die gemütliche Deko. Sobald ich wieder etwas flüssig bin, werde ich meine leere Wohnung auch mit ein paar hübschen bunten Kissen, einem bequemen Lehnstuhl und üppigen Blumenvasen aufmotzen.

Plötzlich überzieht eine Gänsehaut meine Oberarme, und die Temperatur im Raum wird gefühlt fünf Grad kühler. Die Teenager-Mädchengang hat mich registriert und mustert mich kritisch von Kopf bis Fuß: Von meiner Bad-Hair-Schaflöckchen-Frisur über mein semiprofessionell geschminktes Gesicht bis hinunter zu meinen leicht gammeligen Sneakers. Wenn Blicke wirklich töten können, werde ich es leider nicht mehr bis zu Mattheo und meinem Frühstück schaffen.

Wie schon gestern auf der Vernissage muss ich feststellen, dass er offensichtlich auf alle weiblichen Wesen zwischen 14 und 94 Jahren eine magische Anziehungskraft ausübt.

Für mich nicht nachvollziehbar.

Ich bin von Mattheo unbemerkt an seinem Tisch angelangt und unterziehe ihn einer kurzen, unauffälligen Musterung, während er noch immer in sein Handy tippt. Unter seiner an den Knien zerrissenen und auf seiner Hüfte baumelnden dunklen Jeans ragt eine Boxershort mit glücklich rammelnden Hasen heraus.

Derbe Bikerboots und ein graues, ungebügeltes T-Shirt runden sein leicht schmuddeliges Outfit ab. Sein dunkler, dichter Hipster-Vollbart sieht heute noch struppiger aus, und er trägt seine Haare zu einem hohen Knödel zusammengebunden. Wie Pebbles von den Flintstones. Fehlt nur noch der abgenagte Knochen, der dekorativ in der Haarpracht befestigt wird.

»Hallo Lea, spät, aber doch!« Mattheo hat mich endlich bemerkt und begrüßt mich mit einem kratzigen Kuss auf die Wange, was allgemeines Aufseufzen am Nachbartisch und weitere böse Blicke in meine Richtung zur Folge hat.

Unvermutet galant hilft mir Mattheo aus der Jacke, legt sie auf den freien Stuhl neben sich und kratzt sich am Bart. Hoffentlich wohnen da keine kleinen Tiere drinnen. Ich finde Bärte in der Regel ungepflegt und ziemlich widerlich.

»Sorry, ich habe komplett verschlafen«, lüge ich und spüre ein leichtes Kribbeln auf der Wange, die mit dem Fellgestrüpp in Berührung kam, und rubble rasch drüber.

Meinen der Londoner Kunstszene seit gestern bekannten Po platziere ich bemüht anmutig auf dem Sessel vis-à-vis von Mattheo und bestelle mir einen großen, frischgepressten Orangensaft. Ab jetzt werde ich wieder Kontrolle über mein Leben gewinnen – und beginnen werde ich heute, hier und jetzt:

Mit gesunder, vitaminreicher Ernährung.

Ich schnappe mir die Karte und studiere das reichhaltige Angebot auf der Suche nach einem Frühstück, das mir genügend Energie schenkt, um mich durch den anstrengenden Tag zu bringen.

Hm, das Gurkensandwich muss es nicht unbedingt sein. Gurkenscheiben verwende ich nur, um nach einer langen Partynacht meine Tränensäcke zum Abschwellen zu bringen.

Aber ein Müsli und etwas Obst wären gut oder das Roggenbrot mit Schinken und Cheddar, das hält wahrscheinlich länger satt, schließlich liegt heute noch ein langer Tag vor mir.

»Hattest du gestern noch Spaß?« Mattheo klappt seine Frühstückskarte zu und grinst mich breit an. Seine hässliche, überdimensionale schwarze Nerdbrille mit den dicken Gläsern hat er heute zu Hause gelassen, und ich habe freie Sicht auf wirklich schöne grüne Augen.

»Ich – gestern – Spaß?«, echoe ich wie ein dummer Papagei.

Was meint er? Ich habe immer noch einen kompletten Filmriss, was nach meinem Zusammenbruch in der Galerie passiert ist. Leicht nervös will ich an meiner Unterlippe knabbern, kann den Reflex zum Glück aber in allerletzter Sekunde unterdrücken und tue so, als würde ich mir etwas Orangensaft von der Lippe lecken, und nehme dann noch einen großen Schluck.

»Wir wollten doch alle gegen 1.00 Uhr noch in die Bar im The Shard fahren!«, versucht er meinem Gedächtnis auf die Sprünge zu helfen.

In meinem Kopf herrscht immer noch gähnende Leere.

»Du weißt doch, der Tower neben deinem Hotel. Und dann waren du und dein schnöseliger Freund aus dem Beautysalon auf einmal verschwunden!«

Ich pruste den Orangensaft quer über den Tisch und leider auch auf Mattheo.

»Sorry. Ähm!« Ich springe auf und tupfe aufgeregt mit einer Serviette Mattheos Oberschenkel trocken, der, wie mir auffällt, ziemlich gut trainiert ist. Dann tupfe ich den Tisch und die Frühstückskarte sorgsam ab, um etwas Zeit zu gewinnen.

»Was genau meinst du mit *mein Freund aus dem Beautysalon*?« Angstvoll sehe ich ihn an.

»Na, dieser schwarzgelockte Lackaffe, den wir mit dem rothaarigen Mädchen mit der Wuschelmähne gestern im Club getroffen haben, erinnerst du dich an gar nichts mehr?!« Mattheo sieht mich halb amüsiert, halb besorgt an.

Es fühlt sich an, als hätte mir jemand die Faust in den Magen gerammt. Mir kommt ein fürchterlicher Verdacht.

»Wir haben Suzette und Sacha getroffen?«, kiekse ich unnatürlich schrill.

»Wie der Typ hieß, weiß ich nicht, der hat sich ja ausschließlich mit dir – oder besser gesagt mit deinen Brüsten unterhalten. Aber die Kleine hieß, glaube ich, Suzette.«

Mattheo winkt die hübsche rothaarige Kellnerin heran.

»Willst du auch was bestellen, Lea? Ich habe mächtigen Hunger!«

Ich schüttle mechanisch den Kopf. Meine Wangen glühen unheilvoll, mein Magen grummelt, und ich versuche mit letzter Kraft, ein gigantisches Meerschweinchen-Kieksen zu unterdrücken.

»Wahrscheinlich heißt die Kleine aber gar nicht Suzette. Sie hat mir verraten, dass sie aus Bayern kommt, und niemand dort nennt sein Kind Suzette. Wahrscheinlich heißt sie Susi.« Mattheo lacht.

»Ich nehme das Schinken-Gurken-Sandwich, einen großen Milchkaffee und die Pancakes. Mit dem Topping kannst du mich überraschen, meine Schöne! Ich habe richtig Appetit!« Mattheo grinst die hübsche Kellnerin an, die mit hochroten Ohren alles sorgsam notiert.

Ich umklammere die Frühstückskarte immer noch – die Buchstaben vor meinen Augen verschwimmen.

Ich stehe unter Schock.

»Die rothaarige Kleine gestern war übrigens ganz schön aufdringlich und wollte es wirklich wissen. Ich konnte sie fast nicht abschütteln, vor allem, nachdem du und dieser Lackaffe plötzlich verschwunden wart!«

Im Café sind es schlagartig gefühlte 50 Grad. Mir wird schwindlig, und ich muss mich am Tisch festkrallen, während mir ein fürchterlicher Verdacht kommt:

Lieber Gott: Bitte lass mich nicht die Nacht mit dem Beautygott verbracht haben!

Bitte nicht!

Bruchstückhaft kehrt plötzlich die Erinnerung an den gestrigen Abend zurück. Armin und Mattheo hielten es für eine tolle Idee, mit mir in irgendeinen hippen Club in Soho zu gehen, um die Gedanken an die Fotoausstellung und Sebastians Verrat mit jeder Menge Gin Tonic und dem Anblick feiernder Londoner Szene-People zu betäuben.

Ich erinnere mich wieder, wie erstaunt ich war, als plötzlich Sacha mit Suzette im Club auftauchte.

Meine kleinen grauen Zellen rattern.

Dann bekam Armin einen Anruf und fuhr ins Hotel zurück, um zu packen. Und wir fuhren alle in eine andere Bar in der City, an deren Namen ich mich nicht mehr erinnern kann. Woran ich mich noch erinnere, ist, wie begeistert Mattheo von Suzette und ihren himbeerroten Haaren war (von wegen die aufdringliche Kleine), wie wir über einen Szenewechsel ins The Shard sprechen, mir aber plötzlich schwindlig wird und Sacha mir ganz gentlemanlike anbietet, mich stattdessen direkt ins Hotel zu bringen.

Leider bin ich dort nie angekommen.

Ich wühle in der Handtasche nach meinem Notfall-Schokoriegel und bleibe an etwas kleinem Gelben hängen.

Der Klebezettel.

»Entschuldige mich bitte kurz!«

Ich stürze zu den Toilettenräumen. Es gibt nur eine Möglichkeit herauszufinden, ob ich wirklich mit dem Beautygott die letzte Nacht verbracht habe. Mit zitternden Fingern wähle ich unter heftigem Gekiekse die Telefonnummer, die auf der inzwischen zerknitterten Haftnotiz steht. Ich beiße mir fast die Lippe blutig. Es läutet und läutet – die Mobilbox springt an:

»Alooo, isch bin bei eine wischtige Beandlung und werde Sie surückrufen …! Hinterlassen Sie mir ein Nachricht nach …«

Vor Schreck lasse ich das Handy auf den gefliesten Toilettenboden fallen.

O mein Gott! Es ist wahr! Ich habe es getan!

Ich war wirklich mit dem Beautygott im Bett!

Stöhnend lasse ich mich auf den kleinen Hocker vor dem Waschbecken fallen und verwünsche mich für meine grenzenlose Dummheit. Was habe ich mir nur dabei gedacht?

Nachdem ich das Handy auf seine Funktionsfähigkeit gecheckt und gründlich desinfiziert habe, wähle ich nochmal Sachas Nummer. Auch diesmal springt sofort wieder die Voicemail an. Ich räuspere kurz den mächtigen Frosch in meinem Hals weg.

»Hallo Sacha, hier ist Lea! Lea von *SoYou*! Tja, also ich wollte mich mal melden, hicks, und hören, wie es dir so geht heute, hicks, nach … du weißt schon … hicks!«

Verdammt, was rede ich denn da?

»Ähm – du warst so nett mir, hicks, nach unserer gemeinsamen Nummer deine Nummer zu hinterlassen …«

Das wird ja immer schlimmer, verdammt, reiß dich zusammen!

»Also Sacha, wenn du das abhörst, ruf mich bitte dringend zurück. Meine Nummer hast du ja jetzt auch, ich muss dich was wirklich Wichtiges fragen!« Hastig lege ich auf und lasse den Kopf müde auf den Rand des Waschtischs sinken, was habe ich letzte Nacht nur getan? Hatte ich wirklich mit dem selbstverliebten Macho Sex?

Und was noch viel wichtiger ist: Haben wir verhütet?

Fünf Minuten später betrete ich mit einem großen roten Abdruck vom Waschbecken auf der Stirn und leicht irrem Grinsen das Lokal. Das Leben ist sch… Ich bin immer noch pleite, Sebastian hat sich immer noch nicht gemeldet, der Kater frisst mich arm, mein Po ist immer noch riesig, und außerdem bin ich mit etwas Pech vom Beautygott schwanger! Bravo, Lea!

Mattheos weiblicher Fanclub betrachtet jede meiner Bewegungen lauernd und kichert böse.

Der seltsame Portier im Hotel hatte leider völlig recht: Wäre ich gestern doch im Bett geblieben. Vielleicht hätte er dazusagen sollen: *Lea, bleiben Sie heute in IHREM Bett*. Immer diese unpräzisen Aussagen.

Ich platziere mich schlapp auf meinem Stuhl und schnappe mir mit letzter Kraft wieder die Frühstückskarte.

»Was empfiehlst du mir?«, versuche ich Mattheo von der Tatsache abzulenken, dass ich mindestens zehn Minuten auf dem Klo verbracht habe und etwas ramponiert aussehe.

»Wenn sich dein Magen beruhigt hat, probier das Egg Benedict mit Sauce hollandaise oder wie ich die Pancakes – die gibt es mit sehr kreativen Toppings –, die Marshmallows würde ich aber weglassen, außer du hast einen wirklich guten Zahnarzt!«

»Ich liebe Pancakes!« Mein Magen grummelt zustimmend. Oder ist das jetzt das erste Anzeichen für eine Schwangerschaft? Aber sollte mir dann nicht eher kotzübel sein? Ich bestelle bei der Kellnerin einen weiteren großen Orangensaft, das Roggenbrot-Schinken-Cheddar-Käse-Sandwich und einen Milchkaffee. Und was soll's: eine Portion Pancakes mit Schoko-Himbeer-Topping.

Mattheo nickt anerkennend. »Ich mag es, wenn Frauen sich keine Gedanken über ihre Figur machen!« Er grinst fröhlich.

»Du kannst dir …« Zum Glück läutet in dem Moment, in dem ich ihm sagen will, wohin er sich seine tollen Kommentare stecken kann, mein Handy und erspart mir eine direkte Antwort. Reflexartig reiße ich es aus der Tasche und kippe dabei fast meinen O-Saft um.

Vielleicht ist es endlich Sebastian, der mir alles erklären will. Oder Sacha, der mir mitteilt, dass wir verhütet haben und ich nicht sein ungeborenes Kind unter dem Herzen trage.

Ein ganz klein wenig enttäuscht erkenne ich Sus Namen auf dem Display.

»He, wie geht's dir? Gibt's was Neues vom Mehlwurm?«, schallt ihre Stimme glasklar und überlaut. Wie oft habe ich ihr gesagt, dass man sie, wenn sie so ins Telefon schreit, noch drei Tische weiter hören kann.

»Immer noch kein Lebenszeichen«, erkläre ich resigniert.

Mattheo runzelt die Stirn – ich forme lautlos mit den Lippen »Su«.

»Und das wird wahrscheinlich auch so bleiben. Ist aber besser so!«

»Warum ist das besser, wenn sich mein Freund nicht mehr bei mir meldet?«, frage ich beleidigt.

»Was muss der Arsch denn noch tun, Lea? Er haut ab, klaut dein Geld und legt eine verdammte falsche Fährte – von wegen Segeltrip in Südfrankreich …«

Okay, wenn man es so betrachtet, hat sie natürlich recht.

»– und was die nackten anderen Pos betrifft …«

»Woher weißt du von den anderen …«, quietsche ich.

»Armin hat dich in der Früh nicht im Hotelzimmer erreicht und sich Sorgen gemacht. Dann hat er mir eine halbe Stunde lang die Ohren vollgedröhnt, wie fertig du warst und dass er sich große Vorwürfe macht, dich allein gelassen zu haben! Wo warst du überhaupt?«

»Unter der Dusche, auf dem Klo, keine Ahnung! Wird das jetzt ein Verhör?«, zische ich. Mattheo sitzt nur einen halben Meter Luftlinie von mir entfernt und kann bestimmt jedes Wort überdeutlich hören. Wie peinlich.

»Also ich fand, deiner ist der schönste – aber scheinbar zählt meine Meinung nicht«, mischt sich Mattheo nun lautstark ein.

»Wer war das?!«, schreit Su so laut in den Hörer, dass mir die Ohren klingeln.

»Ich bin gerade mit Mattheo beim Frühstück«, antworte ich wahrheitsgemäß, und da ich weiß, was jetzt gleich kommt, springe ich rasch auf und besuche für den Rest des Telefonats meinen neuen Lieblingsort – die Toilettenräume.

Sus Stimme wird immer schneidender.

»Du frühstückst mit Mattheo? Verdammter Womanizer! Das ging ja schnell! Hältst du das für eine gute Idee, Hase? Mein Gott, die Albinoratte ist noch nicht mal kalt …«

»Sebastian ist nicht gestorben, Su, sondern hat mich verlassen«, erinnere ich sie. »Und außerdem hast *du* Mattheo gestern angerufen, damit er sich um mich kümmert, erinnerst du dich?!«

Manchmal ist mir Su unheimlich.

»Und heute hat Armin ihn auf mich angesetzt, weil ihr offensichtlich der Meinung seid, dass ich unbedingt einen Babysitter in London brauche.«

»Ja, aber er sollte sich doch nur um dein verdammtes Make-up kümmern!« Obwohl Su fünf Monate jünger ist, betüddelt sie mich immer wie ein naives Kleinkind.

»Wir liegen ja nicht im Bett, Su, sondern sitzen im *The Drawing Room Café*, im Fulham Palace. Also Mattheo sitzt im Café. Ich führe dieses überaus unerfreuliche Telefonat mit dir von der müffelnden Toilette aus. Übrigens sehr schön hier!« Ich werfe einen sehnsüchtigen Blick aus dem Klofenster in den sonnigen Park. »Und keine Sorge, wir sind auch nicht nackt!« Mein Puls rast, das Gluckengehabe nervt gerade echt.

»Schon gut, sorry. Krieg nicht immer gleich alles in den falschen Hals. Ich dachte nur, weil er voller Begeisterung von deinem Po redet. Aber pass trotzdem auf. Mattheo ist berühmt-berüchtigt, alles anzugraben und nach einer Nacht abzuservieren! Man munkelt, dass die Liste der Models, die er flachgelegt hat, Hugh Hefner vor Neid erblassen lassen würde!«

»Wer ist Hugh Hefner?«

»Dir ist echt nicht mehr zu helfen, Lea!«

»Jetzt entspann dich mal. Ich habe im Moment echt andere Probleme«, zische ich in den Hörer. Was mache ich nur, wenn ich vom Beautygott schwanger bin? Mir wird leicht schwummrig.

»Wie geht es eigentlich dem Kater?«, schwenke ich rasch auf ein, wie ich hoffe, unverfängliches Thema um.

Su lässt sich zum Glück sofort ablenken und schildert mir, dass sie den Kater, nachdem sie ihn gestern mangels Futtervorrat auf Spontandiät gesetzt hat, gerade stocksteif in einer Art Proteststarre auf dem Rücken liegend vorgefunden hat.

»Mir ist das Herz stehen geblieben! Ich dachte, das Mistvieh ist tot! Doch als ich eben die Futterdose geöffnet habe, ist er plötzlich aufgesprungen und hat sich wie ein Irrer auf mich gestürzt und mir in die Wade gebissen.«

Ich unterdrücke ein Kichern.

»Der Kater ist nicht ganz dicht! Aber wenn er jetzt glaubt, dass ich die Fütterungsintervalle verkürze oder die Futterdosis erhöhe, dann hat er sich geschnitten. Nicht mit mir, Sebastian Mayer! Nicht mit mir! Da musst du, verdammt noch mal, früher aufstehen!«

Ich höre den Kater im Hintergrund wütend maunzen.

Su wird mal eine fantastische Mutter. Ich bin sehr stolz auf sie.

»Ich melde mich später bei dir, dann können wir in Ruhe reden – und danke nochmals fürs Kater-Sitting!« Ich schicke zwei Luftküsse durch die Leitung und wandere erschöpft zurück zu Mattheo.

Dieser muss mich mittlerweile für komplett unhöflich halten. Erst haue ich gestern Nacht mit Sacha ab, dann komme ich zu spät zum Frühstück und dann verbringe ich die halbe Zeit woanders, weil ich telefoniere. Mit einer kurzen Entschuldigung nehme ich meinen Platz ein und stopfe demonstrativ das Handy in die Handtasche.

Doch Mattheo scheint mich gar nicht vermisst zu haben. Eben steckt er mit einem zufriedenen Lächeln den Zettel, den ihm die rothaarige Kellnerin gemeinsam mit unserem Riesenfrühstück und einem lasziven Lächeln serviert hat, in seine Lederjacke.

Su hat recht, der Womanizer lässt wirklich nichts anbrennen …

Die Kellnerin sieht aber auch wirklich gut aus, mit ihrer roten Lockenmähne, dem puppengleichen, porenlosen Porzellan-Teint und den hellblauen Augen. Und obwohl sie hier an der Quelle sitzt und theoretisch Schokoladen-Himbeer-Kuchen, Apfel-Pie und Cupcakes bis zum Abwinken naschen könnte, scheint sie davon keinen Gebrauch zu machen. Sie ist lächerlich dünn. Ärgerlich betrachte ich sie: So viel Selbstdisziplin ist einfach widerlich. Wenn ich hier arbeiten würde … Hab ich heute schon erwähnt, dass das Leben einfach nicht fair ist?

Schwamm drüber.

Ich nehme einen großen Schluck Milchkaffee und einen Bissen von dem köstlichen Pancake. Während sich der zuckersüße Teig und das cremig-süße Topping wie eine tröstende Decke über meinen nervösen Magen legen, entspanne ich mich etwas.

»Hat sich der Mehlwurm endlich bei dir gemeldet?«, will Mattheo jetzt wissen und löst damit bei mir sofort wieder ein fieses Magengrummeln aus. Gewisse Themen sollte man beim Essen unbedingt meiden.

Ich schüttle den Kopf, fest entschlossen, mir jetzt nicht den Appetit verderben zu lassen.

»Absolute Funkstille«, nuschle ich mit vollen Backen und kontrolliere reflexartig wieder mein Handy. Noch immer keine Nachricht – weder Sebastian noch mein One-Night-Stand aus der Beautyhölle haben zurückgerufen.

»Na ja, war auch irgendwie zu erwarten. Vielleicht steht er noch unter Schock. Oder er hat einen Hörsturz erlitten, als er seine Mobilbox abgerufen hat.«

»Wieso?« Stirnrunzelnd sehe ich Mattheo an.

»Weil du ihm gestern im Club ein paar Mal aufs Band geschrien hast!«

»Was? Ich dem Mehlwurm, äh, ich meine Sebastian?« Jemand sollte mir mein Handy wegnehmen, wenn ich nicht ganz nüchtern bin. Ich bin mir selbst gerade peinlich.

»Hast du eventuell gehört, was ich ihm aufs Band geschrien habe?«

»Natürlich hab ich das gehört und übrigens auch der Rest der Bar … Aber mach dir keine Sorgen – die meisten Menschen in London können ohnehin kein Deutsch! Warte, wie war nochmal der genaue Wortlaut?« Mattheo kratzt sich stirnrunzelnd am Bart. »Ach ja, jetzt habe ich es wieder: Mein Arsch gehört nur mir!«

O mein Gott – das klingt gar nicht nach mir. Aber wer weiß, was ich in den letzten zwölf Stunden, außer Sebastian am Handy anzuschreien und mit dem Beautygott auf dem Hotelzimmer lustigen – ich meine unaussprechlichen – Sex zu haben, noch alles Dämliches und Entwürdigendes getan habe.

Mattheo prustet los.

»Du solltest dein Gesicht sehen, Lea, sorry. Natürlich hast du das nicht gesagt!« Er wischt sich die Lachtränen ab. »Aber vielleicht solltest du dir den Spruch trotzdem auf ein T-Shirt drucken lassen!«

»Sehr witzig, Mattheo!«

Müde reibe ich meine Schläfen. Mein aus den Fugen geratenes Leben und der Schlafmangel verursachen fiese Kopfschmerzen. Wenn mich jemand noch vor einer Woche gefragt hätte, ob ich mich immer unter Kontrolle habe, hätte ich – außer wenn es um Süßkram geht – reinen Gewissens und mit lauter Stimme ja gesagt.

Ich lasse meinen Blick aus dem Fenster wandern.

»Kommst du eigentlich oft hierher?«, wechsle ich rasch zu einem etwas harmloseren Thema. Der Rasen ist, wie in allen Parks in London, sattgrün und akkurat wie mit dem Lineal geschnitten, die Hecken gepflegt, und die Blumen leuchten in allen Farben des Regenbogens. Ich nehme noch einen Bissen vom Pancake.

»Ja klar, das ist die beste Location in London für ein halbwegs entspanntes Frühstück! Hierher verirren sich nur Schulklassen, aber nur selten Touris. Und die Frühstückskarte ist für Londoner Verhältnisse echt gut. Meistens sitze ich draußen auf der Terrasse, aber ich dachte, dass es dir dafür heute zu kalt ist!«

Der Pancake schmeckt göttlich …

»Danke, dass du mir das Café gezeigt hast«, nuschle ich genüsslich. Beim Gedanken, jetzt allein in der lauten Innenstadt wässrigen Kaffee, verbranntes Toastbrot und widerlich bittere Orangenmarmelade zu frühstücken, kräuseln sich meine angespannten Nervenfasern.

»Und sorry, dass ich dauernd telefoniere. Irgendwie ist heute alles so hektisch … Aufs Stichwort brummt mein Handy und meldet eine Erinnerung … Mist, um 12.30 Uhr habe ich meinen ersten Beautytermin des Tages.

»Wie lange brauche ich von hier nach Kensington?«

»Eine halbe Stunde ungefähr, das heißt, wenn du gleich ein Taxi bekommst …« Mattheo grinst.

»Ich fürchte, dann muss ich sofort weg! Mein Termin …!«

Mattheo nickt verständnisvoll und winkt der rothaarigen Kellnerin, dass wir zahlen wollen, und bittet sie, mein Roggen-Sandwich einzupacken, so habe ich wenigstens einen Snack für später.

Meine Augen brennen vor Müdigkeit, und nur mit großer Mühe kann ich sie offen halten, während ich ein gigantisches Gähnen unterdrücke.

Selbst schuld, Lea, dass du so müde bist, selbst schuld, hämmert es in meinem Kopf. *Hättest du mal besser in deinem Bettchen geschlafen!*

Ich begleiche unsere Frühstücksrechnung mit der *SoYou*-Firmenkreditkarte. Das ist das Mindeste als Entschuldigung dafür, dass ich die halbe Zeit nicht am Tisch verbracht habe.

»Danke für die Einladung, Lea, schade, dass wir so wenig Zeit zum Plaudern hatten!« Mattheo schultert seine Umhängetasche und hilft mir in die Jacke.

»Deine Haut sieht übrigens gut aus!« Er beugt sich vor und fasst mein Kinn und dreht mein Gesicht Richtung Fensterfront.

»Glatt und schön und gar nicht mehr Schweinchenrot!« Er grinst wieder. »Wenigstens wissen der seltsame Beautyschnösel und diese Susi, was sie tun!« Mattheo mustert mich weiter aufmerksam, und vom Nebentisch ertönt ein unwilliges Knurren der Babyhyänen.

Nett, dass er das über meine Haut gesagt hat, aber kann er jetzt bitte aufhören, mich weiter abzuscannen? Haben die Bart-Tierchen einen Spontanpickel ausgelöst, oder habe ich etwa wieder rote Flecken im Gesicht? Wie peinlich.

Verlegen fische ich Lorines Beauty-Hotspot-Liste für den heutigen Tag aus meiner Handtasche und räuspere den Kloß in meinem Hals weg.

»Ich bin auch sehr erleichtert, dass meine Haut keinen bleibenden Schaden davongetragen hat und ich nicht bis in alle Ewigkeit als pinkes Schweinchen meine Umwelt verstöre.«

Ich lächle Mattheo an.

»Aber was nicht ist, kann ja noch werden!«

LEAS KATASTROPHALES KARMA

Was für ein Nachmittag: Völlig erschöpft lehne ich mich mit einem großen Pappbecher mit cremigem Café Latte auf einer Bank vor dem London Eye zurück und genieße die wärmenden Sonnenstrahlen auf meinen Wangen und meiner Nasenspitze.

In den letzten Stunden wurden meine Füße von kleinen, widerlichen Fischen mit messerscharfen Zähnen angeknabbert, jedes einzelne Körperhaar mit einer übelriechenden brandneuen Lotion weggeätzt oder mit Spezialwachs ausgerissen und meine Fingernägel von Londons selbsternannter Nagelprinzessin in seltsamen Schattierungen von Pink bis Burgunderrot lackiert und mit einer Spezialschicht Schellack für die Ewigkeit versiegelt.

Ich bin fix und fertig und mache gedanklich das letzte Häkchen unter Lorines Horrorliste. Ich habe jeden nur erdenklichen Beautytrend, den London zu bieten hat, schmerzvoll am eigenen Leib getestet, mir eifrig Notizen gemacht, die Mitarbeiter der Schönheitssalons interviewt und Tonnen von Infomaterial für meinen ersten Artikel eingesammelt. Und ich bin zum gefühlt tausendsten Mal froh, dass mich Mattheo an diesem Nachmittag doch nicht auf meinen Beautytrips begleiten konnte, da die Vorbesprechung zu seinem Shooting kurzfristig auf 13.00 Uhr vorverlegt wurde.

Diese demütigenden Behandlungen – ja, ich schreie, wenn man mir die Haare an intimen Stellen ausreißt, und verstehe auch nicht, was das neue – verbesserte – Brasilian Waxing mit dem Land zu tun hat – macht man am besten allein.

Ganz allein.

Nicht mal Su hätte ich in diesen Stunden an meiner Seite haben wollen, obwohl sie es sicher auch lustig gefunden hätte, dass ich zwei besonders hungrige, widerliche Fische nach der Fischmaniküre gefangen und im Klo runtergespült habe. Hm, das gibt sicher Minuspunkte auf meinem Karma-Konto.

Horden von Touristen strömen zum London Eye und können es scheinbar gar nicht erwarten, in eine der Glasgondeln zu klettern, insbesondere, weil die Sonne plötzlich hinter einer dunklen Wolke verschwunden ist und es zu nieseln begonnen hat. Die Temperatur sinkt von einer Sekunde auf die andere, und ich wünschte, ich hätte eine wärmere Jacke angezogen. Fröstelnd rolle ich die Ärmel meines dünnen Blazers über meine Gänsehaut-Arme. Mattheo und ich haben uns für 17.00 Uhr verabredet, weil er mir, bevor ich nach Hause fliege, unbedingt noch sein persönliches London-Highlight zeigen wollte.

17.10 Uhr – Vielleicht sollte ich doch lieber zum Hotel fahren, um meinen Trolley zu holen. So eine fantastische Aussicht vom London Eye hat man heute sicher nicht.

17.15 Uhr – Außerdem habe ich neben meiner blöden Flugangst auch eine ausgeprägte Höhenangst. Mir wird schon schwindelig, wenn ich beim Glühbirnentausch auf einer Leiter stehe, und dieses Stahlrad-Dingens ist laut Anzeigetafel schwindelerregende 135 Meter hoch!

Die Kälte kriecht durch die dünnen Sohlen meiner Sneaker. Das ist das Schlimmste! Wenn erst mal meine Füße kalt sind, erwärme ich mich stundenlang nicht mehr. Und bestimmt sind die Gondeln nicht beheizt.

17.20 Uhr – Vielleicht dauert Mattheos Shooting noch Stunden, und er hat längst versucht, anzurufen, um abzusagen. Ich fummle mein Handy aus der Tasche. Das Handy zeigt drei Anrufe in Abwesenheit.

Alle von »KATASTROPHE«.

Mein Pulsschlag beschleunigt sich. Das ist die Kurzwahl, unter der ich Sacha heute Morgen im Café abgespeichert habe.

»Ist das dein Ex?«

Vor Schreck lasse ich fast das Handy fallen. Mattheo ist unbemerkt hinter meiner Parkbank aufgetaucht und linst völlig ungeniert auf mein Handydisplay.

»Willst du nicht zurückrufen?«, fragt er.

»Ist nur mein Bankberater, das hat Zeit!«, wiegle ich schnell ab und stopfe das Handy zurück in die Tasche.

Mist! Als ich mein Mobiltelefon vor einer Viertelstunde zum gefühlt tausendsten Mal heute auf Anrufe von Sebastian oder dem Beautygott kontrolliert habe, habe ich das blöde Ding wohl versehentlich auf lautlos gestellt.

Und jetzt habe ich in den letzten Minuten dummerweise Sachas Anrufe verpasst. Was für ein Mist!

Ich kontrolliere den Akkustand – halbvoll –, immerhin etwas. Ich schalte den Klingelton wieder ein.

Wenn ich nicht immer so ein Schussel wäre, wüsste ich jetzt, ob der Beautygott und ich gestern unaussprechliche Dinge …

Ärgerlich beiße ich mir auf die Unterlippe.

Warum passieren mir immer wieder solche blöden, völlig unnötigen, leider manchmal auch sehr peinlichen Aussetzer … Ich darf gar nicht daran denken, wie ich mich letzten Winter, genau zwei Tage vor Weihnachten, im Bärchen-Jogginganzug und Plüschpuschen aus der Wohnung ausgesperrt habe. Zum Glück hatte ich das Handy dabei. An Sebastians Gesicht, weil er wegen mir die Arbeit unterbrechen und mich mit dem Zweitschlüssel für meine Wohnung »retten« musste, mag ich gar nicht denken.

Sebastian hat sich noch nie ausgesperrt, sein Handy ist immer aufgeladen und sein Leben minutiös durchgeplant, was ich gerade am Anfang unserer Beziehung, als Konterpart zu meiner eigenen Schusseligkeit, ganz toll fand.

Für meine Mutter war Sebastian die Antwort auf ihre Gebete

und der Mann, der, wie sie hoffte, endlich mehr Struktur in mein Leben bringen würde. Hat ja leider nicht ganz so gut geklappt. Dank ihm ist mein Leben seit zwei Tagen chaotischer denn je.

»Wahrscheinlich ruft mein Bankberater wegen meinem Sparbuch an, das Sebastian leer geräumt hat …«, erkläre ich Mattheo mit leichter Zeitverzögerung.

»Wow, dein Ex hat auch noch dein Geld geklaut?«, unterbricht mich Mattheo ungläubig. »Was für ein Arsch!«

»Irgendwie musste er die Ausstellung ja finanzieren!« Betont lässig zucke ich die Schultern, während meine Gedanken rasen. Am liebsten würde ich mich auf der Stelle verkrümeln und Sacha zurückrufen, ich muss endlich wissen, was wir letzte Nacht wirklich getan haben. Aber wieder auf einer Toilette zu verschwinden, um in Ruhe zu telefonieren, geht nicht. Bestimmt denkt Mattheo ohnehin schon, dass ich unhöflich bin.

Oder inkontinent. Oder beides.

Ich beiße mir nervös auf die Lippe.

Dann muss der Rückruf halt noch ein oder zwei Stunden warten.

Mattheo gibt sich mit meiner Erklärung zufrieden.

»Sorry übrigens, dass ich erst so spät auftauche, aber nun haben wir eine exklusive Gondel ganz für uns allein«, freut er sich. »Das kostet normalerweise ein Vermögen, aber ich kenne da jemanden bei der Ticketausgabe …!«

»Lass mich raten: Sie hat rote Haare und will unbedingt mit dir ausgehen?!«

Mattheo ignoriert meine Frage und führt mich an der meterlangen Schlange vor dem Ticketschalter vorbei, direkt zum Eingang des Riesenrades.

Laut meiner London-App gibt es 32 gläserne Panoramagondeln auf dem grauenvoll hohen Stahlrad. Und in eine dieser Gondeln soll ich gleich einsteigen? Einfach so? Will ich London wirklich von oben sehen?

Mein Entschluss steht fest: Ich will da nicht rein.

Am besten schlage ich Mattheo vor, in meinem Hotel aus dem 15. Stock aus dem Fenster zu sehen – okay, das ist nicht ganz so hoch, aber die Aussicht ist wirklich auch sehr schön, und wir könnten dabei etwas aus der Minibar trinken und uns kleine Sandwiches und Kuchen vom Zimmerservice kommen lassen.

Mist, ich habe ja schon ausgecheckt.

Aber eben fällt mir ein: Im The Shard, dem 310 Meter hohen Tower neben meinem Hotel, gibt es im 32. Stock auch eine Bar. Da, wo wir gestern Abend wohl besser alle gemeinsam hingefahren wären, statt – Schwamm drüber.

Fakt ist: Um die tolle Aussicht über London zu genießen, müssen wir nicht unbedingt in eine dieser gläsernen filigran anmutenden Gondeln einsteigen …

»Und das Ding ist wirklich 135 Meter hoch, oder ist das nur so ein Werbegag?« Ich spüre, wie meine Haut nervös zu kribbeln beginnt.

»Exakt. Von da oben hast du einen fantastischen Blick über die ganze Stadt!« Mattheo strahlt über das ganze Gesicht, und sein struppiger Bart teilt sich und zeigt niedliche Grübchen.

»Du warst doch total begeistert, dass ich dir nach meinem Frühstücks-Geheimtipp mein absolutes London-Highlight zeigen wollte!«

»Schon, aber ich dachte eher an …«

Keine Ahnung, woran ich dachte, vielleicht an ein Museum, eine coole Bar oder ein Restaurant, aber ganz sicher nicht an dieses widerlich hohe Riesenrad. Mein Magen grummelt lauter, und mir ist es etwas flau.

»Du hast doch etwa keine Höhenangst?!« Mattheo hat endlich gecheckt, dass mir nicht ganz wohl bei der Sache ist. »Wenn dich das zu sehr aufregt, können wir es auch lassen!«

Zwei Kinder steigen gerade an der Hand ihrer Eltern vor Begeisterung quietschend in die Gondel vor uns.

Ich gebe mir einen Ruck.

»Mach dich nicht lächerlich, natürlich habe ich keine Angst!«

Niemand nennt mich einen Feigling, nicht nach allem, was ich in den letzten Tagen erlebt habe.

»Hüpf rein! Ich habe noch eine kleine Überraschung für dich.« Mattheo reicht mir gentlemanlike seinen Arm, und ich steige mit wackligen Knien und brennenden Wangen in die Gondel, die, ohne anzuhalten, sofort sanft weiterschwebt.

»Steigt nicht doch noch jemand zu?«, fiepse ich.

»Wohl eher nicht, wir sind schon fünf Meter über dem Boden!«

Geräuschvoll schnappe ich nach Luft. Ich kann förmlich spüren, wie die Luft schon merklich dünner wird.

»Die Gondel gehört uns die nächsten 30 Minuten ganz allein. Keine anderen Touris, Fotos knipsende Japaner oder lärmende Schrägstrich kotzende Kleinkinder! Wenn du willst, können wir auch mehrere Runden drehen, Lea.«

Bestimmt nicht!

»Am besten setzt du dich da hin!«

Rasch lasse ich mich mit wackligen Knien auf die Bank sinken, kralle mich fest und kneife die Augen zu.

»So ist's gut. Lass die Augen bitte kurz zu. Ich hab noch etwas für dich.« Mattheos Stimme klingt freudig.

Wie viele Meter sind wir jetzt wohl schon über dem sicheren Boden?

Plötzlich klirrt es laut neben mir, und ich reiße die Augen erschrocken auf.

»Nicht gucken, hab ich gesagt!«

Ich schließe sie wieder und höre abermals das Klirren, gefolgt von metallischem Rascheln – ich hoffe, das Ding wird regelmäßig gewartet. Wenn sich die Gondel aus 135 Meter Höhe aus der Verankerung reißt, brauche ich mir über meinen Kontostand und eine ungewollte Schwangerschaft auch keine Gedanken mehr zu machen …

Auf einmal erfasst mich eine zenartige Ruhe, und mein Leben läuft vor mir ab.

Immer habe ich an mir rumgenörgelt: Mein Gewicht (trotz zahlreicher Diätversuche zu hoch), mein Hintern (zu riesig), meine Haarfarbe (nicht blond genug), wie ich lache (zu laut), meine Karriere (nicht vorhanden) und dann noch meine Schusseligkeit … Stets wollte ich die perfekte, coole Frau für Sebastian sein. Eine Frau, auf die er stolz ist.

Tja, und wohin haben mich meine Bemühungen gebracht? Sebastian ist weg, und mit etwas Pech sterbe ich heute, hier und jetzt in London, in einer blöden, zugigen Gondel. Schwamm …

»Jetzt darfst du wieder schauen«, unterbricht Mattheo meine trüben Gedanken.

Ich blinzle.

»Wir sind in London, es ist nach 17.00 Uhr, du hattest einen anstrengenden Tag und hast dir deshalb einen Afternoon Tea verdient! Das heißt meine spezielle Version davon …«

Mattheo hat die Sitzfläche neben mir mit etwas, das verdächtig nach einem ausgeleierten, aber zum Glück sauberen T-Shirt aussieht und scheinbar seine Interpretation einer Tischdecke ist, dekoriert. Auf der provisorischen Unterlage stehen zwei Fläschchen Apfel-Cider, die ruckelnd gegeneinanderklirren, und zwei riesige Portionen Fish and Chips.

»Ich hoffe, das Essen ist noch warm. Ich habe es extragut in Alufolie einpacken lassen!« Er reicht mir eine Plastikgabel.

Die goldbraunen, perfekt krossen Kartoffelstückchen und der Kabeljau werden von zwei Dipsaucen malerisch eingerahmt. Die Meerschweinchen in meinem Magen erwachen schlagartig aus ihrer Ohnmacht und binden sich laut schmatzend voller Vorfreude Sabberlätzchen um.

»Ist das Sour Cream?« Vorsichtig dippe ich ein Kartoffelstückchen in die weiße Sauce. Hoffentlich kein Knoblauch, das mögen sie nicht.

»Hm!« Mattheo kaut gerade an einem Stück Fisch. »Das andere ist übrigens Hot Ketchup! Hau rein, ehe alles kalt wird!«

Das muss er mir nicht zweimal sagen, und einmal mehr bedauere ich die Tatsache, dass ich nicht zu den Frauen gehöre, die aus Liebeskummer feste Nahrung verweigern und dekorativ dahinsiechen. Dann hätte Sebastians Verschwinden so kurz vor dem Sommer wenigstens meine Bikinifigur gerettet.

Hm … wie das duftet. Hungrig nehme ich eine große Gabel von dem Fisch und tunke ihn in das Hot Ketchup und will alles mit einem großen Schluck Cider hinunterspülen, doch in letzter Sekunde zucke ich zurück.

Solange ich nicht hundertprozentig weiß, ob ich nicht das Beautygott-Baby unter dem Herzen trage, sollte ich wohl besser keinen Alkohol trinken.

»Hassu auch was Alkoholfreies da?«, nuschle ich mit noch halb vollem Mund undeutlich.

»Ja klar, als hätte ich es geahnt. Nach der Menge, die du gestern Nacht gebechert hast, dachte ich mir schon, dass du heute keine Lust auf noch mehr Alkohol hast!«

Mattheo reicht mir eine Flasche Mineralwasser.

»Und übrigens: Wenn du kotzen musst, sag es bitte rechtzeitig, damit ich dich *just in time* aus der Gondel schubsen kann!«

»Keine Sorge – du merkst es als Erster!« Ich muss grinsen.

Dankbar nehme ich einen großen Schluck direkt aus der Flasche und eine weitere Gabel vom kross-braunen Fisch.

»Hm. Sooo lecker!« Essen beruhigt mich zutiefst und immer.

»Gott erhalte dir deinen gesunden Appetit!« Mattheos Blick ruht ungeniert auf meinem Busen.

»Und dir deine Fähigkeit, immer das Falsche zu sagen«, entgegne ich leicht lispelnd mit vollem Mund und zupfe mein Top zurecht.

»Ein kleiner Tipp: Frauen hören nicht gern Kommentare über ihr Essverhalten oder ihre Figur!« Warum macht er immer so komische Anspielungen?

»Sorry, aber ich bin das nicht gewohnt. Models essen fast nichts …!«

»Wie bitte?« Ich halte mit dem Kauen inne.

»Ich meine, ich bin das einfach nicht mehr gewohnt, dass eine echte Frau mit solcher Freude isst. Und ehe du das wieder in den falschen Hals kriegst: Ich meine das als Kompliment.«

»Kannst du jetzt bitte einfach mal für fünf Minuten ruhig sein, bitte? Du verdirbst mir am Ende noch den Appetit, was wirklich schade wäre, weil das Zeugs echt gut schmeckt«, falle ich ihm ins Wort. Gegen meinen Willen muss ich dann aber doch wieder grinsen, weil ich wirklich glaube, dass er das nett gemeint hat. Und wer wird nicht gern als »echte« Frau bezeichnet?

Vorsichtig riskiere ich einen halben Blick aus der immer höher gleitenden Panoramagondel, und was ich sehe, begeistert mich: London liegt prachtvoll glänzend wie frisch gewaschen unter uns, der Nieselregen hat aufgehört, und die Sonne kämpft sich vorsichtig durch die dunklen Wolken. Ich dippe noch eine Pommes frites in die Sour-Cream-Sauce, und während uns das Rad immer höher über London schweben lässt, habe ich das seltsame Gefühl, einen kleinen Teil meiner Sorgen unter mir zurückzulassen. Nach einiger Zeit vergesse ich beinahe, dass ich nicht schwindelfrei bin, und genieße es sogar ein wenig, in über 100 Metern Höhe mit Mattheo in dieser Gondel zu sitzen, zu lachen und zu essen. Aus dem Fenster schaue ich sicherheitshalber aber nicht nochmal.

»Wie war dein Recherche-Tag? Kennst du jetzt alle Beautygeheimnisse der hippen Londonerinnen?« Mattheo trägt wieder seine Nerdbrille auf der Nase, und ich kann seine Augen hinter den spiegelnden dicken Gläsern nicht sehen.

»Ich habe genug gesehen! Der Tag hatte es echt in sich, und ich bin ehrlich gesagt froh, wenn ich heute Abend endlich wieder im Flieger nach Hause sitze!« Hicks. Notiz an mich: In der Öffentlichkeit nichts Kohlensäurehaltiges trinken.

»Dann gefällt dir London also nicht?«, seine Stimme klingt enttäuscht.

»Doch, doch! London ist eine coole Stadt, aber die letzten zwei Tage bin ich brutal gehäutet worden, habe feststellen müssen, dass Sebastian mich belogen und bestohlen hat, und heute Nachmittag …« Ich breche besser ab. Von dem Waxing meiner Intimzone und den widerlichen Knabberfischen erzähle ich ihm besser nichts. Und auch nicht, dass ich zwei der Mistviecher die Toilette hinuntergespült habe. Vielleicht ist er ja ein militanter Tierschützer oder glaubt an Wiedergeburt.

Meinem Karma habe ich, je länger ich darüber nachdenke, mit der Aktion ganz sicher geschadet … wahrscheinlich werde ich zur Strafe im nächsten Leben als widerliches Knabberfischchen wiedergeboren.

»Sagen wir mal so: Auf einiges hätte ich ruhig verzichten können!« Ich ziehe meine Jacke fester um mich, wirklich wärmer wird es in der Kabine durch die aufblitzenden Sonnenstrahlen leider nicht.

»Aber darum geht es doch im Leben!«

»Um miese Tage?« Na, der Mann hat Humor.

»Nein, es geht darum, das Leben zu spüren. Gerade, wenn es mal nicht so toll läuft!«

Nachdenklich sehe ich den Mann mit dem wilden Haarnest an.

»Du merkst doch nur, dass du lebst, wenn du etwas intensiv fühlst, wie zum Beispiel …«

»Kleine Knabberfische, die ihre widerlichen Beißerchen hungrig in deine Zehen graben?« Mist, habe ich das gerade laut gesagt?

»Ist das eine Metapher für Schmerz?« Mattheo schaut mich irritiert an.

Ich schüttle meinen hochroten Kopf. Ich muss unbedingt an meiner Hirn-Mund-Schranke arbeiten.

»Eher für Dummheit!«

»Ich weiß, dass die letzten Tage sicher schrecklich für dich waren, Lea, aber genau an diese Tage wirst du dich immer erinnern!«

»Ganz bestimmt! Mein Freund verlässt mich, stiehlt mein Geld …« Ich atme scharf ein. »Mein Po-Foto als fünf mal fünf Meter großes Highlight einer internationalen Ausstellung! Davon werde ich noch meinen Enkelkindern erzählen!« Ein kalter Schauder läuft mir den Rücken runter. Der Anblick der lachenden Teenager-Mädchen hat sich für alle Zeiten in meine Netzhaut gebrannt. Das verzeihe ich Sebastian nie.

»Genau das meine ich!« Mattheo versteht leider nur Bahnhof.

»Das war ironisch gemeint, du Döskopp! Die Ausstellung gestern war nicht gerade toll für mein Ego, Mattheo – das war echt beschissen«, flüstere ich leise und lasse die Schultern hängen.

»Entschuldige, Lea. So habe ich das auch nicht gemeint!« Mattheo ist näher gerutscht und streicht mir über meinen Arm.

»Aber sieh es doch mal so: Wenn du mal alt und grau bist, hast du im Altersheim wenigstens was Spannendes zu erzählen!«

Also zum Erzählen habe ich dort sicher genug. Ich schlucke. Und ich hoffe auch, dass mich das Ergebnis der aufregenden London-Tage später regelmäßig mit Gin Tonic und Schokocroissants in besagtem Altersheim besucht.

»Und ich weiß immer noch nicht, warum du das alles so peinlich findest: Ich finde, du bist ausgesprochen fotogen!«

»Na, vielen Dank auch! Können wir jetzt bitte das Thema wechseln?« Frustriert kaue ich an meiner Unterlippe.

»Auf die nackten Tatsachen!«, prostet mir Mattheo mit seinem Cider grinsend zu. Er kann es einfach nicht lassen.

»Von mir aus – damit du endlich Ruhe gibst«, gebe ich nach. »Aber auf den Anblick der anderen zwölf Pos trinke ich auf keinen Fall!«

»Du hast sie gezählt?« Er schenkt mir ein strahlendes Grübchen-Lächeln.

»Natürlich!«

»Ich weiß gar nicht, warum du dich aufregst. Das nennt man künstlerische Freiheit!«

Natürlich findet Mattheo nackte Tatsachen als Fotomotiv ganz toll.

»Ich nenne das Betrug!«, sage ich bestimmt.

»Weil die Frauen nackt sind? Bist du immer so prüde? Seit Jahrhunderten malen oder fotografieren Künstler Frauen in allen Lebenslagen – da ist doch überhaupt nichts dabei!«

»Aber nicht jeder Künstler legte sie vorher flach!«

Hilfe. Habe ich das gerade laut gesagt? Wie war das nochmal mit der Mund-Hirn-Schranke.

Mattheo zieht fragend eine leicht buschige Augenbraue hoch und nimmt die Brille ab. Aus grünen Augen mustert er mich aufmerksam.

»Wie kommst du drauf, dass die Mehlratte, ich meine der Mehlwurm, mit den Frauen auf den Fotos geschlafen hat?«

»Weil mein Foto auch nach dem Sex entstanden ist! Genauer gesagt nach dem Versöhnungssex!«

Jetzt reicht es aber. Halt endlich die Klappe, Lea. Um mich endgültig zum Schweigen zu bringen, stopfe ich mir eine Handvoll Fritten in den Mund. So!

»Und deshalb glaubst du, dass er dich mit allen zwölf betrogen hat? Eine völlig logische Schlussfolgerung, Lea!« Mattheo lacht. »Ein wirklich fleißiges Kerlchen, dein Ex!«

Ich schlucke den gigantischen Kartoffelklumpen runter.

Jetzt spüle ich meine widersprüchlichen Gefühle versehentlich auch noch mit einem Schluck Cider runter. Mist. Entschuldigung, ungeborenes Baby des Beautygotts.

»Ich hatte nämlich schon einmal den Verdacht, dass mir Sebastian nicht immer treu ist«, sage ich im Flüsterton.

Nach einer gefühlten Ewigkeit, in der sich das Rad Meter für Meter weiter nach oben schiebt und man nur den Wind heulen hört, bricht Mattheo das Schweigen:

»Komm, erzähl mir, worüber ihr euch gestritten habt, bevor dein Po-Foto entstanden ist.«

»Gestritten?«

»Du hast gesagt, es war Versöhnungssex!«

Mist. Mattheo hört einfach zu genau zu. Völlig untypisch für einen Mann.

»Jetzt mach schon, Lea, ich bin praktisch ein Wildfremder für dich. Völlig objektiv und unvoreingenommen! Vor zwei Tagen hast du mich noch nicht mal gekannt«, schmeichelt er und grünt mich mit seinen Augen hypnotisch an. Ahh, habe ich schon erwähnt, dass ich es hasse, intensiv angestarrt zu werden?

»Interessiert dich gar nicht, was ein neutraler Beobachter zu eurem Streit sagt?«

Mein Widerstand schwankt, und meine kleinen grauen Zellen rattern. Soll ich wirklich mit Mattheo darüber reden? Vielleicht hilft mir das ja tatsächlich, klarer zu sehen?

Ich gebe mir einen Ruck.

»Ich habe vor einigen Monaten in Sebastians Jacke ein Foto von Saskia, seiner 1,80 Meter großen blonden, schönen Arbeitskollegin gefunden. Genauer gesagt ein Oben-und-unten-ohne-Foto.«

Mattheo verschluckt sich an seinem Cider und schnappt nach Luft. Ich klopfe ihm beruhigend auf den Rücken.

»Die Alte war nackt, so richtig total?«

»Ja, völlig – ohne ein Textilfitzelchen am Leib! Ein Polaroid. Hatte die Schnepfe angeblich selbst gemacht.«

»Okay …«, nachdenklich kratzt Mattheo seinen struppigen Bart.

»Und das Foto hast du gefunden, weil du eifersüchtig bist und zu den Frauen gehörst, die immer in den Sachen ihrer Freunde rumschnüffeln und das Handy und die Jacke kontrollieren, oder …«

»Natürlich nicht!«, rufe ich beleidigt. »Wir hatten an jenem Abend Pizza bestellt, und ich hatte kein Kleingeld mehr, und dann habe ich in seiner Jackentasche nach ein paar Münzen gekramt! Den Rest kannst du dir sicher vorstellen!«

»Nein, kann ich nicht!« Mattheo hat sich vorgebeugt und hängt förmlich an meinen Lippen.

»Sebastian meinte, es sei alles ganz harmlos. Aber ich habe das dämliche Foto mit meiner Nagelschere in 1000 Stücke zerschnitten und im Klo runtergespült und Sebastian dann aus meiner Wohnung geworfen!«

»Und in der Früh habe ich Miss Oben-und-unten-nackig dann vor der Fotoagentur aufgelauert.«

Ich atme tief durch und sehe wieder Saskias makelloses Gesicht mit den strahlenden Augen vor mir. Die blöde Pute war mir, seit ich Sebastian vor zwei Jahren das erste Mal von der Arbeit abgeholt habe, unsympathisch. Warum musste sie auch so verdammt schön sein? Und warum musste sie ausgerechnet mit meinem Freund zusammenarbeiten?

Ich atme tief durch.

»Tja, anfangs hat Mrs. Perfect noch gegrinst, aber das ist ihr ziemlich schnell vergangen. Ich schwöre, ich wollte sie mit dem Tennisschläger nicht wirklich hauen, sondern sie nur etwas einschüchtern. Aber dann ist er mir irgendwie aus der Hand gerutscht und hat sie dabei ein oder zweimal ganz leicht am Hintern getroffen! Keine Ahnung, warum sie wie am Spieß geschrien hat. Das kann gar nicht so wehgetan haben. Wahrscheinlich hatte sie nicht mal einen blauen Fleck. Wehleidige Zicke!«

»Du bist eine wirklich interessante Frau, Lea!« Mattheo grinst mich an. »Und wie ging's dann weiter? Was hat der Mehlwurm dazu gesagt? Und Saskia?«

Ich beiße mir auf die Zunge. Das wird jetzt alles zu intim. Warum bin ich nur so redselig? Was damals passiert ist, geht niemanden außer Sebastian und mich etwas an. Schon gar nicht einen Mann, den ich seit nicht mal 24 Stunden kenne und der wahrscheinlich einfach nur neugierig ist. Ich halte ab sofort besser die Klappe.

»Lass dir nicht alles aus der Nase ziehen, Lea – was ist dann passiert?!«

»Gar nichts! Sebastian und ich haben lange miteinander gesprochen, und es stellte sich alles als dummes Missverständnis heraus. Wir haben uns wieder versöhnt und Ende der Geschichte.«

Ich zaubere ein etwas verkrampftes Lächeln in mein Gesicht.

»Das war's?« Mattheo mustert mich ungläubig.

»Ja! Sebastian meinte nur, ich kann froh sein, dass Saskia mich nicht angezeigt hat!« Ich straffe meine Schultern und blicke Mattheo, ohne mit der Wimper zu zucken, in die Augen. Nimm das, Grünauge, auch ich kann starren. »Können wir jetzt bitte das Thema wechseln?«

»Sorry, aber ich versteh es einfach nicht! Warum war das alles ein Missverständnis. War es gar nicht diese Saskia auf dem Foto? Oder sie war gar nicht nackt, oder es war gar nicht die Jacke von dem Mehlwurm, oder was?« Mattheo blickt mich lauernd an und nimmt noch einen großen Schluck Cider.

Wenn er darauf wartet, dass ich weiterrede, kann er lange warten.

Ich starre auf meine Fußspitzen und versuche, mich durch rhythmisches Zehenwippen zu beruhigen. Ich muss aufhören, Wildfremden, okay in Mattheos Fall beinahe Wildfremden, meine höchst peinliche, konfuse Lebensgeschichte aufzudrängen. Das bringt doch nichts. Gleich morgen werde ich mir einen professionellen Gesprächstherapeuten suchen.

Nach weiteren peinlich ruhigen Minuten, in denen ich an der letzten verbliebenen kalten Fritte lutsche und überlege, ob das Ungeborene von einem weiteren klitzekleinen Schluck Cider einen bleibenden Schaden bekommt, unterbricht Mattheo auf einmal die drückende Stille.

»Wenn du nicht weiterreden willst, ist es okay. Es geht mich ja auch nichts an!«

»Genau.« Ich nicke erleichtert und versenke vor lauter Erleichterung das abgelutschte, kalte Kartoffelstückchen in der Cider-Flasche. Dann füge ich versöhnlich hinzu: »Ich meine, lassen wir bitte das unerfreuliche Thema und genießen den Rest der Fahrt!«

Meinen Blick senke ich wieder auf meine Fußspitzen, ich will ja nicht übermütig werden.

Nur eine Minute später stoppt das Rad. Was ist denn jetzt schon wieder los?

»Wir haben den höchsten Punkt erreicht«, informiert mich Mattheo ungefragt, während ich weiter krampfhaft auf meine Sneaker starre – nun sind wir also 135 Meter über der Erde.

»Wow – wie wunderschön! Komm schon, schau raus, Lea!« Mattheo klingt aufgeregt.

Ist das ein Trick? Mir ist gerade etwas schwindlig. Ich will nicht raussehen.

»Manchmal weiß man nicht, warum Dinge passieren, aber hättest du das hier gesehen, wenn der Mehlwurm nicht abgehauen wäre?!«

Zaghaft hebe ich den Kopf und riskiere ganz vorsichtig einen Blick aus dem Panoramafenster.

Ich erstarre. Es hat endlich aufgehört zu nieseln, und die Sonnenstrahlen haben den größten und schönsten Regenbogen, den ich je in meinem Leben gesehen habe, über London gezaubert. Der bunte Bogen spannt sich majestätisch von einem Ende der Stadt zum anderen. Mattheo hat recht: So etwas Wunderschönes habe ich noch nie gesehen. Die leuchtenden Farben strahlen intensiv, und der Regenbogen scheint förmlich in der klaren Abendluft zu flirren.

Für einen Moment vergesse ich meine Höhenangst und klebe wie ein neugieriger Gecko an der Panoramascheibe.

»Kennst du das Märchen?«, quietsche ich begeistert, während ich mir fast den Hals verrenke. Wo hört er nur auf?

»Das mit dem Goldschatz am Ende des Regenbogens – ja klar! Aber jetzt sag mir nicht, dass du daran glaubst …«

»Ich hab's – hinter den Houses of Parliament oder genauer gesagt hinter der kleinen Kirche endet der Regenbogen. Kennst du die?« Wild fuchtelnd zeige ich auf eine Kirche mit Spitzdach, die von einem weitläufigen Park umgeben ist.

»Ich mach mich morgen mit einer Schaufel auf die Suche nach dem Schatz, Lea. Und keine Sorge, ich teile selbstverständlich mit dir.« Mattheo schenkt mir ein Grübchenlächeln, und ich grinse zaghaft zurück. Mit einem halben Topf voll Gold wären zumindest meine finanziellen Probleme gelöst.

Die schlechte Stimmung löst sich mit den letzten Wolken in Wohlgefallen auf, und allmählich beginne ich, die Fahrt mit dem Stahlrad doch noch zu genießen …

WIE FÜHLT ES SICH AN ZU SCHWEBEN?

Der strahlende Regenbogen ist längst verblasst, und dicke Wolken sind aufgezogen. Die ersten Lichter unter uns flammen auf und tauchen London in ein warmes goldenes Licht, und ich beginne die Stadt, in der ich in den letzten Stunden so viele verrückte Dinge erlebt habe, wieder etwas zu mögen.

Als wir schließlich mit steifen Beinen aus der Gondel klettern, ist es merklich kühler. Der feuchte Nebel dringt wie kalte Finger durch meinen dünnen Blazer und lässt mich frösteln. Netterweise legt mir Mattheo seine dick gefütterte Lederjacke über die Schultern, und wir schlendern gemächlich Richtung U-Bahn-Station. Ich riskiere einen kurzen Seitenblick; dass Mattheo nun nur noch sein dünnes ärmelloses T-Shirt trägt, scheint ihn kältetechnisch nicht zu beeindrucken.

»Und du frierst ganz sicher nicht?!«, frage ich trotz der dicken Jacke bibbernd, während ich vergeblich nach Spuren von Gänsehaut auf seinen nackten Oberarmen suche.

»Ich bin jedes Jahr für ein paar Wochen beruflich in London, man gewöhnt sich an die Temperaturen. Und glaub mir, für einen Engländer ist das heute ein lauer Frühlingsabend!«

Hm, er hat da so ein verschnörkeltes Tattoo auf seinem linken Oberarm. Oder sind das die Initialen seiner Exfreundin – ich kneife die Augen zusammen.

»Was bedeutet das Tattoo da?«, frage ich neugierig.

»Das ist das keltische Symbol für Freundschaft«, informiert er mich mit gepresster Stimme. Gern würde ich noch mehr fragen, aber seine gerunzelte Stirn hält mich davon ab.

Ich schiele auf die Anzeigetafel, die 13 Grad zeigt, während zwei Frauen in kurzen Spaghetti-Sommer-Kleidern und Flip-Flops vorbeilaufen. Auch auf ihren Beinen – ich kneife die Augen zusammen – sehe ich keine Spur von Gänsehaut!

Sehr unheimlich.

»Da hast du den Beweis!« Mattheo ist meinem Blick gefolgt. »Für einen Engländer hat es heute Abend frühlingshaft milde Temperaturen!«

»Okay, nur ich bin scheinbar ein wachsweiches Weichei, das bei diesen sogenannten Frühlingstemperaturen friert!« Dankbar kuschle ich mich noch fester in Mattheos dicke Jacke, die angenehm nach Pfefferminz, seinem herben Aftershave und Zitrone riecht.

»Wann geht dein Flug?« Mattheos Augen wirken in der Dämmerung fast schwarz.

»Um 23.00 Uhr!«

»Genügend Zeit für ein weiteres Touri-Highlight! Diesmal darfst du was aussuchen, Lea!«

Sein Fehler, ich fürchte, das wird ihm gleich leidtun. Ich grinse in mich hinein, ich habe nämlich eine geniale Idee.

»Na, dann komm mit!« Ich checke kurz den direktesten Weg auf meiner London-App, und dann laufen wir weiter am Themseufer entlang über die Westminster Bridge.

Laut der App muss ich mich einfach immer Richtung Trafalgar Square bewegen – Gott, ich wünschte, ich hätte eine bessere Orientierung, und bin schon sehr gespannt, ob wir je dort ankommen und wie Mattheo auf meinen Vorschlag reagiert.

Wir verlaufen uns nur einmal, und nachdem wir eine – wirklich kleine – Extrarunde gedreht haben, sind wir schließlich am Ziel.

»Northumberland Street – tadaaa!«, rufe ich begeistert und

amüsiere mich gleichzeitig über Mattheos halb entsetztes, halb belustigtes Gesicht beim Anblick des zweistöckigen Backsteingebäudes.

»Wie bitte?« Mattheos Augen sind weit aufgerissen.

»Das *Sherlock Holmes Pub*?! Ist nicht dein Ernst, Lea …«

»Jetzt komm schon! Wenn du brav bist, bekommst du nachher auch ein Bier! Versprochen«, locke ich ihn.

Im Erdgeschoss ist das *Sherlock Holmes Pub* ein ganz gewöhnliches Pub mit goldenen Zapfhähnen, einer Theke und gemütlichen Tischen, wie es in London wahrscheinlich hunderte gibt. Das Highlight ist laut meiner London-App der erste Stock, besser gesagt, der Raum neben dem Restaurant.

»Jetzt trödle hier nicht rum. Husch, husch, hinauf mit dir!« Ich muss Mattheo förmlich von der Theke weg und die Treppe hinaufziehen.

»Das Bier gibt es erst, wenn wir hier fertig sind!«

Als begeisterter Sherlock-Fan bin ich extrem gespannt, was mich gleich erwartet. Und meine hohen Erwartungen werden noch übertroffen:

Wir stehen vor der perfekten Nachbildung des Wohnzimmers von Sherlock Holmes in der Baker Street 221b.

»Schau nur, wie authentisch hier alles ist!« Ich kann mich gar nicht an all den Details sattsehen und bewundere das verschnörkelte Mobiliar.

»Ja, total authentisch – genau wie im Fernsehen«, flüstert Mattheo mit einem schiefen Grinsen zurück.

Seinen Einwand ignorierend schaue ich mich weiter um und registriere aufgeregt jedes Detail: den leicht zerschlissenen, aber sicher sehr bequemen hohen Lehnstuhl, den Kamin mit dem Gitterrost, das Regal mit den wissenschaftlichen Büchern, die sich sogar am Boden stapeln, und die Menagerie angestaubter Medizin-Fläschchen.

Das Teegeschirr und das halbvolle Glas mit bernsteinfarbener Flüssigkeit auf dem kleinen runden Beistelltisch erwecken den

Eindruck, als hätte noch vor fünf Minuten der Meisterdetektiv einen Drink genommen, ehe er überstürzt aufbrechen musste, um einen besonders kniffligen Fall zu lösen und London vor dem sicheren Untergang zu retten.

Ich kann mich gar nicht an all den Details sattsehen, an dem brennenden Kronleuchter, der Sherlock-Holmes Mütze, und wenn ich die Augen zusammenkneife, kann ich mir einreden, dass der Mann mit dem dunklen Mantel, der eben die Treppe hinunterläuft … »Mattheo!« flüstere ich aufgeregt, »war ER das?«

»Mach dich nicht lächerlich, Lea.«

Mattheo kann gar nicht mehr damit aufhören, sich über meine Begeisterung für den, wie er es nennt, längst vergammelten Meisterdetektiv und das alte Mobiliar lustig zu machen – und dann ist nur noch Zeit für ein rasches Bier (Mattheo) und einen Kaffee (für mich). Viel lieber würde ich jetzt einen kühlen Cider trinken …

»Prost! Auf dein London-Highlight, Lea! Wer hätte gedacht, dass das ausgerechnet ein leicht angegammeltes Pub ist!«

»Was heißt da angegammeltes Pub, du Banause. Achtung, ich zitierte die App: Das *Sherlock Holmes Pub* ist eine Kultstätte für alle Liebhaber von guten Detektivgeschichten. Obwohl meine aktuellen Krimihelden bleiche deprimierte TV-Schweden sind!«

»Habe ich dir schon gesagt, dass du eine ziemlich ungewöhnliche Frau bist, Lea?«

»Ja, das hast du heute schon mal erwähnt, und ich hoffe, dass das auch als Kompliment gemeint war.« Mist, wie spät ist es?

»Tick, tock – trink aus –, es ist bald 20 Uhr. In etwas mehr als drei Stunden geht mein Flug!« Die Zeit ist viel zu schnell vergangen, und eben fällt mir ein, dass ich auch noch meine Tasche aus dem Hotel holen muss. Mist, das könnte knapp werden, aber als wir aus dem Pub auf die Straße treten, steigt gerade ein Pärchen aus dem Taxi, und wir klettern erleichtert auf den Rücksitz.

Der Fahrer dreht sich zu uns um und wartet darauf, dass wir ihm ein Fahrziel nennen, und wir entscheiden uns nach kurzer

Diskussion, trotz der Zeitknappheit erst Mattheo in seinem Hotel abzusetzen, weil alles andere ein zu großer Umweg wäre.

Seufzend lehne ich mich zurück. Die Fahrt zum Flughafen wird die Firmenkreditkarte sicher wieder zum Glühen bringen, aber bald ist es mit dem großzügigen Spesenkonto ohnehin vorbei. Also was soll's. Ich habe einfach keine Lust, um diese Uhrzeit mit gruseligen Gestalten in der U-Bahn nach Heathrow rauszufahren.

»Danke für den Tag, Lea! Hat echt Spaß gemacht, dein London Guide zu sein! Ich hoffe nur, wir kommen schnell genug voran!«

Wir sind in einem fetten Stau.

Mist, wenn ich den Flieger verpasse, versäume ich morgen auch die Redaktionskonferenz, außerdem muss ich heute noch eine Rohfassung des Artikels zum Makeover schreiben … Das wird eine schlimme Nachtschicht. Aber ich kann ja am Flughafen schon mit dem Rohentwurf beginnen, beruhige ich mich, das heißt, falls ich je dort ankomme.

Der Taxifahrer trommelt, während wir in Zeitlupe Meter um Meter weiterrollen, ärgerlich auf das Lenkrad und drückt entnervt am Radio herum, um das Lied, das gerade läuft, wegzuschalten.

»Stopp!«, rufen Mattheo und ich gleichzeitig und grinsen uns leicht verlegen an, und während ein gewaltiger Ruck durch den Stau geht und wir endlich wieder flotter durch die Nacht fahren, singe ich fast flüsternd die Zeilen meines Lieblingslieds, das genau zu meinen widersprüchlichen, verwirrten Gefühlen passt und zu meiner verzweifelten Suche nach dem Glück.

Ich atme tief ein und schließe meine Augen. Wie ist es, wenn man wirklich lebt? Wenn man so sehr liebt, dass man schwebt?

Werde ich das je erleben, wie wird meine Geschichte mit Sebastian enden? Oder ist sie vielleicht längst vorbei?

Als mein Lieblingslied zu Ende ist, wische ich mir verlegen über die Augen und schiele aus dem Augenwickel zu Mattheo rüber, der das Lied ganz leise mitgesummt hat und jetzt gedankenverloren aus dem Fenster in die Nacht sieht.

»Sebastian meinte, es war nur ein Scherz!«, platze ich von mir selbst überrascht heraus und kaue nervös an meiner Unterlippe.

Mattheo wendet mir den Kopf zu. Seine Miene ist unergründlich.

»Das Foto …!« Plötzlich ist mein Hals ganz trocken, und ich muss schlucken. »Sebastian meinte, Saskia hätte seinem Kollegen auch so ein Nacktfoto zugesteckt, es war also nur ein Witz, verstehst du? Nur ein blöder Scherz!«

Mattheo räuspert sich.

»Ich bin in den nächsten Tagen bei einem Shooting. Aber Ende des Monats bin ich wieder in Deutschland! Ruf mich an, wenn du reden oder etwas unternehmen magst, Lea!«

Das Taxi macht einen gewaltigen Satz nach vorn, und der Verkehr beginnt immer rascher zu fließen. Bereits nach wenigen Minuten sind wir vor Mattheos Bed and Breakfast.

»Tja, als freiberuflicher Visagist wohne ich nicht ganz so nobel wie du!« Mattheo wirkt leicht verlegen, doch ich finde das kleine Bed and Breakfast mit der roten Backsteinfassade, der dunkelroten Holztür und den Buchsbäumchen neben der Tür viel schöner als meinen ultramodernen Hotel-Tower mit den Designermöbeln und dem vormals weißen Teppich.

»Nach den Spesen, die ich in den letzten Tagen produziert habe, werde ich sicher auch nie wieder so nobel wohnen!« Und Gin Tonic trinken und Schoko aus der Minibar futtern. Schade eigentlich.

»Danke übrigens für deine Jacke!« Bedauernd schäle ich mich aus Mattheos flauschig warmer Jacke und bin plötzlich ziemlich verlegen.

»Und danke für Fish und Chips.« Manchmal könnte ich mir selbst eine reinhauen. Fällt mir nichts Besseres ein?

Na los, Lea, einer geht noch. Wofür könnte ich mich noch bedanken? Für den Cider, fürs Zuhören, für …

»Gern geschehen und halt die Ohren steif!« Mattheo streicht

sich eine Haarsträhne, die sich aus seinem struppigen Haarnest gelöst hat, zurück. Wie lange er wohl morgens für seine Frisur braucht?

»Gute Heimreise, man sieht sich!« Mattheo gibt mir einen kurzen kratzigen Kuss auf die Wange und springt für meinen Begriff etwas zu hastig aus dem Taxi, vielleicht muss er sich beeilen, weil er noch einen Termin mit Miss Drawing Room Café hat. Schwungvoll schließt er die Wagentür, tritt auf den Bordstein zurück und hebt noch einmal lässig die Hand zum Gruß.

Ich winke zurück und lasse mich müde in den Taxisitz fallen. Dann nenne ich dem Taxifahrer die Adresse meines Hotels.

»Ich hole dort nur schnell meine Tasche ab. Dann müssen wir sofort weiter nach Heathrow – geben Sie bitte Gas –, ich muss unbedingt den Flieger um 23.00 Uhr erreichen!« Der Fahrer nickt begeistert, scheinbar erwartet er von einem Touri, der in einem Nobelschuppen wohnt und es eilig hat, ein fettes Trinkgeld.

Was für ein Tag! Ich versuche, ruhig in den Bauch zu atmen.

Ich bin ein Bach, der ruhig fließt …

Während die nächtlichen Lichter der Stadt an mir vorüberziehen und mich der Taxifahrer im Vorbeifahren auf diverse Sehenswürdigkeiten aufmerksam macht, fallen mir für einen Moment die Augen zu.

Doch plötzlich schrecke ich hoch.

Irgendetwas ist seltsam. Irgendetwas ist anders.

Ich zermartere mir das Hirn.

Habe ich im London Eye etwas liegenlassen. Ich durchwühle meine Tasche. Oder im Pub? Manchmal bin ich so ein Schussel. Das wäre jetzt echt blöd.

Hastig checke ich den Inhalt meiner Handtasche:

Flugticket, Geldbörse, ein Stapel Broschüren der Beautytempel, mein Notizbuch, mein Notebook, Schminktäschchen, alles da. Erleichtert schließe ich wieder meine Augen, doch ich werde das seltsame Gefühl nicht los, dass irgendetwas nicht stimmt.

Nur was?

Wir fahren Richtung Westminster Bridge, und als wir am Big Ben, dem gewaltigen Kirchturm, vorbeifahren und die mächtige Glocke acht Mal schlägt, weiß ich es.

Rasch durchwühle ich meine Handtasche.

Das dunkle Display meines Handys zeigt, dass mein Akku seit vielen Stunden leer ist, und ich habe es nicht bemerkt.

ÜBERTRIEBENE REAKTION

Heute ist ein wichtiger Tag! Und obwohl ich lieber im Bett bleiben und mir Gedanken machen würde, was ich mit meinem verkorksten Liebesleben und den neuesten Erkenntnissen über Sebastian anfangen soll, ist jetzt nicht die richtige Zeit dafür.

Heute muss ich mich in der Redaktionskonferenz beweisen, und ich habe alles genau getimt.

Aufstehen um sieben, kurzes Zehn-Minuten-Power-Yoga, um meinen Kreislauf nach den beiden anstrengenden Tagen in London in Schwung zu bringen.

7.10 Uhr: eine erfrischende Dusche mit dem Zitronen-Melisse-Duschgel aus dem Duty-free-Shop und ein gründliches Körperpeeling mit dem neuen Luffa-Handschuh (ein erster aktiver Schritt zur Bekämpfung meiner grassierenden Cellulite).

7.20 Uhr: meine Haare mit dem Glätteisen bearbeiten und in die frisch gebügelten Business-Klamotten schlüpfen.

7.30 Uhr: das trendige Frühlings-Make-up auftragen, das aus einer leichten Foundation, etwas Rouge, einem dezentem Lidstrich und knallrotem Lipgloss besteht.

7.50 Uhr: Taxi rufen.

Wenn alles nach Plan läuft, habe ich dann noch fünf Minuten, um meinen Körper mit einer Tasse grünem Tee zu entgiften und mich mental auf meine erste Redaktionssitzung bei *SoYou* vorzubereiten. Ich werde wach, weil mir Sebastian Mayer aufgeregt ins Gesicht pfotet.

Was will der lästige Kater schon wieder? Ich habe ihn doch erst vor zwei Stunden gefüttert.

»Geh weg! Fressi gibt es erst in einer Stunde! Schlaf weiter«, knurre ich.

Doch der Kater lässt sich davon nicht beirren und pfotet weiter wie irre auf meine Nase ein. Ist er etwa schon wieder unterzuckert? Ich öffne ein leicht verklebtes Auge und schiele auf meinen Wecker.

Shit! Wie spät ist es?

Ich springe aus dem Bett und rüttle meinen altmodischen Wecker, der aber voll funktionsfähig scheint. Auch mein Handy meldet 8.00 Uhr.

Verdammt!

Ich habe voll verpennt.

Ich lasse mich wieder ins Bett zurückfallen und vergrabe meinen Kopf im Kissen. Wie konnte mir das nur passieren? Scheinbar bin ich, nachdem ich mitten in der Nacht aus London zurückgekommen bin und bis 4.00 Uhr morgens an der Rohfassung des Artikels gearbeitet habe, ohne den Wecker zu stellen, ins Bett gefallen.

Ich blöder Superidiot.

Mein ausführliches Beautyprogramm kann ich mir jetzt abschminken!

Eine Blitzdusche später muss ich entsetzt feststellen, dass es sich Sebastian Mayer auf meinem schwarzen Hosenanzug, den ich auf den Sessel gelegt hatte, gemütlich gemacht hat. Jetzt ist der Anzug mit Millionen roter Haarbüschel verunstaltet und völlig zerknittert.

Mein perfektes Outfit ist dahin, diese vielen Tierhaare abzubürsten würde Stunden dauern. Hastig schlüpfe ich in eine dunkelblaue Boyfriend-Jeans. Die Zahnbürste noch im Mund, rufe ich leicht nuschelnd ein Taxi. Mit hängender Zunge und fliegenden Händen schaffe ich es, in einen BH und eine leicht zerknautschte weiße Bluse zu schlüpfen und mir etwas Make-up ins Gesicht zu klatschen.

Der Rest muss im Taxi passieren. Ich werfe meinen Trenchcoat über, sprühe etwas Parfum hinter die Ohren, ziehe meine Sneaker an, schnappe mir meine Tasche und meinen Laptop und bin schon aus der Tür. Es ist 8.30 Uhr – mein absoluter Rekord.

Im Taxi kämme ich die Haare und binde sie zu einem straffen Pferdeschwanz zusammen. Ich wühle in meiner Handtasche, zum Glück habe ich immer ein paar Ersatzohrstecker dabei, weil ich regelmäßig einen Ohrstecker irgendwo verliere, kaufe ich sie immer gleich im Doppelpack.

Weiteres hektisches Gekrame in der Handtasche – wo ist mein Lipgloss? Hab ihn … Mühsam balanciere ich den kleinen Taschenspiegel in der Hand und trage etwas rosa Lipgloss auf.

Schon besser.

Jetzt noch etwas Rouge und Wimperntusche. Ich wühle weiter in meiner Tasche – der Taxifahrer ist von meinen Last-Minute-Beautyritualen auf dem Rücksitz völlig begeistert.

»Na, junge Dame – ist spät geworden gestern, was? Haben Sie es wohl nicht mehr nach Hause geschafft.« Er kichert blöd.

Super, der Taxifahrer hält mich für eine Schlampe, aber egal, ich hab jetzt keine Zeit, mich aufzuregen. Warum finde ich in der blöden Tasche nie etwas? Endlich entdecke ich im Seitenfach ein Rougedöschen und pinsle mir rosa Apfelbäckchen. Jetzt noch etwas Wimperntusche. Bei der nächsten roten Ampel lege ich los, puh, geschafft, ohne mir ins Auge zu stechen. Ich sehe zumindest menschlich aus.

Um Punkt 8.45 Uhr bin ich vor dem Media Tower.

Zimmer B543, im 23. Stock, hatte Lorine geschrieben.

Vor den beiden Aufzügen herrscht hektisches Geschiebe und Gedränge. Ich schaffe es, mich in eine überfüllte Kabine zu quetschen, und hypnotisiere die Anzeigetafel.

2. Stock! Zwei schnöselige Anzugträger steigen aus – eine Frau mit Aktenmappe stürzt in letzter Sekunde in den Lift und steigt mir mit ihren Stilettos auf die große Zehe.

3. Stock – die Stiletto-Hexe steigt aus, zwei bildschöne Mädchen steigen ein, und alle Männer im Lift beginnen zu sabbern.

Mist, wenn wir in jedem Stockwerk stehen bleiben, schaffe ich es nicht bis 9.00 Uhr.

Um 8.53 bin ich mit meinen Nerven am Ende, aber endlich im 23. Stock angelangt. Rasch eile ich an dem leider unbesetzten Empfangstresen vorbei und laufe auf der Suche nach dem Besprechungszimmer etwas ratlos den Gang entlang.

Bin ich hier richtig? Mein verdammter Orientierungssinn …

Wie war noch mal die Raumnummer? Ich checke die Nummer auf meinem Handy – B543.

Ich sehe Lorine vor mir den Gang entlangstöckeln und in einen Konferenzraum mit der Nummer B345 verschwinden.

»Lorine, das ist der falsche Raum!«, rufe ich ihr nach, doch sie reagiert leider nicht. Verwirrt eile ich ihr hinterher. Vielleicht war es auch gar nicht Lorine, schließlich habe ich sie nach meinem Vorstellungsgespräch nur einmal für fünf Minuten gesehen. Meine Augen brennen vor Müdigkeit, ich brauche dringend einen Kaffee. Im Kofferenzraum sitzen an einem überdimensionalen Glastisch etwa 20 meist schwarzgekleidete Männer und Frauen, die Kaffee trinken oder gelangweilt auf ihren Smartphones und iPads herumtippen.

Ich entdecke Lorine am Ende des Tisches und winke ihr zu, doch sie ignoriert mich. Verdammt, bin ich doch im falschen Raum?

»Findet hier die Redaktionssitzung von *So You* statt«?, frage ich eine hektisch herumwuselnde mittelalte Frau, die im fliederfarbenen Faltenrock und in rosa Schluppenbluse völlig gegen den allgemeinen Dress-Code verstößt. Wofür ich ihr dankbar sein muss, sonst wäre ich die schlecht gekleidetste Frau im Raum.

»Nö«, sagt sie. »Hier findet in fünf Minuten die nächste Papstmesse statt!«

Als sie meinen entsetzten Blick bemerkt, antwortet sie eine Nuance freundlicher: »Du bist neu hier, oder?« Sie mustert mich kritisch.

Sieht man das so offensichtlich? Ich streiche verlegen meine knautschige Bluse glatt. Okay, ich habe wirklich schon mal besser ausgesehen.

»Lea!« Ich reiche der lilagekleideten Frau meine Hand, die sie kräftig durchschüttelt.

»Elke Huber! Idiotin – ich meine Mädchen für alles! Such dir rasch einen Platz, ehe die Eiskönigin erscheint! Sie hasst es, wenn jemand herumsteht!«

Dankbar, dass ich doch auf der richtigen Veranstaltung bin, quetsche ich mich auf den letzten freien Platz und blicke mich unauffällig um. Auf dem Stuhl links neben mir sitzt eine etwa 30-jährige Frau im schwarzen enganliegenden Rollkragenpulli, schwarzem Ledermini und platinblondem raspelkurzem Haar und unterhält sich angeregt mit einem ziegenbärtigen Mann. Keiner der beiden nimmt von mir Notiz.

Ich blicke mich um. Generell sind alle Anwesenden in intensive Gespräche vertieft oder stecken ihre Nasen konzentriert in ihre Notebooks, Tablets oder scrollen hektisch auf ihren Handys herum. Um nicht durch Untätigkeit unangenehm aufzufallen und mich dem Herdenverhalten anzupassen, zücke ich meinen Laptop und beginne wild zu tippen.

Elke stellt vor der Rollkragen-Frau einen doppelten Espresso und vor dem Ziegenmann eine Tasse mit dampfendem Kräutertee ab. Scheinbar ist sie hier für die Getränke zuständig.

»Kann ich bitte einen Café Latte haben, Elke?«, frage ich meine neue beste Freundin freundlich.

»Da hinten steht eine Kanne Filterkaffee, und Mineralwasser gibt's im Automaten am Gang!« Elke deutet mit einem leichten Kopfnicken auf ein kleines Tischchen am Ende des Raumes.

Scheinbar ist Elke doch nicht meine neue beste Freundin. Ich schenke mir einen Becher Filterkaffee ein und schnuppere an der Milch. Scheint frisch zu sein. Rasch wandere ich mit meinem selbstgebastelten Kaffee auf meinen Platz zurück. Endlich Koffein.

Die Uhr über der Tür zeigt 9.05 Uhr!

Erleichtert atme ich durch und bin sogar etwas stolz auf mich: Mein erster Auftrag hat mich nicht bleibend verunstaltet. Lorine hat den Erstentwurf meines Artikels in der Nacht noch erhalten, und wie durch ein Wunder habe ich es rechtzeitig zur Redaktionssitzung geschafft.

Wo Maya bleibt? Gähnend klappe ich den Laptop zu und lasse meinen Blick aus der bodentiefen Fensterfront wandern. Beim 359. vorbeifahrenden Auto rauscht Maya zur Tür herein, und alle springen wie von der Tarantel gestochen auf. Werden jetzt alle salutieren oder singen? Was wird jetzt von mir erwartet?

Die Eiskönigin nickt huldvoll, ohne jemand direkt anzusehen, in die Runde und gibt mit einer leichten Handbewegung allen die Erlaubnis, sich wieder hinzusetzen.

Wie schon bei meinem Vorstellungstermin ist sie im schmalen Designerhosenanzug in Anthrazit und den schwarzen Schlangenleder-Pumps top gedressed, und ich ärgere mich, dass ich verschlafen habe, Sebastian Mayer meinen neuen hübschen Hosenanzug vollgehaart hat und ich mit meiner zerknautschten weißen Bluse überhaupt nicht dem hier vorherrschenden Dress-Code entspreche. Die lässigen schwarzen Kleider, Hosenanzüge und gut geschnittenen Designeranzüge um den Konferenztisch schreien alle nach Markenware.

Ich hoffe, ich muss nicht mein halbes Gehalt für Kleidung ausgeben, um bei *SoYou* gesellschaftlich akzeptiert zu werden. Auch Lorine, die mich auf einmal zu erkennen scheint und mich vom anderen Tischende aus blöd angrinst, wirkt um diese unchristliche Zeit wie aus dem Ei gepellt, im knielangen, leicht ausgestellten Strickkleid, Statement-Kette und schwarzen Sling-Pumps, blöde Kuh. Bestimmt hat sie mir absichtlich die falsche Raumnummer durchgegeben.

Die nächste Stunde rauscht wie im Nebel an mir vorbei. Und ich habe Mühe, wach zu bleiben. Der nächste Tagesordnungspunkt –

Ist Blau das neue Violett? – wird aufgerufen. Ich glaube, ich bin im falschen Film. Wen interessiert so etwas? Ich merke, wie mir die Augen zufallen. Ich muss kurz eingedämmert sein, denn als ich aufblicke, starren Maya, Lorine und die Redakteure angestrengt in meine Richtung.

»Ähem, was war nochmals die Frage?«

Lorine wendet sich süffisant lächelnd an mich:

»Maya hat dich gerade gefragt, ob es dir in London gefallen hat und wann wir mit dem ersten Entwurf deines Artikels zum Makeover und den anderen Beautybehandlungen in London rechnen dürfen?«

Habe ich da etwas nicht mitbekommen?

»Ich habe dir doch heute Früh die erste Fassung geschickt, Lorine!«

Genauer gesagt um 4.00 Uhr früh, du blöde Schnepfe.

»Heute Früh?!?« Lorine tippt kopfschüttelnd auf ihrem Laptop herum.

»Tja, Lea, leider ist bei mir nichts angekommen!« Sie lächelt mich böse an.

»Moment. Mein Fehler!«

Sie klickt auf ihrem Laptop herum.

»Oder meinst du das hier! Die Datei habe ich heute Früh bekommen!«

Sie fummelt an der Fernbedienung des Beamers herum, und plötzlich erscheint mein ungeschminktes Gesicht vollflächig auf der Besprechungszimmer-Wand.

Meinen Artikel hat sie angeblich nicht bekommen, die Vorher-Fotos schon. Komisch nur, dass ich beides gleichzeitig geschickt habe.

»Oder meinst du das?«

Hilfe, noch ein Foto. Habe ich wirklich so große Poren?

»Oder das?!«

Und Falten neben dem Mund.

Verhaltenes Kichern wird laut.

Jetzt weiß ich, was hier gespielt wird. Die blöde Kuh will mich lächerlich machen. Ich krame in meiner Tasche. Mist, der USB-Stick liegt auf dem Küchentresen, und ich Trottel habe die Letztversion des Artikels direkt dort abgespeichert. Ob die hier WLAN haben – dann könnte ich mich einloggen und ihr beweisen, dass ich es geschickt habe.

»Na zumindest haben wir die Vorher-/Nachher-Fotos vom Makeover. Und wie ich sehe, haben Sie leicht überreagiert, Lea«, klirrt die Stimme der Eiskönigin durch den Raum, als Lorine nun die Fotos meines schweinchenrosa Gesichts an die Wand wirft.

Die Meute kichert weiter vergnügt.

Ich fühle mich wie bei einer öffentlichen Hinrichtung.

»Aber jetzt sieht ihre Haut ja wieder ganz okay aus! Sacha ist einfach unübertrefflich, nicht wahr?!« Maya van Swan zwinkert mir verschwörerisch zu.

Ich nicke vorsichtig.

»Der Beste auf seinem Gebiet! Wenn man ihn kennt, lässt man niemand anderen mehr an seine Haut!« Genussvoll leckt sich Maya über die Lippen.

O mein Gott. Hat sie vielleicht auch mit Sacha … Meine Nackenhaare stellen sich einzeln auf. Nie hätte ich gedacht, dass ich mal was mit der Eiskönigin teilen würde.

»Stefan!« Maya winkt dem Ziegenbärtigen neben mir zu.

»Du machst die Nachher-Fotos von Leas Haut! Der Veröffentlichung der Fotos haben Sie ja vertraglich zugestimmt, Lea! Keine Sorge, die pinken Fotos, die gleich nach der Behandlung geschossen wurden, zeigen wir natürlich nicht – wir wollen ja Auflage produzieren und nicht unsere Leserinnen verstören!«

Mist! Wusste ich doch, dass ich den Vertrag etwas genauer hätte lesen sollen.

»Und keine Sorge, wir werden Ihre Augen mit einem Balken schwärzen!«

Nett gemeint, aber sinnlos. Unter dem Artikel steht leider mein Name.

»Macht das am besten gleich im Anschluss an die Konferenz. Wir brauchen das Foto morgen!«

»Warum morgen? Abgabeschluss ist doch erst in ein paar Tagen«, piepse ich schrill.

Maya mustert mich verächtlich, und ich glaube, wenn sie es botoxtechnisch könnte, würde sie jetzt die Augenbrauen genervt hochziehen. Beide.

»Wenn Sie weiter für *SoYou* arbeiten wollen, Lea, müssen Sie lernen, sich an Abgabetermine zu halten. Wir erwarten Ihren ersten Beauty-Queen-Artikel morgen früh bis Punkt 10.00 Uhr.«

»Aber Lorine wollte den Erstentwurf erst am Montag«, werfe ich schwach ein.

Lorine lächelt mich von der anderen Seite des Tisches hämisch an. Plötzlich schwant mir Übles.

»Tja, da müssen Sie sich irren, Lea. Lorine koordiniert seit Jahren alle meine Termine fristgerecht!« Maya mustert mich mit ihrem kalten Schlangenblick.

»Der Abgabeschluss ist und bleibt morgen um 10.00 Uhr! Schaffen Sie das, Lea?«

»Natürlich schaffe ich das!« Und wenn es das Letzte ist, was ich tue. Ich werfe Lorine einen mörderischen Blick zu. Den Rest der Redaktionskonferenz halte ich mich mit dem ekelhaft starken Kannenkaffee und meiner kochenden Wut auf Lorine wach. Ich verstehe nicht, warum sie mich in das falsche Konferenzzimmer schickt und mir falsche Abgabetermine gibt. Was hat die gegen mich? Doch was viel schlimmer ist: Ich habe keine Ahnung, wie ich in 24 Stunden den Artikel druckreif machen soll.

Um etwas Zeit zu gewinnen, schnappe ich mir die Mappe mit meinen gesammelten Beautyunterlagen, während die anderen Redakteure ihre Themenvorschläge für die nächsten beiden Ausgaben präsentieren.

Fangen wir mit den Unterlagen zu der Fischpediküre an. Auf der bunten Folder-Titelseite sieht man einen Schwarm photogeshoppt-lächelnder Fische, und auf der Rückseite lese ich:

Unsere Fische knabbern Ihre Füße seidenzart.

Fragen Sie nach unserer 10+1 Aktion. Nur gültig bis Ende Juli.

Hm. Nicht sehr aussagekräftig.

Ich gehe auf Wikipedia und erfahre dort, dass die Rötliche Saugbarbe (*Garra rufa*) bis zu 14 Zentimeter groß werden kann und dass die kleinen Tierchen auch Knabberfische genannt werden, weil sie – wie ich am eigenen Leib gestern erfahren musste – begeistert die Hornhaut von menschlichen Füßen abknabbern.

Widerliche Tierchen.

Nun, zwei Fischchen tun das jetzt nicht mehr.

Die Rollkragen-Frau reißt mich mit einem leichten Tritt aus meiner ekeligen Fisch-Lektüre. Ich schrecke hoch.

Mist, Maya starrt mich über den Konferenztisch wütend an. Scheinbar hat sie bemerkt, dass ich nicht ergriffen ihren Worten lausche. Hastig klappe ich den Laptop zu und verstaue die Broschüre und die Mappe mit meinen London-Unterlagen in meiner Handtasche. Leider segelt dabei der Flyer von Sebastians Ausstellung heraus.

Ich bücke mich rasch danach.

Das fehlt mir noch, dass hier jemand herausfindet, dass das mein Po ist und der Künstler mein Exfreund. Das blöde Gelächter der Redakteure, als sie mein pinkes Gesicht gesehen haben, dröhnt jetzt noch in meinem Kopf.

Ich schnappe mir rasch den Flyer und will ihn gerade in die Mappe zurückstopfen, als ich auf der Rückseite in dezent blassem Grau drei Worte entdecke, die ich bisher überlesen habe.

Drei Worte, die mein Leben verändern sollen:

LONDON – PARIS – WIEN.

Verdammt!

London war nur der Anfang.

BITTE LÄCHELN!

1387 Autos, 15 Lkws und 19 Vespas später ist die ermüdende Redaktionskonferenz endlich vorbei, und ich tappe völlig apathisch hinter dem ziegenbärtigen Fotografen mit der weißen Wuschelmähne, den ich vorhin in Gedanken hämisch »Stefan das widerliche Wollschaf« getauft habe, den Gang zum Fotostudio entlang.

In meinem Kopf hämmert mantraartig ein einziges Wort:

Paris.

Ich kann es echt nicht verkraften, dass Sebastian nach der schrecklichen Ausstellung in London nun weiter fröhlich mit meinem – und den zwölf anderen Popos – durch Europa tourt.

Und als ob das nicht schlimm genug wäre:

Warum muss die nächste Station auf der Fototour ausgerechnet meine Lieblingsstadt sein? Die Stadt der Museen, des Champagners, der leckeren Gänseleber und der unvergesslichen Orte.

Die Meerschweinchen in meinem Magen haben sich zusammengerollt und weinen leise.

Wie oft habe ich in den letzten Monaten, als ich dachte, dass das mit Sebastian etwas Ernstes wird, davon geträumt, ihm mein Paris zu zeigen.

Das Paris, wo ich während der Schulferien einige unvergessliche Sommer bei meinem geliebten Großvater verbringen durfte, ehe der humorvolle Mann, der seinen Tag stets stilvoll mit einem Glas Champagner begann und mit einer Flasche Rotwein beendete, vor vier Jahren, in hohem Alter, aber dennoch für alle überraschend starb. Meine Oma folgte ihm wenige Tage später, was mich nicht wunderte, die beiden waren 60 Jahre lang nie länger als ein paar Tage voneinander getrennt gewesen.

Ich war seit dem Tod meiner Großeltern nicht mehr in Paris. Doch wenn ich die Augen schließe, sehe ich meinen Großvater wieder vor mir, wie er am überdimensionalen Gasherd in seiner altmodischen Küche steht und für meine kleine süße Oma mit den veilchenblauen Augen ihr Lieblingsessen – Coq au Vin – kocht. Und dabei den eigentlich für die Sauce bestimmten Rotwein großzügig zwischendurch immer wieder verkostet und mir zwischendurch ein rosa Macaron zusteckt ... Opa hat das Leben über alles geliebt, und er hatte Humor! Was würde er jetzt wohl zu mir sagen?

Vielleicht ...

»Mein Engelchen, sieh es doch mal von der positiven Seite: Nun fährt der Mistkerl also doch noch mit dir nach Paris! Zumindest mit einem wirklich großen Teil von dir!«

Und dann würde er sein warmes, dröhnendes Barritonlachen erklingen lassen und mich fest in den Arm nehmen.

Ich glaube, Opa hätte Sebastians überkorrekte, kühle Art nicht gemocht, und noch viel weniger hätte ihm gefallen, wie er mich jetzt behandelt.

Ausgerechnet Paris.

Das Handy in meiner Tasche meldet eine Nachricht. Auf seinem neuen Profilbild, das er wöchentlich aktualisiert, strahlt mir Armin in seiner letztjährigen Silvesterverkleidung als leicht pummeliger *Batman* entgegen.

»19.00 bei Gino, Mausezahn? Su kommt auch!«

»Sehr gern! Bis später«, tippe ich und fühle mich bei der Aussicht auf eine Pizza bei meinem Lieblingsitaliener ein kleines bisschen besser. Was würde ich nur ohne Su und Armin machen? Wahrscheinlich wäre ich schon völlig durchgedreht.

Das kleine Wollschaf ist stehen geblieben und starrt mich finster an. Huch, er hat bemerkt, dass ich rumtrödle und mich mit meinem Handy beschäftige.

»Husch, husch, da rein, Lea«, unterbricht er meine wirren Gedanken und schubst mich unsanft in einen kahlen, dunklen Raum und deutet mit seinen Wurstfingern auf einen filigranen Hocker, der vor einer weißen Leinwand steht.

»Setz dich bitte dahin, und mach dich schon mal nackig, ich komm dann gleich!«

»Ich soll was?«, keuche ich mit weitaufgerissenen Augen, während er in aller Seelenruhe an einer überdimensionalen Lampe herumfummelt und sie in Position rückt, bis sie schließlich gleißend hell aufflammt.

»Von Nacktfotos war nie die Rede«, quietsche ich hervor. Vom Scheinwerferlicht direkt vor mir geblendet, sehe ich einen Moment lang nur Helligkeit. »Ich zieh mich auf keinen Fall aus!«

Also ehrlich, das will doch niemand sehen! ... Ich hätte den Vertrag vor dem Unterschreiben besser doch einmal von einem Anwalt checken lassen sollen.

»Sehr witzig, Stefan!«, höre ich eine weibliche Stimme. Ich schirme meine Augen ab und erkenne nun ein Mädchen im roten Ringelshirt, das das dümmlich grinsende Schaf in den Oberarm boxt. Jetzt kommt die Kleine auf mich zu und streckt mir ihre blasse, sommersprossige Hand entgegen.

»Ich bin Sabine, die Visagistin, und du musst dich natürlich nicht für unseren Obertrottel hier nackig machen. Ich schmink dich jetzt ab, und dann schauen wir, ob wir dein ›Nachher-Foto‹ komplett ungeschminkt machen oder noch etwas nachhelfen müssen!«

Vorsichtig entfernt sie mein Make-up mit einem flauschigweichen Wattepad und einer nach Blumenwiese riechenden Reinigungslotion. Ich wappne mich – gleich kommt sicher ein fieser Kommentar nach dem Motto: Billige Kosmetik auf alternder Haut. Doch Sabine ist nicht Suzette, sondern entfernt nur hochkonzentriert und behutsam das von mir in der Früh in Zeitnot unprofessionell aufgetragene Make-up.

»Fertig!« Sie betrachtet mich zufrieden.

»Du hast wirklich schöne Haut, Lea! Glatt und feinporig«, meint sie und zwinkert mir fröhlich zu.

Dankbar lächle ich sie an. Endlich sagt mal ein Profi etwas Nettes über meine Haut, obwohl, Mattheo hat ja auch gemeint, dass meine Haut gut aussieht. Was er wohl gerade macht?

»Stefan? Kannst du bitte mal Detlef anrufen, er soll kurz herkommen. Ich kann das nicht allein entscheiden!«

»Wer ist das jetzt schon wieder?«, entfährt es mir leicht genervt. Es ist doch um Himmels willen nur ein blödes Nachher-Foto – wie viele Menschen braucht man, um ein Foto meiner ungeschminkten Haut zu machen?

»Detlef ist unser Artdirector und ist bei allen Shootings dabei!«, informiert mich Sabine. »Kein Foto darf raus, ohne dass Ihre Göttlichkeit ihren finalen Segen dazu gegeben hat! Voll mühsam … Ähh … Hallo Detlef!«

Huch, ich habe ihn gar nicht kommen sehen, und so rot wie Sabines Wangen plötzlich sind – sie auch nicht.

»Detlef, machen wir die Nachher-Fotos von Lea *en nature*, oder soll Sabine sicherheitshalber eine leichte Foundation auflegen?«, lenkt das Wollschaf Detlefs Aufmerksamkeit geschickt auf mich.

»Werden das die Nachher-Fotos zur Makeover-Behandlung bei Sacha?«, fragt Detlef und mustert mich.

Ich nicke stumm.

Er fasst mich am Kinn und dreht mein Gesicht näher an den Scheinwerfer. Vor meinen Augen tanzen grelle Lichtblitze.

»Tja, Lea, als uns Lorine vorhin in der Redaktionssitzung den Urzustand deiner Haut gezeigt hatte, dachte ich nur eines: O mein Gott! Für die Riesenporen braucht die arme Kleine einen Waffenschein!«

Ich höre das fiese Wollschaf neben meinem rechten Ohr verhalten kichern.

»Doch jetzt, Lea, kann ich nur eines sagen: Sacha ist der Beste, der einzig wahre Beautygott! Deine Haut sieht jetzt einfach toll aus!«

O Gott, noch ein Fan von Sacha …

Detlefs spitze Nase zuckt aufgeregt.

»Du hast dir doch die Zeit genommen, dich persönlich bei Sacha zu bedanken?«, will er nun wissen.

»Und wie ich das habe, mein Dank wird ihn ein Leben lang verfolgen«, versichere ich ihm.

Wenn er Pech hat in Form von monatlichen Alimentezahlungen.

»Na, dann ist es ja gut! Und jetzt weiter im Geschehen: Sabine – nur ein bisschen Puder auf die Stirn und die Nase – zack, zack!«

Rasch pinselt Sabine mit einer fluffigen Quaste mein Gesicht ab und positioniert mich mittig vor der weißen Fotoleinwand auf einem Hocker.

»Schau einfach starr geradeaus und beweg dich nicht! Umso schneller sind wir fertig!«

Detlef rückt mich nochmals zurecht, und Stefan drückt zweimal den Auslöser seiner High-Tech-Kamera. Dann checken Detlef und Stefan die Bilder auf Stefans Laptop.

»Passt! Stefan, schick mir das Foto bis spätestens 13.00 Uhr, ich muss am Nachmittag zu einem wichtigen Termin, bei dem ich nicht gestört werden darf!« Und so schnell, wie er erschienen ist, verschwindet Detlef wieder, und ich sitze wie ein begossener Pudel auf dem Hocker und warte auf weitere Instruktionen von Sabine oder dem Wollschaf, doch die sind damit beschäftigt, den Set aufzuräumen.

Das war's jetzt also schon! Enttäuscht krabble ich vom Hocker hinunter. Im Fernsehen wirken Shootings immer viel aufregender. Aber für ein Nachher-Foto meines Gesichts muss ich mich ja auch nicht fünfmal umziehen, von der Decke hängen, mich in dramatische Posen werfen und wilde Dschungeltiere mit spitzen Fangzähnen umarmen.

Ich schnappe meine Handtasche und verabschiede mich von Stefan und Sabine.

»Ich freu mich, dass du jetzt bei uns im Team bist!« Sabine drückt mich kurz, »Und schau nochmal kurz bei Lorine vorbei, sie wollte noch etwas von dir!«

»Das mach ich glatt«, sage ich mehr zu mir selbst. Mit der habe ich sowieso noch ein Hühnchen zu rupfen, keine Ahnung, warum sie mich dauernd schikaniert.

Nach einigem Herumirren finde ich Lorines Büro ganz am Ende des Ganges – ein kleiner quadratischer Raum ohne Fenster, in dem es deutlich nach Druckerschwärze, Parfüm und Angstschweiß riecht.

Hinter einem riesigen Flachbildschirm höre ich Lorine wie wild in die Tasten hämmern, während sie mit jemandem – wahrscheinlich Maya – über ihr Headset spricht. Zum Zeichen, dass sie mein Eintreten bemerkt hat, zieht sie kurz eine perfekt gezupfte Augenbraue hoch. Ich ziehe mir den Besucherstuhl heran, auf dem ein angeknabberter Veggieburger und drei *SoYou*-Hefte liegen!

»Hinzusetzen brauchst du dich erst gar nicht«, zischt sie und legt ihr Headset weg.

Jetzt reicht es.

»Ich weiß nicht, was für ein Problem du mit mir hast, aber ich freue mich auch, dich zu sehen, Lorine!« Mit einem perfekten Wurf schleudere ich den widerlichen Burger in den Papierkorb und schiebe die Hefte einfach über die Stuhlkante weg. Dann nehme ich auf der freigewordenen Fläche Platz.

»Und weil du so lieb fragst: Ja, ich hätte gern einen Café Latte mit besonders viel Milchschaum, schaffst du das?«

Die zweite Augenbraue fährt in die Höhe. Im Gegensatz zu den sonstigen *SoYou*-Mitarbeitern hat Lorine scheinbar noch eine natürliche Mimik.

»Kaffee gibt's für dich im Automaten am Gang.« Sie lächelt süffisant und klickt hektisch durch ihre E-Mails.

»Ich gebe dir jetzt Infos für deinen nächsten Beautytrip. Und vergiss nicht, mir deinen London-Artikel bis spätestens morgen 10.00 Uhr zu schicken. Du hast Maya ja vorhin gehört!« Sie grinst hämisch.

»Kein Problem, der Artikel ist so gut wie fertig! Als erfahrene, freiberufliche Journalistin kann ich unter Druck am besten arbeiten, und dieser kleine Recherche-Job ist im Gegensatz zu meinen sonstigen stressigen Projekten ein Kinderspiel!« Ich lehne mich zurück und genieße ihren blöden Gesichtsausdruck.

Mit dem weitaufgerissenen Mund und den Kugelaugen sieht sie fast so aus wie eines der dämlichen Knabberfischchen. Ob ich sie auch …? Groß ist sie ja nicht.

»Wo sind hier eigentlich die Toiletten, Lorine?«

Lorine ignoriert meine Frage und hämmert weiter wie wild in die Tasten und scrollt dann wieder hektisch auf und ab.

»Wo ist nur die verdammte E-Mail?!« Sie runzelt die Stirn, woraufhin eine fiese Falte zwischen ihren perfekt gezupften Augenbrauen erscheint.

»›Ordnung ist das halbe Leben‹, sagte meine Oma immer!« Ich schnappe mir eine der *SoYou*-Ausgaben vom Boden, ohhh, aus dem Sommer vor zwei Jahren … Das war der Sommer, in dem ich Sebastian kennengelernt habe. Waren damals wirklich wild gemusterte, weit schwingende Blümchenkleider in Rosa in? Wieder einmal ist ein Modetrend völlig unbeachtet an mir vorbeigegangen, das muss sich jetzt ändern. Ich kann nicht für ein Lifestylemagazin arbeiten und rumlaufen wie der letzte Penner. Der Sommer damals in Korfu … Bilder von Sebastian und mir tauchen vor meinem inneren Auge auf. Wir sind auf dem Schiff – er schiebt das weiße Spaghettiträger-Top zurück, um meine Schultern besser eincremen zu können, doch er erwischt zu viel von der Creme, und ein Tropfen landet dabei auf meiner Jeans-Hotpants.

Stopp: Ich trage eine Hotpants?

Das muss ich sofort überprüfen.

Nachricht an Armin: »War ich vor zwei Jahren dünn?«

Nachdenklich streiche ich meine leicht knittrige weiße Bluse glatt und entdecke über der linken Brusttasche einen riesigen Kaffeefleck. Mist.

Lorines schneidende Stimme holt mich wieder in die Gegenwart zurück:

»So, da hab ich die E-Mail mit deinem nächsten Einsatzgebiet!«

»Okay?!«

Einsatzgebiet klingt nicht gut.

Einsatzgebiet klingt nach einer Mission in ein Krisengebiet oder nach einer Reise in ein Entwicklungsland. Oder vielleicht schicken Sie mich ja nach Albanien, wo wilde Ziegen mit rauen Zungen meine Waden peelen … Da waren mir die Fische lieber …

»Verdammt. Ich sag's ja immer: Die Dummen haben das Glück!« Missmutig verzieht Lorine ihr hübsches Gesicht und kneift ihre Augen zu zwei Sehschlitzen zusammen.

»Das macht Falten«, informiere ich sie ungefragt, doch sie hört mich gar nicht und starrt weiter auf ihren Laptop.

»Du reist leider in mein absolutes Lieblingsland.«

»In deine Heimat Transsylvanien?« Nur mit Mühe kann ich ein böses Kichern unterdrücken. Langsam scheine ich Gefallen an diesem Zickenkrieg zu finden.

Verächtlich kräuselt sie die Lippen.

»In eine Stadt, die so gar nicht zu dir passt und – wenn ich mir dich so ansehe, deine Klamotten und deine Erscheinung – auch nie zu dir passen wird!«

Jetzt bin ich aber mal gespannt.

»Du fährst in die Stadt der Liebe!«

WANTED: MEHLWURM ENTLAUFEN

»Hältst du es wirklich für eine gute Idee, Sebastian weiter nachzulaufen?« Su schaut mich kopfschüttelnd an.

»Glaub mir, er ist es nicht wert. Hast du denn gar keinen Rest-Stolz, Mausezahn, war London nicht schlimm genug?«

»Wer selbst im Glashaus sitzt, sollte besser die Klappe halten, Armin«, knurre ich. »Wer ist denn wegen Stefan völlig überstürzt mitten in der Nacht von London aus nach Hause geflogen?«

»Also bitte: Bei mir ist das was völlig anderes, Lea! Aber warum ausgerechnet Paris? Deine Lieblingsstadt!« Armin starrt mich entsetzt an.

»Genau! Findest du es nicht auch völlig geschmacklos von Sebastian, dass er dein Bild ausgerechnet dort ausstellt? Er weiß doch auch, wie viel dir die Stadt bedeutet. Zum Glück erleben deine Großeltern das nicht mehr. Mal ehrlich, er verlässt dich, er beklaut und belügt dich …«

Armin fällt Su ins Wort.

»Genau, was muss der Mehlwurm noch tun? Mich angraben?«

»Also Armin, ich weiß nicht, wie ich es dir sagen soll, aber das wird ganz sicher nicht passieren!« Su fällt vor Lachen fast von der Bank.

»Sebastian ist so was von 100 Prozent hetero und überhaupt: Nicht jeder Mann fährt automatisch auf dich ab! Ich weiß nicht, woher dein völlig übersteigertes Selbstvertrauen kommt …« Sie kichert.

»Also Stefan ist von meinen Qualitäten total überzeugt!« Während der ausführlichen Schilderung von Armins erfolgreicher Stefan-Rückgewinnungsaktion, die in einem nachmittäglichen Versöhnungs-Sex-Marathon gipfelte, lasse ich meinen Kopf auf den schweren Eichentisch sinken und verfluche mich dafür, dass ich Su und Armin erzählt habe, dass ich beruflich nach Paris fliegen muss und Sebastian mit seiner Ausstellung zu dem Zeitpunkt auch dort gastiert.

Nachdenklich zeichne ich mit der Gabel Muster auf das Tischtuch.

Sebastian stellt sich weiter tot, auch Sacha hat nicht wieder angerufen, und meine beiden besten Freunde haben nichts Besseres zu tun, als bei unserem Lieblingsitaliener einen ihrer berüchtigten Kriege auszutragen.

Die kleine Trattoria *Ginos* liegt praktischerweise genau unter meinem Wohnzimmer und ist in den letzten drei Monaten so etwas wie unsere zweite Heimat geworden.

Hier habe ich mit Su nach Peters Besteigung der polnischen Putzfrau zwei Wochen lang jeden Abend solidarisch auf Pizza, Pasta und Insalata mista geweint und mit Armin seine ständige On-off-Beziehung mit Stefan analysiert und in den letzten Wochen heimlich auch das eine oder andere Hochzeitsmagazin studiert.

Ich schiebe eine Stoffserviette unter meine Wange, damit ich etwas bequemer liege, während Armin und Su sich über meinen Kopf liebevoll ankeifen wie die besorgten Eltern, die ich leider nie hatte.

Meine eigenen Eltern ließen sich nämlich kurz vor meinem siebenten Geburtstag scheiden.

Hauptsächlich von mir.

Denn gleich nach der Scheidung starteten beide atemberaubend schnell in ihre neuen, verbesserten Ehen 2.0, und ich blieb dabei irgendwie auf der Strecke.

Mein Vater, ein ehrgeiziger HNO-Arzt mit Privatpraxis in der

Innenstadt, heiratete nur drei Monate nach der Scheidung – völlig klischeehaft – den attraktiven Scheidungsgrund: seine blutjunge Sprechstundenhilfe. Woraufhin sich meine Mutter – um vor ihren Freundinnen im Golfclub nicht völlig ihr Gesicht zu verlieren – auf Konfektionsgröße 34 hungerte und in einem Designerkleid im Wert eines Kleinwagens ihren Scheidungsanwalt in einer königlich-pompösen Zeremonie ehelichte.

Doch damit war die posthume Scheidungs-Fehde meiner Eltern leider noch lange nicht vorbei: In den darauffolgenden Jahren versuchten sich meine Eltern auch in der Wahl und Ausstattung ihrer neuen Wohnsitze zu übertrumpfen. Wenn mein Vater einen neuen Edelstahl-Pool baute, ließ meine Mutter ein 100 Quadratmeter großes Poolhaus neben ihrem Meerwasserbecken bauen, und wenn mein Vater einen Architekten beauftragte, die Veranda mit seltenen Regenwaldhölzern zu renovieren, baute meine Mutter einen gläsernen Wintergarten an ihre Villa an, in dem locker eine fünfköpfige Familie hätte wohnen können.

Die ständigen Bauarbeiten, die mangelnde Aufmerksamkeit meiner Eltern und deren Konzentration auf ihre neuen Partner gaben mir das Gefühl, ein gemochter, aber nicht wirklich geliebter Gast in ihrem aufregenden, neuen Leben zu sein. Der vor allem eines sollte: nicht unangenehm auffallen und perfekt funktionieren.

Und so saß ich oft stundenlang im Wintergarten, gut versteckt zwischen all den exotischen Blumen, und erschuf mit bunten Malstiften meine kleine perfekte Traumwelt und dachte mir dazu Geschichten aus.

Doch was meine Eltern jahrelang als nettes Hobby belächelten, bedeutete für mich immer mehr, und ich weiß noch, wie aufgeregt ich war, als ich frisch nach dem Abitur mit den guten Wünschen meiner Kunstlehrerin und einer Mappe voller Zeichnungen im Zug saß und die 50 Kilometer zur Kunstakademie fuhr, um meinen Aufnahmetest abzulegen.

Zwei Wochen später erhielt ich die Nachricht, dass ich mit Bravour bestanden hatte, doch das spielte längst keine Rolle mehr.

Denn mein Vater erklärte mir, nachdem ich ihm noch am Abend des Aufnahmetests von meinen Plänen erzählt hatte, wie enttäuscht er von meiner, wie er meinte, brotlosen Berufswahl war, und verunsicherte mich in langen Gesprächen so sehr, dass ich nie einen einzigen Kunstkurs besuchte.

Das darauffolgende Pharmaziestudium war mein letzter halbherziger Versuch, die volle Aufmerksamkeit meines Vaters zu erlangen.

Seufzend streiche ich mit dem Finger über den rauen Holztisch. Meine schönsten Kindheitserinnerungen sind die langen, warmen Sommer in Paris, wo ich nach der Scheidung meiner Eltern die Ferien immer bei meinem geliebten Großvater verbringen durfte und jeden Tag mit ihm auf Abenteuerreise ging. Und ich rieche wieder das Maiglöckchen-Parfum meiner Oma und höre in Gedanken ihre klare, schöne Stimme, die liebevoll *»Jolie, jolie, très jolie …!«* in meine Kinderlocken flüstert, während sie mich mit ihren schmalen Armen erstaunlich fest umarmt.

Gott, ich vermisse die beiden wirklich sehr.

Ich falte aus der Tageskarte kleine Dampfer, eines der wenigen Dinge, dic mir mein Vater bei einem seltenen Ausflug an die Nordsee mal gezeigt hat.

Ich gönne meinen Eltern ihr perfektes Leben wirklich, nur manchmal würde ich mir etwas elterlichen emotionalen Beistand wünschen … Oder zumindest etwas Geld, wovon sie ja genug haben.

Vielleicht sollte ich sie in den nächsten Tagen, wenn ich mich seelisch stabiler fühle, doch anrufen …

Ich hebe den Kopf – meine Ersatzeltern, Armin und Su, streiten immer noch.

»Du wirst nicht nach Paris fahren, Lea, das ist mein letztes Wort! Pasta!«

»Du bist so unkultiviert, Armin, es heißt Basta! Baaaasta! Aber ganz meine Meinung: Du fährst nicht nach Paris, Lea! Basta!«

Su schlägt ihre Hand so heftig auf den Tisch, dass ihre Gabel in hohem Bogen Richtung Tresen fliegt und das Ohr des Wirtes, Gino, nur um Millimeter verfehlt. Gino quittiert die unfreiwillige Attacke auf seinen Lauschlappen nur mit einem sanften Lächeln.

Seit dem ersten Tag, an dem ich mit Su das Lokal betreten habe, ist der kleine Italiener mit dem großen Herzen und dem stattlichen Bauch in meine schöne blonde Freundin verknallt, die diese Tatsache jedoch geflissentlich ignoriert, da Gino so gar nicht in ihr optisches Beuteschema passt. Und sie nach dem schmerzhaften Reinfall mit Peter ohnehin beschlossen hat, Männer nur mehr rein körperlich an sich ranzulassen.

Su und Armin schnattern weiter auf mich ein, während die Pizzen für mich und Armin serviert werden. Su hatte nur einen Vorspeisensalat genommen.

»Ihr werdet mir nicht sagen, was ich tun soll oder nicht!« Wütend schneide ich meine Käsepizza in handliche Stücke.

»Wir machen uns doch nur solche Sorgen um dich!« Armin tätschelt meine Schulter.

»Hör auf bitte! Das Geklopfe macht mich nervös!« Ärgerlich wische ich seine Hand von meiner Schulter und beginne zu essen.

»Aber einer muss hier doch vernünftig bleiben und dir sagen, dass du einen Fehler machst!«

»Ich weiß eure Besorgnis wirklich zu schätzen, aber ihr müsst mich nicht ständig betüddeln. Ich bin nicht euer Kind!« Ich schiebe den Teller weg, es ist ja nett, dass sie sich Sorgen machen, aber Vorschriften lass ich mir keine machen. Irgendwie ist mir der Appetit vergangen, was mich doppelt wütend macht, weil ich weiß, dass die beiden es nur gut meinen und ich nicht nachtragend bin – und somit spätestens in zwei Stunden, wenn mein Ärger verflogen ist, in meiner Wohnung sitze und brüllenden Hunger habe.

»Dann verhalte dich wie eine Erwachsene!! Keine Frau läuft

einem Mann nach!« Su ist wirklich wütend, was man sehr schön an ihrer unnatürlich roten Gesichtsfarbe sehen kann. Wir sind nur noch eine Nuance von der Höchststufe – Vulkanausbruch – entfernt.

»Sì, es ist immer der Mann, der muss gestehen der Frau seine unsterbliche Liebe!« Gino ist an unseren Tisch getreten und stellt vor Su ein Tiramisu ab, das mit einem Sahneklecks in Herzform verziert ist. Die Kunst der subtilen Annäherung scheint nicht so sein Ding zu sein.

Angstvoll werfe ich einen Blick auf Su. Doch die sieht in der herzigen Nachspeise keinen Liebesbeweis, sondern nur eines: einen Angriff auf ihre Figur.

»1000 Kalorien, 100 Gramm Zucker und was weiß ich wie viel Gramm Fett! Und das nach 20.00 Uhr! Willst du mich umbringen, Gino?!« Su schiebt die Süßspeise von sich fort.

Ich kicke sie unter dem Tisch gegen das Schienbein und rolle mit den Augen. Warum ist Su manchmal so taktlos, das hat Gino nicht verdient. Der kleine Wirt ist unter seiner gesunden Gesichtsfarbe merklich blasser geworden und sieht aus, als hätte ihn ein Blitz gestreift.

»Ich meine, danke, das ist echt lieb von dir, Gino, aber ich kann das unmöglich essen …!« Su streicht über ihren Waschbrettbauch, den sie ihrem täglichen hammerharten Pilates-Workout verdankt. Traurig betrachte ich meinen kleinen Speckring, der sich über den Hosenbund wuppt.

»Ich habe morgen Abend ein heißes Date mit dem neuen Vertriebschef, und mein neues Versace-Kleid verträgt keinen Bauch«, schiebt Su hinterher.

»Bravo, Su! Das gibt ihm jetzt den Rest«, zische ich und funkle sie wütend an.

Gino wird noch eine Nuance blasser und wandert mit dem verschmähten Tiramisu Richtung Küche. Hoffentlich isst er die Riesenportion aus lauter Frust jetzt nicht allein.

»Du sollst ihm nicht immer von deinen blöden Dates erzählen, du unsensibles Schaf«, schimpfe ich noch einmal mit ihr.

»Was? Warum nicht?« Ärgerlich wischt Su meinen Einwand beiseite. »Und lenk hier nicht ab – hier geht es nicht um mich, sondern um dich! Armin, jetzt sag doch auch mal was!«

»Nun, ich kann mich nur wiederholen: Ich denke, dass es keine gute Idee ist, Sebastian in Paris zu stalken! Das ist irgendwie krank!«

»Ich stalke Sebastian nicht!«

Warum versteht mich hier niemand?

Ich atme wieder tief ein und lege dann mit meiner schönsten schrillen Stimme los:

»Ich will babyglatte Haut, ich will straffe Oberschenkel, ich will seidenweiches Haar! Tick, tock. Ich habe eine Mission, und die Zeit läuft – aber keine Sorge, ich helfe euch, euer Schicksal zu erfüllen –, ich mache euch alle zu Beauty Queens«, schnarre ich laut und unheilvoll.

Gekrönt wird meine oscarreife Maya-Imitation durch meinen besonders gefährlichen Hypno-Schlangenblick.

Armin fällt vor Lachen fast von der Bank.

»Hat dir eigentlich schon mal jemand gesagt, dass du schielst, wenn du dich aufregst, Mausezahn?«

Jetzt bin ich beleidigt.

»Ob es euch passt oder nicht: Ich fliege in einer Woche für *So-You* nach Paris zu einem Starfigaro namens Dominique, der sich – O-Ton Lorine – meiner fieseligen, straßenköterblonden Haare annimmt. Und sollte dann noch etwas Zeit vor dem Rückflug sein, dann werde ich wohl kurz in der Galerie vorbeischauen, in der Sebastian ausstellt – und wenn es das Schicksal will …«

»Das Schicksal, papperlapapp!« Su funkelt mich wütend an und wirft ihre hellblonde Mähne zurück, was ein lautes Schnaufen hinter dem Tresen auslöst, wo Gino gerade das Tiramisu inhaliert.

»Lass mich raten: Die Albinoratte tourt weiter durch Europa. Du hast das herausgefunden und die kleine nervige Assistentin von

Maya so lange bequatscht, bis sie deinen Flug so getimt hat, dass du ›rein zufällig‹ zur Ausstellungseröffnung in Paris bist!«

Mist, Su kennt mich wirklich besser, als ich dachte.

Lorine wollte mich schon früher nach Paris schicken. Doch dann hätte ich leider die Ausstellungseröffnung verpasst. Und so habe ich sie gebeten, den Flug zu verschieben, weil ich meinen Großvater wie jedes Jahr zu seinem Geburtstag in Paris besuchen will.

Irgendeinen Familien-müssen-zusammen-sein-Nerv habe ich bei Mayas Assistentin wohl getroffen, und sie hat tatsächlich, wenn auch zähneknirschend, meinen Flug und die Beautybehandlungen unter lautem Fluchen umgebucht.

Opa, wenn du mich auf deiner Wolke hörst – verzeih mir die Notlüge! Aber im Krieg und in der Liebe ist alles erlaubt, und nun fliege ich also am Tag der Ausstellungseröffnung nach Paris und werde Sebastian endlich zur Rede stellen.

»Ich muss beruflich nach Paris, ob es euch nun passt oder nicht! Pasta! Basta! Ende der Diskussion!«, rufe ich.

Su und Armin schauen sich betroffen an, normalerweise werde ich nie laut.

»Noch eine Dessert oder eine kleine Grappa oder Limoncello?« Gino ist unbemerkt an unseren Tisch getreten, er mag es nicht, wenn schlechte Stimmung zwischen uns herrscht.

»Bitte versteht mich! Ich muss das tun! Ich muss herausfinden, warum er abgehauen ist und was es mit den anderen zwölf Fotos auf sich hat«, flüstere ich, nachdem Gino unsere Getränkebestellung aufgenommen hat. »Ich muss es wenigstens versuchen! Wenn ich nicht bald mit ihm reden kann, platze ich! Schließlich wollte ich mit ihm zusammenleben und ihn, wenn er mich irgendwann gefragt hätte, sogar heiraten … Mein Gott, was ist nur schiefgegangen?!«

Armin ist näher gerückt, und auch Su, die sonst nicht so körperkontaktfreudig ist, rutscht zu mir auf die Bank und legt den

Arm um mich. So sitze ich eingequetscht zwischen Su und Armin, und endlich, endlich halten sie die Klappe.

Ganze zwei Minuten.

»Wir verstehen dich ja, aber wir machen uns auch Sorgen um dich. Pass einfach nur auf, dass dir der Mehlwurm nicht schon wieder wehtut!«

»Ich will nur wissen, warum er mich verlassen und so mies belogen und betrogen hat!«

Gino unterbricht die angespannte Stimmung mit einem fröhlichen Lächeln, keine Ahnung, was passieren muss, um ihm länger als fünf Minuten die Stimmung zu verderben.

»Geht alles aufs Haus«, sagt er.

Wir prosten uns zu, ich mit einem Cappuccino, Armin mit einem Limoncello und Su mit einem Grappa.

»Auf die Liebe!« Ich male mit dem Löffel ein kleines Herz in den Schaum, ehe ich einen Schluck von meinem Cappuccino nehme.

»Auf die Liebe mit echten Kerlen!« Su ext ihren doppelten Grappa.

»Auf die Liebe mit echten Kerlen mit großen …!«

»Armin!«, rufen Su und ich gleichzeitig.

»Was? Auf die Liebe mit echten Kerlen mit großen Herzen wollte ich sagen!« Er lächelt uns unschuldig mit einem fetten Grinsen im Gesicht an.

»Eine kleine Gratisdessert? Gino, der sichtlich froh ist, dass wir wieder lachen, überreicht uns stolz drei in goldene Glitzerfolie gewickelte Glückskekse. »Hat garantiert null Fett und nur zwei Kalorien, steht auf die Verpackung«, meint er mit einem treuherzigen Blick in Sus Richtung.

»Das ist aber nicht sehr authentisch für ein italienisches Restaurant, Gino«, beschwert sich Su stirnrunzelnd.

»Sì, aber das gibt meinem Restaurant einen – wie sagt man – kosmopolitischen Touch. Außerdem ich habe bekommen 1000 Glückskekse gratis von die Chinarestaurant nebenan, das hat pleite gemacht.« Er zwinkert uns zu.

Ich mag die harten Kekse nicht und zerkrümle meinen sofort.

»Ha! Mein Herz wird ungeahnten Reichtum erlangen«, liest Su ihren Glückskeks-Text laut vor. »Gleich morgen werde ich meinen Chef um eine Gehaltserhöhung bitten!«

»Ich glaube, so war das nicht gemeint …«, wende ich ein, doch Su hat schon ihren Zettel zusammengeknüllt und in den Aschenbecher gepfeffert.

»Die Liebe wird dich unverhofft erreichen«, liest Armin vor.

»So ein Blödsinn. Diese Keks-Nachrichten sind überhaupt nicht aktuell. Die Liebe hat mich doch schon gestern Nacht erreicht!« Er lächelt genüsslich. »Insgesamt dreimal hintereinander!«

»*Too much information*, Armin«, quietschen Su und ich unisono und halten uns die Ohren zu.

»Was sagt dein Keks, Mausezahn!« Armin schnappt sich den kleinen weißen Zettel, liest ihn und schüttelt den Kopf:

»Was für ein fader Spruch, irgendwas mit wandern. Wo du doch Bewegung hasst, Mausezahn, ich sag ja, diese Sprüche waren auch schon mal besser! Wer sich so einen Blödsinn wohl ausdenkt?!«

»Ist er wenigstens lustig?«, frage ich und schnappe mir den Zettel.

»Nein, irgendwie depri!«

Ich rolle den Zettel auf und lese mit Erschrecken wieder den seltsamen Buddha-Spruch:

»Es gibt keinen Weg zum Glück. Glücklich sein ist der Weg.«

BONJOUR, MEHLWURM!!

Endlich ist es so weit: In genau fünf Minuten hebt mein Flieger nach Paris ab.

Ich atme tief in den Bauch, in dem die Meerschweinchen kleine Baskenmützchen tragen, voller Begeisterung »Vive la France!« grölen und blau-weiß-rote Frankreichfahnen schwenken.

Dank perfektem Katzenpfoten-Weckservice bin ich heute Morgen völlig stressfrei 1,5 Stunden vor dem Abflug am Flughafen gewesen.

In den letzten Tagen hat sich der dicke rote Flauschkater zu meiner grenzenlosen Überraschung als mein bisher liebenswertester Mitbewohner entpuppt.

Er schnarcht nicht, spricht nicht, will mich nicht verändern und – was das Wichtigste in einer funktionierenden Beziehung ist: Wir haben sehr rasch gemeinsame Interessen entdeckt: auf der Couch gammeln und düstere Schwedenkrimis schauen. Dabei haben wir Unmengen von Käsepizza (ich) und Riesenportionen von Freilandhuhn an Aspik (er) gemampft. Sein ungebremster Hunger und die damit verbundenen Luxus-Katzenfutter-Kosten stressen mich zwar etwas, aber egal.

Ich muss mich jetzt konzentrieren.

Denn heute ist es so weit: Ich werde Sebastian nach so vielen Tagen endlich wiedersehen und erhalte hoffentlich ein paar Antworten. Ich lehne mich in meinem knatschengen Economy-Class Mittelsitz zurück und versuche den lästigen Ellenbogen meines

Sitznachbarn, der meine komplette linke Armlehne blockiert, zu ignorieren.

Der Mann sieht eigentlich nett aus in seinem karierten Flanellhemd, wie Herr Schmidt, mein leicht tüdeliger Mathelehrer aus der Unterstufe, der mir den letzten Funken Interesse an Mathe ausgetrieben hat; doch auf meine vorsichtige Bitte vorhin, er möge doch nur die ihm zustehende Armlehne beanspruchen, hat er lediglich mit einem widerlichen Schnaufen reagiert und demonstrativ seine Zeitung ausgebreitet.

So ein Egoist!

Ich wünschte, Armin wäre jetzt hier, der würde …

Ach, das ist jetzt alles nicht wirklich wichtig.

Ich habe eine Mission. Würde Armin sagen.

Ich atme tief in den Bauch, doch ich werde nicht ruhiger.

Heute Abend um Punkt 19.00 Uhr werde ich Sebastian nach einer gefühlten Ewigkeit wiedersehen und alle Fragen, die mir seit seinem Verschwinden den Kopf und das Herz schwer machen, loswerden:

Warum er, ohne mit mir zu reden, einfach abgehauen ist.

Was es mit den anderen Fotos auf sich hat.

Und ob nach den Ausstellungen – letzte Woche in London und jetzt in Paris – überhaupt noch etwas von meinem Ersparten übrig ist.

Und warum er diese falsche Spur mit dem Segeltrip in Südfrankreich gelegt hat.

Ich schlucke. Und auch wenn ich mir nichts sehnlicher wünsche, haben Su und Armin vermutlich leider recht: Die Chance, dass sich doch noch alles als riesengroßes Missverständnis entpuppt, ist gleich null – aber ich will die Hoffnung noch nicht ganz aufgeben. Noch nicht.

Ich verknote meine Beine unter dem engen Tischchen und atme langsam und tief ein und noch länger aus.

Heute Abend weiß ich mehr.

Leider bringt mir heute niemand einen Gin Tonic zur Nervenberuhigung, und Business-Class darf ich, wie mir Lorine mit einem hämischen Grinsen mitgeteilt hat, auf absehbare Zeit auch nicht mehr fliegen, weil ich es, wie vermutet, mit der einen oder anderen Ausgabe in London scheinbar übertrieben habe.

Ich schiele auf das offene Gepäckfach, in dem mein leicht gammeliger pinker Trolley mit meinem neuen rattenscharfen schwarzen Spitzenkleid liegt. Das Kleid habe ich mir erst gestern in einer Luxusboutique in der Innenstadt gekauft und damit in meine angeschlagenen Finanzen ein noch größeres Loch gerissen. Aber es ist einfach so wunderschön und wie ich hoffe ein gutes Investment, denn ich will bei meiner Sebastian-Rückgewinnungsaktion perfekt aussehen.

Seufzend schließe ich die Augen beim Gedanken, dass ich das Kleid heimlich und ohne die Beratung von Su oder Armin shoppen musste, aber die »Exfreunde stalkt man nicht«-Strafpredigt klingt noch immer unangenehm in meinen Ohren.

Ich befestige den Sicherheitsgurt, und als der Oberlehrer neben mir dasselbe tut, blockiere ich mit meinem Arm die freigewordene Armlehne und grinse ihn süffisant an.

So – der bleibt die nächsten zwei Stunden hier liegen.

Der Flug gestaltet sich zum Glück ruhiger als der London-Flug, und ich blättere hektisch mit der rechten Hand durch die *So You* – da ist er. Aufgeregt überfliege ich den Artikel, den ich nach einer anstrengenden Nachtschicht und zwei Litern Kaffee pünktlich abgeliefert habe. Diesmal habe ich das Dokument sicherheitshalber in Kopie auch an Maya geschickt, damit die kleine Lorine-Zicke später nicht wieder behaupten kann, ich würde Abgabetermine verpassen.

Den Tipp, immer alles doppelt zu schicken, hat mir Su gegeben, die meinte, dass die Zeit als persönliche 24/7-Sklavin der Eiskönigin böse auf Lorine abgefärbt hat. In ihrer Anfangszeit bei *So You* war sie eine völlig normale junge Frau. Schwer vorstellbar.

Ob sie in der Endversion noch etwas geändert haben? Insbesondere auf den Einstieg bin ich ziemlich stolz.

Moment mal … Was ist das?

Sie sind eine erfolgreiche Frau und haben beruflich alles erreicht. Die Spitzenposition, das Topgehalt, das Firmenauto mit der Sonderausstattung, Ihr Weg hat Sie nach ganz oben geführt. Nur manchmal ist es etwas kalt und einsam so hoch oben auf Ihrer Karriereleiter. In ihrem gläsernen Tower des Erfolgs.

Das ist jetzt nicht ihr Ernst.

Natürlich sind Sie über alle Maßen intelligent, charmant und eloquent – sonst wären Sie nicht, wo Sie jetzt sind. Aber manchmal, wenn Sie an Familienplanung und Männer denken, überfällt Sie eine leicht diffuse Angst, ob Sie auf dem heiß umkämpften Datingmarkt erfolgreich sein werden, und dann hören Sie wieder das Geräusch.

Zuerst ein Tick und dann ein Tock.

Gott – ich sehe Maya förmlich vor mir, wie sie mit starrem Blick auf die Tasten einhämmert.

Stopp, aus!

Löschen Sie alle negativen Gedanken!

Werfen Sie Ihre innere Uhr an die Wand!

Ich mache Sie fitter, gesünder und schöner.

Ich helfe Ihnen, Ihre Träume und Ihr Schicksal zu erfüllen.

Gehen Sie mit mir auf die Reise.

Ich führe Sie zu Ihrem besseren, schöneren ICH.

Zu Ihrer inneren Beauty Queen …

Ich lese den Artikel genau durch und bin erschüttert, was sie aus meinem schönen Intro gemacht hat. Aber ab dem Part, wo ich Sachas Beautytempel betrete, erkenne ich wieder zu 100 Prozent mein Wording. Der Beautygott wird sich freuen, denn er kommt in meinem Artikel echt gut weg. *Alle Frauen werden ihn lieben. Und nach London fliegen, um das Makeover zu machen.* Vielleicht ruft er ja jetzt endlich zurück. Ich habe in den letzten Tagen mindestens zehnmal bei »Katastrophe« angerufen und ihm mindestens ebenso viele SMS geschickt – doch der Vielleicht-Vater meines ungeborenen Kindes scheint verschollen zu sein.

Ich betrachte meine Fotos.

Stefan, das kleine Wollschaf, und die *SoYou*-Graphiker haben ganze Arbeit geleistet – neben dem Foto meines großporigen, faltigen Vorher-Gesichtes prangt mein stark retuschiertes Nachher-Foto.

Ich sehe ein bisschen aus wie eine Barbie-Puppe, so ganz ohne eine einzige Pore und dem Ansatz eines Fältchens. Scheinbar haben sie auf den Nachher-Fotos sicherheitshalber alles retuschiert, was nur im mindesten »Hilfe, ich bin 33!« schreit.

Mir soll es recht sein. Meine Augen sind zum Glück wirklich mit einem schwarzen Balken ausgeblendet, und unter meinem Artikel stehen nur meine Initialen. Ich muss also nicht mit einem Anruf meiner verstörten Mutter rechnen, die mir droht, mich zu enterben, weil ich Schande über die Familie gebracht habe.

Immerhin habe ich in der Zwischenzeit meine töchterliche Pflicht erfüllt und ihr und meinem Vater in einer SMS mitgeteilt, dass Sebastian und ich uns eine Auszeit nehmen.

Der Kommentar meines Vaters war überraschend verständnisvoll.

»Gräm dich nicht. Wenn du etwas brauchst, melde dich! Und Kopf hoch, du findest einen Besseren!«

Meine Mutter hat leider noch nicht geantwortet, aber vielleicht ist sie mal wieder auf ihrer Frühjahrs-Detox-Beauty-wie-auch-immer-Kur und hat meine Nachricht noch gar nicht gelesen.

Angenehmer Kaffeeduft breitet sich in der Kabine aus, während wir über die Alpen fliegen, und ich mustere unauffällig den jungen dunkelhaarigen Flugbegleiter, der mir einen Kaffee in einem Plastikbecher und ein trockenes Schokocroissant reicht.

Leider ist es nicht der seltsame Steward von meinem London-Flug. Ein Gin Tonic wäre toll. Obwohl … will ich mir wirklich wieder einen blöden Spruch anhören?

Den Rest des Fluges, der zum Glück komplett ruhig verläuft,

lese ich weiter in der neuen *SoYou* und bin stolz, meinen ersten Auftrag so gut absolviert zu haben.

Um 10.30 Uhr landen wir auf die Minute pünktlich in Paris.

Ein Blick auf Lorines Paris-Plan sagt mir, dass ich bereits in einer Stunde bei »Dominique«, dem Promifrisör, sein soll, super getimt, denke ich mit einer ganzen Reihe an richtig schlimmen Schimpfwörtern für Lorine.

Meinen Trolley hinter mir herziehend, hetze ich, so schnell mich meine Füße tragen, aus dem Flughafen. In weiser Voraussicht habe ich heute meine bequemen Sneaker angezogen.

Vor dem Flughafen schnappe ich mir sofort ein Taxi und gebe dem Fahrer die Adresse. Zum Glück kommen wir zügig voran. Während wir an den hässlichen, graffitibesprühten Betonwänden der Vororte vorbeifahren, nutze ich die Zeit, Hintergrundinfos über den Frisörladen zu sammeln.

Ich google: *Dominique: Let your Hair be better than you!*

Aha, na super, der blöde Claim klingt nach aufgeregt-stressigem Promifrisör. Ich surfe durch die Welt von Dominique. Scheinbar ist Dominique *der* Topcoiffeur, Gewinner des Hair-Irgendwas-Awards in Cannes und ein Frisör, den man – laut Presseberichten auf der Webseite – einfach kennen und lieben muss. Ein Foto von ihm finde ich auf der in dunklen Grautönen gehaltenen Webseite nicht. Na ja, sooo bekannt kann er auch nicht sein, in der Gala habe ich noch nie etwas über ihn gelesen.

Mit einer lächerlichen Verspätung von nur zehn Minuten – also für Pariser Verhältnisse unverhältnismäßig pünktlich – setzt mich der Taxifahrer mit quietschenden Reifen im Zentrum, genauer gesagt im 2. Arrondissement, ab und braust sofort weiter. Suchend blicke ich mich um. Wo ist nur der blöde Frisörladen? Bin ich überhaupt hier richtig? Ich fische mein Notizbuch heraus. Doch, da steht es: 11.30 Uhr, Dominique, Rue Vivienne.

Heftig schnaufend ziehe ich meinen störrischen Trolley, bei dem das linke Vorderrad nun völlig blockiert, vorbei an edlen Boutiquen und Restaurants, durch den noblen zweiten Pariser Bezirk. Wo ist denn nun dieser Angeber-Frisiersalon? Wie war nochmal die Hausnummer? Der Trolley zerrt an meinem Unterarm, und ich laufe entnervt weiter, bis ich plötzlich vor dem Eingang zur Galerie Vivienne stehe. Und ohne Vorwarnung überfluten mich die Erinnerungen an unzählige schöne Nachmittage meiner Kindheit, die ich im kleinen, noblen Teesalon, auf der Suche nach einem neuen Lieblingsbuch oder den perfekten weißen Sandalen hier verbracht habe. Immer wenn es regnete, war ich mit meinem Großvater hier.

Wie viele Jahre ist das her?

Wie ferngesteuert gehe ich über den bunten Mosaikboden. Dank der kathedralenartigen Glasdächer ist die Passage stets hell und lichtdurchflutet, und durch die halbrunden Bogenfenster und Spiegel wirkt sie viel breiter, als sie in Wirklichkeit ist.

Als Kind erschien mir die Galerie immer wie mein persönliches Märchenschloss. Steinerne Bögen umrahmen die kleinen Geschäfte, die Buchhandlungen, Weinhandlungen (die natürlich damals eher meinen Großvater interessierten), Schneider und Feinkostläden, und wie es duftet. Ich bleibe stehen – in dieser kleinen Cafeteria habe ich mein erstes Schokocroissant gegessen, mein Magen grummelt auffordernd.

Mein Handyalarm unterbricht jäh meine schönen Erinnerungen und erinnert mich daran, dass ich bereits seit einer halben Stunde bei Dominique sein sollte. Bedauernd ziehe ich mit meinem Trolley wieder Richtung Straße. Wie ich die gemächlich bummelnden Touristen beneide. Viel lieber würde ich jetzt auch einen Café Creme an einem der kleinen, runden schmiedeeisernen Tische trinken und danach zum Ufer der Seine schlendern und dort die warmen Sonnenstrahlen genießen, statt hier vergeblich den verdammten Frisörsalon zu suchen …

Halt – da ist ja endlich der Eingang. Fast wäre ich am dezenten steinernen Schild, das mit einem Pfeil in den Innenhof eines mehrstöckigen Hauses zeigt, vorbeigelaufen.

Rasch durchquere ich den Hof, schiebe das eiserne Gittertor zur Seite und stehe vor einem Aufzug. Dominique ist im Dachgeschoss. Der Lift zuckelt quietschend in den 6. Stock.

Und endlich bin ich da … Hm. Ziemlich finster hier.

Ich kneife die Augen zusammen.

Pinke Spots zucken wie bunte Blitze durch das Dachgeschoss, und ich erkenne schemenhaft kunstvoll verwuschelte, schwarz-gewandete Frisöre mit Scheren und Föhns zwischen den Frisörstühlen herumhuschen.

Eine Rezeption zum Anmelden scheint es hier nicht zu geben. Nachdenklich lasse ich den Blick durch die karge Halle mit den vier Meter hohen unverputzten Wänden wandern. Ein kühler Lufthauch streift mich und lässt mich frösteln. Also ein Wohlfühlambiente stelle ich mir anders vor.

Aber was soll's, wische ich meine Bedenken zur Seite – es ist nur ein Frisörsalon – also los geht's.

Souverän lächelnd lasse ich mich auf dem ersten freien, filigran wirkenden Frisörstuhl nieder und kippe fast rücklings nach hinten weg. Mist, das ist ja fast wie beim Zahnarzt – scheinbar kann zur Kopfhaut-Tiefenentspannung gleich der ganze Stuhl in die Horizontale bewegt werden. Was für ein Albtraum!

Nach zwei Minuten habe ich mich endlich mit hochrotem Kopf aus meiner peinlichen Lage hochgerappelt und schwöre mir, endlich meine verkümmerten Bauchmuskeln zu trainieren … Hat Maya nicht von einem persönlichen Trainer gefaselt, der mir vertraglich zusteht? Den sollte ich dringend mal beanspruchen.

Huch, ich werde beobachtet.

Mit zusammengekniffenen Augen erkenne ich ein kleines, mageres Mädchen, das mich aus großen, dunklen, traurigen Augen anstarrt. Und auf mich zukommt.

Sofort erwacht mein Beschützerinstinkt.

Die Kleine hat sich offensichtlich verlaufen, kein Wunder, es ist aber auch dunkel hier. Ich angle vorsichtig nach meiner Handtasche, bestimmt habe ich hier irgendwo noch ein kleines Stück von meinem Notfall-Schokominzriegel, mit dem ich das arme magere Kind füttern kann.

Gleich suchen wir deine Mami, will ich sie schon trösten, als sie mir mit erstaunlich tiefer Stimme zuvorkommt.

»Hallo Lea! Ich bin Dominique! Das Büro von Maya sagte mir, ich würde dich sofort an deiner schlechten Haarqualität erkennen!«

Das muss Lorine gewesen sein.

Hemmungslos reißt sie mein Haargummi runter und rupft dabei beinahe ein Büschel Haare aus.

»Lea, *mon dieu*, was soll ich sagen?!« – Fast weint sie.

»Ich wünschte wirklich, du wärst früher gekommen.«

Seufzend wuschelt sie mit leicht zitternden kalten Händen durch meine Haare und zieht unsanft an den Spitzen.

Also man kann echt alles übertreiben.

Das klingt, als ob meine Haare im Endstadium einer schrecklichen Krankheit wären.

»Spliss, trockenes Haar und nochmals Spliss so weit das Auge reicht! Und unter uns: Was ist das eigentlich für eine Haarfarbe?« Mittlerweile haben sich die anderen Friseure um meinen Stuhl geschart und starren meine Haare ebenfalls besorgt-ungläubig an.

»Wir sind nicht mehr in den Neunzigern, Lea. Retro-Haarfarben in Shit-Braun sind KOMPLETT out.«

»Komplett out«, stimmen die anderen ihrer Chefin näselnd zu.

Was für eine Frechheit. Mein Haare sind dunkelblond!

Aber vielleicht sollte ich besser gar nichts mehr sagen und auch nicht erwähnen, dass das mein Naturhaarton ist, immerhin bin ich in Frankreich. Hier ist man bis vor 200 Jahren noch für weitaus geringere Verbrechen als eine uncoole Haarfarbe geköpft worden.

»Mischaaa, ein Notfall!!«, schreit Dominique jetzt so laut, dass am anderen Ende des Raums ein Kunde vor Schreck mit einem lauten Plumps vom Sessel fällt und böse flucht.

ben. Hm, ein leckerer Café Crème und ein Croissant wären jetzt nicht schlecht.

Ich tappe vorsichtig die Straße entlang und laufe geblendet von dem hellem Sonnenlicht direkt in ein graues Shirt, dessen Duft mir vage bekannt vorkommt.

Ich schnuppere: Zitrone, Waschmittel und noch etwas.

Etwas zu essen.

Etwas zuckrig Süßes.

»Hallo Lea, coole neue Haarfarbe!«

Meine Augen nehmen erste Konturen wahr. Vor mir steht Mattheo und grinst über das ganze Gesicht, in der Hand eine Tüte Macarons.

»Optisch ein bisschen gewöhnungsbedürftig, die Kleine, was? Aber sie weiß echt, was sie tut: Ich lass mir auch oft von Dominique die Haare machen, wenn ich in Paris bin.« Er grinst mich an.

Was macht Mattheo hier, und was hat er gerade gesagt? Dominique hat schon mal seine Haare gemacht?

Ich brauche einen Spiegel.

Sofort.

Wenn meine Haare jetzt auch nur im Entferntesten aussehen wie Mattheos struppige Wuschelmähne, dann verklag ich das Hobbit-Kind auf Schadenersatz.

»Hast du einen Spiegel da? Du bist doch Visagist.« Ich klammere mich hysterisch an seine voluminöse Umhängetasche.

»Beruhig dich, Lea. Bitte sehr!«

Angstvoll halte ich den Spiegel vor mein Gesicht und lasse ihn vor Schreck fast fallen.

Wow, ich nehme alles zurück – Frodos verschollene Schwester weiß, was sie tut.

Die Haarfarbe ist perfekt.

Meine vormals dunkelblonden, leicht krisseligen Haare glänzen sanft und glatt, und weizenblonde Highlights lassen meine graugrünen Augen hell strahlen. Es ist das erste Mal, dass ich nach einem Friseurbesuch nicht den Drang verspüre, sofort nach Hause zu laufen, mir die Haare zu waschen und »Notfallplan nach verpatztem Friseurbesuch« zu googeln.

Ich zupfe an meinen Haaren herum.

Meine kaputten Spitzen hat die Kleine radikal abgeschnitten. Die Haare sind nun nur noch knapp schulterlang.

Verdammt, ich sehe richtig gut aus.

»Wenn man Dominique das erste Mal sieht, traut man ihr das gar nicht zu, was?«, grinst Mattheo.

Ich nicke begeistert und reiche Mattheo erleichtert seinen Spiegel zurück. Das ist ja nochmal gutgegangen. Ich schlendere mit Mattheo die Straße entlang. Die Sonne scheint. Mein Leben ist für einen kurzen Moment einfach nur in Ordnung.

»Was für ein Zufall, dass wir uns hier über den Weg laufen!« Ich versuche, Mattheo in die Augen zu sehen, die jedoch von einer überdimensionalen Sonnenbrille verdeckt sind.

»Kein Zufall!« Er grinst mich ohne jede Spur von Verlegenheit an. »Su hat mich heute früh angerufen. Sie meinte, du bist gegen Mittag bei Dominique, und da ich heute erst am späten Nachmittag arbeite, hatte ich Zeit, kurz bei dir vorbeizuschauen!«

Ich bin stehen geblieben und schnappe nach Luft.

Diesmal sind Armin und Su mit ihrer Bemutterungsaktion eindeutig zu weit gegangen.

»Irgendwie scheinst du dich aber nicht sehr zu freuen!« Mattheo nimmt seine Sonnenbrille ab und betrachtet mich stirnrunzelnd.

»Ich brauche keinen Babysitter, Mattheo, ich kann sehr gut allein auf mich aufpassen!« Und füge, nachdem ich dreimal tief in den Bauch geatmet habe, etwas weniger scharf hinzu:

»Und hat dir Su auch verraten, warum ich in Paris bin?«

»Na wegen deinem Frisörtermin für *So You*! Aber wenn es dich stört, dass ich hier bin, kann ich auch gern wieder verschwinden!« Beleidigt schultert Mattheo seine Tasche und will gehen.

Manchmal treiben Su und Armin mich echt in den Wahnsinn, doch dafür kann Mattheo echt nichts. »Warte, sorry!« Ich halte ihn am Ärmel seiner Lederjacke fest. Ich räuspere mich, weil ich plötzlich einen riesigen Frosch im Hals habe.

»Ich bin noch immer etwas durch den Wind. Du weißt schon.« Ich mache eine vage Handbewegung.

»Das heißt, es gibt also noch immer keine Mehlwurm-News? Er hat sich nicht ein einziges Mal gemeldet? Keine E-Mail, kein Anruf, nichts?«

Ich schüttle stumm den Kopf und lasse die Schultern hängen. … »Was für ein Idiot!« Mattheo ist stehen geblieben und hält mir die Tüte Macarons hin. »Da, nimm noch eins – du brauchst die, glaube ich, dringender als ich!«

Hungrig beiße ich in ein rosa Macaron, und der Geschmack von frischen süßen Erdbeeren explodiert zuckersüß und tröstlich in meinem Mund.

»Übrigens habe ich schlechte Neuigkeiten: Das mit dem Goldschatz hat leider nicht geklappt. Obwohl ich mir große Mühe gegeben habe! Ich hoffe, dein Bankberater macht dir zwischenzeitlich nicht die Hölle heiß …«, plaudert Mattheo unbefangen weiter, während wir die Rue Vivienne entlangschlendern. Prüfend betrachte ich Mattheo von der Seite, und meine Theorie, dass Su ihn gebeten hat, zu verhindern, dass ich heute zu Sebastians Ausstellung gehe, schwankt. Er wirkt völlig ahnungslos.

»Ich freue mich wirklich, dass du da bist!« Ich drücke kurz seine Hand und schiele wieder auf die Tüte mit Macarons, während mein Magen peinlicherweise laut knurrt.

»Kann ich eventuell noch eines haben? Ich hatte heute erst ein halbes, trockenes Croissant im Flieger!«

»Da, nimm alles, du gefräßiges Monster!« Mattheo drückt mir lächelnd die Tüte in die Hand.

Auf das Erdbeer-Macaron folgt zuckersüß-herbe Zitrone, Pistazie und eine Geschmacksrichtung, die ich nicht kenne – Lavendel vielleicht? Kurz flammt in warnender Neonschrift die Kalorienanzahl eines Macaron vor meinem geistigen Auge auf, aber ich kann einfach nicht aufhören. Es schmeckt zu sehr nach den glücklichen Sommern vor vielen Jahren und wirkt seltsam tröstlich auf mich, und während wir weiterlaufen und Mattheo mir über seinen ersten Besuch bei Dominique erzählt, futtere ich gedankenverloren den gesamten Inhalt der Tüte auf.

Mist.

Ich lecke einen Zuckerkrümel von meinen Lippen. Ich muss endlich lernen, auf mein Gewicht zu achten, dummerweise habe ich nämlich in den letzten Tagen meinen Biorhythmus völlig auf den gefräßigen Kater abgestimmt, der mittlerweile viermal am Tag ohne jedes schlechte Gewissen Unmengen von dem sauteuren Luxus-Katzenfutter frisst. Vorsichtig streiche ich über meinen Bauch, der sich nach dem Zuckermassaker bereits etwas aufgebläht anfühlt. Möglichst unauffällig öffne ich meinen kneifenden Hosenknopf und ziehe das T-Shirt darüber glatt.

Fühlt sich gleich viel besser an.

Ich schiele zu Mattheo rüber, der zum Glück nichts von meiner Bauchbefreiungs-Aktion bemerkt hat, weil er gerade einem Mädchen im ultrakurzen Minirock und megalangen Beinen hinterherschaut.

Das Mädchen sieht nicht so aus, als wüsste sie überhaupt, was Kohlehydrate sind oder als hätte sie je ein Macaron gegessen.

Das kann so nicht weitergehen.

Gleich am Wochenende werde ich mit dem dicken Kater eine Diät anfangen – ob er will oder nicht. Ich habe die Macht über mein Leben, den Kühlschrank und das Katzenfutter. Auch wenn unsere gemeinsamen Krimi-Fernsehabende dann leider etwas weniger Spaß machen werden, so ganz ohne Käsepizza für mich und etwas weniger Freilandhuhn für den Kater.

Oder wir versuchen es mit gemeinsamem Sport.

Ich grüble weiter.

Ich könnte eine niedliche Katzenleine kaufen und regelmäßig mit dem Kater eine halbe Stunde durch den Park joggen. Blöd nur, dass ich Sport hasse und sich Sebastian Mayer auch nur zwischen seiner Futterschüssel und dem Sofa hin und her bewegt, aber egal, da müssen wir jetzt durch.

Schließlich will ich nicht wie eine Tonne aussehen, wenn Sebastian zurückkommt.

Falls Sebastian zurückkommt.

Wir biegen ab in die Rue de Richelieu und schlendern weiter, vorbei an prächtigen mehrstöckigen Häusern aus dem 19. Jahrhundert, zahlreichen Restaurants, Boutiquen und Cafés. Einige Pariser nutzen den Sonnenschein für eine etwas ausgedehntere Mittagspause bei einem Glas Wein.

»Wann fliegst du eigentlich zurück?«, unterbricht Mattheo meine Gedanken.

»Morgen Abend. Dominique war gerade meine erste Station!«

»Mist, dass du morgen schon zurückfliegst. Heute Abend bin ich nämlich für eine Outdoor-Fashion-Show am Place des Voges gebucht!« Mattheo runzelt die Stirn.

»Ich hab's: Komm doch einfach mit! Du darfst auch hinter die Bühne.«

Um mageren, schönen Models beim An- und Ausziehen zuzusehen? Tolle Idee! Ich habe heute etwas Besseres zu tun, ich schiele auf den Trolley – hoffentlich ist das schwarze Spitzenkleid bis zum Abend nicht völlig zerknautscht.

»Ähm, nein danke!« Ich kreuze die Finger hinter meinem Rücken. »Aber am Abend bin ich sicher komplett kaputt nach den ganzen Beautybehandlungen und will im Hotel einfach nur die Füße hochlegen!«

»Na dann lass uns jetzt noch was unternehmen, hast du jetzt noch kurz Zeit?!«

Ich krame in meiner Handtasche nach meinem Handy.

»Laut Lorines Plan ist mein nächster Termin um 16.00 in der

Rue Saint-Honoré. Dort teste ich eine ›Renovatur‹ oder so ähnlich, ich hab mir das irgendwo aufgeschrieben. Was auch immer das ist. Heißt das etwa Renovierung auf Deutsch?«, empöre ich mich.

»Bist du nachher wieder pink?!«, lästert Mattheo und lacht.

»Keine Ahnung, aber heute ist mir das völlig egal!«

Natürlich ist es gerade heute Abend alles andere als egal, wie ich aussehe, aber das werde ich Mattheo nicht auf die Nase binden. Sonst denkt Mattheo auch noch, ich stalke meinen Ex.

»Bereit für mein Paris-Highlight, Lea?«, unterbricht Mattheo meine trüben Gedanken.

»Theoretisch ja.« Wir sind unter einer gestreiften Markise stehen geblieben, und die Sonne malt kleine fröhliche Kringel auf den Bürgersteig. Kritisch beäuge ich Mattheo, der aussieht, als könne er kein Wässerchen trüben.

Was er wohl diesmal vorhat? Notre Dame ist zu Fuß etwa 30 Minuten entfernt, das könnte knapp werden mit meinem nächsten Beautytermin. Oder er will mit mir über die Seine schippern, was ich ehrlich gesagt angenehmer fände, aber zeitlich auch etwas stressig werden könnte oder … ach, ich lasse mich am besten überraschen.

»Zwei Fragen vorab: Kann ich hier irgendwo meinen Trolley deponieren, das Mistding raubt mir den letzten Nerv. Und muss ich für das Highlight wieder meine Höhenangst überwinden?

»Zweimal nein. Den Trolley kann ich nehmen!« Mattheo nimmt mir den Griff des störrischen Gepäckstücks aus der Hand. »Und was ich dir zeige, ist sozusagen gleich um die Ecke und wird dir bestimmt gefallen. Indianerehrenwort! Vertraust du mir?«

Ich horche in mich hinein.

Die nervösen Meerschweinchen sind nach dem kleinen süßen Mittagssnack in ein zuckersüßes Verdauungskoma gefallen und schnarchen leise und entspannt.

Die Antwort lautet also: Ja. Und wie selbstverständlich lege ich meine Hand in seine.

AMOR UND »PSYCHO«

»Eigentlich wollte ich dir damit eine Freude machen, weil du ja Museen so gern magst und in London erwähnt hast, dass sie dich irgendwie beruhigen!« Mattheo wirkt etwas sauer. »Hat ja bestens geklappt!«

»Doch, doch, ich freue mich ja! Sehr sogar! Es ist einfach so wunder-, wunderschön«, flüstere ich mit kratziger Stimme und versuche, jetzt nicht wie sonst in Tränen auszubrechen.

Wir sind in meinem weltweit absoluten Lieblingsmuseum, dem Louvre, und stehen vor dem romantischsten Kunstwerk, das je ein Künstler geschaffen hat. Und wie jedes Mal bin ich peinlicherweise zu Tränen gerührt, wenn ich sehe, wie hingegossen die Königstochter Psyche in den Armen des Gottes Amor liegt. Wie viel Liebe und Hingabe in den weißen Marmor gemeißelt wurde, hat mich sogar schon als Mädchen von zehn Jahren mitten ins Herz getroffen.

Das ist wahre Liebe.

»Die beiden sind geschaffen füreinander – doch sie müssen erst einige Missverständnisse überwinden, ehe sie schließlich zueinander finden und Psyche von einer Sterblichen zur Göttin wird«, erkläre ich Mattheo unaufgefordert und wische mir dann doch eine Träne aus dem Augenwinkel.

Gedankenverloren betrachte ich die perfekt gemeißelten Körper, und plötzlich fällt es mir wie Schuppen von den Augen, und ich greife aufgeregt nach Mattheos Hand! »Erkennst du nicht die

Parallelen zu meinem Leben? Auch Sebastian und ich müssen erst unsere Missverständnisse klären, ehe wir glücklich weiterleben können! Dass du mir das zeigen wolltest, ist ein Zeichen, dass es für Sebastian und mich doch noch eine Chance gibt«, quietsche ich mit erstickter Stimme, was eine Horde Japaner kurz davon abhält, wie wild die Marmorskulptur zu knipsen und sich stattdessen zu fragen, warum die Frau mit der roten Nase und den blonden tollen Haaren so aufgelöst ist.

Mattheo nimmt mich an der Hand und führt mich durch eine Seitentür in einen menschenleeren, von mächtigen Bäumen umrahmten schattigen Innenhof und platziert mich dort auf eine Steinbank unter den schützenden Zweigen eines mächtigen Ahornbaums.

»Jetzt beruhig dich erst mal. Und nein – ich erkenne die Parallelen nicht. Der Mehlwurm ist einfach ein Idiot, der mit deinem gesamten Geld abgehauen ist. Kein Gott, der dich arme, kleine Sterbliche zu seiner geliebten Göttin machen wird.«

Er kramt in seiner überdimensionalen Umhängetasche und reicht mir ein weiteres Taschentuch.

»Deine Nase läuft übrigens wie ein Wasserhahn!«

Etwas ernüchtert schnäuze ich mich und versuche, mich zu beruhigen. Mattheos Paris-Highlight ist auch meines. Aber aus völlig anderen Gründen.

»Ich hab mal ein Semester Kunst studiert und war oft hier, ich bewundere einfach, wie genial der Künstler gearbeitet hat!«, teilt er mir gerade mit – Männer sind so unsensibel.

»Tut mir leid, ich konnte nicht ahnen, dass dich das so aufregt, andererseits, wenn man bedenkt, was du in den letzten Tagen so erlebt hast: der entlaufene Mehlwurm, die Ausstellung in London …« Mattheos Gesicht ist plötzlich ganz nah. »Aber interpretierst du da nicht zu viel rein, Lea? Dieses ganze ›Sie-sind-füreinander-bestimmt‹-Gedöns! Das Leben ist kein kitschiger Hollywoodfilm oder in deinem speziellen Fall eine altertümliche Sage!«

»Bist du immer so unromantisch?«, fauche ich, rücke ein Stück von ihm ab und zerknülle wütend das Taschentuch.

»Sagen wir mal, ich versuche die meiste Zeit, realistisch zu sein!« Sein linkes Augenlid zuckt fast unmerklich. »Und außerdem bin ich schon ein paar Tage erwachsen! Und dann soll es auch noch gleich für immer sein!« Mattheo stiert ins Leere.

»Aber es kann auch so sein!« Ich deute auf ein älteres Ehepaar, das gerade Hand in Hand um die Ecke kommt.

»Mein Großvater hat meine Oma bis zu seinem Tod geliebt und verehrt!« Mattheo hat keine Ahnung von echter Liebe.

»Und er war ihr auch immer treu?!«

Nun, ehrlich gesagt, das würde ich jetzt eher nicht unterschreiben.

Mein Opa war Franzose.

Aber er hat meine kleine, hübsche Oma über alles geliebt.

Gedankenverloren fische ich mein Handy aus der Tasche und streiche über das Display. Noch immer keine Nachricht von Sebastian.

Vielleicht hat Mattheo ja recht, und ich steigere mich mit meiner krausen Traumvorstellung von der großen, ewig währenden Liebe zu sehr hinein.

Wütend kicke ich einen weiteren Stein weg.

Wahrscheinlich gibt es nur in meiner blühenden Fantasie und in Märchen monogame Männer, die ihr Leben lang nur eine Frau lieben.

»Und was soll ich deiner Meinung nach jetzt tun? Einfach vergessen, dass es Sebastian gegeben hat, und weitermachen?«, funkle ich Mattheo wütend an.

»Keine Ahnung, Lea. Aber vielleicht solltest du einfach mal mutig sein und etwas Neues ausprobieren? Ich stelle mich freiwillig zur Verfügung. Sogar mit 30 Tagen Probezeit! Du gehst also gar kein Risiko ein.«

Was faselt er da?

Ich versuche, meine angespannten Schultern etwas zu lockern, während mich Mattheo intensiv mustert.

»Wenn ich eines im Leben gelernt habe, Lea, dann dass die Dinge, die wirklich passieren sollen, oft ganz von allein geschehen.«

Mattheo ist näher gerückt, und erst aus der Nähe fällt mir auf, dass er seinen Bart seit London stark getrimmt hat, und ich erkenne mit Erstaunen: Mattheo hat ohne das wirre Bart-Gestrüpp ein Gesicht.

Ein ziemlich attraktives sogar, mit hohen Wangenknochen, und ich habe ungehinderte Sicht auf ein Grübchen auf seiner linken Wange und sein männlich kantiges Kinn.

Es ist völlig still um uns herum, und ich höre nur meinen Atem, der rasch geht. Locker fühle ich mich gerade nicht, eher seltsam angespannt.

»Mehlwurm hier – Mehlwurm da. Denk nicht immer über alles nach, Lea – mach die Augen zu und genieß dein Leben! Die Sonne scheint. Wir sind jung. Wir sind in Paris, der Stadt der Liebe. Wo man einfach nur lebt …«

Mattheo rückt näher und nimmt mein Gesicht sanft in seine Hände und streicht mit dem Daumen kurz über meine Oberlippe. »Da war noch ein Zuckerkrümel!«

Ein Schauder überläuft mich.

Er rückt noch näher und legt sanft seine Hand in meinen Nacken und zieht meinen Kopf näher.

Verdammt, was tut er da?

Hier in Paris – mit mir auf einer Parkbank.

Ich bin wie gelähmt.

Er beginnt mit sanften kreisenden Bewegungen meinen Nacken zu streicheln und hört dabei nicht auf, mich intensiv anzusehen.

Wenn ich eine Katze wäre, würde ich jetzt schnurren.

Unbewusst hat er sich an meiner erogensten Zone vergriffen.

Ich schwöre, ich werde wuschig, wenn jemand zart meinen Nacken krault, und gehe deshalb auch nie mehr zur Massage, nachdem es dort mal zu einem echt peinlichen Zwischenfall gekommen ist.

In Zeitlupe drehe ich meinen Kopf noch weiter zu ihm, bis sich unsere Nasenspitzen fast berühren. Mit jedem Einatmen steigt mir sein herbes Aftershave in die Nase, und ich fühle mich wie in einer seltsamen Luftblase, in der es plötzlich nur noch das warme Sonnenlicht, seinen zitronigen Duft und uns beide gibt. Sein Mund ist so aus der Nähe auch wunderschön, warum ist mir das bisher nicht aufgefallen. Hm. Ob seine Lippen so weich sind, wie sie aussehen? Ich hebe mein Kinn ein Stück höher und schließe die Augen. Wird er mich jetzt küssen …?

Das Klingeln meines Handys unterbricht meine krausen Gedanken.

Verdammt, was tue ich da?

Ich angle nach meinem Mobiltelefon – was für ein Timing: Katastrophe.

»Entschuldige mich bitte kurz, mein Bankberater, das ist wichtig!« Ich schiebe Mattheo schnell weg, springe auf und laufe an das andere Ende des Innenhofs und drücke mich zwischen zwei mächtigen Steinsäulen in eine kleine Nische. Mein Herz klopft so stark, als wollte es aus meiner Brust springen.

»Na endlich, Sacha«, keuche ich etwas atemlos.

»*Allloooo* Lea, schön, dass du so oft angerufen hast! Bestimmt zehn Mal! Ich war in Amerika auf eine Beautykonferenz, und ich sage dir, dort funktioniert einfach nichts – nicht mal mein Handy! Warum hast du so oft angerufen? Du warst nicht zufrieden mit der Behandlung?«

»Doch, doch, meine Haut sieht toll aus, ich habe aus einem anderen Grund angerufen!«

Bestimmt öfter als zehn Mal.

»Wirklich? *Non*?«

»Doch, habe ich. Und noch was, bitte hör auf, so blöd mit mir zu reden. Ich weiß doch, dass du kein Franzose bist!«

»Isch bin nicht?«

»Nein, du bischt nicht! Ich habe dich während dem Makeover ganz deutlich auf Deutsch fluchen gehört!«

»Na gut, aber bitte sag das niemandem«, fährt er in Hochdeutsch fort. »Das ist alles Teil meiner geheimnisvollen Aura und meines exotischen Auftretens. Keine Frau würde sich von Kevin aus Berlin ein 500 Pfund teures Treatment machen lassen.«

Ha. Wusste ich es doch.

»Aber jetzt mal im Ernst, Sacha, ich meine Kevin, ich habe einen ziemlichen Blackout, was letzte Woche in London passiert ist.«

»Wir waren in eine exotisch Promi-Bar! Wir haben getrunken viel, Chérie.«

»Verdammt, rede normal mit mir, Kevin!«, keife ich. »Das weiß ich doch alles! Doch was war danach? Nach der Bar?«

»Du meinst im Hotelzimmer?!« Er lacht. Ich sehe sein blödes, selbstgefälliges Grinsen überdeutlich vor mir.

»Ja, im Hotelzimmer. Ich will nur wissen, ob wir verhütet haben«, zische ich in den Telefonhörer.

»Ob wir verhütet haben?«, dröhnt es jetzt meckernd aus dem Hörer. »Natürlich nicht, du Dummerchen!«

Mir stockt das Blut in den Adern. O nein!

»Wir haben nicht verhütet?« Mir wird schlecht, und ich lehne mich schwankend an eine der kühlen Steinsäulen.

Ob das die ersten Anzeichen einer Schwangerschaftsübelkeit sind, merkt man das so schnell? Rein theoretisch bin ich bereit für ein Kind, aber doch nicht mit dem blöden Beautygott, sondern wie es sich gehört, in einer intakten Beziehung mit dem Mann, den ich liebe, und das ist ganz sicher nicht Sacha.

Dieser lacht immer noch fröhlich, und wahrscheinlich sind gerade ein paar Knöpfe von seinem weißen Hemd abgesprungen, weil er sich so blöd freut.

Immerhin hat der Vater meines ungeborenen Kindes einen ungewöhnlichen Sinn für Humor.

Wütend blaffe ich ihn an:

»Schön, dass du darüber lachen kannst, doch ich finde es nicht witzig, dass wir nicht verhütet haben! Wie absolut dämlich von uns! Was da alles passieren kann: Kinder, Geschlechtskrankheiten, wer weiß, wo du deinen … ich meine, wo und mit wem du schon Sex hattest …«

»Entspann dich, Lea!« Er lacht wieder dröhnend.

Kevin-Sacha schwebt in höchster Lebensgefahr, mit dem Schnellzug kann ich in zwei Stunden in London sein …

»Wir haben nicht verhütet, weil wir gar keinen Sex hatten. Du bist, nachdem ich dich mit dem Mann mit der ungepflegten Frisur und dem kleinen Rauschgoldengel in dieser Bar getroffen habe, noch weiter mit mir um die Häuser gezogen und hast jedes Mal, wenn ich einen Drink für dich bestellt habe, »Ich will nur stilles Mineralwasser« geschrien!

Natürlich habe ich das für einen Witz gehalten. Ich konnte ja nicht wissen, dass du nichts verträgst, und dann wolltest du unbedingt ins Hotel fahren. Und als ich dachte, dass es endlich zur Sache geht, hast du dich bis auf die Unterhose ausgezogen, mir eine gute Nacht gewünscht und bist ohnmächtig aufs Bett gekippt! Außerdem schnarchst du! Und, jemand muss es dir sagen: Du sabberst im Schlaf!«

Das klingt schon eher nach mir!

Erleichtert atme ich auf und verabschiede mich von Kevin-Sacha.

»Aber he, wenn du das nächste Mal in London und völlig nüchtern bist, können wir das gern jederzeit nachholen. Sacha ist immer für disch und deine Körper da«, schmalzt er in den Hörer.

Ich schüttle mich kurz. Dann beende ich das Gespräch.

Da habe ich ja nochmal Glück gehabt, und das ungeborene Kind, wie es mir scheint, auch. Auf diese Gene kann ich gut und gern verzichten. Erleichtert wandere ich zu der Steinbank zurück und stutze: Mattheo ist weg. Ich fummle mein Handy aus der Handtasche und lese:

»Bin bei einer schönen, geheimnisvoll lächelnden Frau!«, lese ich.

Ich tippe: »Rothaarig?«

»Nö, brünett!«

»???«

»Folge den fotografierenden Japanern!«

AU REVOIR, HÄNGEBÄCKCHEN

»Ich habe eine spezielle Druckdrainage mit ätherischen Ölen entwickelt, die die Haut seidig glatt macht, den Lymphfluss erhöht und die Haut merklich strafft. So werden Sie Ihre petite Hängebäckchen garantiert los!«

Ich bin fassungslos – wovon redet der Mann?

»Madame, bitte schauen Sie selbst, was ich meine!«

Aufmerksam betrachte ich mich in dem Handspiegel, den mir der ziegenbärtige Besitzer des noblen Beautysalons auf der Rue Saint-Honoré reicht, und schlucke.

Verdammt, der Kerl, der mich optisch und auch ob seiner uncharmanten Kommentare an Stefan, das widerliche Wollschaf von *So You*, erinnert, kann verdammt gut Deutsch und hat leider recht.

Aus der Perspektive sehe ich es leider auch. Ich beuge meinen Kopf vor und zupfe missmutig an der lockeren, leicht überschüssigen Haut an meinen Wangen herum. Hatte ich etwa schon immer so viel lose Haut im Gesicht, und warum in aller Welt ist mir das bis jetzt nicht aufgefallen? Das Licht ist aber auch gnadenlos hier.

Und wieso hat mir das bisher niemand gesagt?

Wozu hat man Freunde?

Traurig reiche ich ihm den Spiegel zurück – bis jetzt bestanden meine Beautyprobleme aus einem fetten Pickel, wenn ich meine Tage bekam, gigantischen Augenringen, wenn ich mal wieder eine Nacht mit Su und Armin durchgefeiert hatte, oder fettigen, krisseligen Haaren. Aber das waren alles temporäre Probleme, die man mit einfachen Hausmitteln wie Wasser, Schlaf, einer scharfen Pickelcreme und einem Glätteisen gut in den Griff bekommen konnte.

Mein zweiter Beautytermin in Paris scheint leider wirklich notwendig zu sein.

»Sie sind wunderschön, Madame, und Ihre Haut, sie ist glatt und feinporig, aber sie, wie sagt man, sie rutscht ganz leicht zu Boden, Madame! Ha, ha!«

»Ha, ha!«, äffe ich die meckernde Ziege nach, was mir einen betroffenen Blick einträgt. »Na, was soll's, dann legen Sie mal los, Meister! Ich habe nicht viel Zeit!«

Gottergeben schließe ich die Augen, sinke auf die Liege und lasse den Nachmittag nochmal Revue passieren.

Nachdem ich Mattheo unter der Zuhilfenahme einer japanischen Reisegruppe schließlich bei der Mona Lisa gefunden hatte – die in natura klein und sehr enttäuschend ist –, blieb uns nur eine halbe Stunde Zeit für einen Coffee-to-go, mit dem wir durch den Jardin des Tuileries, den weitläufigen, blühenden Park des Louvre wanderten, ehe ich zu meinem Renovatur-Termin eilen musste.

Den peinlichen Fast-Kuss im Park haben wir zum Glück beide nicht mehr erwähnt, und vielleicht habe ich mir das alles ja nur eingebildet. Mittlerweile bin ich nämlich zu der Erkenntnis gelangt, dass ich vor lauter Anspannung, Sebastian heute zu sehen, schon völlig durchdrehe.

Apropos.

Wie lange mag das Treatment wohl dauern?

Nervös beginne ich mit den Zehen zu wippen und schiele unauffällig auf meine Armbanduhr.

Es ist nach 16.00 Uhr. Die Ausstellung beginnt in weniger als drei Stunden, und ich muss vorher noch ins Hotel, duschen, umziehen und Make-up auftragen – und ohne professionelle Hilfe kann das dauern.

Ich beiße mir auf die Lippen.

Das könnte echt knapp werden.

»Wann sind wir hier wohl fertig? Ich habe heute noch einen dringenden Termin«, informiere ich den Ziegenbärtigen, der in aller Ruhe eine matschige braune Paste anrührt.

»Wir nehmen uns so viel Zeit, wie Ihre Haut braucht, Madame.« Er lächelt mich mit leicht schiefen Zähnen an.

»Ich muss aber spätestens in zwei Stunden hier weg!«

Das scheint ihm nicht zu gefallen.

»Die Hängebäckchen, sie brauchen etwas Zeit, um zu verschwinden. Das geht nicht von einer Minute auf die andere!«

Das absolut Deprimierende an meinem neuen Job ist, dass die Profis, die sich an mir vergreifen, ja wirklich hochbegabt sind und wissen, was sie tun, aber dabei so sensibel und subtil vorgehen wie ein besonders fetter Elefant im Porzellanladen.

»Ich nehme mir gern Zeit für die Behandlungen. Aber ich bin ja kein Unmensch, wenn Sie es wirklich so eilig haben ... Alfred ist mein erfahrenster Mitarbeiter, wenn er die Behandlung vornimmt, werden Sie rechtzeitig fertig sein!«

Der Ziegenbärtige klatscht in die Hände.

»*Alors*, Alfred, Madame hier hat es sehr eilig! Wo ist er nur? Einen Moment, Madame. Ich hole ihn gleich!«

Der Schatten eines scheinbar sehr großen Mannes fällt nur wenige Sekunden später auf mich. Das muss wohl Alfred sein.

»Ich habe ein Date um 19.00 Uhr und muss mich vorher noch schminken und umziehen«, informiere ich den großgewachsenen Mann, der sich gerade über mich beugt.

»Oh, ein Rendezvous? *Que c'est romantique*«, dröhnt er und fasst sich mit der Hand ans Herz.

Da, bitte. Mattheo hatte unrecht: Es gibt doch noch zutiefst romantische Männer. Zumindest in Paris, und was für schöne Augen er hat. In seiner Jugend war der stattliche Kerl bei den Frauen bestimmt sehr begehrt.

»Na ja. Wie man es nimmt«, seufze ich.

»Es ist nicht *romantique*? Der Mann, er freut sich sicher schon wie verrückt, Sie zu sehen! Ich werde mich beeilen!«

Alfred beginnt hektisch mit einem dicken Pinsel die Maske großflächig auf meinem Gesicht aufzutragen. Sie sieht nicht viel anders aus als die Tonerde-Maske gegen unreine Haut, die ich mir immer aus der Drogerie besorge.

»Na ja, der Mann weiß eigentlich gar nicht, dass er mich heute Abend trifft«, informiere ich Alfred, der hochkonzentriert und wie versprochen, rasend schnell, mein Gesicht bearbeitet.

Verdammt, Lea, halt sofort die Klappe. Du kennst den Mann doch gar nicht.

»*Non*?« Alfred blickt mich verwirrt an.

»Nein. Er weiß nicht, dass ich ihn, ähm, heute besuche!« Fast hätte ich heimsuche gesagt.

»Und ich glaube auch nicht, dass er sich freut, mich zu sehen.« Verlegen beiße ich mir auf die Lippe.

»Ich verstehe nicht?!« Durch das Fenster fällt ein Sonnenstrahl, der Alfreds Augen plötzlich wie gleißender Stahl schimmern lässt.

»Warum freut sich der Mann nicht, Sie zu sehen?! Ein hübsches Mädchen wie Sie! Erzählen Sie mir alles«, sagt er verständnisvoll. Seltsam, seine Stimme ist mindestens zwei Oktaven tiefer gerutscht.

Mehr an Aufforderung braucht es nicht, und die Ereignisse der letzten Woche sprudeln mal wieder völlig ungefiltert und ungeordnet aus meinem Mund, doch Alfred scheint keinerlei Mühe zu haben, meinen krausen Schilderungen zu folgen, und nickt immer nur mit einem kleinen Lächeln.

Die Maske auf meinem Gesicht ist mittlerweile steinhart geworden, und der Druck auf meine Hamsterbäckchen steigt. Es fühlt sich an, als würde ein Sumoringer auf meinem Gesicht sitzen, und das Sprechen fällt mir immer schwerer, also halte ich endlich erschöpft die Klappe.

Alfred kommt mit einer weichen Decke, die er sanft über mir ausbreitet.

»Die letzten Tage waren scheinbar sehr anstrengend!« Er zupft die Decke zurecht und streicht sanft über meinen Kopf. »Versuch kurz zu schlafen! Du wirst rechtzeitig wach sein!«

Irgendwie nett von ihm.

Getröstet schließe ich die Augen und atme in den Bauch.

Alfred summt ein Lied, das mir vage bekannt vorkommt. Ein französisches Kinderlied, das mein Opa mir immer vorgesungen hat, wenn ich nachts nicht schlafen konnte, weil ich überzeugt war, dass ein besonders gefährliches grünes Schleimmonster mit spitzen Fangzähnen unter meinem Bett lauert, um mich zu fressen, sobald ich eingeschlafen bin.

Opa wüsste, was ich tun soll, denke ich noch, ehe mir die Augen zufallen.

Ich schrecke davon auf, dass jemand mein Gesicht unsanft knetet, als gäbe es kein Morgen.

Eine hübsche junge Frau beugt sich gerade tief über mich und träufelt etwas Öl auf meine Wangen und walkt dann wieder meine armen Bäckchen wie einen besonders dicken Kuchenteig.

»Wo ist Alfred? Und wie spät ist es?« Ich kann zum Glück wieder mein Gesicht vollständig bewegen und sprechen.

»Es ist 18.30 Uhr! Sie haben so entspannt geschlafen, ich wollte Sie nicht wecken!«

»Wie spät?« Ich fahre sofort kerzengerade in die Höhe und gebe der aufgescheuchten Dame fast eine Kopfnuss!

Verdammt, Sebastians Ausstellung – ich komme zu spät!

»Alfred wollte mich doch rechtzeitig wecken!«

»Alfred? Der ist heute gar nicht da. Oder meinen Sie Pierre?«

»Nein, Alfred«, quietsche ich. Was für ein verdammter Mist!

»Alfred war heute nicht da, ganz sicher. Sie meinen sicher Pierre. Unseren Chef. Der mit dem Bart.« Sie meckert und fuchtelt in ihrem Gesicht herum. »Er meinte, ich könne Sie ruhig ausschlafen lassen. Sie bräuchten Erholung.«

Mein Herz pocht wie noch nie, was für ein Mist! Wie schaffe ich es nur, in einer halben Stunde bei der Ausstellungseröffnung zu sein?

Verdammt.

Ich hätte nicht einschlafen dürfen, wenn ich heute wieder zu spät zu der Ausstellung komme und Sebastian verpasse, verzeihe ich mir das nie.

Wie lange ich wohl mit dem Taxi zum Hotel brauche?

Ich muss sofort handeln.

»Können Sie mir das, ähm, Zeug sofort runterwaschen und mir bitte, bitte sofort ein wunderschönes Blitz-Make-up machen? Es handelt sich um einen absoluten Notfall!«

Meine Gedanken rasen.

Ich fasse an meinen Kopf.

Meine Haare scheinen okay zu sein – zum Glück hat mir Alfred oder wer auch immer ein schützendes Häubchen über meine neue, perfekte Frisur gezogen.

Wenn mich die Dame in 15 Minuten schminkt, ich 15 Minuten mit dem Taxi ins Hotel brauche, habe ich noch zehn Minuten Zeit im Hotel für eine Blitzdusche und um in mein Kleid zu schlüpfen und bin mit maximal einer halben Stunde Verspätung bei der Ausstellungseröffnung.

»Schaffen Sie es, mich in einer Viertelstunde in eine Femme fatale zu verwandeln? Ich habe das wichtigste Date meines Lebens!«, flehe ich sie an.

»In 15 Minuten ist unmöglich, aber in 30!« Sie lächelt mich breit an. »Sie werden umwerfend aussehen, Mademoiselle!«

NOT VERY VIP

Die hübsche Madame hat in der kurzen Zeit ein wahres Wunder vollbracht, und einmal mehr wünschte ich mir, einen persönlichen Visagisten zu haben.

Wie bei der Ausstellungseröffnung in London habe ich sexy Smokey Eyes und pinke glossy Lippen, mit denen ich den schrankartigen Türsteher seit einer gefühlten Ewigkeit verführerisch anlächle, meine blonden Strähnchen zurückstreiche und den Ausschnitt meines schwarzen Spitzenkleides unauffällig noch etwas weiter nach unten schiebe, um ihm einen noch besseren Blick auf meine – dank eines Spezial-BHs aufs doppelte Volumen gepushten – Brüste zu gewähren.

Vom verkrampften Dauerlächeln tun mir schon die Wangen weh – wahrscheinlich hätte ich das Treatment gar nicht gebraucht –, doch es nützt alles nichts, denn der blöde Typ scheint gegen meine Reize leider völlig immun zu sein.

»*No Ticket – No entrée*!«, schnauzt er mich zum wiederholten Mal an.

An mir strömen bärtige Hipster, elegante, schöne Frauen in kurzen Abendkleidern und Teenies in trendigen Klamotten vorbei, die alle eine VIP-Einladung in der Hand haben oder auf der Gästeliste stehen, die von zwei arroganten, superdünnen Puten in kurzen schwarzen Minikleidchen verwaltet wird.

Der Wind frischt auf und lässt mich frösteln. – Verdammt, wie lange stehe ich eigentlich schon hier draußen?

Ich angle meinen wärmenden Pashmina-Schal aus der Tasche und pirsche mich an die Puten heran. Wäre doch gelacht, wenn ich nicht auch ohne Einladung reinkomme. Ich versuche, einen Blick auf die Gästeliste zu erhaschen.

Monsieur und Madame Martin sind noch nicht da.

Ich nehme allen Mut zusammen und trete näher an das Pult heran.

»Hi, ich bin Lea Martin, meine Eltern kommen später«, teile ich den Empfangsdamen mit, worauf ein Redeschwall in Französisch auf mich einprasselt. Mein Französisch ist leider total eingerostet, und so trete ich verlegen stammelnd den Rückzug an.

Mist.

Durch die riesige Glasfront kann ich die Po-Fotos sehen und eine gigantische Bühne aus Glas, die nun hell erleuchtet ist.

»Mein Freund ist da drinnen! *Mon ami.* Er ist der Künstler und eröffnet heute Abend die Ausstellung! Seine Ausstellung! Seine von meinem Geld finanzierte Ausstellung! Lassen Sie mich sofort rein, oder Sie bekommen mächtigen Ärger!« Jetzt schreie ich den Securitymann doch tatsächlich an, der verzieht jedoch keine Miene, und auch die Empfangsputen lächeln nur abschätzig.

Wenn du die Freundin des Künstlers wärst – Mademoiselle Martin –, hättest du auch eine Einladung, scheint ihr Blick zu sagen.

Ich atme in den Bauch.

Ich muss jetzt da rein, egal wie.

Ich bin nicht nach Paris geflogen, um zu scheitern.

Verdammt.

Es muss doch eine Möglichkeit geben, auf die heilige Gästeliste zu kommen.

Ob einer von Armins Promiklienten jemanden kennt, der mich reinbringen kann, oder Su? Aber dann muss ich mir wieder ihre blöden Stalking-Sprüche anhören.

Ich könnte natürlich auch Lorine anrufen. Die kann mich sicher reinbringen.

Nein, so verzweifelt bin ich nicht.

Es muss einen anderen Weg geben. Ich scrolle mit zitternden Händen durch meine Telefon-Kontakte, und mein Blick bleibt an einem Namen hängen:

Es gibt leider nur eine Person, die mir jetzt helfen kann, doch leider erreiche ich nur seine Mobilbox:

»Mattheo, wenn du das hörst, ruf mich bitte an, es ist ein Notfall!«

Am ganzen Körper zitternd setze ich mich auf die Stufen des Eingangs und wickle mich fester in meinen flauschigen Pashmina-Schal. Der immer stärker auffrischende Wind verursacht trotzdem eine Ganzkörpergänsehaut.

Ich wippe nervös mit den Füßen, die in meinen filigranen, mörderisch hohen Stilettos stecken, und versuche meine Zehen zu bewegen, damit sie nicht abfrieren.

Es ist zum Aus-der-Haut-Fahren – Sebastian ist maximal 50 Meter Luftlinie von mir entfernt irgendwo in diesem Gebäude und doch so unerreichbar, als wäre er hunderte Kilometer von mir entfernt.

Auf einem Segelboot vor Marseille zum Beispiel …

Mein Handy meldet eine Nachricht von Mattheo.

»Bin noch beim Shooting – melde mich später«, lese ich.

»Es ist aber echt dringend!«, tippe ich mit kalten Fingern.

»Was ist los?!«, kommt es sofort zurück.

»Ich komme nicht in Sebastians Ausstellung rein – sie wollen eine Einladung sehen!«

»???«

»Sebastian stellt heute in einer Galerie bei der Point Neuf aus, ich stehe davor und komme nicht rein! Ich schick dir die Adresse.«

»Ach, das waren deine Pläne für heute Abend … Na, dann viel Spaß noch!«

Verdammt, ich hätte Mattheo nicht anlügen sollen. Von wegen ein gemütlicher Abend im Hotelzimmer nach den Treatments.

»Ich muss da rein, bitte hilf mir!«, sende ich eine weitere flehende Botschaft.

Diesmal kommt keine Antwort von Mattheo, und auch eine halbe Stunde später schweigt mein Handy.

Ich sitze wie bestellt und nicht abgeholt auf der kalten Steintreppe, und zu allem Übel ist jetzt anscheinend auch noch Mattheo ernsthaft sauer auf mich.

Minute um Minute in der Kälte verstreicht, und meine Zehen sind kurz vor dem Abfallen. Ich fühle mich schrecklich allein. Dann muss ich an Amor und Psyche denken und straffe entschlossen die Schultern. Wenn das Schicksal so unfair zu mir ist, dann muss ich es wohl oder übel selbst in die Hand nehmen – und ändern.

Ich betrachte den dämlichen Türsteher versonnen und dann wieder meine zwölf Zentimeter hohen Stilettos, die zu unbequem sind, um lange damit zu stehen, doch perfekt dafür geeignet sind, etwas wirklich Dummes zu tun.

Ich tripple zu dem Hünen rüber und versuche nochmal durch verführerische Blicke, Wimpernklimpern und Tittenzeigen sein steinhartes Herz zu erweichen, doch der Typ ist eiskalt.

Tja, Pech für ihn.

Er hatte seine Chance.

Mit einem gezielten Tritt vor sein Scheinbein geht der Hüne mit einem lauten Fluchen in die Knie, und ich hechte an ihm vorbei und laufe auf den Eingang zu. Ein Blick über meine Schulter sagt mir, dass ich mich zu früh gefreut habe: Der Hüne hat sich aufgerappelt und folgt mir leicht humpelnd und laut schimpfend, und plötzlich steht sein äußerst wütender Zwillingsbruder vor mir.

Ich schlage einen eleganten Haken um den Zwillingshünen und weiche reaktionsschnell einem erschrockenen älteren Ehepaar aus.

Ich habe es fast geschafft!

Nur noch fünf Meter trennen mich vom hell erleuchteten Eingang, der mir im Moment wie das Tor zum Paradies erscheint. Wenn ich erst mal in der Halle bin, wird mich Sebastian sehen, und dann werden sich alle Missverständnisse aufklären, und wir werden über all das hier gemeinsam lachen. Na ja, über alles, nur nicht über meinen Po, bitte!

Ich werfe einen Blick über die Schulter und sondiere in Sekundenschnelle die Lage, während Hüne Nr. 1 in atemberaubendem Tempo näher humpelt.

Hüne Nr. 2 pirscht sich nun wieder von rechts an – ich schlage einen weiteren olympiareifen Haken, blicke nochmal über meine Schulter und krache in einen Kellner, der ein Tablett voller Champagnergläser trägt, und gehe unsanft zu Boden.

Es sind 30 Minuten vergangen, als Mattheo mit einem seltsam wütenden Gesichtsausdruck auf die Galerie zustürmt. Ich springe von der Parkbank, auf die mich die wütenden Zwillingssecuritys nach meinem Zusammenstoß mit dem Kellner deponiert haben, auf und winke ihm vorsichtig zu.

Mattheo erstarrt, als er den Securitymann neben mir sieht, und kommt dann mit grimmigem Gesichtsausdruck näher. Während er mich erstaunt von Kopf bis Fuß mustert, meine ich ein leichtes Aufblitzen in seinen Augen zu sehen, und seine Gesichtszüge werden etwas weicher.

»Ich fürchte, du hast dich umsonst in Schale geworfen. Ich habe mich erkundigt. Heute sind nur wirkliche VIPs geladen. Hier wimmelt es nur so von Politikern, Stars und Kunstkritikern. Und meine Kontakte helfen mir leider auch nicht, dich hier reinzubringen!«

»Schon gut! Danke trotzdem, dass du gekommen bist!« Vor lauter Verlegenheit kann ich ihm gar nicht in die Augen blicken.

»Willst du mich nicht vorstellen?« Mattheo wirft dem Securitytyp einen fragenden Blick zu.

»Das ist Luis. Luis – das ist Mattheo – übrigens ein begnadeter Visagist!«, radebreche ich in Deutsch-Französisch.

»Angenehm!« Mattheo und Luis schütteln sich höflich die Hand.

»Es gab einen kleinen Zwischenfall, und Luis war so nett, mit mir hier auf dich zu warten!« Ich bin bestimmt knallrot angelaufen.

»Hast du etwa versucht, ohne Einladung das Gebäude zu stürmen?!« Mattheo lacht unbekümmert und hat keine Ahnung, dass er damit den Nagel auf den Kopf getroffen hat.

Ich senke den Kopf und nicke verlegen.

»Ich dachte, wenn ich erst mal drinnen bin ...!«

Während sich Luis erleichtert mit einem kurzen Kopfnicken von Mattheo verabschiedet, weil ab sofort jemand anders auf die durchgeknallte Blondine aufpasst, werfe ich dem funkelnden Saal und der feiernden Menge einen letzten sehnsüchtigen Blick zu.

Und dann sehe ich ihn.

»Da – da ist er – das ist Sebastian – neben dem Typen, der aussieht wie Jean Reno!« Aufgeregt springe ich auf und ab und winke mit beiden Armen wie eine entlaufene Irre, doch Sebastian bemerkt mich einfach nicht.

Ich kneife die Augen zusammen und mustere ihn genauer: Er trägt einen nachtschwarzen, schmal geschnittenen Anzug, den ich noch nie an ihm gesehen habe und der ihn noch elitärer und blasser als sonst wirken lässt. Seine hellen Haare sind heute streng zurückgegelt, was seine markanten Gesichtszüge unterstreicht. Jetzt lacht er ...

»Der Typ neben deinem Sebastian sieht nicht nur aus wie Jean Reno, ich glaube fast, das ist er ...«, kommt es jetzt rechts von mir.

Verdammt. Warum sieht mich Sebastian nicht?

Ich rudere weiter mit den Armen, um ihn auf mich aufmerksam zu machen, doch er hat keine Augen für mich.

Eine schöne, hochgewachsene blonde Frau im roten bodenlangen Abendkleid tritt neben Sebastian und legt ihm anmutig eine zarte helle Hand auf den Arm. Mir gefriert das Blut in den Adern, und ich klammere mich an Mattheos Arm.

»Was macht die denn hier?« Vor meinen Augen tanzen kleine Lichtblitze, während ich meine schlimmste Vorahnung bestätigt sehe.

»Wer ist das?«, will Mattheo wissen.

»Ich hatte dir doch in London von dem Oben-unten-ohne-Foto erzählt … Das ist Saskia!«

Verdammt, sieht die gut aus!

»Das ist Saskia? Was macht die hier in Paris?«, fragt Mattheo überrascht.

Sebastian und Saskia treten auf die Terrasse hinaus und sehen in den nächtlichen Sternenhimmel über Paris. Die beiden stehen so dicht beieinander, dass kein Blatt mehr zwischen ihre beiden schlanken, hochaufgeschossenen Körper passt. Saskias Abendkleid schmiegt sich wie eine zweite Haut um ihre makellosen Kurven. Jetzt neigt sie langsam ihren Kopf zu Sebastian, der ihr Gesicht behutsam zu sich heranzieht.

Ich weiß nicht, wie lange ich auf Sebastian und Saskia starre und das Bild in mir aufnehme, wie die beiden sich wieder und wieder zärtlich küssen.

»Komm mit, Lea, ich habe noch etwas vor und wäre froh, wenn du mir dabei Gesellschaft leistest!«

Mattheo nimmt meine Hand.

»Und tu mir einen Gefallen und hör sofort auf zu weinen, er ist es nicht wert!«

Erst jetzt merke ich, dass meine Lippen salzig schmecken.

Eine nie gekannte Kälte kriecht durch meine Knochen, und mit letzter Kraft klammere ich mich an Mattheos Arm.

»Du zitterst ja wie Espenlaub!«

Mattheo legt mir seine Lederjacke um die Schultern und führt mich an der noch immer zur Ausstellung strömenden Meute vorbei zum Ausgang des Parks, während mir die Tränen in Strömen über die Wangen laufen und mein hoffnungsvoll aufgetragenes perfektes Make-up ruinieren.

Das darf doch alles nicht wahr sein. Wie kann er mir das nur antun? Ausgerechnet Saskia.

Ich schwanke mit den hohen Stilettos und klammere mich noch fester an Mattheos Unterarm.

»Ich habe es gewusst!«, presse ich schluchzend hervor.

Mattheo knöpft mir fürsorglich die Jacke zu, weil der Wind auffrischt.

»Was hast du gewusst, Lea?«

»Dass das verdammte Saskia-Foto sehr wohl etwas zu bedeuten hatte!«, presse ich schluchzend hervor.

»Weil ihm Saskia schon damals gefallen hat?«

»Nein, w-e-i-l«, hickse ich, »weil das bedeutet, dass er mich damals angelogen hat und schon seit über drei Monaten betrügt.«

Tränenblind reiße ich mich von Mattheo los und stolpere weiter.

»Und ich Schaf habe seinen Lügen geglaubt. ›Alles ganz harmlos, Lea … Das Foto hat nichts zu bedeuten, Lea … Ein dummer Scherz von Saskia.‹ Die Einzige, die dumm war, war ich. Doch das wird er mir büßen!«

Die Straßenlaternen flammen auf, als wir aus dem Park auf die Rue Bonaparte treten. Der Abendverkehr rauscht laut an uns vorbei – doch ich nehme die vorbeifahrenden Autos und hupenden Busse und Taxis nur wie durch einen dichten Nebel gedämpft wahr. Wie in Trance setze ich automatisch einen Fuß vor den anderen, während wir über die Pont Neuf, die älteste Brücke von Paris, gehen und unter uns die Seine im Mondlicht glitzert.

Ich fühle mich wie in einem schlechten Traum, aus dem mich hoffentlich bald jemand aufweckt.

Und sollte das hier doch kein Traum sein, weiß ich nur eines: Diesmal ist Sebastian endgültig zu weit gegangen.

»Ich weiß, was du jetzt brauchst!« Mattheo ist stehen geblieben.

»Alkohol?«, fiepse ich schwach.

»Etwas viel Besseres! Komm mit!«

Wir steigen die steinernen Treppen hinunter und gehen am rechten Seine-Ufer entlang, bis wir schließlich vor einer Ausflugsboot-Anlegestelle stehen.

Versonnen betrachte ich das einlaufende kleine Schiff, während Mattheo schon zwei Tickets für uns kauft.

Früher habe ich in den Sommerferien ganze Tage mit meinem Großvater auf der Seine in einem dieser Boote verbracht und alle Sehenswürdigkeiten, die Paris zu bieten hat, mit den Hop-on-hop-off-Schiffen erkundet.

Wir gehen an Bord und setzen uns ganz nach vorne an den Bug. Um diese Uhrzeit ist das Boot fast leer, nur eine deutsche Reisegruppe, zwei junge Amerikanerinnen und ein knutschendes Pärchen sind mit an Bord.

Sanft gleitet das Boot unter den mächtigen steinernen Brücken von Paris hindurch, und die Meerschweinchen in meinem Magen hören endlich auf zu weinen. Ich lehne meinen Kopf an Mattheos Schulter und wische kurz mit einem Taschentuch über meine Wangen.

Die Stille legt sich wie Balsam auf meine Seele.

Mittlerweile ist es stockdunkel geworden, und die Häuser am Ufer leuchten warm und geborgen in der Dunkelheit. Der Wind wird wieder stärker und kräuselt sanft das Wasser, doch dank Mattheos dick wattierter Jacke ist mir nicht kalt. Das sanfte Schaukeln des Bootes und das Plätschern der Wellen beruhigen mich.

Die deutsche Reisegruppe und die beiden Amerikanerinnen steigen bei den Champs-Élysées aus, und das verliebte Pärchen verlässt händchenhaltend beim blinkenden Eiffelturm das Boot.

Nun sind wir völlig allein, und ich frage mich, wo Mattheo aussteigen will.

Meine absolute Lieblingshaltestelle war immer der Jardin des Plantes. Als Kind erschien mir der botanische Garten immer wie ein verzauberter Ort, an dem Feen und Elfen hausten und die Welt magisch und perfekt war.

»Jardin des Plantes!«, verkündet die blecherne Lautsprecherstimme des Bootsführers nach wenigen Minuten Fahrt.

»Komm, Lea! Wir sind da.« Mattheo nimmt mich an der Hand, und aufgeregt, endlich wieder hier zu sein, verlasse ich mit ihm das Boot.

Ich atme tief durch.

Und plötzlich bin ich wieder zehn Jahre alt.

Ich schaue Mattheo kurz an und lasse seine Hand los. Das Eingangstor zum Park ist zum Glück noch offen – rasch ziehe ich meine unbequemen Stilettos aus und laufe, die Schuhe an der Hand baumelnd, barfuß durch die Märchenwelt meiner Kindheit auf das riesige Glashaus zu.

Ich spüre kaum die spitzen Kieselsteine des Weges, das kalte Gras unter meinen Füßen oder den Wind, der durch meine Haare weht.

Ich bin wieder jung und fühle mich frei, unsterblich und unzerstörbar.

Nach fünf Minuten habe ich den Lieblingsort meiner Kindheit, eine 200 Jahre alte mächtige Platane, erreicht und lasse mich unter dem mächtigen Stamm erschöpft ins Gras fallen.

Die kalte klare Luft strömt in meine Lungen, und ich lege mich auf den Rücken, schließe die Augen und breite die Arme aus, als würde ich fliegen.

Weit entfernt hört man Lachen und Musik, und obwohl mir die Tränen über die Wangen laufen, habe ich fast das Gefühl zu fliegen.

»Warum wusstest du, dass das neben dem Louvre mein zweiter absoluter Lieblingsort in Paris ist?«, flüstere ich, als sich Mattheo neben mich ins Gras setzt.

»Weil wir uns ähnlicher sind, als du denkst, und weil es auch mein Lieblingsort ist, du verrückte Frau!«

Mattheo beugt sich über mich.

Und diesmal wehre ich mich nicht, als er mich in seine Arme nimmt und seine Lippen sich auf meine legen.

PARIS, 9.00 UHR – PERFEKT UNPERFEKT

Ich werde wach, weil neben mir jemand laut rasselnd ein- und schrill pfeifend ausatmet. Das Geräusch ist neu, nervtötend und absolut ärgerlich, weil mein wohlverdienter Schlaf abrupt gestört wurde. Ich schlage die Augen auf und erstarre – neben mir liegt nicht mein roter, haariger Mitbewohner im Verdauungskoma, sondern – ich kneife mich fest in den Arm – der friedlich schlummernde Mattheo.

Nackt und appetitlich wie Gott ihn geschaffen hat.

Die Decke ist runtergerutscht und gibt seine leicht gebräunte muskulöse Brust frei, und ich kann nicht umhin zu bemerken, was für einen perfekten Waschbrettbauch er hat.

Jetzt lächelt Mattheo.

Schön sieht er aus, wenn er schläft. Nicht mehr so struppigwild, sondern eher verletzlich.

Aber warum zur Hölle liegt er in meinem Bett?

Ohne Pyjama?

Während ich mich langsam im Hotelzimmer umblicke, setzt mit einem Schlag die Erinnerung wieder ein. Mein tränenüberströmter Abgang von der Ausstellung, der Anblick von Sebastian und Saskia, unsere nächtliche Fahrt über die Seine und dann der Kuss im Jardin des Plantes …

Immerhin sind wir danach in meinem Hotelzimmer gelandet.

Vorsichtig löse ich seinen Arm, der sich fest um meine Hüfte schmiegt, und tappe auf bloßen Füßen leise Richtung Badezimmer. Diesmal ist jeglicher Zweifel – wie mir ein Blick auf die leere Kondom-Verpackung auf dem Boden zeigt – ausgeschlossen.

Wir haben letzte Nacht also einmal – ich tappe in eine weitere Verpackung und löse diese vorsichtig zwischen meinen Zehen hervor – wir haben also letzte Nacht zweimal miteinander geschlafen.

So weit, so gut.

Wir hatten zweimal Sex, und wir haben verhütet. Was ich total verantwortungsvoll finde.

Ich entsorge die zwei Verpackungen mit spitzen Fingern im Badezimmereimer.

Die Erinnerung, was heute Nacht im Jardin des Plantes passiert ist, steigt langsam in mir auf und bringt meine Wangen zum Glühen. Mir wird heiß. Haben wir wirklich den Boden meiner Kindheit entweiht und uns unter der alten Platane geliebt? In aller Öffentlichkeit? Um dann hier im Hotelzimmer fröhlich weiterzumachen?

Ich schwanke und kralle mich am Türrahmen fest.

Konzentrier dich, Lea, es gibt für alles eine Lösung – blick nach vorn. Armin rät seinen Patienten immer, sich in scheinbar ausweglosen Situationen erst einmal zurückzulehnen, um sich dann alle positiven Aspekte bewusst zu machen.

Wir hatten also dreimal Sex, und wir haben verhütet …

»Bonjour, meine Schöne!«

Ich fahre herum.

Mattheo ist aufgewacht und lächelt mich verschlafen und wuschelig zerzaust vom Bett aus an.

»Ich muss erst mal duschen. Ich komm gleich!« Wie eine unbefleckte Jungfrau halte ich mir ein Kissen vor den Po, stürze ins Bad und schlage die Tür mit einem lauten Knall zu. Obwohl mir gerade dämmert, dass mein keusches Verhalten wahrscheinlich etwas zu spät kommt, da er meinen nackten Po sogar als fünf mal fünf Meter große Fotografie kennt.

Also Schwamm drüber …

Wir hatten dreimal Sex, und man sieht es mir nicht an …

Die Wimperntusche hat unter dem Druck der Nacht irgendwann aufgegeben und hat sich als grauer Schleier anmutig fleckig über meine blassen Wangen und unter meine leicht geröteten Augen gelegt, was einen interessanten Kontrast bildet.

Ich löse mein Haarband – meine Haare fallen glatt-glänzend und perfekt auf meine Schultern.

Paris, 22.00 Uhr – Sex mit neuer perfekter Frisur und Fast-Fremdem im Park.

Paris, 9.00 Uhr – Hotelzimmer – Mein Leben liegt in Trümmern – meine Haare sind makellos.

Paris, 9.05 Uhr – Hirn an Lea: Was hast du nur getan?

Paris, 9.06 Uhr – Und wäre einmal nicht genug gewesen?

Ich stopfe meine perfekten Haare, die gerade so gar nicht zu meinem unperfekten Leben passen, sorgsam unter eine Duschhaube, die ich neben dem Nähset und den zwei Gratis-Duschgels am Waschbeckenrand gefunden habe. Dann beginne ich, jeden Quadratzentimeter meiner Haut abzuschrubben, als könnte ich damit die vergangene Nacht ungeschehen machen.

Zu meiner Verteidigung kann ich nur vorbringen, dass ich gestern in einem emotionalen Schockzustand war und das alles nicht wollte.

Obwohl, gestern Nacht wollte ich es schon, weil ich mich im Park völlig entspannt und frei fühlte und dachte, ich könnte fliegen. Aber heute, bei Tageslicht betrachtet, bereue ich es, mit Mattheo in die Kiste gehüpft zu sein. Man schläft doch nicht aus Liebeskummer mit seinem neuen Kumpel. Und dann auch noch so leidenschaftlich. Und schon mal gar nicht, wenn der Kumpel ein stadtbekannter Womanizer ist, vor dem mich alle gewarnt haben …

Und wenn ich es auf das rein Fleischliche reduziere, ist Mattheo nicht mal mein Typ. Also optisch … Auch wenn er natürlich einen gut trainierten Körper hat und schöne Augen, aber die Frisur ist absolut unmöglich, sein Bart ist inzwischen kürzer, aber immer noch zu lang und seine Klamotten …

»Brauchst du noch lange?! Ich muss in zehn Minuten weg!« Mattheo klopft gegen die Badezimmertür.

Rasch reiße ich mir die Duschhaube vom Kopf und wickle mich in das größte Badelaken, das ich finden kann.

Mit einem Kosmetiktuch entferne ich die letzten Wimperntusche-Spuren und klatsche mir rasch etwas getönte Tagescreme ins Gesicht und etwas rosa Lipgloss auf meine vom Küssen leicht spröden Lippen.

»Hübsch siehst du aus!« Mattheo marschiert völlig ungezwungen nackt an mir vorbei und steigt in die Dusche.

Gott erhalte den Männern ihren völlig natürlichen Umgang mit ihren entblößten, baumelnden, wenig ansehnlichen Geschlechtsteilen. Ich kenne keine Frau, möge sie noch so schön sein, die mit einer solchen Selbstverständlichkeit nackt herumläuft.

»Hast du eine zweite Zahnbürste da?«, brüllt der unbekümmerte Mann in der Dusche gerade, um das Dröhnen des altertümlichen Boilers zu übertönen.

Habe ich schon erwähnt, dass auch mein Hotel dank meiner Londoner Budgetüberschreitung nur mehr Economy ist?

»Ich hatte nicht mit einem Übernachtungsgast gerechnet.«

»Hast du wenigstens Mundwasser da?«, schallt es aus dem Badezimmer.

»Ja, in meinem Kosmetiktäschchen – die grüne Flasche! Bedien dich!«

»Nein danke, ich stöbere nicht in fremden Kosmetikbeuteln, das finde ich seltsam.«

Die Dusche wird abgestellt, und ich höre Mattheo irgendein Liedchen trällern. Er findet es also zu intim, etwas aus meinem Kosmetikbeutel zu nehmen … und das, nachdem wir letzte Nacht wild unter der Platane übereinander hergefallen sind und uns die Kleider vom Leib gerissen haben …

Mein Kopf dröhnt, und ich lasse mich wieder auf das Bett fallen und checke die Uhrzeit.

9.30 Uhr – Zeit, in die Gänge zu kommen.

Lorine hat heute schon dreimal angerufen, und Su und Armin wollen wissen, ob ich den Mehlwurm gestern getroffen habe und wann ich wieder zu Hause sein werde. Für ein Verhör durch die beiden fehlt mir jetzt die Kraft und Zeit.

Kurze Nachricht an Su/Armin: »Lasst uns morgen darüber sprechen!«

Ich checke meine E-Mails: Lorine will wissen, warum ich nicht ans Telefon gehe und wie mein Termin bei Dominique war. O mein Gott, und sie will einen ausführlichen Bericht über die Renovatur. Mist! Die kleine Broschüre habe ich bei meinem übereilten Aufbruch gestern Abend liegen lassen, also muss ich da gleich nochmal hin.

Mein Rückflug geht heute Abend – und meine beiden Beautytermine am Vormittag starten bereits in einer Stunde.

Mattheo hat seine Dusche beendet und lässt sich nur mit einem kleinen weißen Handtuch, das er um seine schmalen Hüften gewickelt hat, unbekümmert neben mir aufs Bett fallen. Wie braun sich seine Haut von dem weißen Stoff abhebt. Kleine Wassertropfen schimmern auf seiner Brust, und mit Mühe kann ich den Reflex unterdrücken, sie wegzuküssen.

»War cool gestern, oder, Lea?« Er legt die Hand auf mein Knie. Meine Körpertemperatur steigt sprunghaft.

»Ja, cool!« Irgendwie hätte ich ein anderes Wort für gestern verwendet und habe plötzlich einen schmerzhaft großen, dicken Frosch im Hals, der mir die Luft abschnürt.

Ich bin einfach nicht routiniert im postkoitalen Smalltalk.

»Zwischen uns hat sich doch nichts geändert, oder?« Mattheo mustert mich intensiv. »Wir sind doch immer noch Freunde, Lea?«

»Natürlich sind wir Freunde!« Ich lächle verkrampft und wende rasch den Blick ab. Irgendwie schmerzt das Lachen und fühlt sich falsch an. Ja, wir sind Freunde. Immer noch. Freunde, die miteinander Sex hatten. Keine Ahnung, warum. Vielleicht habe ich nach dem Schock gestern einfach etwas körperliche Ablenkung gebraucht.

»Nächste Woche bin ich wieder in Deutschland, wenn du magst, können wir wieder etwas unternehmen! Und mein 30-Tage-Test-Angebot gilt auch noch!« Eilig steigt Mattheo in seine Boxershorts, auf der sich diesmal jugendfreie kleine Enten tummeln, Jeans, T-Shirt und seine Boots.

Das merkwürdige Angebot, ich erinnere mich … und hat er das Wort »unternehmen« jetzt irgendwie seltsam betont? Aber ich brauche gar nicht weiter darüber nachzudenken. Mattheo ist ein Mann der klaren Worte.

»Wir können uns jederzeit gerne treffen. Mit oder ohne Sex, ganz wie du magst, Lea!« Er strahlt mich zufrieden an. »Wir können auch einfach nur ins Kino gehen oder etwas essen. Brauchst du übrigens noch meine Jacke?«

Ich schüttle verlegen den Kopf, als mir einfällt, dass wir die Jacke unter der Platane als provisorische Decke benutzt haben.

Meine Wangen glühen vor Verlegenheit.

»Na dann … Mach's gut, Lea, und gräm dich nicht mehr wegen dem Mehlwurm, versprochen?« Mattheo umarmt mich kurz, und ich atme tief den einzigartigen zitronig-herben Mattheo-Duft ein.

»Versprochen!«, flüstere ich und presse ein halbes Lächeln auf mein Gesicht.

»Man sieht sich!« Er grinst mich an und ist nach einem kratzigen Abschiedskuss auf meine Wange schon halb aus der Tür.

»Alles klar!«, rufe ich ihm leise nach, doch er hört mich nicht mehr, die Tür ist schon hinter ihm ins Schloss gefallen.

Mein erster One-Night-Stand fühlt sich seltsam an.

Verdammt seltsam. Ich lasse mich wieder aufs Bett zurückfallen und vergrabe meinen Kopf in den Kissen, die noch nach Mattheo riechen.

Und plötzlich laufen mir die Tränen über die Wangen.

IM DUTZEND SIND MÄNNER BILLIGER

Mit zweistündiger Verspätung lande ich nach einem leider etwas holprigen Flug unsanft um kurz nach 22.00 Uhr. Meine Kopfschmerzen haben sich im Laufe des Tages leider noch weiter verschlimmert, und während ich mit einem redseligen Taxifahrer namens Franz Richtung Innenstadt brettere, bin ich grenzenlos erleichtert, bald wieder zu Hause zu sein und in Ruhe über die Erlebnisse von Paris nachdenken zu können.

Der Verkehr Richtung Innenstadt fließt ruhig, und wir kommen gut voran. In spätestens einer halben Stunde werde ich mit meinem dicken Kater einen herrlich düsteren Schwedenkrimi schauen und dazu eine doppelte Käsepizza mampfen. Ich liebe Schwedenkrimis, weil sie mich ähnlich entspannen wie Mumien und Ölgemälde und es nichts Besseres gibt, als den deprimierten, bleichen Schweden zuzusehen, wie sie gramgebeugt regenverhangene Strände entlanglaufen und ihr mieses Schicksal verfluchen. Da fühlt man sich selbst doch gleich viel besser.

Ich rufe bei Gino an und ordere eine doppelte Käsepizza und einen kleinen grünen Salat und eine Diät-Cola. Hoffentlich hat Su daran gedacht, Sebastian Mayers Lieblingskatzenfutter einzukaufen.

Bereits 15 Minuten später sind wir vor meiner Wohnung, und der nette Taxifahrer erklärt sich bereit, meinen pinken Trolley, der am Flughafen Charles de Gaulle ein Rad verloren hat, bis vor meine Wohnungstür zu tragen. Vielleicht hätte ich den Trolley nicht ganz so wild über den Kies im Park schleifen sollen.

»Wir müssen in den ersten Stock«, informiere ich ihn, während ich rasch die Post aus dem Briefkasten angle und in meine Handtasche stopfe.

Vor dem Stiegenaufgang stolpere ich fast über ein überdimensionales pinkes Pappschild, das mit einem Pfeil auf ein Casting im ersten Stock verweist. Zwei junge attraktive Männer drängen sich entschuldigend an uns vorbei.

Ein Casting? Ist in den letzten beiden Tagen eine Männer-Model-Agentur in meiner Nachbarwohnung eingezogen? Als wir im ersten Stock um die Ecke biegen, sehe ich, wie die beiden jungen Männer durch die offene Tür in meiner Wohnung verschwinden. »Hier ist etwas nicht in Ordnung, Franz!« Angstvoll stelle ich mich hinter den Taxifahrer. »Ich kenne die zwei Männer nicht, die gerade in meiner Wohnung verschwunden sind!«

»Na, das werden wir gleich haben! Keine Angst, ich kann Karate!«

Franz stellt meinen Trolley vor der Wohnungstür ab, geht leicht in die Knie und nimmt eine Art Kampfpose an, bevor er die angelehnte Tür weit aufstößt.

Ich erstarre. In meiner Wohnung tummeln sich mindestens 15 Männer aller Alters- und Gewichtsklassen.

»Na, bei Ihnen ist aber ganz schön was los, Fräulein?!« Franz grinst überrascht.

»Macht dann 25 Euro!«

Mitten in dem Chaos thronen Su und Armin auf meiner Schlafcouch. Armin trägt seine Nerdbrille – die O-Ton Armin seinem überattraktiven Gesicht ein lässig-intellektuelles Aussehen gibt – und fertigt gerade einen etwa 25-jährigen Mann harsch ab, während Su wie wild in ihren Laptop hämmert.

»Leider muss ich Ihnen eine Absage erteilen Herr … Armin runzelt die Stirn: Herr Schubert! Sie sind leider zu jung!«

»Aber ich habe einen festen Job! Und kann mir die Miete leisten, und notfalls können auch meine Eltern finanziell bürgen …«

»Darum geht es hier nicht! Sie passen nicht hierher! Der Nächste bitte!«

»Was ist denn nun mit meinem Geld, Fräulein?!« Der Taxifahrer ist mir neugierig ins Wohnzimmer gefolgt.

»Füllen Sie erst das Formular aus!«, herrscht ihn Su an, ohne von ihren Unterlagen aufzublicken, und drückt dem verdutzten Mann ein Formular in die Hand.

Ich bezahle Franz und verstaue den pinken Trolley im leeren Schlafzimmer, in dem Sebastian Mayer sitzt und mich aus schreckgeweiteten Augen anstarrt. Auch ihn macht die Situation nervös, was mich doppelt wütend macht. Ich nehme ihn auf den Arm und kraule beruhigend seinen Kopf. Ich habe ihn tatsächlich ein ganz klein wenig vermisst.

Dann betrete ich wieder mein Wohnzimmer. Was immer hier gespielt wird, es reicht.

»Raus hier! Alle! Sofort!«, brülle ich.

Endlich registrieren mich auch Su und Armin.

»Was machst du denn schon hier, Mausezahn?!« Verlegen tänzelt Armin auf mich zu.

»Ist das Casting etwa schon beendet?!«, will ein dicker Mann mit Glatze neben mir wissen.

»Gut siehst du aus, etwas blass vielleicht. Wolltest du nicht erst morgen kommen, Mausezahn?«

»Armin, schaff sofort die Männer hier raus, oder ich vergesse mich!« Bei meinem Ton weicht die Meute erschrocken zurück.

»Aber wir sind doch noch nicht fertig …«, wendet Su ein und tippt hektisch weiter.

Ich schnappe mir meine Jacke.

»Ich komme in exakt einer Stunde wieder, bis dahin habt ihr alle Idioten hier rausgeschafft!« Meine Nerven liegen blank. Und leider auch die von Sebastian Mayer, den Fremde völlig nervös machen. Keine Sekunde zu früh springt er in einem großen Satz von meinem Arm und erleichtert sich knapp vor Armins edlen Collegeschuhen.

Leider ist der Kater ein Stress-Kacker.

Meist geht er an der spannendsten Stelle der Schwedenkrimis, also kurz vor dem Mord, aufs Katzenklo.

»Ich kann nicht glauben, was ihr für ein Chaos angerichtet habt! Räumt das alles weg! In einer Stunde …!« Ich schnappe mir meine Handtasche und stürme zur Tür hinaus.

Unser Stammtisch im Ginos ist zum Glück nicht besetzt. Erleichtert rutsche ich auf der dick gepolsterten Bank in die allerletzte Ecke. Von hier aus habe ich das ganze Lokal im Blick – auch die Tür.

Was zur Hölle haben Su und Armin da gerade in meiner Wohnung veranstaltet?

Gino bringt mir ungefragt einen Grappa, den ich sofort exe und einen zweiten bestelle.

Ich falte das Casting-Blatt, das ich Franz abgenommen hatte, auseinander. Es handelt sich um eine Art Bewerbungsbogen, wie man ihn von der Jobsuche kennt. Nur statt des beruflichen Werdegangs oder der Ausbildung werden seltsame Dinge wie Schuhgröße, Bauchumfang, Lieblingsfernsehsendung, sexuelle Vorlieben und bekannte oder vermutete Tierallergien abgefragt.

»Heute ganz allein, Lea? Wo sind Armin und Su?« Gino stellt mir den zweiten Grappa hin und schielt auf den Bewerbungsbogen.

»Die haben noch was Dringendes zu erledigen«, knurre ich.

»Du isst deine Käsepizza also hier?«

»Ja, meine Wohnung ist nämlich dank der beiden Idioten ein Schlachtfeld!«

Um mich von meiner Wut auf Armin und Su abzulenken, blättere ich durch die Beautyprospekte, die ich in Paris analog zu meinem Friseurbesuch und meinem Hängebäckchen-Treatment gesammelt habe. Für den Artikel habe ich diesmal zwei ganze Tage Abgabezeit, was mir lächerlich lange erscheint. Ich schnappe meinen Notizblock und mache mir zu der Renovatur-

Behandlung und zu meinem Friseurbesuch bei Dominique ein paar Notizen.

Nach nur zehn Minuten stellt Gino eine extra große Käsepizza vor mir ab. Der Teig ist dünn und kross, und der Käse schmilzt zart in meinem Mund, und wohlige Wärme breitet sich in meinem Magen aus. Leider habe ich die Pizza noch nicht mal zur Hälfte aufgegessen, als die Tür aufgeht und ein zerknirscht wirkender Armin und eine verlegen lächelnde Su das Lokal betreten.

»Es sind alle weg!«, ruft Armin beim Näherkommen und quetscht sich neben mich auf die Bank.

»Auch die Katzenkacke?« Ich werfe ihnen einen besonders bösen Maya-Blick zu.

»Bitte schiel mich nicht so an, das macht mich total nervös. Wir konnten ja nicht wissen, dass du früher zurückkommst, Mausezahn!«

»Da steht's: Wir reden morgen darüber!« – Zum Beweis hält Su mir ihr Handy mit meiner WhatsApp-Nachricht unter die Nase.

»Ich wollte morgen mit euch reden, weil ich heute Abend meine Ruhe haben wollte! Auch von euch!«

Ich knalle den Casting-Fragebogen auf den Tisch.

»Was gibt euch das Recht, fremde Männer in meine Wohnung einzuladen und sie zu fragen, ob sie, ich kneife die Augen zusammen, ›abartige sexuelle Vorlieben‹, ›Fuß- oder Mundgeruch‹ haben oder ob sie ›schnarchen‹?«

Armin strahlt mich zufrieden an.

»Du hast das mit dem Fußgeruch drinnen gelassen?«, will Su jetzt von Armin wissen.

Armin nimmt mich in den Arm.

»Nicht böse sein, aber wir dachten, wir nutzen deine kurze Abwesenheit für eine großartige Idee!«

»Da bin ich mal gespannt!«

»Wir haben eine Online-Anzeige aufgegeben und einen neuen Mann, ich meine Mitbewohner gesucht. Die Miete haben wir sehr fair angesetzt – und die Lage der Wohnung ist ja echt top, und so konnten wir heute schon über 55 Männer screenen …«

»Aber ich suche keinen Mitbewohner, ich komme finanziell schon irgendwie über die Runden!« Tränen steigen mir in die Augen. Ich bin wirklich wütend auf die beiden und traurig. Das wäre alles, alles nicht passiert, wenn Sebastian mich nicht verlassen hätte, wegen Saskia. Ganz kurz sehe ich die beiden küssend wie in einem Flashback.

»Das war naturalmente nur eine Vorwand – sagt man so – *no*?!« Gino hat sich an unseren Tisch gesetzt und schenkt uns allen ein Glas Rotwein ein.

Su nickt verlegen. »Siehst du, Gino ist schlauer als du, Lea, er hat es sofort geschnallt.«

Gino errötet sanft und streichelt nervös sein Bäuchlein, Nettigkeiten von Su sind selten.

»Ihr sucht keine neue Mitbewohner. Ihr sucht eine neue Mann für Lea, richtig?«

Ich verschlucke mich am Rotwein.

»Ihr tut was?« Das wird ja immer schlimmer!

Su nimmt mich ins Visier ihrer klaren Augen.

»Wir suchen dir einen neuen Mann, Lea. Da du ja nach allem, was war, scheinbar immer noch von Sebastian besessen bist, mussten wir was unternehmen. Wenn du erst siehst, wie nett andere Typen sind, wirst du dem Mehlwurm nicht mehr nachlaufen!«

»Oder ihm quer durch Europa nachreisen.«

»Oder ihn stall-cken!«

»Es heißt stalken, Gino, aber inhaltlich ist es korrekt«, sagt Su.

»Kann ich ein Stück von deiner Pizza haben, Mausezahn?«, fragt Armin.

Ich lasse meinen Kopf auf die Tischplatte fallen, und Gino, ein aufmerksamer Beobachter seiner Stammgäste, schiebt fürsorglich eine frische Stoffserviette unter meine Wange.

»Wie war es übrigens in Paris? Hast du den Mehlwurm getroffen? Ich hab dir gestern sicher zehn Nachrichten aufs Band gequatscht!« Su sieht mich lauernd an.

Ich nicke.

»Ich bin nicht reingekommen! Keine Einladung«, wispere ich kaum hörbar. »Aber das ist jetzt eh alles egal, Sebastian ist jetzt mit Saskia zusammen!«

»Mit der Schnalle aus der Fotoagentur – dieser blöden Blonden, die du vor drei Monaten verkloppt hast?« Armin fällt das Pizzastück aus der Hand.

Ich nicke.

»Und das weißt du, weil ...!«

»Weil ich sie gesehen habe – knutschend –, und den Rest könnt ihr euch denken ...« Wenn ich jetzt an Saskia in ihrem knallengen roten Abendkleid denke, wird mir gleich wieder ganz schlecht.

»OMG! Das tut mir so leid, Mausezahn!« Armin rückt näher. »Was für ein Idiot! Wie kann er dir so was antun, Mausezahn, noch dazu mit dieser hässlichen, dürren, gelbhaarigen Pute ...«

»Armin bitte ... ich bin nicht blind ...«

»Na ja, aber innerlich ist sie sicher nicht schön ... Ich meine ... ach Mausezahn! Komm her, ich weiß genau, wie es dir jetzt geht ...« Ich kuschle mich in Armins starke Bärchenarme.

Su ist ganz blass geworden.

»Mein Gott, das tut mir leid, Hase. Aber vielleicht ist es besser so – lieber ein Ende mit Schrecken als ein Schrecken ohne Ende!« Sie nimmt meine Hand und streichelt sie kurz. »Das mit den beiden geht schon seit Monaten, oder? Das Foto ...« Su beendet den Satz nicht. Das muss sie auch gar nicht.

Ich spüre wieder Tränen auf meinen Wangen, doch diesmal sind es pure Tränen der Wut ... Wie konnte er mir das antun? Warum hatte er nicht den Mut, mir alles zu sagen? Stattdessen belügt und betrügt er mich seit Monaten. In meinem Kopf dreht sich alles, und wie bei einem schrecklichen Kaleidoskop rasen die Bilder durch meinen Kopf.

»Wir brauchen jetzt sofort noch mehr Alkohol, Gino, bring uns bitte eine Flasche Prosecco, von dem guten!«, gibt Su Anweisung.

Hurra! – Dank Sebastian komme ich meinem frühen Alkoholtod schnell näher.

Gino kommt mit einer Flasche zum Tisch und setzt sich ungefragt zu uns.

»Es tut mir sehr leid, Lea. Der bleiche Mann ist ein riesiger Idiot. Ich kann nicht verstehen, warum er dich betrügt! Warum überhaupt eine Mann eine Frau betrügt!«

»Die Antwort ist so alt wie die Menschheit, Gino. Weil alle Männer Schweine sind! Oder weil es in ihren Genen liegt – weil sie ja ihre gottverdammten Samen in möglichst vielen Weibchen deponieren müssen, um garantiert für Nachkommen zu sorgen – such dir was aus …«, schimpft Su und nimmt einen Schluck Prosecco. »Lass dir bloß nie wieder das Herz von einem Mistkerl brechen, Lea! Alle Männer sind Womanizer und Herzensbrecher. Alle. Ich habe meine Lektion gelernt.«

Ich wische mit der Serviette über meine tränenfeuchten Wangen. Vielleicht hat Su recht.

Wer braucht schon Männer. Ich habe einen Job, gute Freunde, einen Kater und eine Wohnung. Die Platane und Mattheos nackter Körper flammen plötzlich vor meinem geistigen Auge auf. Wo kam das her? Rasch schiebe ich das Bild beiseite. Sex ist auch keine Lösung.

»Ich war so eine naive Idiotin. Warum habe ich damals nicht auf meine innere Stimme gehört? Oder das Leuchtschild auf Sebastians Stirn gesehen, auf dem in Neonbuchstaben *Betrüger* leuchtet?« Wütend werfe ich die Serviette auf den Tisch.

»Mein Gott, ich finde ein Nacktfoto einer anderen Frau in seiner Jacke und glaube ihm, dass das alles ganz harmlos ist! Was bin ich nur für ein Vollhorst!«

Ich kann meine eigene Blödheit nicht fassen.

»Hättet ihr mich nicht wenigstens warnen können?« Auf einmal bin ich auch auf Su und Armin wütend. Sind beste Freunde nicht da, einen vor dem Schlimmsten zu bewahren?

»Wir haben dir gesagt, Mausezahn, dass das alles mehr als seltsam ist, wenn du dich erinnerst … Aber du wolltest an der Theorie, dass das mit dem Foto nur ein Witz von Saskia war, festhalten!« Armin schaut mich aus kugelrunden blauen Augen traurig an.

»Du wolltest es gar nicht so genau wissen!« In Sus Augen glitzern ein paar Tränen, die sie ärgerlich abwischt.

»Wenn man verliebt ist, verschließt man leider die Augen vor dem Offensichtlichen. Aber das macht es am Ende des Tages nur schlimmer!«

Jeder von uns starrt in sein Glas, und es herrscht eine unangenehme Stille.

Su räuspert sich und hebt das Proseccoglas.

»Aber wie sagt Armin immer so schön?«

»Schwamm drüber?«, flüstere ich.

»Genau!« Armin hebt sein Glas ebenfalls.

»Und wenn wir schon dabei sind, hinauf aufs neue Pferd oder so ähnlich!« Armin patscht mir rhythmisch auf die Schulter.

Wie ich das hasse. Dieses Patschen …

»Also ich finde auch, dass nichts besser gegen Liebeskummer hilft als ein neuer Kerl«, meint Su mit einem etwas schiefen Lächeln.

»Lasst uns am besten keine Zeit verlieren. Du füllst jetzt auch einen Fragebogen aus, Mausezahn, und dann matchen wir dich anhand deiner Vorlieben und Wünsche mit den drei besten Kandidaten! Und ruck, zuck fragst du dich, warum du dem Mehlwurm auch nur eine Träne nachgeweint hast!«

»Habt ihr jetzt völlig den Verstand verloren?« Ich bin so sauer wie noch nie. »Lasst mich mit eurer blöden Idee in Ruhe!« Vor meinen Augen tanzen weiße Lichtblitze. »Ich brauche weder einen neuen Mitbewohner noch einen neuen Mann! Ich bin mit den Männern fertig. Generell. Mit allen. Ich habe Sebastian Mayer, das reicht. Und jetzt mischt euch bitte nicht mehr in mein Leben!«

Wütend knalle ich einen 20-Euro-Schein auf den Tisch und schnappe mir meine Handtasche. Ich will endlich allein sein. Mit letzter Kraft schleppe ich mich einen Stock höher und sperre mit einem flauen Gefühl im Magen die Wohnungstür auf.

Su und Armin haben Wort gehalten – meine Wohnung ist aufgeräumt, gelüftet, und auch das Katzen-Kacka ist sorgsam entfernt.

Sebastian Mayer tapst auf leisen Pfoten mit gesenktem Kopf heran.

»Schon gut – du kannst ja nichts dafür!« Ich kraule seinen roten haarigen Kopf, bis er zu schnurren beginnt. Wahrscheinlich sollte ich ihn für sein stinkendes Missgeschick nicht auch noch belohnen, aber er konnte ja wirklich nichts dafür – ich öffne eine Dose Katzenfutter und kuschle mich mit meinem Laptop und dem nun wieder entspannten Kater auf die Couch.

Endlich Ruhe.

Sebastian Mayer rollt sich zu meinen Füßen zusammen, blinzelt noch einmal kurz und beginnt dann, röchelnd zu schnarchen.

Bis auf die seltsamen Geräusche des Katers ist es mucksmäuschenstill um mich herum, doch auch jetzt wollen meine Gedanken einfach nicht aufhören zu rotieren, und so beginne ich zur Ablenkung halbherzig an der Rohfassung des Paris-Artikels zu arbeiten. Ein paar Zeilen zu Dominique würge ich mir schweren Herzens heraus, doch ich kann mich einfach nicht richtig konzentrieren, zu viel ist in den letzten Stunden passiert.

Müde rolle ich mich zu einer kleinen traurigen Kugel zusammen, und im nächsten Moment übermannt mich der Schlaf.

HOME SWEET HOME

Ich habe wie ein Stein zwölf Stunden lang geschlafen, meine Wohnung geputzt, gebügelt und lustlos, aber dann doch an meinem Paris-Artikel weitergeschrieben. Nach einer langen Dusche fühle ich mich jetzt fit genug, die Wohnung für einen kurzen Gang zum Supermarkt am Bahnhof, der sieben Tage die Woche offen hat, zu verlassen. Schließlich kann man nie genug Katzenfutter und – in Zeiten wie diesen – Notfall-Schokolade und Prosecco im Haus haben, und da die Sonne vom Himmel lacht, habe ich auch keine Ausrede, jetzt schon auf der Couch zu gammeln und den Supermarkt-Lieferservice anzurufen.

Ich gehe eine große Runde durch den Park und genieße die warmen Sonnenstrahlen und versuche, an gar nichts zu denken. Schon gar nicht an Paris, rasch verdränge ich die aufsteigenden Bilder von Sebastian und Saskia vor der Galerie und auch die von Mattheo – nackt in meinem Hotelbett.

Und an die wahnwitzige Aktion von Armin und Su und die ahnungslosen Kandidaten in meiner Wohnung will ich auch gerade nicht denken. Doch die Gedanken in meinem Kopf beginnen wieder Karussell zu fahren.

Das schreit nach Ablenkung.

Auf der Suche nach der Biografie eines Cartoonisten, den ich sehr verehre, verbringe ich schließlich eine Stunde vor dem großen Krimiregal meiner Lieblingsbuchhandlung, die an diesem verkaufsoffenen Sonntag geöffnet hat. Schließlich nehme ich doch nur die Biografie mit und gönne mir ein paar neue Zeichenstifte und einen Block. Wenn das gute Wetter weiter anhält, kann ich, bevor es dunkel wird, vielleicht noch eine Stunde am Balkon ein paar neue Ideen zu meinem geheimen Buchprojekt skizzieren.

Auf dem Rückweg kaufe ich eine Ladung Katzenfutter, einen grünen Salat, ein paar Äpfel, Joghurt, Milch, Prosecco und eine Portion Lasagne und schwanke mit der schweren Einkaufstüte zu meiner Wohnung.

Gott, sind die Tüten schwer.

Vielleicht hätte ich mir das Zeug doch liefern lassen sollen.

Schnaufend schleppe ich alles die Stiegen hinauf und freue mich, den Abend mit Sebastian Mayer und meinem Skizzenblock verbringen zu können.

Armin und Su sitzen am Küchentresen, knabbern Chips und leeren die letzte Flasche meines Lieblingsproseccos.

»Erinnert mich bitte, dass ich euch den Zweitschlüssel abnehme«, knurre ich.

»Auch ein Gläschen, Mausezahn?! Oder einen Kaffee? Du siehst etwas fertig aus!«

»Wir sind übrigens hier, um uns nochmals zu entschuldigen – weil wir dich gestern so aufgeregt haben.«

Ich mustere die beiden stirnrunzelnd.

»Wir akzeptieren natürlich dein Nein, aber falls du doch einen Kandidaten, den wir so liebevoll ausgesucht haben, treffen willst …?« Armin kann es einfach nicht lassen.

»Und beim nächsten Mal würden wir das Casting natürlich nicht hier veranstalten!«, versichert mir Su.

»Es wird aber kein nächstes Mal geben«, fauche ich sie an.

Ich brauche Frischluft und reiße die Balkontür auf.

»Ich habe euch schon gestern gesagt, dass ich keinen neuen Mitbewohner brauche. Und auch keinen neuen Mann! Ich komme finanziell sehr gut alleine klar! Lieber arbeite ich 24 Stunden am Tag, ehe irgendein Typ bei mir einzieht!«

»Schon gut, Botschaft endgültig angekommen. Soll ich dir was kochen, Mausezahn?!« Su wirkt ehrlich zerknirscht.

»Ich wollte mir eine Lasagne warm machen und den grünen Salat dazu essen.« Ich deute auf die Einkaufstüte.

»Ich übernehme das für dich!« Su hantiert in meiner Küche herum und räumt die Einkäufe aus, stellt die Lasagne in den Ofen und kippt vorsichtig das Yoghurt-Dressing auf den Salat.

Schon etwas besser.

Ich kuschle mich mit dem Kater auf die Couch und zappe durch die TV-Kanäle. Verdammt, nur Talkshows und Reality-TV, Mist. Ich will kein Beet pflanzen – ich will nicht mein Haus renovieren –, und schon gar nicht will ich jemandem dabei zusehen, wie er dilettantisch kocht. Alles, was ich sehen will, sind die Schweden. Und ein schöner Mord, der mich von meinem trüben Leben ablenkt.

»Ich hol uns ein klitzekleines Tiramisu von Gino, Mausezahn! Für dich auch was, Su?« Armin schlüpft in seine Sneaker und wippt ungeduldig auf und ab.

»Nein, besser nicht – ich fliege nächste Woche zu einem Shooting nach Marbella, und neben den Size-Zero-Models sehe ich in Größe 36 immer so fett aus!«

Manchmal hat meine beste Freundin die Feinfühligkeit eines Elefanten.

»Rutsch mal ein Stück!« Sie lässt sich neben mir auf die Couch fallen und greift nach der Fernbedienung.

»Jetzt fängt gleich die Wiederholung vom Bachelor an!«

»Du willst den Mist allen Ernstes schauen?« Zu müde zum Streiten überlasse ich Su die Fernbedienung.

»Ah, da ist er ja. Was für ein leckeres Kerlchen. Wenn der gestern beim Casting gewesen wäre, was, Lea …?«

»Was wäre dann gewesen? Hast du nicht gesagt, dass ich mich von Womanizern fernhalten soll?«, wettere ich.

»Also für den könnte man ja wohl eine Ausnahme machen!« Su grinst zufrieden.

»Denk immer daran – auch Womanizer sind Menschen«, sabbert sie, während der Bachelor in einer blitzblauen Schwimmshort und einem fetten Grinsen durchs Bild läuft.

Hm, seine Bauchmuskeln sind wirklich sehr ansehnlich.

»Und überhaupt, als ob so ein Mann auch nur eine Sekunde irgendwo auf mich warten würde …«, seufze ich leicht resigniert.

»Sorry, Hase. Du bist aber auch etwas empfindlich in letzter Zeit. Hör auf, dich immer kleinzumachen! Du bist eine schöne Frau! Du solltest dringend an deinem Selbstwertgefühl arbeiten!«

Wir starren weiter auf den Bachelor.

»Apropos Womanizer … ich soll dich von Mattheo grüßen, ich habe heute mit ihm telefoniert, weil wir morgen eine Vorbesprechung zu dem Shooting in Marbella haben!« Su dreht den Bachelor etwas leiser. »Für das Spezial-Make-up beim Poolshooting brauchen wir einen Profi!«

Ich starre auf den Fernseher, aber ich kann mich nicht mehr auf die Bauchmuskeln des Bachelors konzentrieren.

Mattheo ist morgen wieder in der Stadt. Der Mann, der mir völlig entspannt eine unverbindliche Wiederholung unseres körperlichen Aufeinandertreffens angeboten hat und der, wie ich gerade feststellen muss, viel tollere Bauchmuskeln hat als der doofe Bachelor.

»Ich habe ihm vorgeschlagen, dass wir in den nächsten Tagen mal alle gemeinsam zu Gino gehen! Er fand es total nett, dass ihr euch in Paris getroffen habt …«, plaudert sie belanglos weiter.

Paris und Mattheo. Ich blende Sus Geplappere aus … Mein Gott, ich wusste nicht, wie leidenschaftlich ein Mann sein kann, wie unglaublich ausdauernd und dabei so kreativ … im direkten Vergleich waren Sebastians Liebeskünste dagegen mehr als bescheiden, geradezu langweilig. Mattheo war da weitaus fantasievoller … Kein Wunder bei seinem reichen Erfahrungsschatz. Ich reiße Su die Fernbedienung aus der Hand. Ich muss die Bilder von Mattheo, seinem Körper und was er damit gemacht hat, sofort aus meinem Kopf bekommen.

»Willst du den Mist wirklich weiterschauen? Eine Horde aufgetakelter Hühner himmelt einen selbstverliebten Gockel an? Wie absolut frauenverachtend und retro ist das? Wir sind nicht mehr in den 50er Jahren …«, kläre ich Su auf.

Genug von nackten Männern. Hektisch tippe ich wieder auf der Fernbedienung herum. Wo sind die Schweden, wenn man sie braucht?

»Laut der aktuellen *SoYou* hat man angeblich den besten Sex mit unperfekten Männern, weil diese sich extrem Mühe geben, um ihr Aussehen zu kompensieren, stimmt das eurer Erfahrung nach?«, will Su jetzt wissen.

Armin stellt gerade das Tiramisu auf dem provisorischen Couchtisch, den ich aus 20 leeren Katzenfutterdosen und einem Karton gebastelt habe, vor mir ab.

»Wieso siehst du mich dabei an, Su? Und seit wann glaubst du, was in blöden Frauenmagazinen steht?«

»Weil sie selbst für ein blödes Online-Frauenmagazin schreibt!«, gebe ich patzig zurück. Meine Laune war auch schon mal besser. »Können wir bitte das Thema wechseln!«

»Also ich bin überdurchschnittlich attraktiv und trotzdem eine Granate im Bett, da könnt ihr jeden, ich meine, da könnt ihr Stefan fragen!« Armin hält mir sein Handy hin. »Ruf ihn ruhig an, er wird es dir bestätigen!«

»Schon gut, ich wollte dich nicht beleidigen, Mr. Lover Lover«, kichert Su. »Man wird ja mal fragen dürfen!«

»Hört auf, euch zu streiten!«

Ich lege meinen Kopf auf Sus Schulter, und endlich sind sie da:

Zwei besonders deprimierte bleiche Schweden laufen auf käseweißen Füßen über einen menschenleeren Strand, während Blitze am Horizont ein nahendes Gewitter verkünden. Bestimmt ist ihnen kalt, und auch ich fröstle auf einmal solidarisch mit den Schweden synchron im Takt der bedrohlichen Musik. Armin schließt die Balkontür und deckt mich mit meiner Flauschdecke fürsorglich zu, und Sebastian Mayer klettert auf meinen Bauch und reibt seinen Kopf an meinem.

Ich hab mal gelesen, dass Katzen im Kopf Duftdrüsen haben, und durch das Reiben markieren sie ihre Lieblinge mit ihrem speziellen Katzenduft.

»Ich hab dich auch lieb«, flüstere ich.

Schnurrend legt sich mein liebster Mitbewohner auf meinen Bauch, und ich fange prompt zu heulen an. Eigentlich dachte ich, ich wäre längst leergeweint.

Ich schniefe und kann gar nicht mehr aufhören.

Su drückt mir ein Taschentuch in die Hand und sieht mich sorgenvoll an.

»Warum erzählst du uns nicht, was noch in Paris passiert ist? Das mit dem Mehlwurm war doch längst nicht alles, oder? Du bist total durch den Wind!«

Nachdenklich kraule ich den Kopf des roten Katers.

Ich will nicht darüber sprechen, weil ich keine Ahnung habe, was genau in Paris passiert ist.

Und das macht mir große Angst.

EIN KATER IST KEIN PRIVATLEBEN

Am nächsten Morgen wache ich mit einem bösen Brummschädel und der Gewissheit auf, dass ein wirklich harter Tag auf mich wartet. Heute ist der Abgabetermin für den Paris-Artikel, und ich habe nach meinen halbherzigen Versuchen am Tag zuvor immer noch keine einzige wirklich brauchbare Zeile getippt. Doch trotz hämmernder Kopfschmerzen muss ich da jetzt durch.

Tick, tock. – Wahrscheinlich formuliert Lorine gerade eine Droh-E-Mail, weil ich ihr noch nichts geschickt habe. Mühsam rapple ich mich von der Couch hoch und schleppe mich Richtung Kaffeemaschine.

Sebastian Mayer geht es entschieden besser: Er schläft tief und fest in der stabilen Seitenlage und gibt dabei neue, für einen sieben Kilogramm schweren Kater seltsam hohe fiepende Geräusche von sich. Vielleicht jagt er eine Maus oder vielleicht träumt er, er sei eine Maus. Spontan wünsche ich mir, in meinem nächsten Leben auch ein Kater zu werden. Er ist dick und eigentlich nutzlos, aber alle lieben ihn. Besonders ich, kann ich mir inzwischen eingestehen!

Seufzend fahre ich den Laptop hoch – einer muss hier ja das teure Luxus-Katzenfutter verdienen –, und setze mich mit einem Becher Kaffee an den Couchtisch und beginne, meine E-Mails zu lesen.

Wie erwartet hat mir Lorine gestern und heute insgesamt fünf Wut-E-Mails geschrieben und sich darüber beschwert, dass ich nicht regelmäßig mit ihr kommuniziere und dadurch die Zusammenarbeit extrem belaste.

Die kann mich mal.

In ihrer letzten Nachricht, die in Kopie an ihre Chefin ging, schreibt sie, dass sie fürchtet, dass ich den Abgabetermin nicht halten kann – nein, sie schreibt: Schon wieder nicht halte …

Jetzt reicht's.

Ich tippe in mein Smartphone:

»Liebe Lorine, schade, dass du dich an unser gestriges Telefonat nicht erinnern kannst, in dem ich dir den Artikel vorgelesen habe. Deine Anmerkungen habe ich natürlich auch schon eingearbeitet. Bin gerade unterwegs, aber gern schicke ich dir den Artikel, wenn ich zu Hause bin, noch einmal in Endfassung.«

Ich habe mir eine Galgenfrist verschafft.

Jetzt muss ich schnell sein.

Die nächsten Stunden arbeite ich wie verrückt, und um Punkt zwölf Uhr bin ich tatsächlich fertig. Mit einem Seufzen klicke ich Lorines E-Mail-Adresse an und setze Maya van Swan in Kopie – dann drücke ich auf Senden. Geschafft!

Welche Fotos sie wohl für den Artikel verwenden? Vielleicht das Foto, das Dominique nach meinem Umstyling gemacht hat? Egal – wenn jemand noch Beweismaterial von mir braucht, wird er bzw. sie sich schon melden.

Wenn ich nicht so Kopfweh hätte, würde ich jetzt feiern, dass ich das so schnell und für die kurze Zeit auch so gut erledigt habe. Unter Stress bekomme ich nicht nur Schluckauf und rote Flecken, sondern kann scheinbar auch Höchstleistungen von meinem Körper einfordern.

Lorines Antwort kommt umgehend.

»Warum nicht gleich? Und vergiss nicht, morgen um 9.00 Uhr im Verlag bei der Redaktionskonferenz zu erscheinen!«

Ist das eine Falle?

Ich tippe: »Morgen um 9.00 bin ich gern im Verlag, danke Lorine für den Termin. Gleicher Raum wie das letzte Mal?« Natürlich schicke ich auch dies in Kopie an Maya.

Fünf Minuten später kommt die Antwort:

Lorine: »Sorry, liebe Lea – ich meinte natürlich 8.30! Freue mich.«

Falsche Schlange! Aber Su hatte mich ja vor ihr gewarnt.

Ich scrolle durch die anderen E-Mails in meinem Posteingang.

Warum schreibt mir mein Vermieter?

Mit Schrecken lese ich:

»Sehr geehrte Frau Winter, ich muss Sie darüber in Kenntnis setzen, dass die gewerbliche Nutzung Ihrer Wohnung nicht Bestandteil Ihres Mietvertrags ist. Sollte sich dieser Vorfall wiederholen, sehe ich mich leider gezwungen, den Mietvertrag vorzeitig aufzulösen.«

Mist.

Wusste ich doch, dass jemand im Haus das Casting in den falschen Hals bekommen wird.

E-Mail an Su und Armin: »Dank eurer Aktion glaubt mein Vermieter, ich betreibe einen Puff! ☹!

Bestimmt hat mich Frau Huber aus dem Erdgeschoss angeschwärzt. Bloß, weil ich mir ein einziges Mal die Tageszeitung, besser gesagt das Fernsehprogramm, direkt von ihrer Türmatte ausgeborgt habe. Dabei wollte ich es wirklich wieder zurücklegen. Blöde …«

Su antwortet prompt: »☺ Kann aber gerade gar nicht lachen, habe Kopfschmerzen wie noch nie.«

Nachricht an Su und Armin: »Wenn ich hier rausfliege, ziehe ich bei einem von euch ein!«

Armin: »Kein Problem, Mausezahn, Stefan und ich würden uns freuen. Heute um 20.00 bei Gino? Ich geb eine Käsepizza aus!«

Wie großmütig von ihm.

Müde schiele ich auf meine Schlafcouch. Es ist Mittag. Der Artikel ist fertig, und ein langer Nachmittag ohne Termine liegt vor mir. Natürlich könnte ich irgendetwas Sinnvolles tun oder an die frische Luft gehen oder … ach, nö.

Ich kuschle mich mit einem Schälchen Tiramisu und einem weiteren Kaffee auf die Couch, und Sebastian Mayer krabbelt sofort wieder auf seinen neuen Lieblingsplatz – meinen Bauch – und beginnt zu schnurren. Für diesen Moment ist mein Leben perfekt: Ich kann und werde den ganzen Nachmittag auf der Couch gammeln und Gerichtsshows schauen (leider nicht ganz so entspannend wie Schwedenkrimis – blödes Nachmittagsprogramm), Tiramisu essen und mit dem Kater kuscheln und vielleicht etwas Schlaf nachholen. Gähnend sinke ich immer tiefer in die Kissen, begleitet von leisen Röchel- und Fiepgeräuschen des Katers, und während ich noch nachdenke, ob ich morgen auf der Redaktionskonferenz mein leider nicht ganz neues Etuikleid oder doch besser den in der Reinigung frisch enthaarten neuen Hosenanzug tragen soll, schlafe ich erschöpft vom Stress der letzten Tage ein.

Ich werde munter, weil jemand an meinen Kopf hämmert, oder ist es doch meine Eingangstür? Ich schubse Sebastian Mayer, der laut protestiert, vorsichtig von meinem Bauch und eile zur Tür. Warum habe ich nie meine Ruhe? Seit wann ist mein Leben ein einziges Chaos?

Das Klopfen wird immer lauter. Hoffentlich nicht mein Vermieter.

Obwohl … was er vorher geschrieben hat, war eine absolute Frechheit. Dem werde ich jetzt mal die Meinung sagen. Schwungvoll reiße ich die Tür auf, na warte nur …

Vor mir steht Lorine, wie immer topgedressed in einem hellrosa Strickkleid mit Spitzenbubikragen und grauen, megahohen Rauleder-Peeptoes und wedelt mit einem Stück Papier vor meiner Nase herum.

Ich starre sie fassungslos an und biete ihr mit verwuschelten Haaren und meiner ausgeleierten Jogginghose und dem Schlaf-

Shirt mit frischen Katzensabberspuren am Bauch einen etwas ungepflegteren Anblick.

Mit verächtlich gekräuselten Lippen mustert sie mich von Kopf bis Fuß.

»Du bist offline«, giftet sie schrill, während sie in meine Wohnung trippelt. Mit einem »Ich hätte gern einen Espresso Doppio« lässt sie sich hoheitsvoll auf meiner Couch nieder und streicht ihr makelloses Kleid glatt.

»Yes, Ma'am, kommt sofort«, knickse ich. Für Sarkasmus muss man empfänglich sein, Lorine ist es nicht.

»Ich versuche, dich seit zwei Stunden zu erreichen, aber du antwortest weder auf meine E-Mails, noch gehst du an dein Handy«, schnaubt sie wütend.

Bin ich ihre verdammte Leibeigene? Mein Gott, ich war zwei Stunden nicht erreichbar … Sebastian Mayer tapst neugierig näher. Menschen, die er mag, begrüßt er gern, indem er seine kleine rosa Nase auf die Besuchernase drückt. Menschen, die nach Vanille duften oder ihn stressen, kratzt er. Lorine erfüllt beide Voraussetzungen.

Eine Minute später hat Lorine ein riesiges Loch in der edlen Strumpfhose und eine blutige Schramme am Bein. Unauffällig tätschle ich den Katerkopf und schaufle dem Attentäter eine besonders große Portion Katzenfutter als Belohnung in sein Schüsselchen.

Offiziell bin ich natürlich total entsetzt über die Untat von Sebastian Mayer und murmle etwas von verhaltensauffälligen Katern und Tierheimen, während ich der wimmernden Lorine ein Pflaster reiche.

Sebastian Mayer rülpst laut in Lorines Richtung.

Als sich die wehleidige Madame nach einer gefühlten Ewigkeit endlich beruhigt und mit verächtlich gekräuselter Nase die Tasse Filterkaffee ohne Milch entgegengenommen hat, kommt sie endlich zum Grund ihres Besuches.

»Ich bin den weiten Weg von der Redaktion hierhergekommen, um dir mitzuteilen, dass Maya darauf besteht, dass du bereits morgen nach Wien zu einem neuen Auftrag fliegst.«

Am liebsten würde ich sie jetzt auch kratzen:

»Wie bitte??? Morgen? Ohne mich zu fragen? Ich habe ein Privatleben!«

Naserümpfend sieht sich Lorine um. »Ein Kater ist kein Privatleben, zumindest keines, das dich daran hindert, morgen in der Früh nach Wien zu fliegen!«

Lorine lächelt blasiert.

»In der *SoYou*-Sommerausgabe planen wir ein Special über eine innovative Fitnessstudio-Kette, die gerade europaweit expandiert. Der Eigentümer ist ein amerikanischer Fitnessguru, der Models laufstegtauglich macht und übergewichtige Hollywoodstars vor Dreharbeiten wieder in *good shape* bringt!«

Beides trifft zwar nicht auf mich zu, aber trotzdem schwant mir Schreckliches.

»Jo ist ab morgen für zehn Tage in der neu eröffneten Dependance in Wien, und Maya will, dass du mit ihm trainierst, um so authentisch wie möglich darüber berichten zu können.« Sie mustert mich mit einem unangenehmen Scannerblick, den sie sich von ihrer Chefin abgeschaut hat. »Und seien wir mal ehrlich, Lea – wer hat es notwendiger abzuspecken als du!«

Blöde Kuh.

»Sieh es als Chance, deine Bikinifigur doch noch zu retten. Der Sommer naht – Tick, tock, wie Maya sagen würde …!« Sie grinst mich süffisant an.

»Wenn dieser Jo ohnehin zehn Tage in Wien ist, warum muss ich dann schon morgen fliegen? Reicht es nicht, wenn ich erst Ende der Woche hinreise?« Ich zupfe mein ausgeleiertes T-Shirt zurecht. Mein Leben ist echt stressig. »Ich bin ja erst seit zwei Tagen aus Paris zurück!« Ich hab noch nicht mal meinen pinken Trolley ausgepackt, fällt mir gerade ein.

Lorine mustert mich wie etwas Widerliches, das unter ihrer Schuhsohle klebt.

»Du bist manchmal echt schwer von Begriff, Lea, oder? Du sollst nicht ein einziges Training mit ihm absolvieren, sondern zehn Tage lang intensiv mit ihm trainieren! Er hat ein spezielles Fitness- und Ernährungsprogramm entwickelt, das du exklusiv für unsere *So You*-Leserinnen testen wirst!«

Ich stehe kurz vor einer Ohnmacht. Sport und ich sind nicht kompatibel, ich kann mich nicht mal erinnern, wann ich das letzte Mal so was gemacht habe. Wahrscheinlich im Sportunterricht in der Grundschule.

Sebastian Mayer, der meine Nervosität spürt, krampft und macht seltsame Pupsgeräusche. Keine Sekunde zu früh reiße ich ihn von Lorines grauen Rauleder-Pumps hoch und setze ihn auf sein Katzenklo, wo er förmlich explodiert. Das war knapp. Armer kleiner Stress-Kacker … Ich sollte ihn nicht ständig in nervenzerfetzende Situationen bringen.

»Das ist dein Flugticket!« Lorine wedelt wieder vor meiner Nase mit dem Blatt Papier.

»Du nimmst die Maschine um 6.35, dein erstes Training startet um 10.00 Uhr. Ich habe dir eine ausführliche E-Mail dazu geschrieben, darin findest du alle Details!«

Ich fühle mich zu schwach, um ihr zu erklären, dass ich Sport hasse, und ziehe meinen Bauch unter dem Katzen-Sabber-T-Shirt ein.

»Etwas Vorabrecherche kann auch nicht schaden. Sieh dir am besten heute noch Jos Webseite an oder seinen Fitnessblog!«

Sie wirft mir einen Rucksack zu, aus dem mir knallbunte Trainingsklamotten entgegenleuchten.

»Die Moderedaktion hat dir übrigens ein paar coole Klamotten rausgesucht. Ich gehe nicht davon aus, dass du selbst adäquate Sportklamotten hast!«

Ich schüttle leicht beschämt den Kopf.

»Schuhgröße 38/39 passt?«

Lorine zieht pinke Laufschuhe aus dem Sack.

»Ja, passt!« Die einzigen Körperteile, die in den letzten Jahren nicht in die Breite gegangen sind, sind meine Füße.

Mit der Mahnung »Blamier uns nicht!« stürmt sie zur Tür hinaus.

Noch immer paralysiert fahre ich meinen Laptop hoch. Im Posteingang sind fünf E-Mails von Lorine, alle mit leuchtend rotem wütenden Ausrufezeichen. Die letzte lautet – DU HEBST NICHT AB – DU LÄSST MIR KEINE WAHL – ICH KOMME JETZT VORBEI.

Zum Glück habe ich das schon hinter mir.

Sebastian Mayer springt auf meinen Schoß und tupft seine rosa, leicht feuchte Nase auf meine. Hach, wie liebe ich ihn, wer braucht schon einen untreuen Mann, wenn er einen treuen, perfekten Kater hat?

Laut Laptop ist es bereits 16.00 Uhr, höchste Zeit, Su und Armin mitzuteilen, dass der gemeinsame Cocktailabend in der Stadt leider entfällt. Bestimmt sind sie mächtig enttäuscht, aber ich muss den pinken Trolley neu packen und brauche meinen Schönheitsschlaf.

WIEN, WIEN – UND GANZ ALLEIN

Verdammt, so kann ich unmöglich auf die Straße gehen.

Lorine laut verfluchend tigere ich in meinem kleinen Hotelzimmer in der Wiener Innenstadt vor dem bodentiefen Wandspiegel auf und ab. Das hat die dumme Kuh doch absichtlich gemacht: Das froschgrüne Lauf-Top in Barbiegröße quetscht meinen Busen und meine Lunge platt. Ich atme rasselnd ein, während ich meine Turnschuhe zuschnüre.

Meine neuen pinken Laufschuhe sind leider ebenfalls zu klein, was vielleicht daran liegt, dass mir Lorine keine Größe 38/39, sondern 37 hat einpacken lassen. Die Mistdinger scheuern bereits jetzt an meinem linken großen Zeh, und die rote knatschenge Lycra-Laufhose wuppt meinen untrainierten Bauch als gigantischen Speck-Rettungsring über den Gummibund.

Fett schwimmt – fällt mir die Aussage meiner ehemaligen Sportlehrerin wieder ein. Sollte ich also beim Laufen einen Schwächeanfall erleiden und in den Wienfluss kippen, werde ich dank meines eingebauten Rettungsrings nicht ertrinken.

Ich sehe kleine Blitze vor den Augen. Verdammt, das Top schnürt mir die Luft ab. Entnervt reiße ich mir das froschgrüne Unding vom Leib und fische das flauschige graue »I LOVE VIENNA«-Sweatshirt, das ich mir heute Früh am Flughafen gekauft habe, aus der Shoppingtüte und streife es über.

Hurra – ich bekomme wieder Luft.

Ein Blick auf meine Uhr sagt mir, dass ich mich beeilen sollte:

Jo, der Trainer der Hollywoodstars, wie er sich auf seiner Webseite bescheiden nennt, erwartet mich um Punkt zehn beim Strauss-Denkmal im Stadtpark für ein erstes Kennenlernen und eine kleine Joggingrunde.

Alles andere als motiviert stolpere ich aus dem Hoteleingang und will sofort wieder umdrehen. Der Himmel hat sich verdunkelt, und es beginnt wie aus Eimern zu regnen. Offensichtlich bestraft mich der Wettergott für meinen ersten sportlichen Ausflug seit gefühlten 100 Jahren mit viel kaltem Wasser von oben.

Der Duft nach frisch aufgebrühtem Kaffee und warmen Brötchen weht verheißungsvoll aus dem gemütlichen Hotel-Frühstücksraum zu mir herüber, und einmal mehr verfluche ich meinen blöden *SoYou*-Recherche-Job und höre meinen Vater sagen: Eine gute Ausbildung ist durch nichts zu ersetzen.

Hmpf.

Aber immerhin hat er versprochen, etwas zur Miete beizusteuern, bis ich das Geld von Sebastian zurückbekomme. Falls ich es zurückbekomme … Und gestern hat sich endlich auch meine Mutter gemeldet, die nun kein Fan mehr von Sebastian ist, nachdem ich ihr die Sebastian-Saskia-Story erzählt habe.

Der Regen wird immer heftiger. Tja, Pech, da muss ich jetzt wohl durch.

Ich ziehe die Kapuze meines Sweaters über den Kopf und trabe im lockeren Tempo über das nasse Kopfsteinpflaster. Meine Laufschuhe patschen durch die im Minutentakt größer werdenden Regenpfützen. Vorbei an den prächtigen Jahrhundertwendehäusern bewege ich mich in Zeitlupe Richtung Stadtpark. Während meines Praktikums für die japanische Kult-Kosmetikmarke war ich schon einmal wegen einer Beautymesse in Wien. Also war das mit der internationalen Erfahrung zumindest nicht ganz gelogen.

Und einmal war ich mit Sebastian ein Wochenende in Wien, dabei habe ich aber nicht viel von der Stadt gesehen, weil ich ihm bei seinen Fotoaufnahmen einer verfallenen Lagerhalle assistieren musste, für einen Museumsbesuch oder einen kurzen Shoppentrip blieb dann leider keine Zeit mehr …

Ich laufe an einem Plakat vorbei, das ein Jazzkonzert ankündigt. – Wann ist nochmal Sebastians nächste Ausstellung in Wien? Egal! Das Kapitel ist abgeschlossen.

Schon jetzt nass bis auf die Haut, trabe ich am Kursalon, dem wunderschönen Renaissancegebäude im Stadtpark, vorbei. Wie froh wäre ich, wenn ich jetzt statt durch den strömenden Regen zu laufen wieder Produktpröbchen an Messebesucher verteilen dürfte. Und damals dachte ich noch, dass das sicher der beschissenste Job meines Lebens sein würde.

So kann man sich irren. Kurz tue ich mir wahnsinnig leid.

Meine Kondition ist schlechter als gedacht, und ich brauche für die weiteren Meter bis zum Eingang des Stadtparks eine gefühlte Ewigkeit.

Verdammt, ich komme gleich zum ersten Training zu spät. Heftig keuchend erreiche ich endlich den vereinbarten Treffpunkt, das vergoldete Denkmal des geigespielenden Wiener Walzerkönigs Johann Strauss und erwarte zu Füßen des großartigen Musikers einen äußerst wütenden Amerikaner vorzufinden.

Doch ich kann niemanden entdecken.

Auf einer weiß lackierten Parkbank vis-à-vis vorm Denkmal sitzen nur ein alter Mann und sein struppiger Dackel, die den Regen scheinbar noch nicht bemerkt haben oder einfach ignorieren. Erleichtert lasse ich mich neben den Mann auf die Bank fallen – nasser als nass kann ich nicht mehr werden – und versuche, wieder zu Atem zu kommen. Meine linke Zehe pocht unnatürlich, das gibt eine fette Blase, oder vielleicht stirbt sie gerade ab. Die Schuhe sind wirklich viel zu eng.

10.10 Uhr – Wahrscheinlich hat Jo verschlafen.

10.11 Uhr – Oder keinen Bock, im Regen zu trainieren.

10.12 Uhr – Kommt Jo nicht aus Kalifornien? Bestimmt hasst er Regen und bleibt lieber in seinem Hotelzimmer.

10.13 Uhr – Oder er wartet, dass der Regen aufhört. Doch so wie das aussieht, kann er lange warten, das Wasser läuft mir inzwischen den Rücken hinunter. Es gibt wohl keine Stelle mehr an meinem Körper, die noch trocken ist.

10.14 Uhr – Wenn er nicht in fünf Minuten auftaucht, gehe ich wieder zurück ins Hotel und frühstücke, jawoll.

Ich fummle mein Handy aus der Jackentasche. Um die Wartezeit zu verkürzen, werde ich mir eines der zahlreichen Trainingsvideos auf Jos Fitness-App anschauen.

»*Are you allright, Lea*?«, schreit plötzlich eine Stimme im Kommandoton hinter mir.

Vor Schreck lasse ich das Handy fallen, und der Dackel kippt fast hinterrücks von der Bank und kann von seinem aufmerksamen Herrchen nur durch einen beherzten Ruck an der Leine vom Absturz gerettet werden.

Wo kam das her?

»*Hello! I am Jo! I am your trainer!*«

Etwas kommt aus dem Gebüsch hinter meiner Parkbank hervorgekrochen, und ich bin ehrlich erschüttert.

Wenn Sport das aus einem Menschen macht, dann will ich keinen Sport machen.

Nie wieder.

Der Trainer der Stars sieht aus wie ein von der Sonne verbranntes, hohläugiges Hühnchen und besteht hauptsächlich aus Sehnen und Haut. Seine blauen Augen liegen in tiefen Höhlen. Bestimmt hat er seit drei Wochen nichts gegessen. Eben wischt er sich seine feuchten Hände an den mageren, in rotes Lurex gewandeten Beinchen ab, die mich wirklich verdammt an Hühnerbeine erinnern. Wahrscheinlich hat er sich die Wartezeit mit ein paar Liegestützen im nassen Gras verkürzt.

Gott ist der dünn.

Ich betrachte ihn mitleidig.

Vielleicht sollte ich ihn füttern.

Bis 11.00 Uhr gibt es im Hotel Frühstück, wenn wir jetzt gleich losgehen, können wir es noch schaffen. Mein Magen knurrt laut. Ein großer Milchkaffee, ein Brötchen mit Butter und Honig, ein Glas Orangensaft, ein weiches Ei, ein …

Doch Jo hat leider andere Pläne.

»*We start with one round* durch die Park«, radebrecht er.

Eine Joggingrunde, insbesondere eine kleine Runde, ist okay. So groß ist der Park, glaube ich, nicht.

Ich schiebe meine Kapuze etwas höher, um besser die Ausmaße des Weges sehen zu können, doch sofort peitscht mir der Regen ins Gesicht, und ich kann den Weg nur undeutlich vor mir sehen.

»*Don't worry, Lea. One Round is only two miles and of course we do it ten times …!*«

Bitte? Wir machen es zehn Mal?

Ganz sicher nicht, du lächerliches Hühnchen.

Die kalifornische Sonne hat dem Hühnchen scheinbar den letzten Rest seines kaputten Kleinhirns weggebrannt. Auf keinen Fall renne ich 20 Kilometer oder Meilen im strömenden Regen durch den Park. Das schaffe ich konditionstechnisch einfach nicht.

Jo, der meine Schockstarre nicht bemerkt hat, sprintet los, als ob jemand hinter ihm her wäre, und ich kann nur noch seinen – zugegeben wirklich knackigen – Mini-Arsch bestaunen.

»Lauf du nur vor«, will ich ihm nachrufen, aber er würde mich nicht mehr hören, weil er zu schnell ist und weil ich nicht gleichzeitig laufen, schwitzen, atmen und englisch denken kann.

30 Minuten später findet mich Jo hechelnd und laut nach Luft schnappend auf der Parkbank am Ausgang. Ich bin extrem stolz, die Runde geschafft zu haben. Zwei Kilometer! Ganze zwei Kilometer! So lange bin ich noch nie gelaufen. Ich bin wirklich extrem stolz auf mich, üblicherweise breche ich nach fünf Minuten japsend mit Seitenstechen zusammen. Der Schweiß läuft in Strömen meinen Körper hinab, und ich habe das Gefühl, etwas Bahnbre-

chendes geleistet zu haben. Ist das dieses *Running-High*, von dem man immer liest?

Mein Erfolg wird nur leicht von der Tatsache geschmälert, dass der alte Mann und sein räudiger Rauhaardackel nur zwei Minuten nach mir gemütlich losspaziert sind und zeitgleich mit mir – ohne eine einzige Schweißperle auf der Stirn – am Ziel sind.

Aber die beiden haben ja auch Heimvorteil, beruhige ich mich, und trainieren sicher seit Jahren jeden Tag hart.

Ich tupfe mir mit dem Ärmel die Regentropfen und den Schweiß von der Stirn, fletsche die Zähne zu einem Siegerlächeln und mache ein Selfie für Armin und Su. Diesen Triumph muss ich mit meinen Freunden teilen. Meinen knallroten Kopf retuschiere ich mit einem Spezialfilter, und zum Glück trage ich wasserfeste Wimperntusche.

»Eben um den riesigen Stadtpark gejoggt!«, lautet der Text, den ich mit vor Anstrengung zitternden Händen tippe.

Zufrieden lächle ich Jo an.

Komisch, er wirkt seltsam geschockt.

Mit einer Mischung aus Bedauern und Entsetzen starrt er mich an.

»*You are not very fit, Lea, are you?*«

»*No, I am too fett!*«, presse ich etwas kurzatmig hervor. Auch in Extremsituationen verliere ich nie meinen Humor.

Verdammt, ich bekomme kaum noch Luft, sicher werde ich gleich ohnmächtig.

»Aber mit deinem Supertrainingsplan«, ich ringe nach Luft, »werde ich in 14 Tagen fit wie ein Turnschuh sein und fünf Kilogramm abgenommen haben«, presse ich keuchend hervor.

Jo sieht mich verständnislos an!

»*Your Webseite! You are the super-trainer!*« Um meiner Begeisterung Ausdruck zu verleihen, reiße ich mit letzter Kraft beide Daumen hoch. Das wird er doch verstehen?

»*In two weeks I will be fit*«, keuche ich.

»Two weeks is not possible, Lea – look at your body!«

Jo zeichnet Barbapapa-ähnliche Formen mit seinen Händen in die Luft, um meine Körpermaße zu beschreiben.

Blöder dürrer Ami. Empört schnappe ich nach Luft: So unförmig bin ich nun auch nicht.

Der Regen wird immer heftiger, und der Wind frischt auf. Ich bin total durchnässt, mein Sweater klebt an mir wie eine zweite Haut, meine Schuhe sind durchweicht, meine Zehe pocht unheilvoll, und mir ist kalt. Eiskalt.

Mir reicht's, ich brauche dringend eine heiße Dusche.

Soll er doch allein weitertrainieren.

»I am leaving now! Goodbye Jo.«

Mit dem letzten Rest Würde verabschiede ich mich von dem alten Mann und seinem Dackel und stakse langsam Richtung Hotel, tunlichst bemüht, die linke große Zehe, die sich anfühlt, als würde sie jede Sekunde abfallen, nicht allzu sehr zu belasten. Soll sich der Trainer aus der Hölle sein blödes Training an den Hut stecken. Ich mache da nicht mehr mit.

»2.p.m. in my Studio, Lea, you got the adress?«

Ohne mich umzudrehen, stapfe ich weiter und kann es mir nur unter Aufbringung all meiner Willenskraft verkneifen, ihm nicht im Gehen den Mittelfinger zu zeigen. Da sieht man mal wieder, was Sport aus mir macht.

Nach einer Stunde in der Badewanne kehren meine Lebensgeister langsam zurück, und ich lege mich mit meinem Laptop aufs Bett und bestelle mir beim Zimmerservice das extragroße Spezialfrühstück. Während ich mein Müsli verputze, starte ich auf meinem Laptop das Video.

Das von Jo entwickelte Power-Programm verspricht, ein dickes Mädchen in nur zwei Wochen zwei Kleidergrößen schlanker zu machen – na, da bin ich mal gespannt. Das »dicke« Mädchen, das in meiner Welt nicht dick ist, weil es Kleidergröße 38 trägt und das Abnehmprogramm meiner Meinung nach überhaupt nicht notwendig hat, wird von Jo zu Hause besucht. Es freut sich wie eine Schneekönigin, dass der aus Film und Fernsehen bekannte Fitnessguru ausgerechnet sie für sein Spezialprogramm ausgewählt hat.

In der nächsten Einstellung sieht man Jo, wie er wie eine Furie die Küchenschränke und den Kühlschrank des Mädchens durchwühlt und mit spitzen Fingern und angewidertem Gesichtsausdruck alle Nahrungsmittel, die Kohlehydrate, Fett, Salz, Zucker, künstliche Aromastoffe und jede Form von Geschmack enthalten, in einen überdimensionalen schwarzen Müllsack pfeffert.

Am Ende der Aktion liegt in dem Kühlschrank ein verschrumpelter Apfel, und im Vorratsschrank steht ein Päckchen Vollkornreis, und das »dicke« Mädchen weint bittere Tränen.

Doch das reicht Jo natürlich nicht.

Er zwingt das arme Ding zu einer Laufrunde um ihre Heimatstadt, lässt sie 50 Liegestütze und 20 Strecksprünge machen, und dann muss sie drei Minuten auf einem Bein stehen und *La Paloma* singen. Bis auf die Tatsache, dass das Mädchen überhaupt nicht singen kann, macht sie das meiner Meinung nach ganz hervorragend, doch Jo sieht das natürlich anders und verordnet ihr einen strengen Trainingsplan.

Nervös schmiere ich etwas Erdbeerkonfitüre auf meine Buttersemmel.

Das kann ja heiter werden.

Im Zeitraffer sieht man, wie Jo die arme Kleine zwei Wochen lang mit Dauersport quält.

Angstvoll schiele ich auf die Uhr.

Es ist schon 13.00 Uhr – in einer Stunde erwartet mich der Folterknecht zum Training, wenn er mich heute nur halb so heftig quält, sterbe ich!!

Am Ende der zweiten Woche hat das »dicke Mädchen« bereits vier Kilogramm – eine ganze Kleidergröße – abgenommen und passt endlich wieder in ihre Lieblingsjeans.

»Auch die Boys finden mich jetzt wieder hoooooot!« O-Ton vormals dickes Mädchen, während im Hintergrund ein rasend attraktiver Mann auf das Haus des Mädchens zuläuft.

Die Kamera zoomt an ihn ran. Aus der Nähe sieht er sogar noch besser aus. Jetzt lächelt er voller Vorfreude, und er hat sogar Blumen dabei.

Meine Lieblingsblumen.

Im Jardin des Tuileries in Paris waren die Beete übersät von rosa Tulpen, und Mattheo hat mir unerlaubterweise eine besonders schöne gepflückt … Ich lege die angebissene Semmel auf den Teller zurück. Plötzlich durchströmt mich neue Energie – vielleicht ist das Training doch etwas für mich.

Ich spüre Ehrgeiz durch meine Adern rasen und pflücke die rotglänzende Sporthose von der Heizung, die sich warm und trocken anfühlt. Der Sweater ist leider immer noch klatschnass, also schlüpfe ich in ein Tanktop und ziehe ein dünnes langärmeliges T-Shirt drüber. Immerhin trainieren wir indoor.

Mein Zeh wird mit einem extragroßen Pflaster verarztet, und ich steige in meine alten Sneaker und humple zur Tür hinaus. Ein Indianermädchen kennt keinen Schmerz. Und keine Angst.

TEAM: TRÄCHTIGES WALWEIBCHEN

»Jo hat mit kalifornischen Sportmedizinern und anerkannten Wissenschaftlern ein weltweit einzigartiges Spezialtraining entwickelt, mit dem jeder fit werden und in nur zehn Tagen ein bis zwei Kleidergrößen abnehmen kann! Garantiert!«

Skeptisch betrachte ich die durchtrainierte Lara-Croft-ähnliche Frau im schwarzen, hautengen Hosenanzug, die auf den Namen Sonja hört und für Jo als europaweite PR-Dame arbeitet.

»Wollen Sie damit sagen, dass Sie noch vor zehn Tagen fünf Kilogramm mehr gewogen haben?« Skeptisch betrachte ich die magere Frau, die sicher Size Zero trägt. Ein verächtlicher Blick streift mich.

»Ich spreche nicht von mir, ich spreche von Ihnen! Lea, wir können Sie schlank und fit – ich meine noch schlanker und fitter machen, wenn Sie sich bedingungslos an unsere Anweisungen halten!«

Verunsichert knabbere ich an meiner Unterlippe.

»Kann ich den Kursplan mal sehen?«

»Gern!«

Hm, nicht sehr aufschlussreich, ich sehe gelbe, orange, grüne und blaue Kästchen, die in keinem erkennbaren Muster auf einem Wochenplan angeordnet sind. Für meinen Geschmack sind es sehr viele Kästchen. Zu viele.

»Wofür steht die Farbe Blau?« Blau ist meine Lieblingsfarbe und kommt besonders oft vor, vielleicht sind das ja die Ruhephasen am Fitnesspool oder im Spa-Bereich.

»Blau steht für Boxen!« Die PR-Dame grinst mich wölfisch an. »Wir trainieren bei Jos Spezialtraining mit äußerst exakt dosierten, kürzeren Intervallen und gesteigerter Intensität. Dadurch werden die Muskelgruppen noch schneller aufgebaut. Und Muskeln verbrennen noch viele Stunden nach dem Training Fett.«

»Heißt das, ich nehme auch im Ruhezustand ab? Zum Beispiel während ich, sagen wir mal, auf der Couch liege?« Und Schwedenkrimis schaue und Pizza esse …

»Wenn Sie dazu keine Nachos essen, schon!«

»Ich esse keine Nachos! Nie!« Das ist nicht mal gelogen. Ich esse nur Chips.

»Na dann ist es ja gut!« Sonja betrachtet mich etwas wohlwollender.

»Bei uns werden Sie lernen, Ihre Muskelgruppen gezielt zu trainieren, ich verspreche Ihnen: Nach den zehn Tagen sind Sie sportsüchtig und werden überall Sport in den Alltag einbauen, auf Reisen, im Büro, beim Shoppen!«

Ich lächle vermeintlich zustimmend.

Das wird ganz sicher nicht passieren.

»Lassen Sie uns mit einem kleinen Rundgang durch das Sportstudio starten!«

Ich folge Sonja von Stockwerk zu Stockwerk und komme aus dem Staunen nicht mehr heraus. Eines muss man dem mageren kalifornischen Fitnesshühnchen lassen: Das, was er hier geschaffen hat, ist kein Fitnessstudio, sondern ein verdammter Fitnesstempel.

Der riesige, mehrstöckige Glascube hat gigantische Ausmaße und bietet auf fünf Stockwerken alles, was ein Sportsüchtiger sucht. Und ich weiß nicht, ob ich mehr von der 500 Meter langen Indoor-Laufbahn, auf der man, wenn man möchte, einmal um den ganzen ersten Stock im Kreis laufen kann, beeindruckt bin oder von der Indoor-Golfanlage oder dem Schwimmbad mit fantastischem Blick auf die Donau, dem Spa oder den weitläufigen Fitnessräumen, in denen, wie mich Sonja informiert, bis zu 300 Personen gleichzeitig an den chromblitzenden Folterinstrumenten trainieren können.

»Hier werden wir Sie so richtig zum Schwitzen bringen, Lea! Bevorzugen Sie eher Cardio- oder Krafttraining?«

»Ich bin eher der Läufer!«

»Also Cardio, sehr gut, Lea!« Ich sehe ein anerkennendes Blinzeln in ihren Augen, während sie sich eine kurze Notiz macht.

»Bevor wir mit Ihrem Training beginnen, werden wir den IST-Zustand Ihres Körpers genauestens dokumentieren, damit wir die Erfolge, die Sie in den nächsten Tagen erzielen, dokumentieren und messen können! Hier rein, bitte!«

In der nächsten halben Stunde werde ich unter dem Beisein von Sonja und einem grauhaarigen Fitnesstrainer, der immerhin ein paar Kilo mehr als Jo auf die Waage bringt, von allen Seiten fotografiert (schon wieder), gewogen und vermessen.

Die gute Nachricht: Ich bin 1,65 Meter groß.

Alle anderen Werte sind scheinbar besorgniserregend, wie ich Sonjas verkrampften Lippen und dem ungläubigen Kopfschütteln des Fitnesstrainers entnehmen kann.

Sorgfältig vermisst er meine Hüfte, meine Taille, stellt mich auf eine Waage und quetscht die Rückseite meines Oberarms mit einer Art Zange. Ich fühle mich wie ein Stück Vieh, das vermessen wird, ob es schon fett genug ist, um geschlachtet zu werden.

Die Werte gibt er immer an Sonja weiter, die diese stirnrunzelnd in ihren Laptop eingibt.

Dann stutzt sie, betrachtet ihre Aufzeichnungen und tippt nochmal meine Werte ein.

»Also, Lea. Du bist 75 Kilogramm schwer und hast einen BMI von 29,3.«

»Ist das gut?«, frage ich vorsichtig in die Runde.

»Wenn man ein trächtiges Walweibchen ist, schon!« Erschrocken schlägt sie die Hand vor den Mund.

Fassungslos starre ich das Lara-Croft-Double an. Hat sie das jetzt wirklich gesagt?

»Das war natürlich nur ein Witz, Lea! Du verstehst doch, nur ein Witz!« Sonja ist unter ihrer Solariumbräune blass geworden.

Ein Witz also.

Ich schnappe mir einen Stuhl und angle meinen Notizblock aus der Tasche.

»Könnten Sie mir Ihren Nachnamen bitte nochmal buchstabieren, für den Artikel!« Ich grinse hämisch und sehe den Artikel in der *SoYou* schon vor mir.

Die Pressesprecherin, Sonja K., warnte mich gleich zu Beginn meines Trainings: »Lea, das Training ist für Wale (in ihrer Welt: Frauen ab Kleidergröße 38) nicht geeignet!

Wenn ich das schreibe, ist der Laden hier unten durch. Die Sache hat leider nur einen Haken:

Das oberste Gebot von *SoYou* ist es, Anzeigenkunden niemals zu verärgern, und Jo hat in den nächsten drei *SoYou*-Ausgaben doppelseitige Anzeigenkampagnen gebucht. Also werde ich die Zähne zusammenbeißen, meinen Stolz runterschlucken und gut über den Laden schreiben, egal mit welchen voluminösen Tieren Sonja mich noch vergleicht.

Doch das weiß die Trulla nicht.

»Bitte erzählen Sie Jo nichts davon, Lea, und bitte schreiben Sie nichts davon in Ihrem Artikel. Ich weiß auch nicht, was mit mir los ist, ich glaube, ich bin heute etwas unterzuckert!«

Sie räuspert sich.

»Viele Frauen, die bei uns trainieren, haben eine etwas – wie soll ich sagen – weiblichere Figur, und das ist auch gut so, nicht wahr?!«

Ich schenke ihr mein bei der Mona Lisa abgeschautes undurchsichtiges Lächeln.

»Ich kann ja mal darüber nachdenken«, verspreche ich. Das macht richtig Spaß.

Sonja trippelt näher.

»Übrigens können Sie heute in unserem Shop günstige Sportklamotten erwerben – da, bitte!« Sie fischt einen Bon aus ihrer Jackentasche. »Nur für Sie! Alles minus 70 Prozent! Mit den richtigen Klamotten macht das Training doch gleich viel mehr Spaß!« Sie lächelt verschwörerisch. »Oder wissen Sie was – heute dürfen Sie sich ein Trainingsshirt sogar gratis aussuchen. Sagen Sie den Damen im Shop, sie sollen es auf meine Rechnung setzen.«

Ich zupfe mein leicht verwaschenes Top zurecht. War das jetzt schon wieder eine fiese Anspielung? Oder eine Bestechung? Auch das könnte ich gegen sie verwenden.

Rein theoretisch.

»Ich bringe Sie jetzt zu Ihrer Box-Klasse, und während Sie sich mit den anderen Teilnehmern und Ihrem Trainer vertraut machen, erstelle ich den perfekten, maßgeschneiderten Trainingsplan für Sie.«

Ich schlurfe wenig motiviert hinter Sonja den Gang entlang.

»Und wenn Sie irgendwelche Fragen haben: Ich bin für Sie da, immer!«

BUMM ZACK – UND DANN KAM DER SANDSACK

Es gibt meiner Meinung nach nichts Deprimierenderes, als abends allein in einer fremden Stadt an einer verrauchten Hotelbar zu sitzen.

Außer abends allein an einer verrauchten Hotelbar zu sitzen und dabei kalorienreiches, unerlaubtes Essen in sich hineinzustopfen.

Ich knabbere an meinem Cheeseburger, den ich laut meinem strengen Ernährungsplan eigentlich nicht essen sollte, um den Trainingseffekt nicht zu gefährden, und presse das geeiste Cola-Glas auf die Stelle am Kinn, an der mich vorhin der blöde Sandsack getroffen hat.

Von wegen Boxen ist harmlos.

Die blauen Kästchen auf meinem Trainingsplan haben sich gerade vor meinen Augen verdoppelt – ob ich eine leichte Gehirnerschütterung habe? Aber immerhin sind die Kopfschmerzen nun nicht mehr ganz so schlimm wie vor drei Stunden, als ich wenig elegant im Boxstudio zu Boden gegangen bin.

Ich betrachte mich im Spiegel über der Bar – das schöne Makeover und die Renovatur – alles für die Katz. Auf meinem Kinn prangt ein großer blauer Fleck, ein echter Hingucker, und mir dämmert, dass das hier mein härtester Recherche-Job für *So You* wird.

Jeder Muskel in meinem Körper brennt wie Feuer, und dabei habe ich gerade eben mal einen einzigen Trainingstag hinter mir.

Wie ich das weitere neun Tage durchstehen soll, ist mir völlig unklar.

Ich hebe unter enormer Kraftanstrengung den schmerzenden Arm und ordere beim Barkeeper einen großen Gin Tonic mit extra vielen Eiswürfeln. Alkohol sollte ich laut Sonjas strengem Diätplan eigentlich auch nicht trinken, aber scheinbar hat die Wirkung der beiden Aspirin, die mir Sonja nach dem Knock-out durch den Sandsack eingeflößt hat, gerade nachgelassen, und ich spüre es in meinem Kinn wieder unheilvoll pochen. Da muss sofort Eis drauf.

Bestimmt haben die Fitnessgurus noch nie erlebt, dass sich jemand mit einem Sandsack selbst k. o. schlägt.

Ich starre auf den Trainingsplan.

Morgen startet mein Training erst um 10.30 Uhr – das bedeutet, dass ich ausschlafen kann, was auch bitter notwendig ist, die bunten Kästchen tanzen vor meinen Augen im Kreis. Ich bin wirklich hundemüde. Also winke ich dem Barkeeper und gebe ihm ein Zeichen, dass er auch gleich die Rechnung fertig machen kann. Dann scrolle ich noch schnell durch meine E-Mails.

Su, die, während ich in Wien bin, wieder als Sebastian Mayers Katzensitterin fungiert, hat mir gerade ein besonders niedliches Bild des Katers geschickt, wie er wohlig in seiner flauschigen Katzenhängematte, die ich auf dem Heizkörper befestigt habe, den Schlaf der Gesättigten schläft.

Mein Herz macht einen kleinen Satz, während ich das Bild betrachte. Das rote dicke Wollknäuel mit dem Riesenappetit und den unkontrollierten Stress-Kackanfällen ist mir in den letzten Wochen wirklich ans Herz gewachsen, und sollte der Mehlwurm jemals wieder auftauchen und seinen Kater zurückfordern, hat er Pech.

Sebastian hat Saskia.

Ich habe Sebastian Mayer.

Das Scheidungskind bleibt bei mir.

Koste es, was es wolle.

Apropos koste es, was es wolle.

Armin hat mir gestern den Kontakt eines sehr guten Anwaltes geschickt, der mir helfen soll, das Geld, das Sebastian sich »geborgt« hat, wiederzubekommen. Hmpf.

Su schreibt, dass sie den Katzenfutter-Vorrat aufstocken musste, weil mein tierischer Freund das Fresspensum schon wieder erhöht hat. Abgemildert wird die Tatsache, dass sich die Katzenkosten in den letzten 24 Stunden gerade um 50 Euro pro Monat erhöht haben, nur von dem folgenden Satz:

»Ich glaube, dass das nur temporär ist, weil er dich so vermisst!«

Ihr Wort in des Katers Ohr!

Der Mann neben mir im silbrigen Anzug mit den zurückgegelten Haaren und kleinem Schnauzbärtchen räuspert sich, entnervt drehe ich mich weg.

Mit Männern bin ich generell fertig. Armin schreibt, dass er mit Stefan zu dessen Geburtstag eine Woche nach Bora Bora fliegt. Ich freue mich für ihn, dass in sein Liebesleben endlich Ruhe eingekehrt ist.

Nun muss ich nur noch Su unter die Haube bringen.

Ich tippe in meinen Terminkalender: »Gino … Lauftraining?« Theoretisch wäre er der perfekte Mann für Su. Und wenn der leicht moppelige Italiener nur ein paar Kilo abnehmen würde, würde sie das sicher auch endlich sehen.

Ich will den Laptop schon zuklappen – als eine E-Mail von Mattheo reinkommt:

»Alles okay bei dir? Bin morgen @ home – hast du ganz spontan Lust auf ein Treffen? ☺ Kino, Essen, was immer du möchtest …«

Mir wird ganz warm. Was ich möchte … so ganz spontan. Der hat Nerven.

»Bin leider in Wien!«, tippe ich rasch, und in Bezug auf die Quälerei meines geschundenen Körpers stimmt das *leider*. Ich nehme einen großen Schluck vom Gin Tonic.

Sonst ist es gelogen.

Ich bin nämlich ganz froh, noch etwas Zeit zu haben, ehe ich wieder in seine gefährlich grünen Augen sehe.

Nachdenklich presse ich das kalte Glas an meine pochende Wange.

Paris war heiß.

Ziemlich heiß.

So etwas hatte ich zuvor nie erlebt …

Ach verdammt, gib's doch endlich zu, Lea, der Sex mit Mattheo war wirklich der Oberhammer! Die Meerschweinchen in meinem Magen haben feuerrote Wangen und glühende Ohren …

Ich nehme noch einen Schluck und schiebe das Bild von unseren verschlungenen nackten Körpern im Jardin des Plantes in den hintersten Winkel meines Hirns.

Paris war eine Extremsituation – eine einmalige Ausnahme, weil ich etwas Trost und körperlichen Beistand gebraucht habe. Mein Herz pocht unnatürlich schnell. Doch wenn ich eines von mir weiß: Ich bin nicht der Typ für eine unverbindliche Affäre, schon gar nicht mit einem Womanizer wie Mattheo. Das kann nur im Chaos enden. Und davon hatte ich genug.

Wenn wir uns wiedersehen, werde ich ihm schonend beibringen, dass wir das mit den lustvollen Treffen besser bleiben lassen und einfach nur gute Freunde sind.

»Hast du eine neue Mehlwurm-Stalking-Aktion in Wien geplant?«

»Nein, damit bin ich durch!«

»Diesmal ganz ehrlich?«

Ich muss nicht lange nachdenken und tippe:

»Ganz ehrlich! Mit Sebastian bin ich fertig!«

»Wie lange bist du noch in Wien?« Meine Güte, ist der neugierig.

»Noch neun Tage!«

»Schade! Na dann! Gute Nacht, meine Schöne!«

Meine Schöne … Ich klappe den Laptop zu und öffne auf meinem Handy Mattheos WhatsApp-Account.

Nachdenklich streiche ich mit der Hand über Mattheos Profilbild und nehme den letzten Schluck von meinem Gin Tonic.

Leicht betrunken und mit einem leider immer noch schmerzenden Kinn und Zeh schleppe ich mich nach Begleichen der Rechnung schließlich auf mein Zimmer und versuche, ein paar Zeilen von Jos Trainingsunterlagen zu lesen. Doch meine Gedanken kreisen bis in den Schlaf immer weiter um die seltsam schöne Nacht mit Mattheo …

NUR DIE HARTEN LAUFEN DURCH DEN GARTEN

Als am nächsten Morgen um 8.00 Uhr mein Wecker läutet, weiß ich nicht, was mehr schmerzt, mein blau schillerndes Kinn, meine vom ungewohnten Sport brennenden Oberschenkel oder meine linke große Zehe – und das erste Mal in meinem Leben habe ich nach dem Aufwachen nicht gleich Hunger.

Ich tupfe etwas Concealer auf den blauen Fleck und verbinde meine Zehe sorgfältig. Dann schlüpfe ich in meine alten, gammeligen Sneaker. Vielleicht sollte ich mir von Sonjas Gutschein heute neue Sportschuhe gönnen. Auf dem Weg zum Frühstücksraum werde ich in meinen vom Vortag verschwitzt müffelnden Sportklamotten von den anderen Hotelbewohnern kritisch beäugt. Was ich ihnen nicht verdenken kann. Der Geruch nach nassem Hund ist aber auch widerlich. Ab morgen werde ich mich wohl besser immer erst im Sportstudio umziehen.

Spontan entschließe ich mich, auswärts zu frühstücken, schließlich will ich noch etwas mehr von Wien sehen als das blöde Sportstudio, und am Abend nach dem Training bin ich sicher wieder zu kaputt. Oder erneut entstellt.

Auf dem Weg Richtung U-Bahn meide ich die lebhafte Einkaufsmeile, die Kärntner Straße, und laufe lieber kreuz und quer durch die kopfsteingepflasterten kleinen Gässchen. Kleine Antiquitätenläden, Feinkostenläden und Boutiquen reihen sich aneinander, und ich ärgere mich, dass ich in einer Stunde beim Training sein muss und nicht den Vormittag damit verbringen kann, neue

Kleider zu probieren, Kaffee in einem der hübschen Cafés zu trinken, Torte oder Kuchen zu essen oder durch eines der zahlreichen Museen zu schlendern.

Ich laufe an der Staatsoper und dem Fünf-Sterne-Hotel Sacher vorbei, vor dem rot-golden-livrierte Hotelpagen gerade unter lautem Schnaufen ein Kofferset – in dem mein ganzer Kleiderschrank Platz hätte – aus einem schwarzen Bentley wuchten. Schade, dass ich so müffele, denn sonst würde ich mir hier jetzt spontan ein Stück Sachertorte gönnen. Seufzend laufe ich weiter. Doch halt. Da ist auch ein schönes Café. Ob ich es wagen soll?

Einen Versuch ist es wert.

Ich ergattere einen freien Tisch am Fenster des Café Mozart und lasse mich auf die mit rotem Samt gepolsterte Sitzbank nieder. Begeistert sehe ich mich um und fühle mich sofort 100 Jahre zurückversetzt. Die fünf Meter hohen lachsfarbenen Wände sind mit sanft geschwungenen Stuckfresken verziert, und riesige goldgerahmte Spiegel geben mir das Gefühl, in einem Palast zu frühstücken.

Was für ein tolles Café! Und was für eine herrliche Aussicht: Vor meinem Fenster fährt ein Fiaker, eine Pferdekutsche, mit zwei Touristen vorbei.

Ein Ober in schwarzem Anzug kommt an meinen Tisch.

Gott, wie ist das alles stilvoll hier. Hoffentlich mokiert sich hier niemand wegen meines Aussehens und Geruchs. Ab morgen werde ich nur mehr topgestylt das Hotel verlassen.

»Was darf es sein, gnä Frau?« Der Mann, der laut seinem Namensschild Alfred heißt, lächelt freundlich und enthüllt dabei einen blinkenden Goldzahn. Lustig, noch ein Alfred, der aber zum Glück nichts mit Renovatur zu tun hat.

»Was würden Sie mir empfehlen?«

Jetzt grummelt es doch langsam in meinem Bauch.

»Sind Sie sehr hungrig?«, will er nun wissen. »Ach, was frage ich! Eine sportlich-schlanke Frau wie Sie ist natürlich hungrig! Ich bringe Ihnen das große Frühstück!«

Wien ist die Stadt für mich.

Ich will hier leben.

»Lassen Sie es sich schmecken!«

Nur fünf Minuten später stellt Ober Alfred einen großen Milchkaffee, ein Glas Orangensaft und eine Etagere mit Schinken, Käse, Aufstrichen, Früchten und Kuchen und einen Korb mit himmlisch duftenden frischen Brötchen vor mir ab.

Hm … wie lecker.

Ich will jeden Tag hier sitzen und frühstücken. Mit großem Appetit verspeise ich alles und lese dabei wie die anderen Besucher des Cafés genüsslich die Tageszeitung.

Doch irgendwann piept mein Handy – was die Frau im Blumenblüschen vis-à-vis mit hochgezogener Augenbraue missmutig quittiert. Rasch schalte ich meinen Handyalarm aus. Laut meinem Timer muss ich bereits in einer halben Stunde beim Training sein, die Zeit ist mal wieder viel zu schnell vergangen. Traurig, weil ich nicht den ganzen Tag hier sitzen, essen und Kaffee trinken kann, winke ich dem Ober, ich muss mich sputen.

»Zahlen bitte!« Ich wühle in meiner Jacke nach meinem Portemonnaie. Mist, das Ding liegt im Hotelzimmer, fällt es mir siedend heiß ein.

»Ihre Rechnung wurde schon beglichen – von dem Herrn da hinten …« Alfred macht mit weißen Stoffhandschuhen eine vage Handbewegung in den hinteren Teil des Cafés.

Hä? Jemand hat meine Rechnung bezahlt, das wird ja immer besser. Da werde ich mich am besten gleich bei meinem Gönner bedanken.

»Und ich soll Ihnen noch das hier von ihm geben.«

Er reicht mir mit einem kleinen Lächeln eine Visitenkarte, die ich in meine Umhängetasche stopfe. Rasch schlüpfe ich in meine Jacke, verabschiede mich herzlich von Alfred und kämpfe mich durch die Reisegruppe Japaner, die gerade laut schnatternd und fotografierend das Café betritt, Richtung Ausgang.

Wer hat mich zum Frühstück eingeladen?

Ich lasse meinen Blick durch den hinteren Teil des Raumes schweifen. Eine Gruppe Geschäftsmänner ist in ein hitziges Gespräch vertieft, eine junge, völlig aufgelöste Mutter von zwei Kleinkindern hat gerade alle Hände voll zu tun, weil diese ständig unter den Tisch kriechen, statt auf dem Stuhl sitzen zu bleiben, komisch, ich kann niemanden entdecken, der mich eingeladen haben könnte.

Egal, ich muss mich jetzt sputen. So rasch mich meine schmerzenden Beine tragen, laufe ich Richtung U-Bahn, die zum Glück nur wenige 100 Meter entfernt ist. Wie ich den heutigen Trainingstag inkl. Outdoortraining überleben soll, wenn mir jetzt schon alles wehtut, weiß ich nicht.

Immerhin fährt sofort eine Bahn ein. Ich lasse mich auf einen freien Sitzplatz fallen und angle in der Jacke nach meinem Handy, ich brauche jetzt dringend etwas motivierende Musik. Meine Finger berühren die Karte, die mir der Kellner vorhin gegeben hat. Sie ist aus schwerem Karton, und die Vorderseite ist leer. Neugierig wende ich sie, um mit Schaudern wieder den seltsamen Spruch zu lesen, der mich seit Tagen verfolgt.

»Es gibt keinen Weg zum Glück. Glücklichsein ist der Weg!«

IN DER FOLTERANSTALT – TAG 3

»Haben Sie die Einstellung am Stepper gechanged?!« Jo, der Trainer des Grauens, ist neben meinem Stepper aufgetaucht und dreht mit gerunzelter Stirn die Steigung wieder um drei Stufen nach oben. Furchteinflößend richten sich seine Knopfaugen auf mich.

»*You make* 40 Extraliegestutz zur Strafe!«, blafft er mich an und verschwindet Richtung Ausgang.

Ich zeige dem dürren Männchen die Zunge, was er leider in der Spiegelfront gesehen hat. Mist.

»50 Extraliegestutz, Lea, zur Strafe! *It is all about* – wie sagt ihr – Disziplin!«

Noch sieben Tage – dann erst darf ich die Folteranstalt des Grauens verlassen, wenn sie mich vorher nicht halbtot hier raustragen.

»Auf zum Schwimmtraining, Lea! Und nachher haben wir eine kleine Überraschung für dich!« Ich bin mit meinem Steptraining fertig, und Sonja schielt unauffällig auf den Steigungswinkel und macht sich Notizen auf ihrem Klemmbrett. Da hat wohl jemand gepetzt.

»Muss ich wirklich 50 Extraliegestütze machen?«, will ich von ihr wissen und tupfe mit dem Handtuch meinen feuchten Oberkörper ab. »Ich denke, die *SoYou*-Leserinnen, die wie ich Walformat haben, würden diese ungerechte Strafverschärfung etwas übertrieben finden!«

»Nein, nein, das musst du natürlich nicht!« Seit meiner Sandsackattacke und der Androhung, das Wal-Zitat in meinem Artikel zu verwenden, sind Sonja und ich so was wie beste Freundinnen.

»Ach ja, und kann ich meinen Gutschein auch heute noch einlösen?«

»Selbstverständlich! Wir können nach deinem Training gern gemeinsam shoppen gehen!« Hmpf. Shoppen mit Sonja. Kann mir nichts Schöneres vorstellen.

Lieber würde ich mit Su shoppen gehen, oder mit Armin.

Apropos Su, ich schiele auf mein Handy, das zehn Anrufe in Abwesenheit von Su zeigt.

Telefonieren ist in der Trainingsarea streng verboten, um die anwesenden Schwitzer nicht vom Training abzulenken, aber Su ruft sicher nicht ohne Grund so oft an.

Ich folge dem Chlorgeruch Richtung Schwimmhalle und drücke mich in eine Ecke, um in Ruhe telefonieren zu können. Ich habe ein ganz blödes Gefühl, irgendetwas stimmt nicht, und leider soll ich Recht behalten.

»Ich habe mir den Knöchel gebrochen«, begrüßt mich Su nach dem ersten Läuten.

Verdammt, das darf jetzt nicht wahr sein.

»Das tut mir leid, Su, wie ist das passiert?«

»Erinnerst du dich an meine neuen roten Riemchenschuhe?«

»An die Knochenbrecher-Heels …?«

»Genau die! Ich bin damit gestern umgeknickt. Jetzt habe ich einen fetten Liegegips und ein Krankenbett bei meiner Mama auf der Couch!«

»Gott sei Dank hat deine Mama Zeit. Sonst hätte sich ja Armin um dich kümmern müssen, und du weißt ja …«

»Armin macht mit Stefan Liebe auf Bora Bora!«

Mist, das hatte ich vergessen!

Doch noch jemand braucht Betreuung.

»Was ist mit Sebastian Mayer?«

»Deswegen habe ich dich angerufen. Meine Mama hat eine Katzenallergie, und Armin kommt erst in fünf Tagen zurück!«

Wenn ich jetzt das Trainingsprogramm abbreche, kann ich meinen *So You*-Job vergessen. Ich sehe Lorine vor mir, wie sie hämisch grinst. Doch dann habe ich eine Idee.

»Ich werde Mattheo fragen, ob er auf den Kater aufpassen kann!«

»Mattheo? Ist der nicht in Rio, Amsterdam, Paris oder sonst wo?«

»In Paris war er vor ein paar Tagen, seit gestern ist er wieder zu Hause!«

»Warum weißt du so genau über seinen Terminplan Bescheid, Lea?« Ich höre die kleinen Rädchen in Sus Kopf rattern, bis bei ihr der Groschen fällt.

»Zwischen dir und Mattheo ist was in Paris gelaufen, oder? Deshalb warst du so seltsam. Wusste ich doch, dass du nicht nur wegen dem Mehlwurm so durch den Wind bist.«

»Sagen wir mal, Mattheo war da, als ich etwas seelischen und körperlichen Zuspruch brauchte! Aber es war nur eine einmalige Sache!«

Su schnappt nach Luft.

»Mein Gott, Lea, ich hatte dich doch gewarnt … Vor Womanizern im Allgemeinen und Mattheo im Besonderen …!«

»Es war eine einmalige Sache, okay? Und er ist auch nicht mein Typ«, erwidere ich missmutig. Und dann sage ich den Satz, den ich noch nie gesagt habe und von dem ich dachte, dass ich ihn nie sagen würde.

»Es war nur Sex, okay?« Also unglaublich schöner Sex … aber das muss Su ja nicht wissen.

»Das glaubst du doch selbst nicht, Hase …!« Ich höre sie laut und vernehmlich seufzen. »Aber in Wien bist du wenigstens vor ihm in Sicherheit. Lass uns darüber reden, wenn du wieder da bist, okay?«

Su scheint es wirklich nicht gut zu gehen, wenn sie das Thema so schnell auf sich beruhen lässt. Wie das Verhör aussehen würde, wenn sie nicht gerade mit Schmerzmitteln vollgepumpt wäre, mag ich mir gar nicht vorstellen.

»Mattheo soll mich morgen anrufen, er kann sich von mir deinen Wohnungsschlüssel holen. In der Früh habe ich den Kater noch gefüttert, also heute wird er nicht verhungern. Katzenfutter habe ich auch gekauft, das heißt, wenn er in den nächsten Tagen einmal am Tag das Fress-Schüsselchen auffüllt, sollte das klappen! Ich muss jetzt schlafen.« Su gähnt lange und ausgiebig.

»Aber Sebastian Mayer braucht mindestens drei Mal am Tag frisches Futter«, widerspreche ich besorgt.

»Dann nimmt er halt ein bisschen ab. Lea, mein Gott, der Kater wiegt mindestens sieben Kilogramm, man kann ihn fast nicht hochheben, ohne sich einen Bruch zu holen. Er wird ganz sicher nicht sterben, bloß weil er plötzlich nur noch einmal am Tag gefüttert wird!«

»Wollen Sie den ganzen Tag hier sitzen und mit Ihrer Freundin quatschen?! Ab in die Badeklamotten und husch, husch.« Der Schwimmlehrer ist aus der Schwimmhalle getreten und funkelt mich wütend an.

»Ich bin hier für heute fertig«, informiere ich den verblüfften Mann.

»Sagen Sie Jo bitte, dass ich gern morgen eine Stunde früher komme, aber ich muss jetzt dringend ein paar Telefonate führen. Ich habe einen Notfall in der Familie!«

Ich beende das Gespräch und eile zurück ins Hotel.

Das ist wirklich ein familiärer Notfall, wenn Mattheo sich nicht um Sebastian Mayer kümmern kann, muss ich zurückfliegen.

REGENBÖGEN, ZUCKERKRAM UND WÜNSCH-DIR-WAS

»Schau mal, wer da ist! Mach winke, winke, Sebastian Mayer!«

»Hallo Kater! Hallo Mattheo!« Der Kater sitzt auf Mattheos Schoß und wirkt satt und zufrieden, was mich sehr erleichtert.

»Was ist das da für ein Schatten da an deinem Kinn – hast du dich nicht gründlich rasiert, Lea?«

Vorsichtig taste ich zu der Beule an meinem Kinn.

»Das ähm ist bzw. – fürchte ich – wird – eine noch fettere Beule!«

»Das heißt, das ist nicht deine erste Beule?«

Mein Skype-Visavis kichert blöd, und fast tut es mir leid, dass ich ihn nicht nur angerufen habe wie gestern, als ich sicherstellen musste, dass er das Katzensitting wirklich übernimmt.

»Der Sandsack hat mich heute zum zweiten Mal getroffen – an der gleichen Stelle«, knurre ich unheilvoll. Es ist peinlich und dumm, doch es ist wieder passiert.

»Die Wahrscheinlichkeit, zweimal von einem Sandsack und noch dazu an der gleichen Stelle getroffen zu werden, ist in etwa so hoch, wie zweimal von einem Blitz getroffen zu werden.« War der einzige gehässige Kommentar von Sonja – die scheinbar doch nicht meine neue beste Freundin werden will.

»Es stört dich doch nicht, wenn ich etwas esse, während ich mit dir skype – aber nach fünf Stunden Sport bin ich etwas ausgehungert!« Mit leicht schlechtem Gewissen beiße ich in den Cheeseburger.

»Hör auf zu fragen, wenn du etwas essen willst, iss! Nach dem Training brauchst du Kohlehydrate!«

Sonja sieht das leider anders.

Laut dem strengen Ernährungsplan, der das höllische Fitnesstraining begleitet, sind Kohlehydrate böse. Sehr böse.

Und tagsüber nur in Form einer winzigen Portion Vollkornspaghetti oder zwei Scheiben Vollkornknäckebrot erlaubt. Abends sind Kohlehydrate komplett tabu.

Hmpf.

Natürlich verstehe ich, dass das Programm am besten durch die Kombi mehr Sport und weniger Essen wirkt, und ich will mich ja auch an Sonjas Ernährungsplan halten, aber mein Körper schreit aufgrund der ungewohnten Anstrengung nach einer ungesunden Belohnung.

»Das blöde Training killt mich, wenn es nicht der Sandsack tut«, nuschle ich recht undeutlich und lasse wie in einer Rückschau den heutigen Tag vorbeiziehen.

»Zwei Stunden Boxtraining mit Olga, einer ausgemusterten ehemaligen russischen Offizierin, 20 Minuten Coretraining mit Fokus auf meinen Wabbelbauch, eine Stunde schwimmen, dann ....«

»Hör auf, ich krieg schon vom Zuhören Muskelkater!« Mattheo grinst.

»Machst du auch Sport!?« Gott, ist der Burger lecker!

»Früher schon, aber durch das ganze Herumreisen fehlt mir die Zeit! Die Fotoshootings finden ja in ganz Europa statt. Außerdem kann ich mich allein nicht motivieren. Früher habe ich mit Hannes trainiert!«

»Wer isch das?« Es ist das erste Mal, dass Mattheo diesen Namen erwähnt.

»Er ist – ich meine, er war mal mein bester Freund!«

»Aha! Warum war?« Ich habe aufgehört zu kauen. Das könnte spannend werden, und ich denke wieder an das Freundschaftstattoo.

»Können wir bitte über etwas anderes reden?«, seufzt Mattheo.

»Wie du meinst – reden wir wieder über mich – das tun wir ohnehin meistens!« Ich bin etwas sauer, Mattheo kennt mein ganzes peinliches Leben im Detail, und wenn ich mal etwas wissen will, blockt er.

»Frisst der Kater eigentlich immer so viel, als gäb's kein Morgen?«, lenkt er ab.

»Er ist noch im Wachsen! Und ich habe dir doch gesagt, dass er gerade jetzt besonders viele Nährstoffe braucht«, verteidige ich ihn. »Außerdem ist er emotional gestresst, weil ich nicht da bin!«

»Dass er gestresst ist, habe ich gemerkt, und auch dass ich ihm mit einer halben Dose Katzenfutter erst gar nicht zu kommen brauche!«

Zum Beweis rollt Mattheo sein Hosenbein hoch und zeigt mir einen blutigen Kratzer.

»O mein Gott! Böser Kater! Böser Kater!«, schimpfe ich, doch das funktioniert schon nicht, wenn ich live vor ihm stehe, und jetzt, da er mich nur auf einem Laptop-Bildschirm sieht, schon gar nicht.

Sebastian Mayer ignoriert mich völlig und putzt seine rosa Pfoten. Wahrscheinlich will er die letzten Blutspuren von Mattheo ablecken.

»Wie lange musst du noch in Wien bleiben?«

»Sechs Tage, drei Stunden und fünf Minuten! Und ich hasse jede Minute davon!«

»Wenn du den Job so hasst – warum machst du ihn dann?!«

»Weil ich pleite bin, weil das rothaarige Wuschelding mich armfrisst – *you name it* …«, seufze ich.

»Und überhaupt kenne ich außer Su niemanden, der in seinem Traumjob arbeitet. Wolltest du schon immer Visagist werden?«, schieße ich leicht beleidigt zurück.

»Nicht sofort. Von meinem abgebrochenen Kunststudium habe ich dir ja erzählt, und dann habe ich gleich noch zwei Semester Jura angehängt. Wahrscheinlich dachte ich, dass ich meinen Eltern, die beide Juristen sind, eine Freude mache, wenn ich die Familientradition fortführe. Aber es war ganz schnell klar, dass das nichts für mich ist. Mich hat Mode schon immer interessiert – was meinen Vater anfangs ziemlich beunruhigt hat, weil er dachte, das wäre ein erstes Anzeichen dafür, dass ich schwul bin.«

»Als Anwalt könnte ich dich mir gar nicht vorstellen …!«

»Täusch dich mal nicht über meine verborgenen Qualitäten – ich sehe im Anzug echt scharf aus!« Bei der Vorstellung des gequält dreinblickenden Mattheo mit dem struppigen Dreitagebart und dem Haarnest im engen feinen schwarzen Zwirn muss ich kichern.

»Aber warum wolltest du ausgerechnet Visagist werden? Hast du dich heimlich immer mit dem Make-up deiner Mama geschminkt …« Ich grinse, beiße mir dann aber schnell auf die Lippen.

»Visagist ist ein ernstzunehmender Beruf, Lea!«

Mattheo klingt eingeschnappt. Wahrscheinlich hat er den dummen Spruch schon öfter gehört. Doch dann wird seine Stimme wieder sanfter. »Ich mag es, Menschen zu verschönern, und wenn man wirklich gut ist und dann noch die richtigen Leute in der Branche kennt, so wie ich, reist man zu Shootings quer durch die ganze Welt. Das kann dir kein normaler Bürojob bieten!«

»Dass du freiheitsliebend bist, habe ich schon gehört …! Deshalb ist so ein Job ja auch ideal für dich!«, werfe ich ein.

Mattheo rückt näher an den Bildschirm, und trotz der Entfernung von hunderten Kilometern trifft mich sein intensiv-grüner Blick direkt ins Herz.

»Freiheitsliebend heißt nicht, dass ich jede attraktive Frau flachlege, Lea, obwohl das scheinbar die landläufige Meinung von einigen Personen über mich ist, sondern dass ich gern durch die Welt reise und an verschiedenen Orten mit interessanten Menschen arbeite. Ich mag die Modebranche, weil sie verrückt ist und bunt, und es macht mir Spaß, Menschen zu verschönern. Und glaub mir, kein Model sieht wie ein Model aus, ohne einen guten Visagisten!«

»Du willst mir allen Ernstes einreden, dass es dein Traumjob ist, ständig um die Welt zu hetzen? Mir wäre, nein, mir ist das nach zwei Wochen schon *too much*!« Vorsichtig befühle ich mit der Hand mein Kinn und zucke zurück.

»Weil du nicht wirklich liebst, was du tust, Lea. Für dich ist die Lifestylebranche nichts, obwohl ich deinen London-Artikel bis auf die seltsame Einleitung sehr witzig fand. Du kannst sehr gut schreiben.«

»Die Einleitung war nicht von mir!« Ich muss das klarstellen, sonst hält er mich womöglich für eine Idiotin …

»Dachte ich mir schon, aber mal ehrlich, Lea, man merkt, dass du nicht für das Thema brennst. Gibt es denn nichts, worüber du wirklich gern schreiben würdest?«

»Nun, ich schreibe, womit sich Geld verdienen lässt …«

»Aber du interessierst dich nicht dafür! Du machst es nicht aus ganzem Herzen. Ich glaube, du könntest noch besser sein …«

Sebastian Mayer hat sich auf Mattheos Schoß zusammengerollt und schnurrt zufrieden. Scheinbar hat er erkannt, dass er den Mann, der ihm in den nächsten Tagen sein Katzenfutter serviert, nicht verärgern sollte.

»Worüber würdest du wirklich gern schreiben? Na?«

Darüber brauche ich keine Sekunde nachzudenken. Sage aber nichts, sondern schaue, als würde ich überlegen.

»Du hast eine blühende Fantasie, Lea, mein Gott, wie du im Sherlock Holmes Pub den dunkelhaarigen Mann beinahe um ein Autogramm bitten wolltest, weil du dir sicher warst, dass es sich bei ihm um Benedict Cumberbatch handelt!«

Ich muss kichern, der Mann im schmalen dunklen Mantel sah dem berühmten Schauspieler aber auch zum Verwechseln ähnlich und vielleicht …

»Du glaubst an das Gute im Menschen, schließlich hast du nicht glauben wollen, dass der Mehlwurm dich anlügt, und hast monatelang weiter an deinem Luftschloss festgehalten. Du kannst toll erzählen und noch besser schreiben, du freust dich wie ein Kind über Regenbögen, bunten Zuckerkram und glaubst noch an Wunder! Ich finde es toll, dass du es dir bewahrt hast, wie ein Kind mit großen Augen durch die Welt zu laufen …«

Hmpf. Ist das mal wieder eines seiner zweifelhaften Komplimente?

Mattheo legt seine Stirn in nachdenkliche Falten.

»Ha, ich hab's!« Er springt auf, und Sebastian Mayer landet unwillig maunzend in einem hohen Bogen auf dem Boden.

»Schreib doch was für Kinder!«

Ich bin wie vom Donner gerührt und klappe nach einer kurzen Verabschiedung den Laptop zu und starre noch lange in die dunkle Nacht.

Wenn er das geraten hat, war es gut, wirklich gut.

Und wenn das nicht geraten war und er mich so gut kennt, ist das wirklich unheimlich. Ich krame in meiner Tasche nach meinem Notizbuch und blättere so lange, bis ich die Skizzen in meinen Händen halte.

OHNE OLGA GEHT ES NICHT

Am nächsten Morgen erwache ich mit schlimmen Kopfschmerzen, und mein Kinn ist grün und blau mit einem kleinen blutigen Riss. Ich kann mir nicht vorstellen, wie ich den Tag überleben soll.

Ob ich eine Gehirnerschütterung habe?

Ich nehme eine Aspirin und greife nach meinen Sportsachen. Doch halt. Hatte ich mir nicht vorgenommen, nicht mehr mit müffelnden Sportklamotten durch Wien zu laufen?

Ich dusche und schlüpfe in eine frische Jeans, ein blütenweißes T-Shirt und einen Blazer. Andere Schuhe als die Gammelsneaker habe ich leider nicht nach Wien mitgenommen. Blöd eigentlich.

Meine Sportklamotten, meine Geldbörse und mein Handy stopfe ich rasch in die Tasche und auch mein Notizbuch.

Ich laufe Richtung U-Bahn – ob noch Zeit für einen schnellen Kaffee ist? Vielleicht finde ich ja raus, wer mich gestern auf ein Frühstück eingeladen hat.

Der Ober Alfred scheint heute nicht Dienst zu haben, aber ein netter Kollege mit ebenfalls witzigem Akzent bringt mir ein Kipferl und einen Kaffee.

Doch statt die Zeitung zu lesen nehme ich meinen Skizzenblock heraus. Wie hat Mattheo nur erraten, dass ich am liebsten für Kinder schreiben würde. Und malen …

Wie immer, wenn ich an meinem Lieblingsprojekt arbeite, verfliegt die Zeit wie im Nu.

Mein Handy meldet zum dritten Mal, dass ich bereits in der

U-Bahn sitzen sollte. Verdammt, ich komme zu spät. Die Schleiferin Olga wird mich fertigmachen.

Ich werfe zehn Euro auf den Tisch und habe keine Zeit mehr, auf Wechselgeld zu warten. So schnell mich meine wunden Füße tragen, laufe ich Richtung Taxi-Standplatz bei der Oper und nenne dem Fahrer die Adresse des Sportstudios.

Vielleicht hat Olga ja Mitleid mit mir … weil ich so schwer verletzt bin. Doch als ich 20 Minuten zu spät in die Umkleide des Sportstudios platze, lauert schon eine äußerst wütende 100 Kilogramm schwere Frau auf mich.

»Sie sind zu spät!«

»Ich war noch in der Apotheke wegen meiner Verletzung!«, lüge ich – und deute auf das Pflaster an meinem Kinn.

Ihr Blick wird etwas weicher.

»Sind Sie etwas ungeschickte, junge Frau!«, bellt sie.

»Haben Sie Ihre Gedanken irgendwo, nur nicht da, wo sein sollten! Ist bittere Lektion. Aber Boxen ist wie Leben – müssen Sie immer konzentriert sein und aufpassen – sonst ZACK! Und Sie bekommen eine Schlag auf die Kinn. Und gehen zu Boden.«

Ich nicke selbstmitleidig.

»Heute wir lassen das Boxtraining besser aus! Eine dritte Schlag wäre nicht gut. Geht vielleicht dauerhaft was kaputt in Ihre Kopf!«

Sie betrachtet mich nachdenklich.

»Am besten, Sie machen heute nur Schwimmtraining und etwas Radfahren am Nachmittag – ich sage auch nicht dürre Kontrollfrau und Kontrollmann, ich meine Jo.«

Olga kann richtig nett sein.

Erleichtert schlüpfe ich in meinen Bikini, schnappe mir mein Handtuch und folge ihr in die Schwimmhalle.

Eine Stunde lang auf und ab zu kraulen ist leider auch nicht unanstrengend und das Fahrradtraining auf der zweithöchsten Stufe auch nicht, wie ich feststellen muss.

Ich spüre jede Faser meines Körpers und wünsche mir nur, dass die Zeit schnell vergeht und es Abend wird und ich endlich wieder auf dem Balkon sitzen kann – mit einem leckeren Burger auf meinem Schoß.

Ob es sehr peinlich ist, wenn ich Mattheo heute wieder anskype? Ich esse so ungern allein, und unser gestriges Gespräch geht mir einfach nicht mehr aus dem Kopf.

Egal, ich muss ja schließlich wissen, wie es Sebastian Mayer geht. Gott – hoffentlich hat der schlimme Kater Mattheo nicht wieder gekratzt. Wenn er sich weigert, den Schlingel weiter zu füttern, habe ich ein echtes Problem.

Während ich mit der U-Bahn ins Hotel zurückfahre, schlafe ich vor Erschöpfung fast ein, und nur der Gedanke an den Cheeseburger und ein Glas Cola mit einer Extraportion Eiswürfeln für mein blauschillerndes Kinn halten mich wach. Und die Vorfreude, Mattheo … Ich meine, den Kater gleich zu sehen.

Im Hotelzimmer schäle ich mich aus den Klamotten und schlüpfe rasch unter die Dusche.

Was ziehe ich an?

Normalerweise wäre heute der perfekte Tag für meinen gemütlichen Lieblingspyjama, aber das kann ich meinem Reststolz einfach nicht zumuten. Schnell schlüpfe ich in eine Jeans und ein Top und öffne eine Flasche Mineralwasser aus der Minibar und bestelle beim Zimmerservice einen Cheeseburger, doch diesmal lasse ich die Scheibe Speck weg und bestelle mir statt Pommes einen kleinen grünen Salat.

Keine Sekunde zu früh – denn plötzlich meldet sich Skype, und Mattheo ist mitten in meinem Hotelzimmer.

»Geht's dir heute besser? Oder hat dich wieder ein Sandsack gestreift …?« Diesmal sitzt Mattheo ohne den Kater vorm Laptop, was mich kurz etwas beunruhigt. Doch halt – ich sehe, wie Sebastian Mayer im Hintergrund gerade auf die Couchlehne springt, und entspanne mich. Es scheint ihm blendend zu gehen.

Mattheo trägt heute wieder ein graues ungebügeltes Shirt, und seine Augen strahlen mir über die hunderte Kilometer Distanz grün und hell entgegen, und ich weiß nicht, warum mir auf einmal ganz warm wird und sich irgendetwas in meinem Inneren wieder zurechtrückt und richtig anfühlt.

»Alles okay!« Was seltsamerweise stimmt. Ich spüre weder mein pochendes Kinn, und auch meine Müdigkeit ist völlig weggeblasen.

Mein Herz klopft aufgeregt.

»Einen Moment! Ich möchte dir jemand vorstellen!«

Mit fliegenden Händen krame ich in meiner Tasche.

»Darf ich vorstellen? Igelkind Ilka – Mattheo.«

Ich halte den Skizzenblock hoch, damit Mattheo sie auch ja gut sehen kann.

»Hallo, meine kleine stachelige Schönheit!« Er verneigt sich leicht, und sein schönes Lächeln trifft geradewegs in mein Herz.

»Sehr erfreut, dich kennenzulernen!«

WA(H)LAUFRUF

Heute ist mein letzter Foltertag.

Und wieder stehe ich vor dem riesigen Spiegel in meinem Hotelzimmer.

Wie am ersten Tag trage ich die rote Sporttight, aber nach zehn Tagen hammerhartem Training sitzt sie fast schon zu locker auf meinen Hüften, und ich muss sie mit dem weißen Bändchen festzurren, damit sie nicht runterrutscht.

Skeptisch betrachte ich mich.

Ob ich wohl mehr als zwei Kilogramm abgenommen habe?

Ich kneife mich in den Po, der sich merklich fester anfühlt, aber rein umfangtechnisch noch immer viele Zentimeter vom kleinen, perfekten Apfelpo der hübschen rothaarigen Kellnerin aus London entfernt ist.

Seufzend packe ich meine Sporttasche.

Ich bin total nervös, da ich heute von Sonja final vermessen werde, und bete, dass sich der trächtige Walweibchen-Status etwas verbessert hat und die Schinderei der letzten zehn Tage nicht völlig umsonst war.

Mittlerweile ist das mehrstündige Training zwar nicht mehr ganz so schlimm, und meine armen Muskeln haben sich schon etwas an das harte Ausdauertraining gewöhnt, aber ein Spaziergang ist es in Kombination mit Sonjas strengem Diätplan noch immer nicht.

Stolz streiche ich über meinen etwas flacheren Bauch. Der

vollständige Verzicht auf Kohlehydrate hat sich gelohnt. Na ja, eigentlich war es eher ein »fast« vollständiger Verzicht, denn den allabendlichen Cheeseburger während des Skypens mit Mattheo und dem Kater konnte und wollte ich mir nach dem stundenlangen Training einfach nicht versagen. Immerhin habe ich die letzten Tage auf Süßkram und zuckerhaltige Getränke völlig verzichtet und statt Pommes Salat als Beilage gewählt.

Lächelnd klappe ich meinen Laptop zu und stopfe ihn in meine Sporttasche.

Mattheo hat sich zu meiner Überraschung in den letzten Tagen als grandioser Katzensitter erwiesen, und nachdem Sebastian Mayer aufgehört hat, seine Waden zu attackieren und in seine Sneaker zu kacken, sind die beiden nun richtig gute Kumpels geworden.

Die abendlichen Skype-Gespräche waren das Highlight meiner anstrengenden Tage, und ich kann es auch jetzt wieder kaum erwarten, heute Abend ein letztes Mal auf dem Hotelzimmer-Balkon zu sitzen und mit Mattheo via Skype meinen Tag Revue passieren zu lassen. Gern auch bis spät in die Nacht, weil uns nie die Themen ausgehen.

Mein Handy läutet.

»Hi, Su! Wie geht's dir??« Ich habe ein leicht schlechtes Gewissen, weil ich in den letzten Tagen nur zweimal kurz mit ihr telefoniert habe. Rasch stopfe ich noch ein Handtuch in die Trainingstasche, ich bin wieder mal spät dran.

»Ganz gut, außer dass mir total langweilig ist und ich bald an Lagerkoller sterbe. Morgen bekomme ich endlich den Gehgips und bin wieder mobil. Wenn ich noch länger hier bei meiner Mutter auf der Couch rumliege und fresse, verfette ich völlig!«

»Kocht deine Mama so gut?«

»Lea, bitte! Du kennst meine Mama. Tütensuppe auf, heißes Wasser drauf, fertig!«, schnaubt Su.

Sie senkt ihre Stimme zu einem Flüstern.

»Irgendwer hat Gino gesteckt, dass ich eine arme, schwache Jungfrau in Nöten bin, und jetzt schleppt er jeden Tag Essen heran!«

Ich beiße mir auf die Unterlippe, um nicht loszukichern.

»Hast du ihm etwa verraten, dass ich mit einem Gipsfuß daniederliege?«, will sie nun wissen.

»Natürlich nicht!«

Ich habe Mattheo auf Gino angesetzt.

»Übrigens, ich komme morgen nach Hause, und dann unternehmen wir was, okay?«

»Su, wer ist an die Telefone!?«, höre ich Ginos Stimme im Hintergrund und muss grinsen.

»Lea, sie kommt morgen aus Wien zurück!«, brüllt Su.

»Sage ihr schöne Gruß, ich koche euch morgen alle eine Willkommensessen!«

»Gino ist bei dir?«

»Ja, voll aufdringlich, oder?« Su hat ihre Stimme wieder zu einem Flüstern gesenkt.

»Erst brachte er das Essen nur her, aber seit gestern kocht er frisch! In Mamas Küche. Hier wurde noch nie frisch gekocht, und das war gut so!«

»Gleich ist die Essen fertig, Su!«

»Hilfe, Lea, der Mann will mich umbringen. Sicher wieder irgendeine kulinarische Kleinigkeit mit nur 3000 Kalorien!«

»Ich schick dir morgen Abend Taxi-Franz vorbei, und wir essen bei Gino im Lokal, wenn er unbedingt für uns kochen will! Und dann gehen wir noch auf einen Drink!«

»Gute Idee – mir fällt schon die Decke auf den Kopf. Ach ja, und Armin ist ja auch schon von Bora Bora zurück und wird sich hoffentlich einen Abend von Stefan trennen können!«

»Ja, sollte man meinen. Die beiden kleben zusammen wie siamesische Zwillinge!«

»Bis morgen!« Ich schicke Su ein Küsschen durch die Leitung, werfe meine Sporttasche über die Schulter und stürme zur Tür hinaus.

Zwei Stunden später ist es amtlich, und ich habe es schriftlich.

Und ich fasse es immer noch nicht.

Ich habe in den letzten zehn Tagen gut drei Kilogramm abgenommen und meinen Körperfettanteil auf 25,7 Prozent verringert.

Die angestrebten minus zwei Kleidergrößen habe ich zwar nicht erreicht, aber Hühnchen-Jo und Sonja wirken sehr zufrieden. Es waren ja auch »nur« zehn Tage der grausamen Folter. Aber wie Jo vorhin so salbungsvoll meinte:

»Lea, Sie sind auf die richtige Weg – *and you know*: Der Ziel ist die Weg!«

Oder so ähnlich, mein hohlköpfiges Hühnchen.

Soeben überreicht mir Sonja eine Urkunde, die mich als erfolgreiche Absolventin des Zehn-Tage-Power-Programms ausweist, während ein Fotograf Fotos von meiner Nachher-Figur macht.

»Ich bin sehr stolz auf Sie, Lea!« Jo lächelt mich an und entblößt dabei seine Zähne, die so unnatürlich weiß sind, dass sie bestimmt im Dunkeln leuchten.

»Nie hätte ich gedacht, dass Sie das so konsequent durchziehen!« Sonja wird knallrot. »Ups.«

Ich schüttle mit mildem Stirnrunzeln den Kopf. Fettnäpfchen-Sonja kann es einfach nicht lassen.

»Zur Feier des Tages sollten wir etwas trinken«, versucht sie nun mit verkrampftem Lächeln die Kurve zu kratzen.

»Ich kenne eine nette kleine Bar gleich um die Ecke! Oder halt, ich hab's – ich habe doch noch Karten für diese Ausstellung im Museumsquartier, Sie mögen doch Kunst, Lea?!«

Wann habe ich ihr das erzählt?

Umständlich kramt sie auf ihrem Schreibtisch, auf dem das helle Chaos herrscht, herum, während Jo ungeduldig auf und ab wippt. Er hat sich schon 15 Minuten nicht sportlich betätigt, was ihm nicht zu bekommen scheint.

»Da hab ich es ja! Der Fotokünstler ist sogar aus Ihrer Heimatstadt, Lea! Sebastian Mayer. Wenn Sie sich beeilen, schaffen Sie es noch. Die Ausstellung eröffnet in zwei Stunden!«

Ich fühle mich, als ob eine kalte Hand nach mir greift.

Die Gedanken an Sebastian habe ich in den letzten Tagen erfolgreich verdrängt.

»Aber muss ich heute gar nicht trainieren? Olga und der Sandsack warten doch sicher schon auf mich, und dann sollte ich noch eine Stunde schwimmen«, fiepse ich mit Blick auf Hühnchen-Jo.

»Heute Abend ich gebe Ihnen frei, Lea. Wenn Sie mir verspreche, dass Sie zu Hause weitertrainiere, dann ich kann heute drucken eine *eye* zu!« Er grinst mich an.

»Sie haben so hart gearbeitet, Lea, gönnen Sie sich etwas! Da, bitte!« Sonja reicht mir die Karte, die ich eilig in meine Sporttasche stopfe. »Und hier habe ich noch unsere Pressemappe! Da sind nochmals alle wichtigen Infos zu Ihrem Programm drinnen, die Sie gut in Ihren Artikel einbauen können!«

Ich fühle mich, als hätte mich ein Lkw gestreift.

»Vergessen Sie nicht Ihre Urkunde. Treffen wir uns in eineinhalb Stunden vor dem Haupteingang? Dann können wir vor der Ausstellung noch etwas trinken – die Ausstellung ist zu Fuß nur 15 Minuten von Ihrem Hotel entfernt – Sie können auch mit der U-Bahn hinfahren.«

Sonja strahlt mich an, und ich nicke nur mechanisch, während ich die Urkunde umklammere.

Jo umarmt mich fast herzlich, und ich spüre seine dürren Rippen an meinem Busen. »Ich muss mich leider verabschieden, Lea. Bitte gruße Sie mir Maya und vergesse Sie nicht, weiterzutrainiere *back home*!«

Fünf Minuten später sitze ich wie paralysiert in der U-Bahn.

Noch eineinhalb Stunden.

Im Hotel lege ich meine hart erkämpfte Urkunde sorgsam in eine Mappe, damit sie im Koffer nicht zerknittert, und verstaue dann die Pressemappe, meine Aufzeichnungen und den Trainingsplan in meinem bereits halb gepackten Koffer.

Die Eintrittskarte zur Ausstellung lege ich griffbereit auf das Tischchen neben der Tür.

Rasch hüpfe ich unter die Dusche und wasche meine Haare.

Auf mein Make-up lege ich heute besonders viel Wert, und was ich 30 Minuten später im Spiegel sehe, gefällt mir.

Sehr sogar.

Meine Augen strahlen, und meine Wangen glühen rosa vor Vorfreude auf den heutigen Abend.

Rasch föhne ich meine Haare trocken. Seit sie ein ganzes Stück kürzer sind, trage ich sie am liebsten offen.

Oder ob ich sie heute doch lieber hochstecken sollte?

Was ihm wohl besser gefällt? Warum habe ich ihn das nie gefragt?

Aus Zeitknappheit beschließe ich, sie doch lieber offen zu lassen.

Jetzt noch die alles entscheidende Kleiderfrage – schließlich will ich heute umwerfend aussehen – ich kämpfe mit zwei Kleidungsstücken, doch schließlich siegt mein Übermut.

Ich checke die Uhrzeit.

Mist! Ich bin schon wieder spät dran, ich muss echt lernen, an meinem Zeitmanagement zu arbeiten.

Verdammt, zieh dir was an, Lea, du kannst ja nicht nackt rausgehen.

Schnell schlüpfe ich in die Klamotten, keine Sekunde zu früh.

Ach, die Eintrittskarte, rasch greife ich noch danach.

»Hallo Schönheit! Sind das da etwa kleine Enten auf deinem Overall?«

»Ja, ich habe mich für dich extra schick gemacht!«

»Wie war dein Tag, Lea?« Mattheos Augen strahlen hellgrün, und ich höre Sebastian Mayer auf seinem Schoß zufrieden schnurren.

»Waren der dürre Jo und die böse Presse-Tante zufrieden mit deinem Trainingsergebnis?«

»Heute war ein fantastischer Tag!«, sage ich lächelnd und lehne mich zufrieden in dem bequemen Sessel zurück. »Ein wirklich toller Tag!«

Ich nehme einen großen Schluck von meinem Gin Tonic und atme tief durch, und dann lasse ich mit einem zufriedenen Lächeln die Eintrittskarte von Sebastians Ausstellung einfach vom Hotel-Balkon regnen.

VERLÄCHELTE TRÄUME

»Wien scheint Ihnen bekommen zu sein, Lea!« Mayas eiskalte Augen mustern mich. »Sie sehen etwas weniger dick, ähmmm, irgendwie gesünder aus, wenn ich mir die Bemerkung erlauben darf!«

»Ganze 3 Kilogramm gesünder, um genau zu sein!« Ich ziehe mein enges Oberteil glatt und funkle mein Visavis wütend an.

»Übrigens schöne Grüße von Jo, dem Hühn… ähm, Jo, dem Trainer!«

Maya nickt huldvoll.

Ich bin heute früh direkt vom Flughafen zum Media Tower gefahren und habe keine Ahnung, warum ich von Maya hierher zitiert wurde. Unauffällig checke ich in meinem Kalender, ob ich einen Termin verpasst habe. Fehlanzeige. Die Redaktionssitzung ist erst am Montag, und den Wien-Artikel muss ich erst Ende der Woche abliefern.

»Generell bin ich mit Ihrer Arbeit recht zufrieden, Lea, insbesondere seit sich Ihre Arbeitsmoral stark gebessert hat!«

»Meine Arbeitsmoral?«

»Sie verpassen endlich keine Abgabetermine mehr!«

»Genau! Ich gebe mir alle Mühe.« Ich lächle verkrampft.

Seit Su mir eingebläut hat, Maya immer alles in Kopie zu mailen, kann Lorine nicht mehr behaupten, ich hätte ihr die Artikel nicht fristgerecht geschickt.

»Arbeiten Sie gern für *So You*, Lea?!«, unterbricht die Eiskönigin meine Gedanken.

Ist das eine Fangfrage?

Oh, bitte nicht schon wieder der böse Hypno-Schlangenblick.

Ich schaue aus dem Fenster und beginne, zur Beruhigung Autos zu zählen.

Noch vor wenigen Tagen hätte ich, ohne zu zögern, ja gesagt und mir die Lüge beinahe selbst geglaubt. Doch heute erscheint mir die oberflächliche Beautybranche uninteressanter als je zuvor, aber irgendwie muss das Geld für die Miete reinkommen.

»Ich kann mir keinen interessanteren Arbeitgeber vorstellen! Ich liebe es, für *So You* zu arbeiten«, lüge ich. Bestimmt wirft mich das karmatechnisch mal wieder um einige Stufen zurück, sicherheitshalber kreuze ich die Finger.

Maya grinst wölfisch.

»Na, dann wird es Sie freuen, dass ich Ihnen, nachdem Sie das Beauty-Queen-Projekt so erfolgreich abgeschlossen haben, einen festen Job anbieten kann!«

Sie starrt mich erwartungsvoll an.

»Ein fester Job in der Beautyredaktion. Ein eigener Schreibtisch, ein Laptop und ein Firmenhandy! Was sagen Sie dazu, Lea?!« Lauernd sieht sie mich an.

»Wie viel?« Meine Stimme ist nur noch ein Flüstern.

»Wie viel was?« Eiskalte Augen bohren sich in meine.

»Wie viel würde ich verdienen?«

Maya nennt mir eine Summe, die mich fast vom Sessel wirft.

In meinem Kopf herrscht Chaos.

Bestimmt erwartet sie, dass ich ihr vor lauter Freude und Dankbarkeit gleich die spitzen Schuhe küsse, doch ich habe ein ganz mieses Gefühl im Bauch. Verrate ich nicht meine Träume, wenn ich weiter über Themen schreibe, die mich nicht interessieren? Mattheo hat erkannt, was ich wirklich tun will.

Andererseits, wenn ich an meinen Kontostand denke …

Ich gebe mir einen Ruck.

Irgendwie muss ich finanziell über die Runden kommen, und

es wäre wirklich blöd von mir, das mehr als großzügige Angebot auszuschlagen.

Ich atme tief ein – meine Wangen schmerzen, als ich meine Mundwinkel krampfhaft nach oben ziehe.

»Maya, ich weiß gar nicht, was ich sagen soll!« Mein Kiefer schmerzt von dem falschen Lächeln! »Sie erfüllen mir damit einen langgehegten Traum!«

EINFACH NUR GUTE FREUNDE

»Die Eiskönigin hat dir wirklich einen festen Job in der Beautyredaktion angeboten? Das ist ja fantastisch!« Su umarmt mich begeistert und strahlt dabei über das ganze Gesicht.

»Endlich brauchst du diese fiesen Gelegenheitsjobs nicht mehr und hast ein fixes Einkommen! Ist das nicht schön?«

»Hm, genau!« Ich stochere lustlos in meinem Salat herum.

»Aber warum freust du dich nicht, Mausezahn, endlich ein, wie dein Vater sagen würde, geregeltes monatliches Einkommen zu haben?« Armin mustert mich besorgt und legt seine Hand auf meinen Arm.

»Vielleicht freut sich Lea nicht, weil sie die blöden Beauty-Rechercheaufträge satthat oder weil sie nicht länger in dieser Schlangengrube arbeiten will? Rutsch mal durch, Lea!«

Mattheo ist an unseren Stammtisch getreten, der sich unter der Last der diversen warmen und kalten Antipasti biegt. Wie immer hat es Gino mengentechnisch übertrieben.

Etwas verlegen umarme ich den Mann, der mir in den letzten Tagen bei unseren abendlichen Skype-Gesprächen so vertraut war und mit dem ich in Paris … mein Pulsschlag beschleunigt sich, und ich kann ihm nicht in die Augen sehen.

Es ist seltsam, ihn jetzt live hier im Ginos neben meinen besten Freunden zu sehen.

»Na, verhungern werden wir heute auf jeden Fall nicht!« Er grinst.

Neben den Tonnen von Antipasti gibt es eine wagenradgroße Pizza, mit der man problemlos eine zehnköpfige ausgehungerte Familie satt machen könnte. Die Lebensmittel auf dem Tisch dürften ungefähr Jos Jahres-Kalorienbilanz entsprechen.

»Schön, dich zu sehen, Mattheo, gut siehst du aus! Neue Frisur?« Armin schmachtet Mattheo ungeniert an, und ich trete ihn unter dem Tisch. Manchmal ist er echt peinlich.

»Hallo Mattheo. Wie geht's dir?!« Su umarmt Mattheo und haucht ein Küsschen auf seine Wange.

»Etwas besser. Die blutigen Wunden, die mir der irre Kater zugefügt hat, sind schon fast alle verheilt!« Er lacht mich an, und ich sehe das vertraute Funkeln in seinen Augen.

»Danke, dass du dich um den kleinen Widerling gekümmert hast, während ich bewegungsunfähig war!« Su lächelt Mattheo an und prostet ihm zu.

»So widerlich ist er gar nicht, wenn man ihn erst näher kennt!«, protestiere ich leicht beleidigt.

»Na, ich weiß nicht, nichts für ungut, Lea, aber ich glaube, dein Kater hat eine schwere Persönlichkeitsstörung!« Sebastian Mayer hat Armin ein einziges Mal eine Mini-Schramme am Arm zugefügt, und seitdem hält Armin meinen Kater für eine wilde Bestie.

»Üblicherweise wirke ich nämlich auf Tiere beruhigend und auf Männer anregend!«

Mattheo neben mir zuckt vor unterdrücktem Lachen, rasch lenke ich Armins Aufmerksamkeit auf ein anderes Thema.

»Wie war es auf Bora Bora, Armin? Gab es Streit im Paradies?«

Die Frage ist leider nicht ganz unberechtigt.

Armin und Stefan lieben Dramen, was dazu führt, dass es meist schon beim Einchecken am Flughafen zu den ersten Szenen kommt.

»Tja. Im Hotel gab es ein paar kleine, unbedeutende Missverständnisse wegen Juan, dem hübschen spanischen Butler mit dem Knackarsch. Ein echtes Sahneschnittchen, sag ich euch. Letzten

Endes hat Stefan dann aber eingesehen, dass ich üblicherweise monogam bin!«

»Üblicherweise?« Mattheo zwinkert mir zu.

»Ich bin zu schön, um einem Mann allein zu gehören. Das muss ich nicht aussprechen, das weiß Stefan auch so! Außerdem hatte ich nach der Sache mit dem schwedischen Fitnesstrainer noch einmal fremdgehen gut. So war der Deal!« Armin plustert sich zu seiner vollen Größe von 1,65 Metern auf.

Su und ich halten uns den Bauch vor Lachen.

»Es ist schön, euch alle so fröhlich zu sehen!« Gino ist an unseren Tisch getreten.

»Schmeckt euch? Habt ihr auch alle genug zu essen?«

»Gino, es reicht, wenn du mich mästest. Lass meine Freunde in Ruhe! Da, sieh dir nur mal Lea an. Wie toll sie abgenommen hat!« Su zeigt auf mich, und Gino mustert mich von oben bis unten.

»Wenn das blöde Ding an meinem Fuß endlich ab ist, gehen wir laufen, Hase, versprochen? Ich habe dank Ginos 3000-Kalorien-Essen mindestens zwei Kilogramm zugenommen!«

»Mattheo, was sagst du?« Gino mustert mich weiter stirnrunzelnd. »Wenn Lea weiter so wenig isst, wird sie noch ganz dürr!«

»Lea ist immer schön – so, wie sie war, und so, wie sie ist!« Mattheo streicht unter dem Tisch sanft mit der Hand über meinen Oberschenkel, was eine sofortige Hitzewallung auslöst, die ich rasch mit einem Glas Prosecco zu löschen versuche.

Verstohlen betrachte ich Mattheo von der Seite und erschnuppere den vertraut zitronig-herben Duft seines Rasierwassers.

Armin hat recht, er sieht gut aus. Irgendwie anders. Er scheint sich frisch rasiert zu haben, sein Bart ist bis auf ein paar Bartschatten fast vollständig verschwunden, und das Haarnest auf seinem Kopf ist heute kein Pebbles-Knoten, sondern nur ein straffer Zopf.

Ich horche in mich hinein.

Obwohl die Meerschweinchen faul herumliegen und beide Daumen hochreißen, was ich als Zustimmung werte, mich zu entspannen, fühle ich mich trotzdem befangen, so nah neben dem Mann zu sitzen, der mich durch die seltsamsten Wochen meines Lebens begleitet und mich in den allerpeinlichsten Situationen erlebt hat.

Mit dem Mann, mit dem ich so viel Spaß hatte.

Und unglaublichen Sex.

Mattheo wendet den Kopf zu mir herüber, als könne er meine Gedanken lesen.

Was er wahrscheinlich kann.

Ob er an unsere Nacht in Paris denkt? Ich spüre, wie ich rot werde. Reiß dich zusammen, Lea, es ist nur Mattheo. Dein guter Freund Mattheo. Das sind wir doch, oder?

»Auf gute Freunde!« Gino schenkt aufs Stichwort eine Runde Grappa aus.

Wir prosten uns alle zu, und sogar Armin, der sonst nur zuckersüßen Limoncello trinkt, nippt zur Feier des Tages mit angewidertem Gesichtsausdruck tapfer an seinem Grappa-Glas.

»Auf gute Freunde!« Gino dreht die Musik auf, und die ersten Gäste fangen zu tanzen an.

»Auf gute Freunde«, flüstere ich, und dann sehe ich in die schönsten grünen Augen der Welt, und die lauten Stimmen, das Lachen und die Musik um mich herum werden immer leiser und leiser.

IMMER AUF DER FALSCHEN SEITE

Mein Schreibtisch ist aus Milchglas, drei Meter lang und bis auf eine welke Grünpflanze komplett leer. Vorsichtig wippe ich in meinem Bürosessel ein wenig und genieße die Aussicht auf den schmutzigen Hinterhof und die Mülltonne, aus der gerade eine verdammt große räudige Ratte gesprungen ist.

Wie so oft im Leben bin ich mal wieder auf der falschen Seite gelandet.

Diesmal auf der falschen Seite des Media Towers.

Mit spitzen Fingern werfe ich die vertrocknete Grünpflanze in den Papierkorb und drapiere mein Notizbuch, meinen Laptop, ein goldgerahmtes Bild von Sebastian Mayer und meinen Kaffeebecher auf dem Schreibtisch.

Armin hat recht: Deko hilft immer!

Jetzt sieht mein Schreibtisch schon etwas weniger kahl und ungemütlich aus.

Ich öffne meinen Laptop und schiele auf den Schreibtisch neben der Tür, auf dem sich chaotische Stapel der neuesten Ausgaben der *SoYou*, *Vogue* und *Harper's Bazaar* türmen.

Auf dem Tisch neben mir steht ein pinker Laptop. Die restliche Tischfläche ist übersät mit unzähligen Fläschchen und Tuben von Luxus-Kosmetikmarken. Hoffentlich muss ich die nicht alle sortieren … Etwas anspruchsvoller darf mein neuer Job schon sein.

Ich schlendere zurück zu meinem Schreibtisch und logge mich auf meinem Firmen-E-Mail-Account ein.

Wo ist eigentlich mein versprochenes Firmenhandy? Muss ich mir das in der Mittagspause von der doofen Lorine abholen, was meine Freude enorm schmälern würde, oder hat es vielleicht ein aufmerksamer IT-Mitarbeiter schon in meine Schreibtischschublade gelegt?

Neugierig öffne ich die erste Lade, als die Tür schwungvoll auffliegt und eine leicht gestresst wirkende etwa 20-jährige magere junge Frau auf 13-Zentimeter-Plateau-Pumps hereinrauscht.

Kurz stutzt sie, als sie mich an meinem Schreibtisch sieht, dann scheint der Groschen zu fallen:

»Du bist Lea, oder? Ich bin Stella, deine Chefin«, krächzt sie mit verrauchter Stimme, die wegen der Tiefe so gar nicht zu ihrem XS-Körper passt, und reicht mir ihre perfekt manikürte, kalte kleine Hand.

Ich bin fassungslos, das Mädchen ist meine Chefin? Oder ist das wieder ein fieser Trick von Lorine, die vor dem Büro steht und kichernd darauf lauert, dass ich auf den inszenierten Schwindel reinfalle. Ich schiele zur Tür, kann aber nichts Verdächtiges entdecken.

»Schau nicht so entsetzt! Ich könnte zwar alterstechnisch deine Tochter sein, aber ich will mal darüber hinwegsehen. Bei mir bekommt jeder eine Chance.« Meine neue Chefin wirft ihre Handtasche auf den Sessel neben ihrem Schreibtisch und schnappt sich ein Parfum-Pröbchen.

»Riech mal! Grottig oder geil!?«

»Ist das ein Test?« Natürlich ist das ein Test.

Als Antwort zieht sie nur eine Augenbraue hoch und sprüht mir eine volle Ladung auf den linken Jackenärmel.

»Was riechst du?«

»Verfaulter Apfel?!«

»O mein Gott!« Stella nimmt die überdimensionale Sonnenbrille ab und betrachtet mich angeekelt. »Du hast keine Ahnung von der Beautybranche, oder?«

Sie mustert mich abschätzig, und ich halte unwillkürlich die Luft an und ziehe den Bauch ein.

»Obwohl … schreiben kannst du gut, ich habe deine Artikel gelesen!« Sie nickt zufrieden.

»Aber an deinem Aussehen müssen wir noch arbeiten, Lea! In dem Aufzug kann ich dich nicht zu Kunden- oder Presseterminen mitnehmen! Wir sollten nicht besser angezogen sein als unsere Kunden, aber wie in deinem Fall auch auf keinen Fall so viel schlechter!«

Verlegen zupfe ich meine weiße Bluse zurecht und wische eine Fluse von meiner Jeans.

»Woran arbeitest du gerade?« Stella zieht meinen Laptop heran und linst auf meinen Bildschirm. »Ist das da etwa dein Freund?«

Ich habe ein Foto von Jo als Bildschirmschoner genommen. Ein widerlicher Anblick, der mich motivieren soll, den Wien-Fitness-Folter-Artikel so schnell wie möglich fertig zu schreiben. Auf dem Bild sieht er besonders dürr und geknechtet aus.

»Nein, mein Forschungsobjekt!«

»Dein was?« Etwas wie Anerkennung glimmt in ihren Augen auf!

»Das ist Jo, der Fitnesstrainer der Stars – ich habe sein Spezialtraining in Wien für die *SoYou*-Sommerausgabe getestet! Und das ist der Artikel dazu!«

Kurz überfliegt Stella den Text.

»Du schreibst wirklich nicht schlecht, Lea, und den Rest bekommen wir auch noch hin! Du hast eine ganz gute Figur und eine tolle Haarfarbe! Das heißt, wenn wir an deinen Klamotten arbeiten, bist du nicht völlig ungeeignet, die Firma zu repräsentieren.«

Nachdenklich wippt sie auf ihren gefährlich hohen Schuhen auf und ab.

»Ich hab's! Hol dir einfach was aus dem Kleiderfundus; Sabine, die Visagistin, kann dich hinbringen. Nach den Shootings verrotten dort meist die tollsten Klamotten. Vielleicht gibt es ja auch etwas in Übergröße, was hast du, 36?«

»38.«

Stella ist merklich blasser geworden.

»Das könnte knapp werden! Aber die neuen Sommermäntel sind weit geschnitten und sollten deine Problemzonen gut verdecken, oder du nimmst dir einen netten Poncho!«

Stella wirbelt durch das Büro und greift sich wieder ihre Handtasche.

»Maya sagte mir, dass du darauf brennst, hier zu arbeiten, darum habe ich dir eine kleine To-do-Liste erstellt! Lies dir alles in Ruhe durch. Ich habe jetzt einen Frühstückstermin mit einem Anzeigenkunden. Gegen Mittag sollte ich wieder da sein! Und wenn du Fragen hast, wende dich an Ulf!«

Ich habe gar nicht bemerkt, dass nun auch der dritte Schreibtisch besetzt ist.

Hinter dem riesigen Bildschirm lächelt ein etwa 30-jähriger bleicher Mann mit stecknadelkleinen Augen hinter dicken Brillengläsern schüchtern hervor.

»Ulf ist einer unserer Graphiker. Aber wundere dich nicht!« Sie beugt sich zischend vor. »Er spricht oft tagelang nichts, lebt in seiner eigenen Welt und so!« Sie verdreht vielsagend die Augen.

»Na dann! Frohes Schaffen, meine Sklaven!«

Mit einem lässigen Winken und lautem Türknallen entschwindet Stella.

SCHLUMPFBLAUE TRÄUME

Um 18.00 Uhr klappe ich müde den Laptop zu, lehne mich zurück und gähne laut. Der Blick aus dem Fenster zeigt mir, dass die Ratte einen kleinen Freund gefunden hat, mit dem sie auf der Mülltonne in der Abendsonne chillt.

»Fertig für heute, Lea?«

Ich stoße einen spitzen Schrei aus und falle vor Schreck fast vom Sessel.

Ulf.

Mein doch nicht stummer Kollege Ulf.

Den hatte ich völlig vergessen.

Stella ist von ihrem Frühstückstermin nicht mehr zurückgekommen, und der blasse Ulf mit den dicken Brillengläsern hat die letzten Stunden nicht das leiseste Geräusch von sich gegeben. Kein Wunder, dass ich ihn völlig verdrängt habe. Wie peinlich, andererseits passiert ihm das wahrscheinlich öfter.

»Ich mach jetzt Feierabend, mir reicht's für heute!« Ich kann gar nicht mehr aufhören zu gähnen.

Der Wien-Artikel ist endlich fertig, und ich habe ihn an Lorine, Stella und Maya gemailt. Die Magazine liegen ordentlich sortiert in Stapeln im Regal, und auch ins Pröbchen-Chaos habe ich widerwillig System reingebracht.

Nur ein Punkt von Stellas To-do-Liste ist noch offen:

Ich schnappe mir eine Handvoll identisch aussehender pinker Nagellacke, drei Hautcremes mit Sofortwirkung gegen schlaffe

Haut und drei Fußcremes, die die Hornhaut ablösen sollen. Su und Armin haben sich bereit erklärt, die Produkte heute bei unserem von Su initiierten allwöchentlichen Bachelorabend zu testen. Rasch stopfe ich alles in meine große Handtasche und lege drei Bewertungsbögen dazu.

Gleich morgen früh werde ich für Stella das Feedback meiner Probanden statistisch auswerten und in einem Testbericht zusammenfassen.

»Mach mal lieber etwas langsamer, Lea. Wenn Stella wittert, dass du extrem fleißig bist, beutet sie dich gnadenlos aus! Ich weiß, wovon ich spreche …«, kommt es plötzlich aus Ulfs Ecke. Mit hängenden Schultern starrt mein neuer Kollege auf seine Tastatur.

Dann hebt er ruckartig den Kopf und sieht mich aus rot geäderten Augen eindringlich an.

»Lauf weg, solange du noch kannst, Lea. Noch hast du ein Privatleben!«

30 Minuten später checke ich, ob ich genügend Rosé-Prosecco kühl gestellt habe, und stelle ein Schüsselchen mit Gemüsesticks und zwei Joghurt-Dip-Saucen sowie eine Schale Knäckebrot auf meinen provisorischen Couchtisch. Dann lege ich die Pröbchen bereit.

Als ich nach einer langen, erfrischenden Dusche in meinem neuen Flauschpyjama ins Wohnzimmer schlurfe, sitzen Armin und Su bereits auf der Couch.

»Gibt es auch was anderes außer diesen Vitamin-Dingern?« Armin betrachtet die Sticks, als wären sie radioaktiv verseucht, und will Sebastian Mayer mit einem Karottenstick füttern. Der schleckt das Teil aber nur skeptisch ab, um es dann mit der Pfote in hohem Bogen auf die Couch zu befördern.

Notiz an mich: Ich muss Su und Armin endlich den Zweitschlüssel wegnehmen.

»Da! Nicht mal das gefräßige Fellmonster will diese Dinger essen. Ich dachte, wir machen heute einen Mädels-Abend?«

»Genau! Wir sehen uns wieder mal euren heißgeliebten Bachelor an, trinken Rosé-Prosecco und essen Gemüse-Sticks!« Ich grinse in die Runde.

»Das tut uns figurtechnisch gut. Und dazu lackieren wir uns die Nägel und legen die Anti-Aging-Creme mit dem Sofortwirkstoff gegen Falten, Tränensäcke und schlaffe Haut auf!«

Das männliche Versuchskaninchen reagiert etwas bockig.

»Den Nagellack teste ich sicher nicht, Mausezahn. Das ist Mädchenkram, das müsst ihr allein machen! Aber der Rest … von mir aus …«

Wir kuscheln uns auf die Couch, und Armin seufzt, als der solariumgebräunte, durchtrainierte Bachelor auf der Mattscheibe erscheint.

»Ein geiler Typ!«

»Armin, du bist in festen Händen«, werfe ich ein, während ich die schlumpfblaue Creme vollflächig in meinem Gesicht verteile.

»Wo er recht hat – hat er recht! Seht euch mal das Sixpack an!« Su ist vor lauter Sabbern ein Gemüsestick aus dem Mund gefallen, während der Bachelor mit offenem weißen Hemd am Steuer der vom TV-Sender gesponserten Yacht über das Meer braust.

»Es kommt nicht nur auf das Aussehen an!«, gifte ich sie an.

»Doch! Natürlich kommt es auf das Aussehen an! Da, jetzt zieht er auch die Hose aus! Was hat der nur für einen Wahnsinnskörper!« Su und Armin klatschen sich begeistert ab.

Seufzend hole ich die Fragebögen aus meiner Tasche, wir sind ja heute nicht nur zum Spaß zusammengekommen.

»Bitte tragt die Express-Creme auf, und nach exakt 15 Minuten müssen wir kontrollieren, ob sie die gewünschte Wirkung zeigt. Ich stell den Alarm am Handy an!«

»Ich will aber keine Sekunde vom Bachelor versäumen!« Su schmollt. »Wir machen das einfach in der Werbepause wieder ab, oder? Wird ja wohl egal sein, ob das Zeug 15 oder 20 Minuten einwirkt!«

Sebastian Mayer springt auf meinen Schoß und versucht, mit seiner kleinen rosa Zunge das seltsame Zeug aus meinem Gesicht zu entfernen.

»Wie niedlich, er will dich putzen!« Su ist begeistert.

»Findet ihr, man sieht schon was?« Armin fischt einen kleinen Taschenspiegel aus seiner Männerhandtasche.

»Solange du die Creme draufhast, sieht man nichts, du Döskopf!« Su kichert.

»Zumindest unterstreicht das Blau meine irisierende Augenfarbe!«, schnappt er beleidigt.

In der Werbepause waschen wir die Schlumpfcreme ab und setzen uns wieder auf die Couch.

»Bitte füllt jetzt gleich die Fragebögen aus«, treibe ich Armin und Su an. Wenn der Bachelor sich erst wieder auszieht, kann ich die beiden vergessen.

»Ist Ihre Haut straffer geworden?«, liest Su laut vor.

»Definitiv nicht. Ich finde, dass meine Wangen sogar etwas schlaffer geworden sind! Schreib das auf, Mausezahn! Die – wie auch immer – Hautcreme hat meine Hautqualität verschlechtert!«

»Armin, du bist so eine Zicke!«

»Lea, hast du nicht so ein Anti-Hamsterbäckchen-Treatment in Paris gemacht. Meinst du, ich kann das auch irgendwo hier machen?«, will Su jetzt wissen.

»Ich such dir die Unterlagen raus! Bitte füll in der Zwischenzeit den Fragebogen aus!« Ich wühle in einem Umzugskarton, der neben meinen Arbeitsunterlagen auch alle wichtigen Dokumente enthält, die ich besitze. Doch ich werde in dem Chaos nicht fündig.

Ich brauche dringend Möbel, das Leben aus Kisten ist echt nervig. Gleich morgen werde ich zu Ikea fahren.

»Mausezahn, schreib bitte in deinem Artikel auch, dass die blöde Creme die Poren verklebt! Wenn ich morgen einen Pickel habe, verklage ich euch. Morgen haben Stefan und ich unseren Jahrestag!«

»Schon gut, Armin, ich trage ein, dass du total unzufrieden bist. Su?«

»Ich finde das Zeug etwas klebrig, und die Farbe ist echt grottig. Stell dir mal vor, du vergisst, dass du das Zeug auf der Haut hast, und öffnest einem heißen Typ die Tür!«

Ich spüre eine Migräne herannahen.

»Na dann trage bitte ein, dass du auch nicht von der Sofortwirkung überzeugt bist! Und trag bitte auch deine restlichen Antworten ein.«

»Erster!« Su macht wahllos irgendwo Kreuzchen und wirft den Fragebogen auf den Couchtisch.

»Hast du noch was zu essen da?« Fahrig durchforstet sie meinen Kühlschrank nach Nahrung.

»Verdammt soll Gino sein. Der Idiot hat mich in eine Fressmaschine verwandelt. Mein täglicher Kalorienbedarf ist explodiert! Ist das noch frisch?« Sie hält mir ein gammeliges Stück Cheddarkäse unter die Nase.

»Egal, ich habe Hunger! Wie war eigentlich dein erster offizieller Arbeitstag?«, nuschelt sie, während sie mit dem Kopf immer tiefer in meinem Kühlschrank verschwindet.

»Anstrengend. Meine Chefin ist ein 20-jähriges blondes, rotzfreches Mädchen, das lange To-do-Listen schreibt und sonst durch Abwesenheit glänzt! Irgendwie habe ich mir das alles anders vorgestellt!«

»Aber du wolltest doch immer für ein Lifestylemagazin arbeiten?«

Nein, wollte ich nicht.

»Das ist dein Traum, Su, nicht meiner!«

Während der Bachelor zwei Frauen zum Weinen bringt, weil er wieder sein Hemd und seine Hose angezogen und ihnen außerdem keine Rose geschenkt hat, sammle ich die Fragebögen ein und verstaue sie sorgsam in meiner Tasche. Das Bewerten von Hautcremes ist definitiv nicht mein Traumjob!

Seufzend blättere ich durch mein Notizbuch.

Su linst mir über die Schulter.

»Ilka sieht auf den aktuellen Zeichnungen ziemlich pissed aus, wenn ich das mal anmerken darf! Was hat sie nur?«

Ich betrachte die Zeichnungen, die ich heute in meiner zehnminütigen Mittagspause hastig entworfen habe.

Ziemlich pissed ist noch untertrieben.

Ilka sieht auf den Skizzen aus, als stünde sie kurz vor der Explosion.

Seufzend stopfe ich mein Notizbuch wieder in die Tasche.

Nach meinem abgesagten Kunststudium hatte ich einen weiteren Versuch gestartet, meine beruflichen Träume doch noch zu verwirklichen, und habe mich vor fünf Jahren bei einem Kinderbuchverlag beworben und sogar eine feste Zusage für ein Praktikum erhalten. Leider hatte ich die Rechnung ohne meinen damaligen Freund gemacht, der mir drohte, unsere Beziehung sofort zu beenden, wenn ich für drei Monate nach Berlin ginge. Schweren Herzens lehnte ich daraufhin den Job ab, wohingegen der Mistkerl keine Skrupel hatte, mich wenige Monate später, als der Job längst an jemand anderen vergeben war, zu verlassen.

Jedes Jahr nahm ich mir vor, es irgendwann noch einmal zu versuchen … warum habe ich es nie getan?

Warum lasse ich mir immer meine Träume kaputtmachen?

Ich schließe die Augen und lehne meinen Kopf an Armins Schulter und höre tief in mich hinein.

Nur einer hat direkt hinter meine Maske der versteckten Träume gesehen.

Und das macht mir irgendwie Angst.

Große Angst.

WO EIN BILLY IST, IST AUCH EIN WEG

Heute startet das Projekt Billy – auch wohnlichere Wohnung genannt. Und zu dem Zweck hat mir Armin sein Lieblingsspielzeug, den knallroten Mini mit den weißen Rennstreifen geborgt. Gleich nach der Arbeit werde ich also zu dem Möbelriesen fahren und das Auto bis unters Dach mit lebensnotwendigen neuen Dekoartikeln wie bunten Teppichen, neuen Vorhängen, Vasen, Bildern und Kissen vollladen.

Und endlich neue Möbel kaufen – selbstverständlich inklusive Lieferung und Montage. Armin ist nämlich stolz darauf, zwei linke Daumen zu haben, und Su und ich haben nur einmal halbherzig versucht, ein Regal zu montieren. In Erinnerung an unsere stümperhaften Versuche pocht mein Daumen reflexartig.

Stella taucht gegen 9.00 Uhr im Büro auf, checkt kurz meine Arbeit, kommentiert den Schlumpf-Creme-Selbstversuch naserümpfend und überreicht mir eine neue To-do-Liste, die noch länger ist als die gestrige.

Ulf linst hinter seinem riesigen Bildschirm hervor und nickt mir wissend zu.

Gegen 9.30 Uhr verschwindet Stella wieder zu einem »wichtigen Frühstückstermin mit einem Anzeigenkunden«, doch diesmal nehme ich mir Ulfs Rat zu Herzen. Nachdem ich aus der Kantine frische Zimtschnecken und Kaffee für Ulf und mich geholt habe, erledige ich konzentriert einen Teil der Aufgaben, um dann am Nachmittag eine detaillierte Shoppingliste zu erstellen. Auf jeden

Fall brauche ich einen Esstisch und vier Stühle und einen richtigen Couchtisch. Ein neues Sofa werde ich mir vom nächsten Gehalt kaufen, in der Zwischenzeit tut es auch ein schöner Überwurf.

Ein Bett und ein Kleiderschrank müssen es aber schon sein.

Immer will ich nicht aus dem Karton leben, und auf der durchgesessenen Couch, die zum Fernsehen ja ganz gemütlich ist, kann ich ohne bleibenden Schaden nicht mehr länger schlafen. Um 16.00 Uhr ist Stella immer noch nicht zurück von ihrem Termin. Die kann mich mal. Diesmal sind nicht alle To-dos auf meiner Liste abgehakt, aber für heute reicht es mir.

»Ich habe noch einen, ähm, Abendtermin!«

Ulf schenkt mir ein verschmitztes Lächeln und zwinkert mir zu. Er weiß, dass ich keinen beruflichen Termin habe.

»Hau ab, Lea, und wenn Stella doch auftaucht, erzähle ich ihr einfach, dass du beim Zahnarzt bist!«

Ping – mein Handy meldet eine Nachricht von Su.

»Was hältst du von meinem Vorschlag?«

»????«

»Na los!!! Check deinen E-Mail-Eingang – Keine Ausrede! Jetzt!«

Seufzend lasse ich mich wieder auf meinen Bürosessel fallen. Ich will hier weg, ehe Stella auftaucht, was ist denn so dringend?

Komisch, in meinem Posteingang ist keine Nachricht von Su – doch halt, im Spamordner finde ich ihre Nachricht.

Vielleicht hätte sie nicht »Super heiß, super geil!!!« in die Betreffzeile schreiben sollen.

Und während ich die E-Mail lese, wird mein Grinsen immer breiter. Su kennt meinen großen Traum. Und sie hat einen Tipp, der Ilkas Laune wieder heben kann. Die nächsten 15 Minuten formuliere ich eine Mail an einen Kinderbuchverlag – dann atme ich tief durch und drücke auf Senden und mir selbst die Daumen, ehe ich den Laptop runterfahre. Ein letzter Blick aus dem Fenster zeigt mir, dass auch die Ratte und ihr kleiner Freund heute einen dringenden Termin haben – die Tonne ist leer.

Mit leicht schlechtem Gewissen parke ich um kurz vor 17.00 Uhr vor Ikea und nehme mir vor, morgen eine Stunde früher im Büro zu sein, mit Croissants für Ulf. Ich denke nicht, dass ich mir sein Schweigen erkaufen muss, aber sicher ist sicher, und außerdem glaube ich, dass er meine moralische Unterstützung mehr braucht als ich seine.

Während ich vier bunte Kissen in den Einkaufswagen lege, vibriert mein Handy. Mist! Hoffentlich ist Stella nicht doch noch im Büro aufgetaucht, oder was viel schlimmer wäre – Lorine. Mit zitternden Fingern fische ich das Handy aus der Tasche.

»Ich bin wieder in der Stadt!«

»Cool.« Ein breites Lächeln breitet sich auf meinem Gesicht aus, und mein Herz schlägt auf einmal seltsam schnell.

Nach dem Abendessen bei Gino war Mattheo, ohne sich richtig zu verabschieden, plötzlich kommentarlos verschwunden.

»Ich dachte schon, du …!« Ich beiße mir auf die Unterlippe. Egal, jetzt hat er sich ja gemeldet.

»Ich war gestern in Lissabon und bin erst vor zwei Stunden gelandet.« Eine verlegene Pause entsteht, nervös wippe ich auf und ab.

»Ich habe mich gerade gefragt, ob du heute schon was vorhast und ob du mit mir ins Kino gehen willst! Eine französische Komödie, soll lustig sein!« An seine warme Stimme habe ich mich in den letzten Wochen viel zu sehr gewöhnt, sie hat mir gefehlt.

»Eigentlich bin ich gerade bei der Möbelsuche und habe keine Ahnung, wie lange das hier dauert! Ich muss noch eine megalange Lieferliste beauftragen!«

»Und uneigentlich?«

Ich schiele auf meine Uhr.

»Könnte ich in zwei Stunden zu Hause sein! Holst du mich ab?«

ROSAROTE POPCORNTRÄUME

Wir sitzen im Kino und sehen einen Film.

Das heißt, Mattheo und die anderen 100 Kinobesucher sehen einen Film.

Ich nicht.

Ich sitze neben Mattheo und versuche, ruhig zu atmen und an den richtigen Stellen (scheinbar sehen wir wirklich eine Komödie) zu lachen, regelmäßig einen Schluck Cola zu trinken und etwas Popcorn zu essen, um nicht den Anschein zu erwecken, dass ich nichts von dem, was auf der Leinwand passiert, mitbekomme.

Mattheo dreht den Kopf ruckartig zu mir und mustert mich fragend.

Scheinbar habe ich an einer unpassenden Stelle gelacht.

Sebastian hätte mir in so einer Situation missmutig zu verstehen gegeben, dass ich anscheinend nicht mal die einfachste Pointe kapiere. Ich glaube, er hätte sich für mich sogar geschämt.

Aber Mattheo lächelt nur und legt seine Hand in meinen Nacken und lässt seine Finger meinen Nacken in kreisenden Bewegungen hinauf- und hinunterwandern.

Die Meerschweinchen schnurren laut.

Ich wusste gar nicht, dass sie das können.

Bitte, lieber Gott, mach, dass er sofort damit aufhört, sonst garantiere ich für nichts mehr. Ich atme tief in den Bauch.

Zehn Minuten später weiß ich immer noch nicht, warum die

hübsche blonde Frau auf der Leinwand ständig über ihre eigenen Füße stolpert, ihr Auto schrottet und generell vergisst, ehe sie aus dem Haus geht, sich vollständig anzuziehen, und warum alle außer mir das komisch finden.

Ich schlucke nervös.

Ich weiß mit Bestimmtheit nur eines: Das Gekraule halte ich nicht mehr lange aus.

»Gefällt dir der Film auch so gut?«

Ist das eine Fangfrage?

»Komm mit!« Mattheo nimmt mich an der Hand und führt mich unter dem Protest der anderen Kinogäste, denen wir kurzzeitig die Sicht rauben, hinaus auf die Straße.

»Und jetzt?«

Wir stehen vor dem Kino und halten uns an den Händen.

Ich kann immer noch nicht klar denken.

Und mit dem Atemholen klappt es gerade auch nicht so gut. Ich hebe meinen Kopf, mein Hirn fühlt sich wie Watte an, und ich fixiere Mattheos linke Schulter, weil ich ihm gerade nicht in die Augen sehen kann. Die Lederjacke ist an der Stelle etwas abgewetzt – hoffentlich war ich das nicht, als wir … Mein Herz klopft wie verrückt, und ich bekomme kaum noch Luft.

Es ist passiert, obwohl ich mich so sehr dagegen gewehrt habe.

Und dann laufen wir durch den Park, als würden wir verfolgt werden, und als ich schließlich die Wohnungstür aufsperre, fallen wir wie ausgehungert übereinander her.

Ich kann es nicht erwarten, ihn zu küssen und seinen Körper zu sehen und zu schmecken und ihn zu spüren auf mir und in mir. Wir taumeln zur Couch.

Seine Augen sind dunkel vor Leidenschaft, als er mein Kleid nach oben schiebt.

»Ich habe so lange auf dich gewartet, Lea!«

»Zwei Wochen sind eine lange Zeit«, fiepse ich. Ist Paris wirklich schon so lange her?

»Ich warte schon viel länger auf dich«, flüstert Mattheo, während er seinen Kopf auf meine Brüste senkt und mit der Hand mein Höschen nach unten schiebt.

Er hebt meinen Po sachte an, streift seine Hose ab, und dann explodieren 1000 Sterne, und die Meerschweinchen und Sebastian Mayer fallen synchron in Ohnmacht.

LIEBE, LUFT UND MATTHEO

Mattheo ist in der Nacht bei mir geblieben und auch in allen anderen Nächten in dieser Woche.

Tagsüber arbeite ich mehr oder weniger gewissenhaft Stellas To-do-Listen ab und verbringe viel Zeit damit, Su und Armin von Mattheo vorzuschwärmen und mit Su in der Mittagspause neue Dessous zu shoppen.

Meine Abende und Nächte verbringe ich mit Mattheo.

Meist holen wir uns einen Snack von Gino, den wir kalt werden lassen, während wir uns auf meinem neuen Esstisch, dem Sofa mit dem neuen Überwurf oder meinem ebenfalls neuen Bett lieben. Danke an der Stelle an das schwedische Möbelhaus für die pünktliche Lieferung und die Montage.

Ich bin rundum glücklich und kann nicht mehr aufhören zu lächeln, was sogar Ulf bemerkt und Lorine bei der gestrigen Redaktionssitzung ein »Warum grinst du so blöd?« entlockt hat.

»Die Romantikpaket für Lea – kommt sofort!«

Weil Mattheo leider morgen für drei Tage zu einem Shooting nach Paris muss, habe ich beschlossen, ihn heute Abend mit einem Romantik-Picknick an einem ganz besonderen Ort zu überraschen.

Das Hauptmenü kommt von Gino – das Dessert bin ich, inklusive meinem neuen roten Push-up-BH.

»Ich wünsche euch viel Spaß!« Zwinkernd überreicht mir Gino einen gigantischen Picknickkorb, während er *Amore, Amore* oder einen ähnlichen italienischen Schmalzsong summt.

Ich fürchte, die Hälfte des tollen Essens werde ich morgen ins Büro schleppen, aber Ulf ist ja ein dankbarer Abnehmer. In den letzten Tagen hat er dank meiner Fütterversuche sogar etwas Farbe auf den Wangen bekommen.

Ich streiche über meinen flachen Bauch und freue mich schon auf Mattheos Gesicht, wenn er mich nachher in meinen neuen Dessous sieht. Sport macht doch Spaß. Jo, der Trainer der Stars, hatte mir einfach die falsche Form von Bewegung verordnet. Seit ich dreimal pro Woche jogge und jeden Tag Sex habe, purzeln die Kilos wie von selbst.

Der Korb wiegt eine gefühlte Tonne. Mühsam kämpfe ich mich die Treppe hinauf und wuchte ihn auf den Küchentresen. Sebastian Mayer schnuppert sofort hinein und befühlt die Antipasti und den Salat neugierig mit der Pfote. »Das ist ausnahmsweise mal nicht für dich!«, sage ich bestimmt und sperre ihn ins Bad zu seinem neuen rosa Plüscheinhorn, das ihm Mattheo gestern geschenkt hat. Ein klarer Bestechungsversuch von Mattheo, damit ihn der Kater, der extrem eifersüchtig auf ihn ist, nicht mehr attackiert.

Dann laufe ich wieder nach unten, um die Post aus dem Briefkasten zu holen. Ich habe online ein neues Kleid bestellt, und vielleicht ist ja die Paket-Benachrichtigung da.

Doch außer einer Handvoll Prospekte und einem Briefumschlag ist der Briefkasten leer. Komisch, auf dem Kuvert ist kein Absender, nur mein Name ist mit der Hand darauf geschrieben.

Seltsamerweise klebt auch keine Briefmarke drauf, das heißt, irgendjemand muss den Brief persönlich eingeworfen haben. Wieder zurück in meiner Wohnung, will ich den Brief gerade aufreißen, als es an der Tür läutet.

»Punkt 19.00 Uhr, wie gewünscht! Jetzt verrate mir endlich, was du vorhast!« Mattheo küsst mich sanft. Daran könnte ich mich echt gewöhnen.

»Wir machen ein Picknick!« Ich drücke Mattheo den Korb in die Hand und befreie Sebastian Mayer aus dem Bad.

»Gleich um die Ecke gibt es eine besonders sehenswerte Platane!«

Der Brief auf dem Tresen zieht mich magisch an, und meine Neugier siegt.

»Doch erst muss ich sehen, wer mir geschrieben hat.«

Ich ziehe eine Karte aus dem weißen Briefumschlag und erstarre. Mattheo stellt den Picknickkorb ab.

»Das darf nicht wahr sein! Diesmal ist er zu weit gegangen.« Fassungslos starre ich auf die »Persönliche Einladung« zu Sebastians *They Are Real*-Ausstellung, die übermorgen stattfindet. Direkt im Stadtzentrum, in der ultramodernen Kunst-Galerie, die vor einem Jahr eröffnet hat.

Ich atme rasselnd ein und aus und sehe Sebastian und mich wieder in der neu eröffneten mehrstöckigen Halle stehen, sein fiebriger Blick huscht unruhig die hohen Betonwände auf und ab.

»Irgendwann werde ich hier ausstellen, Lea. Du wirst schon sehen – irgendwann hängen hier meine Fotografien.«

Ich atme schnaufend ein und aus.

Irgendwann ist übermorgen!

Mir wird schlecht. In nicht einmal 48 Stunden können alle Einwohner der Stadt meinen Po sehen.

Alle.

Ich glaube, ich werde ohnmächtig. Meine Knie geben nach, und ich kann nur noch auf die Couch sinken.

Mattheo nimmt mir vorsichtig die Karte aus meinen klammen Fingern.

»O mein Gott!« Ich vergrabe mein Gesicht in den Händen.

Ich schnaufe wie kurz vor dem Ableben.

»Wenn das meine Eltern sehen …«

Das ist der Peinlichkeits-Super-GAU! Was denkt sich Sebastian dabei? Warum tut er das? Er hat mich mit der Trennung doch schon genug verletzt.

»Du wirst doch da nicht hingehen?«

Mattheo hat sich neben mich gesetzt und mustert mich besorgt aus seinen wunderschönen Augen.

»Doch! Ich muss!«

Ich springe von der Couch auf. »Ich muss und ich werde da hingehen!«

Plötzlich durchpulst mich eine Ladung Adrenalin.

»Wie kann er nur in meiner Stadt mein Foto ausstellen?«

Vor lauter Wut könnte ich platzen.

Eben kommt mir ein schrecklicher Gedanke.

»Wenn jemand von *SoYou* das sieht. Maya … Lorine … Und irgendwer erwähnt dann, dass ich seine Exfreundin bin. Die sind doch nicht blöd, die können doch eins und eins zusammenzählen. Ich könnte ihn umbringen!«

Ich öffne die Balkontür, weil ich dringend frische Luft brauche und an meiner Wut zu ersticken drohe.

»Außerdem schuldet er mir immer noch die 10.000 Euro, die er sich mal eben ›geborgt‹ hat! Und auf die Anwaltsschreiben reagiert er auch nicht.«

Ich wirble herum.

»Verstehst du nicht, das ist meine persönliche Einladung vom Schicksal, mir endlich mein Geld zurückzuholen! Und wenn ich schon dabei bin, kann er mir gleich eine wirklich gute Erklärung für den ganzen Mist, den er mir angetan hat, abliefern!«

Mattheo ist ebenfalls aufgestanden und lehnt stirnrunzelnd an der Frühstückstheke.

»Ich bin alles andere als begeistert, wenn du dort hingehst. Insbesondere weil ich dich nicht begleiten kann! Du weißt, dass ich für drei Tage fort bin …« Genervt wuschelt er sich durch die Haare und schafft es, sie noch eine Nuance strubbeliger zu machen.

»Ich vertraue dir, Lea, aber ich vertraue ihm nicht. Was, wenn er dich sieht und erkennt, was für ein Riesenidiot er war!«

»Da mach dir mal keine Sorgen!« Ich nehme Mattheos Hand und versuche, meine Stimme wieder auf normale Lautstärke zu dämpfen. »Ich bin mit Sebastian ein für alle Mal fertig, das kannst du mir glauben.«

Und ich liebe dich.

Nur dich.

Ich spreche es nicht aus, trotzdem erschreckt mich die Erkenntnis.

Das war nicht so geplant, aber irgendwann habe ich mich in den Mann mit dem seltsam explodierten Haarnest und dem schlechten Kleidungsstil, der mich immer zum Lachen und nie zum Weinen bringt, der immer für mich da ist und mich aus irgendeinem Grund genau so mag, wie ich bin, verliebt.

Ich lächle verkrampft.

»Lassen wir uns von ihm nicht den Abend verderben, wenn es dich beruhigt, nehme ich Su und Armin mit! Und natürlich das Schreiben von Armins Anwalt!«

Ich wedle mit der Zahlungsaufforderung von Dr. Schröder herum.

»Sieh es doch mal so: Von dem Geld können wir noch viele Picknicks machen oder nochmal nach Paris fliegen ...«

Mattheo mustert mich gründlich – sogar seine buschigen Augenbrauen wellen sich skeptisch.

Rasch lege ich die Einladung auf den Altpapierstapel neben der Tür und schnappe mir den Picknickkorb.

»Ich weiß nicht, wie es dir geht, aber ich habe Hunger! Und wir sollten Ginos gutes Essen nicht verkommen lassen.« Ich greife vorsichtig nach Mattheos Hand.

»Hast du vorhin nicht irgendwas von Platanen gesagt?«, knurrt Mattheo noch etwas verstimmt und streicht mir sanft über den Nacken.

»Habe ich. Und wenn du brav bist, zeig ich dir eine besonders große!«

Ich liebe es, wenn Mattheo lacht.

KÖNNEN MEHLWÜRMER WEINEN?

Heute ist es also so weit.

In weniger als einer Stunde werde ich Sebastian wiedersehen, und ich kann es gar nicht erwarten, ihm endlich meine Meinung zu sagen.

Armin und Su haben mir versprochen, mich zur Ausstellung zu begleiten, wobei Armin leider wieder kurz vor dem mentalen Burn-out steht.

»Setz dich hin oder trink was, Armin, egal. Nur bitte beruhige dich.«

»Bist du ganz sicher, dass das, was wir tun, okay ist?«

»Ganz sicher!«

Ich ziehe meine Lippen mit scharlachrotem Lippenstift nach.

Hm, sieht gut aus.

»Ich finde es ja gut, dass du hingehst, trotzdem habe ich ein blödes Gefühl. Ist die Tequila-Flasche noch da? Gott, es ist wie damals … Ich habe gerade ein ganz starkes Déjà-vu, Mausezahn!«

Armin schenkt sich gleich einen doppelten ein.

»Immer wenn der Mehlwurm ins Spiel kommt, muss ich mich betrinken – es ist ein Zwang! Am besten, ich bespreche das mal mit einem befreundeten Kollegen, der auf Stresssymptome spezialisiert ist!«

»Dann kannst du auch gleich was gegen deine Flugangst machen …«, sage ich und grinse.

»Bist du gar nicht nervös?« Su betrachtet mich skeptisch.

»Keine Spur. Ich freue mich schon fast darauf, Sebastian endlich vor allen Leuten sagen zu können, was für eine miese kleine Ratte er ist.« Sebastian hasst Szenen aller Art, und diese wird er verfluchen. »Und umso schneller wird er mir das hier …« Ich ziehe das Anwaltsschreiben aus meiner Clutch. »… unterschreiben!«

»Ich finde es gut, Hase, dass du dein Geld zurückforderst! Und falls das Ganze aus dem Ruder läuft –«

»Sind wir ja auch noch da!«, fällt Armin Su ins Wort.

»Ich rauch noch schnell eine, ehe das Taxi kommt!« Su stöckelt hektisch, gefolgt von Sebastian Mayer, auf meinen Minibalkon.

Ich weiß nicht, warum Su und Armin so nervös sind, und der Kater, wenn er nicht gerade auf dem Katzenklo sitzt und stresskackt, den ganzen Tag auf und ab läuft.

Ich bin wütend, aber keinen Millimeter nervös.

Zur Feier des Tages trage ich ein Kleid in der Farbe meines Lippenstifts und die höchsten, spitzesten Pumps, die ich besitze.

Ich bin stark und unüberwindbar.

»Bereit, wenn ihr es seid!«

Fünf Minuten später brausen wir mit Taxi-Franz meinem Po-Bild entgegen.

Dank meiner persönlichen Einladung komme ich diesmal mühelos an den Securityleuten vorbei, doch leider gilt die Einladung nur für eine Person, und Armin und Su werden trotz unseres Protests, den wütenden Beschimpfungen von Armin und den Flirtversuchen von Su partout nicht eingelassen.

»Wir warten hier auf dich, Mausezahn, es dauert doch nicht lange?!« Armin sieht mich aus kugelrunden himmelblauen Augen besorgt an und umarmt mich fest. »Wir sind da! Wir bewegen uns hier nicht vom Fleck!«

»Jetzt geh da rein!« Su gibt mir einen sanften Schubs, und ich höre sie noch »Viel Glück! Mach den Wichser fertig!« rufen, doch ich stöckle schon wie ferngesteuert über den roten Teppich (was für ein Wichtigtuer Sebastian geworden ist – glaubt er, wir sind in Hollywood?), der direkt in die moderne, helle Ausstellungshalle führt.

Die Po-Fotos interessieren mich heute nicht, und ich zähle auch nicht, ob das eine oder andere neue Foto dazugekommen ist. Mein Killerblick gilt ausschließlich dem Mann im hellen Anzug, der mit dem Rücken zu mir auf einem Podest in der Mitte der Galerie steht und angestrengt auf seine Notizen starrt.

Ich tippe ihm auf die Schulter.

Erschrocken dreht er sich um und erstarrt zur Salzsäule.

Wenn ich nicht so wütend auf ihn wäre, würde ich über seinen verstörten Gesichtsausdruck lachen. Sein Mund schnappt auf und zu und wieder auf und zu, während er leise Blubbergeräusche macht.

Und der sonst so souveräne Mann sieht aus wie ein leicht debiles Knabberfischchen.

Langsam, ganz langsam scheint der Groschen zu fallen.

»Lea, du? Mein Gott!«

»Ich denke, du hast mich erwartet!« Ich wedle mit der Einladung vor seinem Gesicht herum.

»Lass dich ansehen, du siehst toll aus!«

Er mustert mich von oben bis unten.

»Mein Gott, du hast doch mindestens vier Kilogramm abgenommen.« Er lässt seinen Blick über meine Brüste und meinen Po wandern.

»Fünf, um genau zu sein.« Ich mustere ihn ebenfalls von oben bis unten.

»Seit ich regelmäßig jogge und unglaublichen Sex habe …«

»Toll, dass du Sport machst!«

Wie immer hört Sebastian nur, was er hören will.

»Und hast du was mit deinen Haaren gemacht? Du siehst wirklich hübsch aus, ach, was rede ich da. Du bist richtig schön …«

Ist das wirklich der Mann, wegen dem ich am Boden zerstört war?

Wegen dem ich Nächte durchgeweint habe?

Was faselt der Typ über meine Haare – interessiert es ihn gar nicht, wie ich mich fühle?

Wie es mir wegen ihm in den letzten Wochen gegangen ist?

Was für ein Arsch!

»Kannst du dir vorstellen, warum ich heute hier bin …?«, zische ich.

»Nun, ich denke, du willst dir die Ausstellung ansehen – auf einem der Bilder bist übrigens du drauf!« Er nimmt lächelnd meine Hand. »Keine Sorge, ich habe keiner Menschenseele verraten, dass du das bist …«

»Danke, ich kenne das Foto bereits …«, sage ich kühl.

Ohne auf meinen Einwand einzugehen, führt er mich in die Mitte der Halle, wo ein Bild von gigantischen Scheinwerfern angestrahlt wird.

Und da bin ich wieder.

Ladies and Gentlemen. Lea in bildfüllendem Ausmaß.

Ich schlucke.

»Das war wirklich ein besonderer Abend, oder?« Sebastian zwinkert mir allen Ernstes zu.

»Spinnst du komplett?« Ich fühle mich wie ein Dampfkochtopf kurz vor der Explosion.

»Also mir hat der Abend viel bedeutet. Ich werde nie vergessen, wie du mit deinen sexy Rundungen aus der Dusche kommst …!

Er legt die Hände auf meine Hüften und zieht mich eng an sich.

Wütend schubse ich ihn weg.

»Und die anderen Tussis auf den Bildern? Hattest du mit denen auch so viel Spaß?«, gifte ich.

Sebastian hat den Anstand, leicht verlegen auszusehen, und ich sehe eine kleine Träne seine Wange hinunterlaufen.

Er setzt sich auf das Podest und lässt den Kopf hängen … Ist das eine kahle Stelle auf seinem Hinterkopf?

»So war das nicht, Lea. Die anderen habe ich wirklich nur fotografiert, und zwar lange vor unserer Zeit! Das musst du mir glauben!« Er schenkt mir sein leicht schiefes Lächeln, das früher seine Wirkung nie verfehlt hat.

Ich mustere ihn genauer.

Und auch wenn mich sein Lächeln heute nicht mehr umhaut, so glaube ich ihm doch.

Doch so leicht kommt er mir nicht davon.

»Und warum dieser Segelturn-Flyer, dein plötzlicher Abgang …« Das Blut rauscht in meinen Ohren, wenn ich an die kurze Nachricht auf dem Notizblock denke … entfernt höre ich einen Aufschrei am Ende der Halle. Es klingt, als würde eine ganze Wagenladung Gläser zu Bruch gehen.

»Ich weiß nicht, irgendwie war mir das auf einmal alles zu eng geworden …«

»Zu eng also. Aha. Vielleicht, weil Saskia Druck gemacht hat?«

»Woher …?« Ungläubig mustert er mich.

Wenn er wüsste, was ich alles gesehen habe.

Plötzlich bin ich nicht mehr wütend, sondern nur noch müde und lasse mich neben ihm auf das Podest sinken.

»Das mit Saskia ist aus dem Ruder gelaufen. Ich wollte die Sache mit ihr beenden und nur noch mit dir zusammen sein, doch dann hat sie mir das Foto in die Jacke gesteckt, um die Sache auffliegen zu lassen. Und danach war sie noch viel hartnäckiger und wollte mich nicht gehen lassen. Sie hat mir immer gedroht, dass etwas Schlimmes passiert, wenn ich sie verlasse. Manchmal hatte ich richtig etwas Angst vor ihr …«

Erwartet er von mir Mitleid?

Ich beiße mir auf die Lippe.

»Es tut mir wirklich sehr leid, Lea. Ich wollte dich wirklich nicht verletzen. Auch wenn mich deine chaotische Art manchmal in den Wahnsinn getrieben hat … Wir hatten doch auch sehr schöne Zeiten, oder?«

Will er jetzt die Absolution für seine Sünden? Da kann er lange warten.

Sebastian starrt auf seine Fußspitzen.

»Und ich habe auch nie behauptet, dass ich perfekt bin, Lea. Ich wollte die Sache mit Saskia immer wieder beenden, unter uns, sie kann ganz schön rechthaberisch und anstrengend sein, doch dann hat sie mir geholfen, meine Ausstellungsserie zu managen. Du hast dich nie für meine Kunst interessiert!« Er schaut enttäuscht. »Wusstest du übrigens, dass ich auch in London und Paris ausgestellt habe? Saskia ist total begeistert von meinen Bildern und hat mir wirklich sehr geholfen. Ihr Vater hat tolle Kontakte in der internationalen Kunstszene.«

Das war es also.

Das letzte Puzzlestückchen nimmt seinen grausamen Platz ein.

Wie immer hat Sebastian völlig egoistisch gehandelt.

Solche Kontakte konnte ich ihm leider nicht bieten.

Ich stehe vom Podest auf und streiche mein Kleid glatt.

In mir löst sich ein riesiger Knoten.

Meine Wut ist plötzlich verflogen, und ich empfinde fast so etwas wie … wie …

»Ich bin heute hierhergekommen, um dir so richtig die Meinung zu geigen! Doch weißt du was – nach allem, was du mir erzählt hast, tust du mir einfach nur noch leid!« Ich mustere den Mann, den ich mal geliebt habe, nachdenklich.

»Ich versteh ja, dass du sauer bist, Lea. Aber beruflich war es die Sache wert, sieh dich um. Ich habe alle Bilder hier schon verkauft – nur deines nicht. Das behalte ich.

Er springt auf und packt mich an den Schultern.

Seine Augen wirken seltsam glasig.

Er starrt auf meine Lippen.

»Nur, wenn ich dich jetzt so sehe, denke ich, dass ich vielleicht einen Riesenfehler gemacht habe, dich … uns … dafür zu opfern!«

»Den Fehler habe wohl eher ich gemacht!«, kreischt plötzlich eine Frauenstimme hinter mir, und dann sehe ich einen Schatten an mir vorbeihuschen und Sebastian wimmernd in die Knie sinken.

Tja, wenn man unkonzentriert ist, streckt einen das Leben nieder – und zack!

Olga wäre begeistert von Saskias linkem Haken.

»Das ist übrigens das Schreiben meines Anwalts«, informiere ich Sebastian kühl. »Würdest du bitte unterschreiben! Da rechts unten … Damit wir dieses Kapitel endlich beenden können …«

Während Sebastian nach meinem Füllfederhalter greift und Saskia wütend auf ihn einschnattert, betrachte ich das Häufchen Elend auf dem Boden näher – und verstehe nicht, was ich je an ihm gefunden habe.

Abgesehen von seinem windigen, durchsichtigen Charakter ist auch seine Haut durchscheinend – fast weiß. Habe ich das wirklich mal attraktiv gefunden? – Nur die Stelle am Kinn, wo ihn Saskia getroffen hat, verfärbt sich gerade dunkel.

Aus meiner erhöhten Perspektive kann ich besonders gut auf seinen Hinterkopf sehen. Ha! Die kleine lichte Haarstelle auf dem Hinterkopf ist definitiv neu! Ich weiß noch, wie wichtig es ihm immer war, volles Haar zu haben. Armer, armseliger Sebastian.

Saskia hat endlich aufgehört, auf Sebastian einzuschnattern, und mustert mich skeptisch.

»Das wird dir noch leidtun. Einfach hier aufzutauchen und dich in unser Leben einzumischen …«

»Nein, dir wird es leidtun!« Ich schenke ihr mein schönstes Lächeln. »Spätestens, wenn du merkst, was er wirklich von dir will.«

»Ach ja, und falls es irgendjemanden interessiert: Den Kater behalte ich auch!«

Nach einer perfekten 180-Grad-Drehung stöckle ich hocherhobenen Hauptes den roten Teppich entlang Richtung Ausgang. Su und Armin haben Wort gehalten.

Wie aufgeregte Eltern am ersten Schultag ihres Kindes stehen sie vor dem Eingang der Galerie und mustern mich gespannt.

»Geschafft!« Ich fühle mich, als hätte ich einen Marathonlauf hinter mich gebracht, und reiße mit letzter Kraft in einer Siegerpose beide Arme hoch.

»Die Kurzfassung! Schnell!«, krächzt Su.

»Saskia hat ihm eine reingehauen, er hat unterschrieben, und jetzt brauche ich eine große Käsepizza!« Erleichtert falle ich ihr und Armin um den Hals.

RUF DOCH MAL AN

Es ist Punkt 19.00 Uhr, und ich sitze in meinem neuen, an den richtigen Stellen transparenten Seidentop vor dem Laptop und warte darauf, dass Mattheo sich einloggt, um mit mir zu skypen.

Doch während die Minuten vergehen und eine Gänsehaut meine Arme überzieht, bleibt das Gerät stumm, und ich werde immer unruhiger. Auch Sebastian Mayer, der darauf konditioniert ist, regungslos minutenlang auf Laptop-Bildschirme zu starren, ist die Warterei mittlerweile leid geworden und von meinem Schoß gesprungen.

Um mich abzulenken, korrigiere ich einen Artikel für Stella und beantworte noch ein paar E-Mails, während die Minuten langsam vergehen. Es ist schon 19.30 Uhr, als ich Mattheo eine SMS schreibe.

»Ich dachte, wir wollten um 19.00 skypen? Vermisse dich!«

Doch mein Handy bleibt wie mein Laptop weiter stumm.

Nervös tigere ich auf und ab und male mir in Gedanken die schlimmsten Dinge aus.

Was, wenn er einen Unfall hatte? Oft läuft der Schussel, ohne nach links und rechts zu sehen, über die Straße.

Oder ein Scheinwerfer ist heruntergefallen und hat ihn am Kopf getroffen, und jetzt liegt er ohnmächtig in einer dunklen Ecke am Set.

Soll ich die Pariser Krankenhäuser durchtelefonieren?

Um 20.00 Uhr halte ich die Warterei nicht mehr aus und

schlüpfe in eine Jeans und ein T-Shirt und stürme zur Tür hinaus, hoffentlich sind Armin und Su noch bei Gino.

Ich brauche jetzt unbedingt etwas Ablenkung und Gesellschaft.

Auf dem Treppenabsatz stolpere ich fast über Mattheo.

»Was machst du hier, und wie lange sitzt du schon da?«, quietsche ich erschrocken.

»Circa eine Stunde. Ich wollte dich unbedingt sehen!« Er sieht seltsam blass aus.

»Schön, dass du da bist, aber warum hast du nicht einfach geklingelt?«

»Erklär ich dir gleich. Komm, lass uns kurz spazieren gehen.«

Wie ferngesteuert laufen wir Hand in Hand Richtung Park.

Was ist nur los?

»Ich bin so froh, dass du da bist. Ich dachte, du kommst erst morgen zurück«, versuche ich den schweigsamen Mann neben mir zum Reden zu bringen.

»Ich musste gar nicht nach Paris.« Mattheo schaut mich düster an.

»Was, warum …?!« Die Rädchen in meinem Kopf rattern.

Mattheo wird immer schneller, ich kann kaum noch mit ihm Schritt halten.

»Ich habe ihn gesehen!«, stößt er wütend hervor.

»Mein Gott, ist der Kerl hässlich, Lea, und wie er dich dann angegrapscht hat … da bin ich abgehauen!«

Plötzlich höre ich wieder die Gläser zu Boden gehen.

»Du warst auf der Ausstellung? Aber warum?« Ich bin stehen geblieben und halte Mattheo an der Jacke fest und zwinge ihn, mich anzusehen.

Irgendwas ist hier doch faul – oberfaul. Meine Gedanken rasen.

Mattheo musste gar nicht nach Paris? Hat er das alles inszeniert? Ich sehe Sebastian vor mir, der wirklich überrascht war, mich zu sehen. Das heißt, Sebastian hat mir die Einladung gar nicht geschickt. Es war auch keine Briefmarke darauf, kein Absender … Ich schlucke. Ich verstehe das alles nicht.

Mattheo wendet verlegen den Blick ab.

»Du hast mir die Einladung in den Briefkasten gelegt, oder?«

Eine flammende Röte breitet sich auf Mattheos Gesicht aus, er wendet den Blick ab.

»Keine meiner besten Ideen. Keine Ahnung, ich wollte einfach sehen, ob du noch Gefühle für Sebastian hast!«

»Ein Test also? Und traust du mir jetzt? Oder darf ich mich auf weitere spannende arrangierte Treffen mit Sebastian freuen? Na los, sag schon, Mattheo … Wie konntest du das nur tun!« Enttäuscht laufe ich, so schnell mich meine vor Wut zitternden Beine tragen, Richtung Park.

Unter unserer Platane holt mich Mattheo ein. Und nimmt mich in den Arm.

»Warum hast du mir nicht einfach vertraut? Warum musstest du mich testen? Warum glaubst du nicht an uns?« Ärgerlich wische ich eine Träne von meiner Wange. Lange sagt keiner von uns ein Wort.

Dann rollt Mattheo sein T-Shirt hoch und deutet auf das keltische Symbol auf seinem Oberarm.

»Das ist ein Freundschafts-Tattoo. Mein bester Freund Hannes und ich haben uns das nach dem Abitur stechen lassen. Etwas kitschig, ich weiß!« Verlegen wuschelt er sich durch die Haare.

»Was hat das mit uns zu tun?« Ich kämpfe gegen weitere aufsteigende Tränen. Ich bin völlig verwirrt. »Wir wollten für immer Kumpels sein. Und fast wäre es gut gegangen. Bis …«

Mattheo stockt und sieht mir fest in die Augen.

»Bis ich eine Woche vor meiner Hochzeit meine damalige Verlobte mit ihm im Bett erwischt habe! Seitdem …«

Auf Mattheos Gesicht spiegelt sich ein Kaleidoskop an Gefühlen, und er wendet den Blick ab.

Betroffen greife ich nach seiner Hand und drücke sie fest.

»Aber mir kannst du vertrauen! Auch ohne Tests!«

»Ich weiß, Lea, und ich will es wirklich versuchen, aber es ist verdammt schwer für mich!« Seine Stimme klingt ganz rau.

Wir lassen uns ins Gras fallen, und ich lege vorsichtig meinen Kopf auf seine Schulter. Es ist etwas kühl geworden, und ich kuschle mich eng an Mattheo.

Ein Käuzchen schreit irgendwo, doch sonst ist es still.

»Danke, dass du es mir erzählt hast!« Ich drücke mich noch fester an ihn.

»Du bist wichtig für mich, Lea! Sehr wichtig!« Er legt die Hand in meinen Nacken und streichelt mich sanft.

Über uns leuchten Millionen Sterne.

WEIL DU SCHWEBST

Ich habe etwas sehr Dummes getan und etwas sehr Mutiges, und mein Flieger hebt in zehn Minuten ab.

Nervös gurte ich mich an und checke nochmal meine Unterlagen, während die letzten beiden Business-Passagiere einsteigen und ihre Aktentaschen umständlich in den Ablagefächern verstauen.

»*Boarding completed!*«

Den Satz hört man als Frau mit latenter Flugangst nicht gern, und ich wünschte einmal mehr, ich hätte nicht so impulsiv gehandelt und etwas länger nachgedacht, ehe ich die Bewerbung vor einer Woche abgeschickt habe.

Zur Ablenkung blättere ich meine Präsentationsmappe, in der ich alle Artikel, die jemals von mir veröffentlicht wurden, chronologisch abgelegt habe. Auf manche bin ich stolz, auf manche nicht. Mit meinen Beauty-Queen-Artikeln werde ich wohl keinen Pulitzer Preis gewinnen, auch wenn einige finden, das sie gut geschrieben sind. Doch da sind ja auch noch die Skizzen und Texte von Ilka, die mir viel bedeuten und in die ich alles gelegt habe.

Während die Motoren aufheulen, atme ich tief in den Bauch.

Jetzt gibt es kein Zurück mehr, gestern habe ich mein Sicherheitsnetz weggezogen und bei *So You* gekündigt.

Der heutige Termin muss also klappen.

Und während der Flieger über die Startbahn schießt und abrupt abhebt, habe ich einmal mehr das Gefühl, dass ich den Boden unter mir verliere.

So viel ist in den letzten Monaten passiert.

Wie ein Film läuft alles vor mir ab – London, Paris und Wien –, wie ich auf der Suche nach dem Mehlwurm quer durch Europa jage, um den Mann, den ich wirklich liebe, zu finden.

Ich lächle in mich hinein.

Was für eine verrückte Zeit.

Als wir nach einer Viertelstunde die endgültige Reiseflughöhe erreicht haben, stöpsle ich die iPod-Kopfhörer ein und scrolle durch meine Playlist.

Armin hat mir einen neuen »Atme ruhig in den Bauch, und dann kannst du alles erreichen«-Podcast draufgespielt, den ich auf dem Flug nach Berlin hören soll, um mich mental auf das Vorstellungsgespräch bei dem Kinderbuchverlag einzustimmen, bei dem ich mich dank Sus Tipp beworben habe.

Doch mir ist der Sinn nach etwas ganz anderem.

Bei diesem Lied werde ich immer an den wunderschönen Regenbogen, der sich über London spannt, denken, an unsere Fahrt mit dem London Eye und an unsere erste Nacht in Paris.

Und während das Flugzeug immer höher durch die Wolken fliegt, summe ich wieder leise mein Lieblingslied.

Und diesmal kann ich es fühlen:

Ich bin ganz kurz davor zu schweben.

Lächelnd taste ich nach der Hand meines Sitznachbarn.

Wie immer ist Mattheo, wenn es darauf ankommt, an meiner Seite. Und nicht nur dafür liebe ich ihn …

REISENDE SOLL MAN (NICHT) AUFHALTEN

»Wie soll das funktionieren? Ich vermisse dich jetzt schon, wo du noch nicht mal weg bist!« Gefrustet kickt Mattheo gegen einen Umzugskarton.

Ich habe das Praktikum in Berlin bekommen und werde vier Monate lang für einen kleinen Kinderbuchverlag arbeiten.

Meine Wohnung will Su illegalerweise untervermieten.

Meine Kartons sind gepackt.

Sebastian Mayer sitzt reisebereit in einer Transportbox, und Armin borgt mir für die Fahrt nach Berlin sogar seinen heiß geliebten roten Mini, da ich, wie er meinte, schlecht mit Katze und Karton nach Berlin fliegen kann. Nächsten Monat kommen mich Armin und Su besuchen und nehmen das Auto wieder mit.

Mattheo tigert ungeduldig auf und ab und beäugt mein hektisches Herumwuseln skeptisch. Denn obwohl er mich zu dem Vorstellungsgespräch begleitet hat, ist er alles andere als begeistert, mich für vier Monate zu verlieren.

»Du warst doch dafür, dass ich meinen Traum leben soll …«

»Natürlich war ich das …! Das ist total wichtig und eine einmalige Chance. Und ich freue mich ja auch für dich. Und für Ilka!« Mattheo grinst schief.

»Nur warum können wir uns dann nicht sehen?«, stirnrunzelnd beäugt mich Mattheo.

Ich schlucke und senke meinen Blick.

»Ich habe dir gesagt, dass ich verstehe, dass du die Zeit in Berlin nutzen willst, um dich voll auf deinen Job zu konzentrieren, Lea. Und auch um die Trennung in Ruhe zu verarbeiten, ehe wir, wenn du wieder da bist, gemeinsam durchstarten. Aber sag mir, warum ich dann das Gefühl habe, dass du dabei nur halb so traurig bist wie ich, dass wir uns die nächsten Monate nicht sehen!«

»Es fällt mir auch nicht leicht, Mattheo!«

Ich schaue eine gefühlte Ewigkeit in die schönen katzengrünen Augen des Mannes, in den ich mich entgegen aller Vernunft verliebt habe. Es bricht mir das Herz, jetzt fahren zu müssen, aber es ist besser so.

Die unschöne Begegnung mit Sebastian bei der Ausstellung und Mattheos Eifersucht haben mir gezeigt, wie wichtig es ist, ein Kapitel sauber abzuschließen, ehe man ein neues beginnt.

Und außerdem möchte ich mir in den vier Monaten in Berlin das erste Mal in meinem Leben die Zeit nehmen, mich ohne jeden Einfluss von außen voll auf mich zu konzentrieren. Denn gerade weil mir Mattheo so wichtig ist, muss ich erst lernen, eigenständig und selbstbestimmt meinen Weg zu gehen. Ehe wir uns in vier Monaten dann wiedersehen.

Und darum habe ich ihn schweren Herzens gebeten, dass wir uns während meiner Berlinzeit nicht besuchen.

Natürlich ist telefonieren oder skypen erlaubt.

Mattheo hilft mir, meinen Koffer, die Umzugskartons und den Katzenkorb mit dem heftig maunzenden Sebastian Mayer einzuladen, und dann müssen wir Abschied nehmen.

Mattheo nimmt mein Gesicht in beide Hände und gibt mir einen zarten Kuss auf die Lippen, und dann halten wir uns noch einmal im Arm.

»Vier Monate sind nicht lange!«

»121 Tage!«

»Du hast sie gezählt …?« Ich unterdrücke ein Kieksen.

Mattheo umarmt mich fest, als wolle er mich nie wieder loslassen.

»Zu Silvester bin ich wieder hier! Und dann feiern wir auf Armins Fete, ich warne dich nur gleich – du musst dich verkleiden. Armins Feten sind Mottopartys!« Wir lachen einen Moment, dann werden wir wieder ernst.

Ich will Mattheo gar nicht mehr loslassen. Sein mittlerweile wieder längerer Bart kratzt an meiner Wange, und wie ein Ertrinkender atme ich ein letztes Mal Mattheos Zitronenduft ein. Sein Duft kitzelt in meiner Nase, meinen Augen und kriecht in mein Herz, und wenn ich jetzt zu weinen beginne, kann ich nie wieder damit aufhören.

»Fahr vorsichtig, Lea! Ich melde mich!«

In mir toben die widersprüchlichsten Gefühle.

»Wir gehören zusammen, Mattheo, daran wird sich in den nächsten vier Monaten nichts ändern!«

Vorsichtig bugsiere ich Armins roten Mini aus der Parklücke, fädle mich in den Verkehr ein. Und dann trete ich ohne einen Blick zurück das Gaspedal durch.

DAS WUNDERBARE WOHNKLO

Meine neue Wohnung ist ein 30 Quadratmeter großes, teilmöbliertes Wohnklo, ohne Balkon an einer stark befahrenen Straße. Ich bin 500 Kilometer von Mattheo und meinen Freunden entfernt, und das Einzige, das für die Wohnung spricht, ist, dass ich sie mir von meinem Praktikantengehalt leisten kann – und dass ich in nur 13 Minuten im Verlag bin. Zu Fuß.

Die Zeit habe ich gestern gestoppt. Nach der vierstündigen Autofahrt musste ich mir unbedingt die Beine vertreten. Mein Handywecker piept mahnend – es ist schon 8.30 Uhr! Komm in die Gänge, Lea! Ich bin nach einer unruhigen Nacht zwar schon seit zwei Stunden auf, aber noch immer nicht ganz fertig.

Wie ein Ping-Pong-Ball zische ich zwischen dem Minibad und dem Wohnschlafzimmer hin und her. Mein schwarzer Hosenanzug hat die 500 Kilometer lange Fahrt relativ unzerknautscht überstanden. Und da ich ihn nun immer katersicher in eine Plastikschutzhülle packe, ist er auch nicht mit Bergen von roten Katerflauschhaaren übersät. Damit der Anzug nicht zu businesslike wirkt, trage ich ein rotes Shirt und ebenfalls rote Sneaker dazu. Ich pinsle etwas Rouge auf meine Bäckchen und decke meine Augenschatten ab. Schon besser. Niemand soll mir ansehen, wie ich mich gerade fühle. Und wenn ich es schaffe, mal fünf Minuten nicht an Mattheo zu denken, geht es mir sogar halbwegs okay, ich vermisse ihn wirklich sehr.

Vorsichtig schenke ich mir im fleckigen Badspiegel ein zaghaftes Lächeln. Schon besser. Gleich beginnt mein erster Arbeitstag als Praktikantin des aufstrebenden kleinen Kinderbuchverlags.

Mein Handy vibriert, bestimmt wieder eine Nachricht von Armin und Su, die mir Glück für meinen ersten Arbeitstag wünschen (Su) oder mir sagen, was ich heute anziehen soll, um sie alle umzuhauen (Armin).

Ich schnappe meine große Umhängetasche und stopfe einen Müsliriegel, meinen Schlüssel und das Handy hinein. Dann kontrolliere ich, ob die Futterschüssel von Sebastian Mayer rappelvoll ist, damit er in den nächsten acht Stunden nicht verhungert, und küsse dann das struppige Fellköpfchen meines Mitbewohners liebevoll.

Dieser maunzt beleidigt und wendet mir demonstrativ seinen Fellpopo zu, um mir in aller Deutlichkeit klarzumachen, dass er mit der neuen Umgebung und dem geringeren Platzangebot absolut nicht zufrieden ist. Schmollend sitzt er mit seinem rosa Plüscheinhorn auf dem Fensterbrett und starrt missmutig auf die vorbeifahrenden Autos. Ob er Mattheo auch vermisst?

Ich ignoriere seine schlechte Laune und flitze zur Tür hinaus. Jetzt aber schnell, ich laufe los. In nur zwölf Minuten erreiche ich den Verlag, der in einem dreigeschossigen Backsteinhaus untergebracht ist. Was für ein Unterschied zum 20 Stock hohen, spiegelglatten, kalten Media Tower.

Um Punkt 9.00 Uhr ist mein Termin mit der Verlagsleiterin, und auf die Minute pünktlich betrete ich das Foyer. Die Dame beim Empfang scheint schon auf mich gewartet zu haben und bittet mich, ihr zu folgen.

Die Verlagsleiterin residiert in einem geräumigen Eckbüro mit Blick auf den grünen Innenhof. Während ich am Tisch ihr vis-à-vis Platz nehme, stellt die freundlich lächelnde Empfangsdame mit einem Augenzwinkern ungefragt einen großen Kaffee mit Milchschaum vor mich hin.

»Frau Winter, schön, dass Sie da sind, hatten Sie eine angenehme Fahrt?« Die Verlagsleiterin trägt keine botoxglatte Maske, sondern ist eine attraktive Frau in den Fünfzigern, die zu ihrem Alter steht. Wenn sie lächelt, strahlen viele kleine Fältchen um ihre leuchtend blauen Augen, und es sieht ein wenig aus, als würden zwei Sonnen aus ihrem Gesicht strahlen.

Nach ein wenig Smalltalk kommt sie rasch zum Wesentlichen.

»Es ist uns sehr wichtig, dass unsere Praktikanten den Verlag genau kennenlernen. In den nächsten vier Monaten werden Sie in alle Bereiche kurz hineinschnuppern, Lea. Vom Lektorat bis zum Marketing und dem Vertrieb. Und auch in die Programmplanung. Beginnen werden Sie heute in der Presseabteilung. Ich werde Ihnen gleich im Anschluss an unser Gespräch Ihre direkte Vorgesetzte für die nächsten Wochen vorstellen!«

Da bin ich ja mal gespannt. Hoffentlich nicht so eine wie Stella, die mich die ganze Arbeit machen lässt und dafür die Lorbeeren einheimst.

»Wie ich schon bei unserem letzten Gespräch erwähnt habe, vergeben wir Praktika üblicherweise immer nur an Studenten, aber Ihr Kreativprojekt hat uns so gut gefallen, dass wir hier eine Ausnahme machen wollten! Alle Bewerber behaupten ja, kreativ zu sein, aber Sie, liebe Lea, sind es wirklich! Ihre Bilder, Ihre Texte …«

Zwischen uns liegt die Zeichnung von Ilka, die ich extra für den Vorstellungstermin gemacht habe. Ilka – eine gefährliche Mischung aus ungebremster Neugierde gepaart mit ständiger Reiselust – zieht gerade fröhlich lächelnd einen pinken Trolley durchs Bild.

»Lea, uns war allen klar, dass Sie einfach perfekt zu uns passen. Kinder lieben es, ihre kleinen Helden auf spannenden Reisen zu begleiten. Mir ist nur nicht klar, wo Ilka auf dem Bild ist? Ist sie in England?«

»Ja. Genauer gesagt in London!« Auf dem Bild zieht Ilka ihr Köfferchen gerade mit einem breiten Grinsen Richtung Sherlock Holmes Pub, wie mir gerade dämmert.

»Ähm, Ilka geht natürlich nicht in den Pub rein, von wegen Igel mögen, ähh, trinken keinen Alkohol und so …! Ha, ha!«

Mein Gestottere wird jäh unterbrochen, als eine etwa 30-jährige Frau in blauem Blazer, Jeans und Ringelshirt ohne Anklopfen zur Tür hereinfegt.

»Frau Winter – darf ich vorstellen –, Frau Bärenfels! Lustiger Name, was? Frau Bärenfels ist für unsere Öffentlichkeitsarbeit zuständig und wird Sie in den nächsten Wochen unter ihre Fittiche nehmen, ehe Sie in die Marketingabteilung weiterwandern!«

»Nenn mich gern Steffi, sonst komm ich mir so alt vor!« Steffi ergreift meine Hand und schüttelt sie enthusiastisch. Ich stelle mich ebenfalls mit Vornamen vor und nicke lächelnd. Die können hier doch nicht alle wirklich so nett sein?

Gleich taucht jemand mit der versteckten Kamera auf und erklärt mir, dass das alles gar nicht meine echten Kollegen und Vorgesetzten sind, sondern nur Schauspieler.

»Ich freu mich schon, dir alles zeigen zu können! Sind wir hier fertig?« Steffi grinst Frau Schmidt an. »Dann nehme ich Lea gleich mit!«

Steffis Büro liegt nur zwei Zimmer weiter.

»Tja, willkommen in meiner bescheidenen Hütte! Sie lässt sich hinter einen mächtigen Schreibtisch sinken, der fast den ganzen Raum einnimmt.

»Wie du siehst, sind zurzeit nur wir beide die Presseabteilung! Aber keine Sorge: Wir schaukeln das!«

Der Raum ist wirklich nicht groß, außer Steffis Schreibtisch gibt es noch einen Minischreibtisch, auf den gerade mal eben ein Kuli und mein Laptop passen. Aber ich habe einen schönen Blick in den grünen Innenhof, in dem ein Springbrunnen neben einem meterlangen Holztisch entspannt plätschert.

»Da essen wir alle immer zu Mittag! Du isst doch mittags was, oder? Du bist so dünn«, meint sie und schaut verlegen.

Zum Glück erwartet Steffi keine Antwort, sondern plappert

munter weiter und nimmt mich an der Hand, um mich allen Kollegen mal kurz vorzustellen.

Ich schüttle mindestens 20 Hände und blicke in lächelnde Gesichter von Frauen und Männern, deren Namen ich mir unmöglich alle merken kann. Nur eines fällt mir schon jetzt positiv auf: Im Vergleich zur angespannten Stimmung im Media Tower herrscht hier eine fröhlich-freundliche Grundstimmung, und etwas von der Anspannung der letzten Tage fällt von mir ab.

Es war die richtige Entscheidung hierherzukommen.

EIN MONAT SPÄTER

»Heute bekommen wir Besuch!« – Ich wirble mit Sebastian Mayer im Arm durch unsere Miniwohnung. »Armin und Su bringen dir sicher ein paar ganz besonders tolle Leckerlis mit«, versuche ich seine miese Stimmung zu heben.

Doch der Kater ignoriert mich und springt wieder auf seinen Lieblingsplatz und beginnt Autos zu zählen. Er schmollt nun seit über einem Monat und ist immer noch zutiefst beleidigt, dass ich ihn aus seiner riesigen Wohnung mit Balkon in das Wohnklo ans andere Ende der Welt verschleppt habe.

Doch heute kann mir keiner die Stimmung vermiesen.

Ich freue mich wie verrückt auf Armin und Su.

Meine Kollegen im Verlag sind zwar total nett, und die Arbeit macht mir großen Spaß, aber bis auf zwei oder drei Abende, an denen ich mit Steffi nach der Arbeit noch was trinken war, und die Geburtstagsfeier einer Kollegin letzten Freitag sitze ich abends allein mit Sebastian Mayer in der Wohnung und skype mit Su oder Armin und gehe mit Igelkind Ilka auf Reisen. Einmal habe ich auch mit Mattheo geskypt, aber es hat uns beide so traurig gemacht, dass wir erst einmal nur ab und an telefonieren. Ich vermisse ihn schrecklich und er mich auch. Trotzdem möchte ich bei meinem Plan bleiben. Und Mattheo hat mir versichert, dass er meinen Entschluss weiterhin akzeptiert.

Hoffentlich verlange ich nicht zu viel von ihm.

Ich jogge jetzt wieder öfter.

Fast jeden Abend.

Denn wenn ich nicht joggen würde, würde ich nächtelang vor Sehnsucht nach dem Mann mit den Wuschelhaaren wachliegen. Noch 90 Tage.

Ja, ich habe sie gezählt.

Ich wische den Gedanken an Mattheo und zu Hause zur Seite.

Su und Armin bleiben das ganze Wochenende hier, und ich bin bestens vorbereitet.

Theoretisch müssen wir das Wohnklo das ganze Wochenende nicht mehr verlassen. Der Kühlschrank platzt aus allen Nähten: Aufstriche, Schinken, drei verschiedene Sorten Käse, Lachs, Obst, Salate, Tomaten und eine fertige Quiche Lorraine stapeln sich in dem viel zu kleinen Kühlschrank. Das frische Baguette habe ich heute in der Früh beim Bäcker um die Ecke gekauft und vor Sebastian Mayers Fressattacken bereits sicher im Küchenkasten versteckt. Für einen Kater hat er sehr seltsame Vorlieben.

Dann nehme ich noch die Packung Macadamia-Walnuss-Eis aus der Kühltasche und bete, dass das seltsam gluckernde Tiefkühlfach das Eis nicht in Sauce verwandelt.

Rasch schüttle ich die pinken Kissen auf, die perfekt zu den neuen Vorhängen und der Stehlampe passen, die ich letzte Woche im Ausverkauf erstanden habe, und werfe nochmal einen kritischen Blick auf meine Wohnsituation.

Das Wohnklo wird wohl niemals ein Kandidat für *Schöner Wohnen*, aber es sieht hier schon viel freundlicher aus als noch vor einem Monat.

Dann lege ich noch frische Handtücher für Armin raus und flitze zur Tür hinaus.

Su wird heute nicht hier übernachten. Sie hat sich ein Zimmer in einem Boutique-Hotel ganz in der Nähe reserviert, worüber ich anfangs etwas enttäuscht war, nun aber längst nicht mehr böse bin.

Die Wohnung ist einfach zu klein für drei Personen plus Kater, und Sus Ansprüche an ein Bad kann meine Nasszelle ohne Fenster und Badewanne und mit dem fleckigen Spiegel sicher nicht erfüllen.

In Armins rotem Mini kämpfe ich mich schließlich durch den Samstagnachmittagsverkehr Richtung Bahnhof und bin pünktlich am Bahnsteig.

Und da sind sie auch schon.

Su überragt wie immer in ihren Killerheels die Menschenmenge, und Armin leuchtet mir von weitem in einem blitzblauen Sakko entgegen. Gegen den Strom der Reisenden, die zum Ausgang drängen, laufe ich auf die beiden zu, und obwohl ich mir geschworen habe, total cool zu bleiben, fange ich bei ihrem Anblick vor Freude fast zu heulen an.

»Was habe ich euch vermisst!«

»Wir haben dich auch so vermisst!« Armins Augen glitzern verdächtig feucht, und er will mich gar nicht mehr loslassen.

»Jetzt reißt euch mal zusammen, ihr zwei! Das war gerade mal ein Monat. Mit schönen Grüßen übrigens von Gino!« Su drückt mir ein Stoffsäckchen in die Hand. »Er hat mir ein paar Cantuccini für dich mitgegeben! Das mit den Glückskeksen hat er Gott sei Dank aufgegeben!«

Ich schniefe vernehmlich und wische mir kurz über die Augen. Gott, ich führe mich auf, als hätte ich die beiden nicht vor vier Wochen, sondern vor einem Jahr zuletzt gesehen.

»Ich zeig euch jetzt mal das fabelhafte Wohnklo, und dann trinken wir was, okay?«

»Und hast du vielleicht einen kleinen Snack für uns, ich sterbe vor Hunger, Mausezahn! Diese pappigen, womit auch immer belegten Sandwiches im Zug waren eine echte Zumutung!«

Fünf Minuten später sitzen wir in Armins rotem kleinen Flitzer. Armin hat das Navi aktiviert und pilotiert uns zielsicher durch den immer stärker werdenden Samstagnachmittagsverkehr.

Entspannt lehne ich mich auf dem Rücksitz, eingeklemmt zwischen Sus Megareisetasche und Armins Reisetrolley, zurück und lausche Armin und Su, die sich wieder mal streiten, ob es klüger ist, erst Sus Sachen ins Hotel zu bringen oder erst zu mir zu fahren, wo es einen Parkplatz im Innenhof gibt. Und während sich die beiden weiter liebevoll kabbeln, schließe ich die Augen und bin froh, endlich nicht mehr allein zu sein.

JE SPÄTER DER ABEND, DESTO GRÖßER DER SCHOCK

»Nun sagt schon, was unternehmen wir heute noch?«

Wir sitzen leicht angedudelt am Boden meines Wohn-/Ess-/Küchenzimmers und schmieden Pläne für den Abend. Eine Proseccoflasche haben Su und ich in den letzten Stunden bereits geleert, während Armin sich eher um die festen Inhaltsstoffe meines Kühlschranks gekümmert hat.

Zum Glück habe ich noch daran gedacht, die Quiche unter den Tomaten im Gemüsefach zu verstecken, sonst hätte Armin diese auch längst verschlungen, und wir hätten morgen Mittag blöd aus der Wäsche geschaut.

»Hast du noch etwas von dem Räucherschinken da, Mausezahn?«, kommt es gerade dumpf aus meinem Kühlschrank.

»Links oben neben dem Erdbeerjoghurt!«

»Wenn du weiter so viel frisst, brauchen wir heute Abend nirgends mehr zum Essen hingehen, Armin!« Habe ich schon mal erwähnt, dass Su eine gute Mutter wird? »Du verdirbst dir noch deinen Appetit.«

Armin zeigt sich völlig unbeeindruckt von Sus Predigt.

»Apropos!« Sie stellt ihr Proseccoglas ab und rappelt sich schwerfällig vom Boden hoch.

»Hier um die Ecke gibt es einen angesagten Nobelitaliener, hat mir Gino gesagt. Er kennt den Besitzer. Der Laden soll immer total ausgebucht sein, aber Gino hat uns einen Tisch reservieren können, ist 20.00 Uhr okay für euch?« Su fummelt auf ihrem Handy herum.

Armin ist aus dem Kühlschrank aufgetaucht.

Seine Augen glitzern begeistert.

»Ha, ich weiß, welchen Laden du meinst. Da wollte ich immer schon mal hin. Irgendwo habe ich gelesen, dass dieser scharfe Fußballspieler, ihr wisst schon, wen ich meine, der sich ständig ver- und entlobt, dort immer essen geht. Warst du schon mal dort, Mausezahn?«

Mist, wie sage ich ihnen, dass ich mir Szenelokale mit meinem mickrigen Praktikantengehalt zurzeit nicht leisten kann. Den Kühlschrank zu füllen war schon teuer genug und war nur möglich, weil mich meine Mutter vor einer Woche hier spontan besuchte und mir, nachdem sie sich mit schreckgeweiteten Augen in meiner kleinen Wohnung umgesehen hatte, 1000 Euro – »zur Verbesserung meiner bedauernswerten Wohn- und Lebenssituation« – schenkte.

Aber das ist mein absoluter Notgroschen, den ich nicht weiter antasten will.

Am besten sag ich es den beiden ganz direkt, dass ich mir das nicht leisten kann.

Auch wenn es mir peinlich ist.

Su wühlt in ihrer Tasche.

»Das soll ich dir übrigens von Herrn Schröder geben!«

Wer ist jetzt nochmal Herr Schröder? Ach Dr. Dr. Schröder.

Der Anwalt, der mich in Sachen Lea vs. Sebastian vertritt.

Mit zitternden Fingern reiße ich den Briefumschlag auf und lese viel unverständliches Fachchinesisch, aber den letzten Absatz verstehe ich: Sebastian hat die Summe, die er sich von mir »geborgt« hat, mit Zinsen zurückgezahlt.

»Das Geld ist auf dem Treuhandkonto. Du musst Herrn Schröder nur noch deine Bankverbindung mitteilen, und dann fließt die Kohle zu dir rüber!« Su grinst mich an.

Ich könnte zum zweiten Mal an diesem Tag heulen. Diesmal aus Erleichterung, endlich nicht mehr pleite zu sein.

Su hebt ihr Glas.

»Auf Dr. Dr. Schröder!« Wir prosten uns zu.

»Und wenn du eine Verleumdungsklage einreichen willst – ist er ebenfalls dein Mann!«

Will ich Sebastian verklagen, weil er mein Foto unerlaubt veröffentlicht hat?

Und quer durch Europa damit getourt ist.

Ich horche in mich hinein.

Verdient hätte er es – aber Schwamm drüber.

Ich bekomme mein Geld zurück und muss ihn hoffentlich nie wiedersehen.

Ich nehme einen großen Schluck Prosecco, und Armin spricht meine Gedanken laut aus:

»Es ist vorbei – endlich vorbei!«

Er hat schon wieder ganz glänzende Augen und wischt sich verdächtig über die Nase.

»Na, dann gibt's ja heute was zu feiern! Komm, Hase, wir machen uns hübsch.«

Su blickt sich suchend um und knipst das Licht im Bad an.

»O mein Gott! Ist das allen Ernstes das Bad, oder hast du hier irgendwo noch ein Geheimzimmer – das dem Namen alle Ehre macht? Na, egal! Wir brezeln uns jetzt so richtig auf, und dann feiern wir die Tatsache, dass der Mehlwurm endlich gezahlt hat!«

»Ich mach in der Zwischenzeit ein Verdaungsnickerchen!«

Armin trollt sich auf die Couch, und das erste Mal seit einem Monat verlässt Sebastian Mayer seinen Stammsitz und rollt sich mit seinem pinken Plüscheinhorn neben Armin ein, während Su und ich kichernd in der Nasszelle verschwinden.

Das mit dem Verschönern hat nur eine Stunde gedauert, und so sitzen wir um Punkt 20.00 Uhr beim Nobelitaliener, wo man uns in einem 300-Quadratmeter-Loft Nudeln in Miniportionen zu Maxipreisen serviert.

»Also bei Gino ist es gemütlicher!«, wende ich mich vorsichtig an Su. Hoffentlich ist sie nicht beleidigt, dass ich herummotze, schließlich war es ihre Idee hierherzugehen. Aber ein italienisches Lokal stelle ich mir anders vor.

Eine Gänsehaut überzieht meine Unterarme, als ich sie auf dem kalten Glastisch ablege. Weit und breit kein Leinentischtuch und auch keine dicken Stoffservietten, und statt Windlichtern strahlen beißend helle Spots von der Decke.

Armin starrt beleidigt auf seinen Teller.

»Also satt werde ich hier bestimmt nicht. Die Glückskekse, die uns Gino früher angedreht hat, sind größer als diese sogenannte Calzone Pizza …! Ha! Ich habe schon Tortellini bei Gino gegessen, die größer waren!«

»Hm. Und Gino kann eindeutig besser kochen!« Su stochert mit ihrer Gabel in den Spaghetti herum und spießt eine lasche Tomate auf.

»Dass ich den Tag, an dem du Gino verteidigst, noch erlebe, muss ich mir im Kalender anstreichen!«

Moment, ist Su gerade rot geworden?

»Ich weiß nicht, wie es euch geht, aber von mir aus können wir zahlen und noch auf einen Cocktail gehen. Nebenan ist eine Bar. Vielleicht haben die ja auch Snacks«, lenkt sie rasch ab.

Su übernimmt die schwindelerregend hohe Rechnung, und wir wechseln die Location.

Die Bar ist schon gut besucht, und doch haben wir Glück und ergattern einen Tisch an der bodentiefen Fensterfront.

Berlin liegt nächtlich glitzernd unter uns.

»Worauf habt ihr Lust, Mädels? Ich lade euch ein!« Armin wippt auf seinem Hocker wie ein aufgeregtes Kleinkind auf und ab.

»Ach was, ich habe eine viel bessere Idee: Ich frag den netten Barkeeper mal, ob er uns ein paar Spezialcocktails mixen kann!«

Armin hat natürlich schon beim Reinkommen den attraktiven dunkelhaarigen Barkeeper im engen weißen Hemd beäugt.

»Denk an Stefan!«, rufen wir ihm nach. Doch Armin hat bereits Witterung aufgenommen und ist für unsere Ordnungsrufe nicht mehr empfänglich.

Ich blicke mich um, und erst jetzt fällt mir auf: In der Bar sind nur verliebte Pärchen. Links und rechts von uns wird geknutscht, als gäbe es kein Morgen.

»So viel Liebe ist ja nicht auszuhalten!«

Su zündet sich eine Zigarette an. Wie immer interessieren sie öffentliche Rauchverbote nur bedingt.

»Das mit dem Spezialcocktail hat leider nicht geklappt. Aus der Nähe sah der Barkeeper überhaupt nicht gut aus, und dann ist mir natürlich sofort wieder eingefallen, dass ich ja eigentlich Stefan liebe.«

Armin drückt jeder von uns ein Glas Champagner in die Hand.

»Ich habe zur Feier des Tages was viel Besseres für euch als die üblichen Cocktails! Prost Mädels, lasst uns trinken!«

Su hebt ihr Glas.

»Auf das Glück, das Leben und die Liebe!«

»Auf dich, Mausezahn, und das turbulenteste Jahr deines Lebens. Was für eine Männerpechsträhne. Erst der Mehlwurm, dann Mattheo … aua – du musst mich nicht treten, Su …«

»Wieso und jetzt Mattheo …?«

Ich versteh nur Bahnhof, und ein kalter Schauer überrieselt mich.

»Wir sehen uns doch bald, also in drei Monaten, wieder. Das kann ich schon aushalten!« Ich lächle leicht verkrampft.

Armin kann mir nicht in die Augen sehen, und ich sehe, wie Su ihn in die Rippen boxt.

»Was ist los mit euch, wollt ihr mir etwas sagen!«

Die Gänsehaut breitet sich aus.

»Armin ist so ein Schaf …!« Su kann mir nicht in die Augen sehen und starrt in ihr Glas.

»Sorry, es ist mir so rausgerutscht … und bestimmt hatte es

nichts zu bedeuten!« Armin beginnt meine Schulter rhythmisch zu tätscheln.

»Kann mich jetzt bitte jemand aufklären?!« Mir wird immer kälter.

»Na, wir haben Mattheo letztes Wochenende gesehen, Mausezahn …!«

»Ihr habt ihn also gesehen. Was heißt das?? Verdammt, lass dir nicht alles aus der Nase ziehen!«

Su starrt noch immer angestrengt in ihr Glas.

Verdammt, zählt sie die Blubberbläschen einzeln?

»Es ist bestimmt alles ganz harmlos, Mausezahn …!« Armin tätschelt wie ein Verrückter meine Schulter.

Su nimmt endlich den Blick von ihrem Champagnerglas hoch und schaut mir fest in die Augen.

»Wir haben Mattheo letzte Woche in der *Sky Bar* gesehen!«

»Und??«

»Er war nicht allein dort – eine Frau war bei ihm!«

»Eher noch ein Kind – mit langen roten Locken –, die war höchstens 18! Auaaaa – Su, bitte!«

Er ist also wieder in sein altes Beuteschema zurückgekehrt.

Der Tisch, die Gläser, die ganze Bar beginnen sich plötzlich zu drehen.

Schneller und schneller.

»Ich glaube, mir wird schlecht!«

Ich stolpere auf die Toilette und klatsche mir kaltes Wasser ins Gesicht.

Dass ich damit mein Make-up ruiniere, ist mir egal.

Mir ist alles egal.

Ich wähle seine Handynummer, erreiche aber nur seine Mobilbox.

Vielleicht ist er gerade mit der Kleinen aus der Bar zugange …

Die Toilettentür geht auf, und Su kommt hereingestürzt.

»Armin ist manchmal so ein Idiot. Ich glaube, wir gehen besser nach Hause, Hase! Komm mit.« Sie tupft mir mein Gesicht mit einem Taschentuch trocken und hakt mich unter. Willenlos lass ich mich von ihr aus der Toilette führen. Armin hat schon gezahlt und legt mir meine Jacke um die Schultern. In meinem ganzen Leben war mir noch nicht so kalt.

Fünf Minuten später sind wir wieder im Wohnklo.

Su räumt die leere Proseccoflasche weg, und Armin kocht mir einen Tee.

»Heißgetränke beruhigen, Mausezahn, nimm einen Schluck!«

Doch ich bin nicht aufgeregt – mir ist einfach nur rasend schlecht.

Ich stürze ins Bad und übergebe mich minutenlang.

So hatte ich mir den Abend mit meinen Freunden nicht vorgestellt.

Ich dusche mich und putze mir gründlich die Zähne.

Im Bademantel kehre ich wieder ins Wohnzimmer zurück, wo Armin und Su wie zwei erschrockene Hühner auf der Couch sitzen und mich aus großen Augen besorgt mustern.

»Wir wollten dich nicht aufregen, Lea.«

»Schon gut, ihr könnt ja nichts dafür!« Ich kuschle mich enger in den Bademantel, und Sebastian Mayer springt auf meinen Schoß.

»Lasst uns nicht mehr davon sprechen!«

»Ruf ihn einfach an …«

Aufs Stichwort blinkt mein Handy.

»Er ruft an! Er ruft an!«, kreischt Armin aufgeregt.

Mit zitternden Fingern greife ich nach dem Handy. Will ich mir wirklich seine dummen Ausreden anhören?

»Ich geh mal eben eine rauchen, komm mit, Armin.« Su schleift Armin bei der Eingangstür raus.

»Hallo Schöne!« Mattheos Stimme schallt überlaut in mein Ohr, und ich kann im Hintergrund Lachen und Gläserklirren hören.

Hm … klingt ja nicht danach, als ob er einsam zu Hause sitzt und sich nach mir verzehrt. Und obwohl ich cool sein wollte, platze ich sofort heraus.

»Sie haben dich gesehen …«

»Sie?«

»Na, Armin und Su – letzte Woche – in der *Sky Bar* – mit dieser Frau!« Ich habe Schnappatmung und presse die Worte stakkatoartig hervor. »Mit der kleinen Rothaarigen«, helfe ich seinem Gedächtnis auf die Sprünge.

Gott, wahrscheinlich hat er schon völlig den Überblick verloren, mit wem er wann und wo …

»Ich war mit keiner Frau in irgendeiner Bar, die beiden müssen sich irren, Lea …«

Jetzt leugnet er es auch noch.

»Du bist nicht besser als Sebastian, du bist ein Betrüger, du …« Ich breche in Tränen aus. Hatte Su mich nicht immer vor ihm gewarnt?

»Moment! In der *Sky Bar* war ich letzte Woche. Aber nicht mit einer Frau – sondern mit Sabine, meiner Nichte! Mein Bruder wohnt mit seiner Familie auf dem Land, also nicht richtig auf dem Land, und wenn die Kleine mal in der großen Stadt weggehen will, darf ich immer ihren Bodyguard geben. Die Kleine ist übrigens 15, und mein Bruder lässt sie natürlich noch nicht allein weggehen! Was ich voll verstehe!«

Ich reiße die Eingangstür auf – wo Su am Gangfenster rausqualmt.

»Was trug deine Nichte an dem Abend?«, schreie ich ins Telefon.

»Keine Ahnung, ein Kleidchen – so ein kurzes …«

»Wie sah das aus?« Su hat mir das Handy aus der Hand gerissen und schaltet das Telefon auf Lautsprecher.

»Ein Kleidchen halt. So ein knallrotes. Nicht nur, dass das kaum über den Po gereicht hat, dann musste es auch noch in einer leuchtenden Signalfarbe sein.« Su nickt strahlend über das ganze Gesicht und reißt beide Daumen hoch. »Ich habe den ganzen Abend hoffnungsvolle Anwärter auf ihre – hoffentlich noch – Jungfräulichkeit abgewehrt. Mein Bruder würde mich killen, wenn sein kleiner Schatz … na, du verstehst schon!« Er lacht. »Wenn ihr wollt, schicke ich euch ein Familien-Weihnachtsfoto. Da trägt Sabine übrigens eine Jeans und einen Rentierpulli.«

Ich atme erleichtert schnaufend ein und aus.

»Statt dich wahnsinnig zu machen, hätten Su und Armin aber an dem Abend auch einfach direkt zu mir kommen und mich fragen können … Ich habe sie gar nicht in der Bar gesehen.«

Autsch, das ging an Su und Armin, die bedröppelt vor mir stehen.

Ich scheuche die beiden wieder vor die Tür.

»Neue Lage?«, flüstere ich ins Telefon.

»90 Tage!«

»Ich vermisse dich so! Und es tut mir unendlich leid, dass ich dir nicht vertraut habe!«

Ich lasse mich auf die Couch fallen.

Das mit dem Vertrauen ist so eine Sache zwischen uns.

»Nun sind wir aber quitt!« Ich sehe ihn vor mir, wie er sein spezielles Lächeln lächelt, und würde in dem Moment alles geben, nicht 500 Kilometer von ihm entfernt zu sein und das Lachen in seinen grünen Augen zu sehen.

»Du bist mir wichtig, Lea!«

Ich atme tief durch.

Und diesmal kann ich es auch sagen.

»Du bist mir auch wichtig!«

WER NIE AUF BÄUME KLETTERT

Nun ist er also da.

Ich atme tief in den Bauch.

Der Tag, auf den ich seit 121 Tagen und 20 Stunden warte.

Heute werde ich auf Armins legendärer Silvesterfete Mattheo wiedersehen.

Ich freue mich.

Wirklich.

Doch ein großer – ein sehr großer Teil von mir hat mal wieder Angst.

Wie wird es sein, wenn wir uns nach so langer Zeit endlich wiedersehen?

Ich kuschle mich tiefer unter meine pinke Flauschdecke und bin froh, wieder zu Hause zu sein. Su hat es tatsächlich geschafft, die Wohnung während meiner Abwesenheit schwarz unterzuvermieten. Was natürlich streng verboten ist.

Was Dr. Dr. Schröder wohl dazu sagen würde, dass ich hier jemand ohne Mietvertrag monatelang habe wohnen lassen?

Wahrscheinlich nichts, denn schließlich war er es, der die letzten vier Monate, nachdem seine Frau ihn spontan eines Nachts aus dem gemeinsamen Haus geworfen hatte, hier spontanen Unterschlupf gefunden hat.

Doch jetzt hat Herr Dr. Dr. Schröder seine neue Wohnung, mit seiner ebenfalls neuen Lebensgefährtin, bezogen.

Und das ist in doppelter Hinsicht perfekt.

Denn so konnte ich, nachdem mein Praktikum in Berlin nun zu Ende ist, hier wieder nahtlos einziehen und habe sogar in den letzten Monaten Mieteinnahmen generiert. Außerdem scheint Dr. Dr. Schröder nicht nur ein wirklich fähiger Anwalt, sondern auch ein begabter Hobbyhandwerker zu sein.

Mein vormals zerkratzter Parkettboden ist fein säuberlich abgeschliffen und neu versiegelt, das Vorzimmer entschimmelt und taubengrau gestrichen, und im Bad hat der gute Mann sogar ein neues Waschbecken eingebaut.

Die 10.000 EUR liegen immer noch auf meinem Konto – wenn ich mir eine neue Badewanne kaufe und eine neue Küchenzeile in einer neutralen, nicht Migräne verursachenden Farbe, will ich hier nie wieder ausziehen.

Und das Beste: Ilka. Der Verlag hat mir ein tolles Angebot gemacht, und dafür muss ich nur noch einmal pro Woche nach Berlin. Ich kann es gar nicht erwarten, meinen Freunden davon zu erzählen, dass Igelkind Ilka als Kinderbuch nächsten Sommer veröffentlicht wird.

Die Schweden machen gerade Pinkelpause, und ich tappe zum Kühlschrank und schenke mir ein Glas Prosecco ein. Sebastian Mayer läuft begeistert herum und markiert abwechselnd mich und dann jede Ecke in der Wohnung aufs Neue, indem er seinen haarigen Kopf auf sämtlichen Oberflächen reibt und Fellbüschel verteilt. Immer an seiner Seite das mittlerweile leicht gammelige pinke Plüscheinhorn, das er im Maul herumträgt.

Er ist sichtlich glücklich, wieder zu Hause zu sein. Und auch ich bin froh, dass das Wohnklo Geschichte ist. So interessant die Tage in Berlin waren, bin ich doch überglücklich, wieder in der Nähe meiner Freunde zu sein.

Und in der Nähe von Mattheo. Die Meerschweinchen in meinem Magen hopsen wie wild auf und ab.

Meine heftige Reaktion, als ich dachte, dass er mich betrügt, erschüttert mich immer noch.

Was ist das jetzt?

Die Krimi-Schweden feiern gerade eine ausgelassene Party am Strand. Sie tanzen und singen fröhlich. Und jetzt lachen sie auch noch.

Was ist nur mit ihnen los? Kann man sich auf gar nichts mehr verlassen?

Mein Handy läutet.

»Ich wollte nur sichergehen, dass du nicht verschlafen hast, Mausezahn!«, schreit Armin gegen den Lärmpegel im Hintergrund an.

»Alle sind da und wollen wissen, wann du kommst!« Su hat Armin das Handy aus der Hand gerissen.

»Alle?«

»Ja alle!«

»Ich bin schon unterwegs«, flunkere ich und drücke sie rasch weg.

Ich streiche über mein silbernes Glitzerkleid, das über der Couch-Armlehne hängt. Doch ich kann mich nicht aufraffen, es anzuziehen.

Was ist nur los mit mir?

Wovor habe ich solche Angst?

Natürlich will ich auf die Silvesterparty gehen und mit Su und Armin auf das verrückte letzte Jahr anstoßen, aber »alle« bedeutet – dass auch Mattheo da ist.

Die Meerschweinchen in meinem Magen sind ganz bleich.

Die Schweden haben ausgefeiert und stehen fassungslos und schwer deprimiert um eine besonders blutige Leiche herum.

Na bitte, zufrieden nehme ich noch einen großen Schluck Prosecco.

Sebastian Mayer ist noch immer ganz aufgeregt, wieder in seiner gewohnten Umgebung zu sein, springt durch die Wohnung und fegt dabei die neue Ausgabe der *So You*, die ich immer noch abonniert habe, und meinen Notizblock vom Couchtisch.

Laut schimpfend hebe ich die Zeitschrift vom Boden auf und mache mich daran, die Zettel, die aus meinem Notizbuch gefallen sind, wieder einzusammeln. Ich stopfe einen Gutschein für einen Gratiskaffee, einen Gutschein vom Pizza-Lieferservice und einen Gutschein für eine Gratismaniküre in mein Notizbuch (das Leben in Berlin war wirklich teuer), und dann stutze ich.

Ich wusste nicht, dass ich das Foto mit mir herumtrage, und hätte schwören können, dass es sicher in meiner roten Fotobox in einem der Umzugskartons verstaut ist.

Es ist eines meiner Lieblingsfotos.

Versonnen streiche ich über das Bild.

Das Foto zeigt meinen Opa und mich.

Wir stehen Hand in Hand vor einem mächtigen Baum. Auf meinem linken Knie prangt ein etwas überdimensionierter Verband, und ich halte ein Eis in der Hand und strahle zahnlückig und sommersprossig frech über das ganze Gesicht.

Wie alt ich wohl auf dem Foto bin, sieben oder acht Jahre?

Und wie jung mein Opa auf dem Bild aussieht. Und wie attraktiv. Ich hatte vergessen, wie gut mein Opa aussah. Kein Wunder, dass er bei der Damenwelt so beliebt war.

Seine Haare und sein mächtiger Schnurrbart sind kohlrabenschwarz, und seine hellblauen Augen strahlen wie hellgrauer, gleißender Stahl im Sonnenlicht.

Diese Augenfarbe ist einzigartig.

Nie habe ich je wieder solche Augen gesehen.

Obwohl, so ganz stimmt das nicht. Ich habe sie in den letzten Monaten sogar ziemlich oft gesehen. In immer unterschiedlichen Gestalten. Ein leiser Schauder überläuft mich, und plötzlich fällt es mir wie Schuppen von den Augen, und ich drehe wie in Zeitlupe mit zitternden Fingern das Foto um und lese die Widmung, die mir mein Großvater vor 25 Jahren auf dem Foto hinterlassen hat:

»Es gibt keinen Weg zum Glück, Glücklichsein ist der Weg! –

Dieser Spruch hat mich sehr berührt, liebe Enkelin. Und ich

wünsche mir, dass du, auch wenn du längst erwachsen bist, nie aufhörst, deine Träume zu leben, und auf alle Bäume dieser Welt kletterst und einfach glücklich bist. Hab keine Angst – ich werde immer an deiner Seite sein. In Liebe, dein Opa!«

Lange betrachte ich das Foto.

Und ich erinnere mich wieder an das kleine Mädchen in dem rosa getupften Sommerkleid. Und wie ich mich für unbesiegbar hielt, als ich auf den Baum kletterte und mit meinen neuen weißen Sandalen mit der glatten Ledersohle abrutschte und ins Gras fiel. Und wie gut das Eis schmeckte, das ich nachher als Trost bekam.

Damals kannte ich keine Angst.

Du hast mir gesagt, ich werde irgendwann verstehen, was du mir damit sagen willst. Und jetzt verstehe ich es endlich.

Mein Schutzengel mit den stahlblauen Augen. Der mir versprochen hat, immer für mich da zu sein. Immer.

Ich sitze noch eine Weile auf der Couch und betrachte liebevoll das Bild meines Opas, während mir die Tränen über die Wangen laufen. Warum nur habe ich deine Hinweise erst so spät verstanden? Wann habe ich aufgehört, auf Bäume zu klettern, aus lauter Angst zu fallen?

LEA LÄUFT

»Schön sehen Sie aus, Lea, so mondän! Wenn ich mir die Bemerkung erlauben darf!«

»Danke, Franz!«

Wie immer rast Taxi-Franz durch die Nacht, als würde er von einem Killerkommando verfolgt werden, doch diesmal kann er für meine Begriffe gar nicht schnell genug fahren.

Tick, tock – wie Maya sagen würde. Tick, tock.

Die Uhr läuft.

In Rekordzeit habe ich mein Couch-Gammel-Outfit gegen mein Glitzerkleid und meine schwarzen Killer-Heels getauscht.

Es ist schon nach 23.00 Uhr als ich vor Armins Wohnung aus dem Taxi springe.

»Guten Rutsch, Franz!« Ich lächle ihn kurz an.

»Wünsch ich Ihnen auch, Frau Lea! Und schnappen Sie sich den Kerl!«

Ich drücke P für Penthouse.

Armin öffnet mir in eine lange Tunika gewandet und mit einem Lorbeerkranz im Haar die Tür.

»Da bist du ja endlich, Mausezahn!« Begeistert zieht er mich in die Wohnung. Wie jedes Jahr ist Armins Silvesterfete eine Mottoparty.

Dieses Jahr geben sich *Promis, Politiker & Partycrasher* die Türklinke seiner 150-Quadratmeter-Dachgeschosswohnung in die Hand.

»Warum Cäsar?« Ich mustere Armins doch etwas kurz geratene Tunika, die freie Sicht auf seine haarigen Säbelbeine gewährt.

»Dumme Frage, Mausezahn. Weil er der Politiker schlechthin war. Ein Imperator, der das römische Weltreich beherrschte! Und was stellt deine Verkleidung dar?«

»Ähm ... Ich bin ein Promi: Sieht man das nicht, ich bin Tina Turner!« Verlegen zupfe ich an meinem Glitzerkleid herum.

»Nur leider habe ich meine Perücke in Berlin vergessen!« Ich grinse und zapple aufgeregt auf und ab.

»Na, darauf kommt es ja auch nicht an!« Er lächelt mich wissend an und zwinkert mir zu, er ahnt längst, warum ich aus lauter Nervosität, Mattheo gleich zu sehen, nicht mehr stillstehen kann und mein Kostüm etwas unvollständig ist.

»Su ist irgendwo da hinten in der Menge! Und der, den du suchst, auch.« Er nimmt mir den Mantel ab.

Plötzlich stutzt er.

»Entschuldige mich bitte! Stefan, wenn du nochmal den fetten Hulk angrapschst, wird das ein böses Nachspiel haben!« Armin stürzt Richtung Schlafzimmer, und ich schnappe mir ein Glas Champagner und mache mich allein auf die Suche.

Das riesige Wohnzimmer ist brechend voll. Ich sehe eine Gruppe Mafiabosse balzend um einen drallen Marilyn-Monroe-Verschnitt tanzen, einen ältlichen Rockstar und eine Politikerin im blitzblauen Tanten-Kostüm die gerade unter einem Seil Limbo tanzen, und eine kichernde Mädelsrunde in kurzen Glitzerkleidchen hat Armins Spezialbowle entdeckt.

Auch in der Küche stehen die verkleideten Gäste dicht gedrängt, doch auch hier entdecke ich keine bekannten Gesichter. Entnervt drücke ich mein Champagnerglas einem Promi-Double in die Hand. Auf der Dachterrasse werde ich schließlich fündig. Su und Gino sitzen eingekuschelt unter einer dicken Felldecke auf einer Liege, und Gino flüstert Su gerade etwas in ihr Ohr, das sie zum Strahlen bringt. Als sie mich sehen, fahren sie verlegen auseinander.

»Lea, wie schön, dich zu sehe!« Gino, der einen schwarzen Anzug und Fliege trägt, springt auf und umarmt mich herzlich.

»Hast du es doch noch geschafft!« Su umarmt mich lange. Und streicht immer wieder ihre langen dunklen Haare zurück. Klar, wenn Armin Cäsar ist, ist sie Kleopatra, die schönste Frau des Morgenlandes und die bedeutendste Politikerin Ägyptens. Meine Freunde sind völlig durchgeknallt.

»Was läuft da zwischen Gino und dir?«, flüstere ich ihr ins Ohr.

»Keine Ahnung, aber sieht er nicht gut aus im Anzug? Irgendwie dünner …«, flüstert sie zurück, um dann in normaler Lautstärke weiterzureden.

»Tolle Party, oder? Ich glaube, der Besucherrekord vom letzten Jahr wurde geknackt! Hast du dir schon was zu trinken geholt? Armin hat wieder seine Spezialbowle gemacht.«

»Ich habe keinen Durst.« Fröstelnd reibe ich mir die Arme, während ein paar Schneeflocken leise vom Himmel rieseln.

»Wir sollten reingehen, Ladys, sonst verkühlt ihr euch noch!« Galant hakt uns Gino unter. Su hat recht: Der dunkle, gut geschnittene Anzug gibt Gino ein völlig neues, seriöses Aussehen.

Drinnen hat die Stimmung ihren Höhepunkt erreicht. Armin hat wieder seinem Drang zu singen nachgegeben und unterhält seine Gäste mit seiner persönlichen Interpretation von *Eye of the Tiger* von Surviver und tanzt hüftschwingend durch das Wohnzimmer, wobei die Tunika gefährlich ins Rutschen kommt. Was doppelt blöd ist, weil er nie Unterwäsche trägt.

Es ist schon 23.35 Uhr.

Ich lasse meinen Blick nervös über die Anwesenden huschen, doch ich kann in der Menge der feiernden Partypeople keinen zerzausten Haarschopf erkennen. Deprimiert ziehe ich mich in die Küche zurück und setze mich nun doch mit einem Glas Bowle an den Küchentresen. Wie immer hat Armin zugunsten von Alkohol auf Früchte fast vollständig verzichtet. Die Bowle haut einen förmlich um. Alkohol ist zwar keine Lösung, aber nüchtern zu bleiben ist heute wohl auch keine Option.

»Er ist um 23.00 Uhr gegangen!« Su klettert auf den Hocker neben mir und beantwortet meine unausgesprochene Frage.

»War er allein?« Angstvoll starre ich Su an.

»Natürlich, du dummes Schaf!!«

»Hat er gesagt, wo er hinwill?« Nervös kaue ich an meiner Unterlippe.

Su wird knallrot und kann mir plötzlich nicht in die Augen sehen.

»Sag schon, Su, was hat er gesagt? Und sieh mich an dabei.« Ich ziehe vor lauter Aufregung so fest an ihrer Perücke, dass ich sie ihr fast vom Kopf reiße.

»Aua, hör auf, mich zu skalpieren! Da sind Haarnadeln drin. Er hat irgendwas von einem Date gesagt ... Und eigentlich wirkte er recht fröhlich ... Aber das muss nichts bedeuten, und vielleicht habe ich mich auch verhört ... Bei dem Lärm hier versteht man ja sein eigenes Wort nicht.«

Su lächelt mich verlegen an, doch ich bin schon aufgesprungen.

»Und jetzt komm wieder mit ins Wohnzimmer! Wir müssen Armin stoppen, ehe er sich vor versammelter Mannschaft völlig zum Horst macht!«

»Ihr müsst ohne mich feiern! Happy New Year!« Ich küsse Su auf die Wange, schlüpfe in meinen Mantel und bin schon halb aus der Tür.

»Aber wo willst du denn jetzt hin, bleib da, Lea!«

»Habt Spaß! Und wünsch Armin auch Happy New Year von mir!«

Es hat zu schneien begonnen, und mit den Stilettos komme ich auf dem rutschigen Asphalt nur sehr langsam voran.

Taxi-Franz hebt nicht ab, und so fahre ich zwei Stationen mit der U-Bahn.

Die Kirchturmuhr schlägt dreimal, als ich ankomme. Es ist eine Viertelstunde vor Mitternacht.

Das gefrorene Gras knackt und raschelt unter meinen Füßen, doch mir ist nicht kalt.

Wie in Trance setze ich einen Fuß vor den anderen, während die ersten Raketen in die Luft schießen und die Platane in rotgoldenes Licht tauchen. Nervös und leicht außer Atem bleibe ich vor dem Baum stehen – ich bin allein.

Ganz allein.

Die Äste knacken im Wind, und der Schneefall wird immer stärker. Fröstelnd ziehe ich den Mantel enger um mich. Ich höre lautes Lachen, und irgendwo zerbricht eine Flasche, während weitere Raketen in die Luft schießen und Böller krachen.

In wenigen Minuten beginnt das neue Jahr, und ich habe ihn verpasst.

Was habe ich mir nur dabei gedacht? Ich habe ihn zu lange warten lassen. Viel zu lange.

Die Minuten vergehen, während ich bibbernd unter der Platane stehe und mich frage, wohin ich jetzt gehen soll. Aber ich verharre. Der Wind frischt weiter auf, und der Schneefall wird immer stärker.

Meine Zehen in den dünnen Stilettos sind bestimmt schon blau gefroren. Das gibt eine fette Verkühlung.

Oder vielleicht finden sie mich morgen erfroren unter der Platane wie das Mädchen mit den Schwefelhölzern, das ist ja auch in einer kalten Winternacht erfroren.

Irgendwo schreit ein Käuzchen, und ich schaudere. Unheimlich hier, nachts allein im Park. Um mich selbst zu beruhigen, summe ich mein Lieblingslied.

Plötzlich löst sich ein Schatten hinter dem Baum, und ich höre Schritte auf mich zukommen. Mein Herz klopft wie wild, und ich kann kaum noch atmen.

»Ein schönes Lied …«

Eine Rakete steigt in die Luft, und seine Augen glitzern katzengrün gefährlich und doch so vertraut in der Dunkelheit.

Er ist doch gekommen.

»Kennst du auch die letzte Zeile auswendig, Lea?«

»Natürlich!«

Mein Herz klopft vor Aufregung wie verrückt, während ich in die Augen des Mannes schaue, der mich zum Lachen, aber nie zum Weinen bringt. Und den ich über alles liebe.

Die Kirchturmuhr schlägt Mitternacht, und ein gewaltiges Feuerwerk taucht die Platane für einen Moment in alle Farben des Regenbogens.

Noch nie in meinem Leben war ich so glücklich, und dann schlinge ich die Arme um den Mann, den ich aus lauter Angst zu fallen fast verloren hätte.

Ganz langsam lege ich meine Stirn an seine und flüstere die letzte Zeile unseres Lieblingsliedes in sein Ohr. Der Wind frischt weiter auf, und die Schneeflocken tanzen immer heftiger um uns herum, doch mir ist nicht kalt.

Ich schwebe.